I0831644

Peter Rosegger

Alpensommer

Salzwasser

Peter Rosegger

Alpensommer

1. Auflage | ISBN: 978-3-84609-809-7

Erscheinungsort: Paderborn, Deutschland

Erscheinungsjahr: 2014

Salzwasser Verlag GmbH, Paderborn.

Nachdruck des Originals von 1930.

Peter Rosegger

Alpensommer

Salzwasser

Peter Roseggers Werke

Gedenkausgabe

Auswahl in sechs Bänden

Herausgegeben von

Dr. Hans Ludwig Rosegger

41.—45. Tausend

1 9 3 0

L. Staackmann Verlag · Leipzig

Alpensommer

Von

Peter Rosegger

1930

L. Staackmann Verlag · Leipzig

Druck der Graphia Akt.-Ges. vorm. C. Grumbach in Leipzig

Vorwort.

Alpensommer! — Wie wird einem bei diesem Wort! Man fühlt sich tausend Meter erhöht und höher schlägt das Herz. Eine Welt von Erinnerungen sprudelt auf in frischen, klaren Quellen. Wer schon Alpensommer erlebt hat, der hört und sieht und riecht und fühlt sie wieder. Wer ihrer noch nicht erlebt hat, der träumt sie in märchenhaften Ahnungen. Man hört klingende Reigen auf den Matten, Wasserrauschen in den Schluchten, man hört den Juchschrei des Hirten und das Schnaderhüpfel der Sennin. Man sieht über dämmernden Waldbergen hochgehoben die Gletscherschilder, die ein starkes, treues Volk beschirmen. Und in den frischgrünen Wiesentälern die baumlosen Dörfer mit ihren schindelbedeckten Blockhäusern, spitzen Kirchtürmen und mit ihren Älplergestalten in der Vätertracht. An den kalkweißen Sträßlein die geweihten Bildstöcke, auf felsigen Höhen altersgraue Burgen und darüber hoch und still der schwebende Adler. — Das hört und seht ihr alles, meine Freunde, im Wonnewort: Alpensommer!

Ich sehe noch mehr. Ich sehe durch das steinbeschwerte Dach in des Älplers Haus, durch den roten Brustfleck in sein Herz. Von den Bergwanderungen, die ich mein Lebtag gemacht, soll in diesem Buche ein Teil beschrieben werden, obschon das Feinste dran unbeschreiblich ist. — Nebst den

Ausblicken ins weite Land halte ich Einblicke in besondere Volkseigenheiten, die mir bei meinen Dorfbummeleien, Waldgängen und Bergstiegen aufgefallen sind. Unserem Blute schadet es gar nicht, einmal wie Sekt in Gletschereis eingekühlt zu werden und unseren zermarterten Nerven wird die Ruhe und Frische eines gesunden Volkstums wohl tun.

Frohen Alpensommer also draußen in den friedlichen Dörfern, dämmernden Wäldern und im Lichte der Höhen!

R.

Was der Waldbach rauscht.

Das breite Alpental kennen viele. Es ist so dicht mit Ortschaften und Gewerkschaften bestanden, daß man, von einzelnen Höhepunkten aus hinschauend, meint, eine einzige Stadt ziehe sich durch das fünf Meilen lange Tal dahin, von einem Ende zum andern. An beiden Seiten dieses Tales steigen dunkle Waldberge auf, zwischen denen enge Seitentäler weit in die hinteren Gegenden hinanziehen. Jedes dieser Quertäler bringt ein lustig bewegliches Wasser herab aus den Hochwäldern und Almen.

Nach einem dieser Seitengräben verlangt's mich oft. Es ist der längste. Auf dem Sträßlein, das neben dem Bach einmal rechts, einmal links hinzieht, muß man vier oder fünf Stunden lang gehen, um dort hinzukommen, wo von der Almlehne die Wässerlein flink herabhüpfen, die hier an der Ausmündung ins Tal ein so stattlicher Bach sind.

Da, am Eingange des Tales, steht auch die große Holzsäge, die unersättliche, die Tag und Nacht ununterbrochen kreischt: Bretter, Bretter, Bretter, Bretter, Bretter .... Der Graben ist feucht und dunkel vor Wald hin und hin, aber auf dem Sträßlein begegnen wir vielen Holzfuhren: Sägeblöcke, Zimmerbäume, Brennscheiter, Kohlenholz, Stecken, Astwerk und Baumrinden — der Wald, in Stücken zerschlagen, rollt uns entgegen aus den Wildnissen hervor. Die Säge schreit ewig ihr Lied: Bretter, Bretter, und das Wasser treibt die Räder. Das ist unsinnig, mein schöner Bach, daß du der Holzsäge so willig die Räder treibst; in wenigen Jahrzehnten wird dieses Gebiß die Bergwälder zerfressen haben und dann müssen deine Betten, deine Quellen versiegen im Sonnenbrand.

Das Wasser will's nicht wahr haben. „Die Sonne im Verein mit den kühlen Schatten ist ja eben meine Wasserquelle, ich steige ewig zum Himmel und sinke ewig herab.“

Der Weg am Bach entlang führt sachte an; an dem gischtenden und rauschenden Gefälle nur merkt man's, wie stark es fällt, wie stark wir steigen. Stellenweise ist das Wasser verdeckt von jungem Dickichte, stellenweise von Hochwaldstämmen, die an den Ufern stehen oder über dem Bache lehnen, stellenweise von aufgerissenen Baumwurzeln, die wie vielarmige Ungetüme den Bach überragen. Grauverwitterte und grünbemooste Steinblöcke ragen aus dem Wasser, werden von den Wellen umtanzt, umwühlt und auch überwallt. An jedem Stein springt das weiße Geflocke der zerschellten Wellen auf und sein Rauschen, sein immerwährendes Rauschen betäubt unsere Sinne. Wir horchen aus und glauben das Rauschen zerlegen zu können: es rieselt, es quirlet, es gurgelt, es lurlet, es braust, es tost; jeder Stein, jedes Gefälle sendet seinen besonderen Schall und das Ganze fließt zusammen zu einem harmonischen Rauschen, in den wir leichte Hebungen und Senkungen zu bemerken glauben und das doch in ewiger Gleichmäßigkeit weitergeht, so daß man endlich nicht mehr weiß, rauscht es, oder ist es stille.

Wir sind in jene Hochschluchten gekommen, wo der Weg am steilen Hange klettert, weil das Wasser den ganzen Grund beherrscht. Einen Felsenwall hat es hier durchbrochen vor unmeßbaren Zeiten. In den senkrechten Seitenwänden sieht man deutlich die wagerechten Steinschichten aus den Erdepochen urweltlicher Vergangenheit. Die Fuhrwerke haben sich hier verloren, jeder Sturm und Regen sucht die wenigen Menschenspuren zu vertilgen. Stellenweise, wenn man in die Schlucht hineinschaut, ist es, als ob eine Schneelawine heranwoge, aus der nur wenige schwarze Steine ragen, so üppig wuchern die weißen Gischten. Und so eindringlich rauscht hier das Lied, als hätte es uns, den Menschenkindern, etwas Besonderes zu sagen.

„Waldbach, was willst du sagen, was erzählst du mir so laut?"

„Menschenkind, ich erzähle dir von der Ewigkeit."

„Diese Botschaft höre ich wohl, aber verstehe sie nicht."

„Warte, bis es dich drängt, danach zu fragen, dann wirst du auch verstehen."

Die dunkeln Schluchten sind endlich hinter uns geblieben. Das Wasser ist stiller geworden. Das Tal weitet und gliedert sich in neue Seitentäler und liegt still da in seinen sonnigen Wiesen. Die Berge hin und hin sind blau vor Wald. Sie sind hier nicht mehr steil, sie erheben sich ganz sachte und mäßig hoch, und die flachen, breiten Höhenrücken ziehen sich stundenlang hin nach allen Richtungen. Auf diesen Höhenrücken stehen die Bäume schütter, verkrüppelt und vermoost, die Wipfel und Äste von Weststürmen gegen Osten gebogen. Auf das kurze Heidekraut des Bodens scheint die Sonne nieder und zwischen dem Gestämme durch schimmert das Meer der Wälder, das über die ganze weite Hochgegend ausgegossen ist. Eingerissen liegen die grauen Flächen der Schlagblößen und die grünen Wieslein und Matten. Wie das Tal mit den Wässern schon an tausend Meter hoch ist, so erheben sich die flachen Bergrücken an dreizehn- und vierzehnhundert Meter über die, ach wie ferne See. Gut ist's da umherzugehen, auch ohne Weg und Steg, bis man freilich auf einmal mitten im Moore ist und nicht mehr weiter kann, ohne zwischen Binsenbüscheln bis an die Waden zu versinken. Wie mag es auf hohen Bergen, wo das Wasser nach allen Seiten abrinnen kann, so viele Moore geben? Hat nicht dieses schwarze Erdreich die Eigenschaft des Badeschwammes, der das Wasser an sich zieht und nicht mehr losläßt? Seit Menschengedenken ist an gleicher Stelle das Moor, kein Förster und kein Bauer kann es besiegen, und solches Gemenge von Wasser und Erde ist eine wüste Statt für Menschen und Tier. Und die Seelen Versunkener sollen nächtig in blauen Flämmchen aufzucken oder in schimmernden Nebelchen über die öden Flächen irren. — Neben dem Moore ist es noch das Dickicht jungen Waldwuchses oder das Gestrüppe der Erlen und Wacholder oder das Gefälle, das mit dürrem Stamm- und Astwerk alles verrammelt, oder der übermooste, in faulenden Mulm zerfallende Block, die den Weg verlegen. In allem weiteren hat der Fuß freien Lauf, kein Graben und kein Fels hindert ihn, wie in einem unermeßlichen Wildgarten schreitet er dahin; der unendliche, alles und alles überwuchernde Urwald der Moose und Flechten ist ihm nur ein weicher Fuß- und Wandteppich, der alles Verknorrte und Verknotete überpolstert. Vor keinem der Tiere, die ihm über den Weg laufen, braucht der Wanderer zu erschrecken, wie auch nur wenige Tiere vor ihm fliehen. Die hoch im Gestämme hackenden Spechte kehren sich nicht nach dem Menschen; Marder und Füchse lauern in ihren Verstecken, gleich bereit zum Sprung auf Beute als auch zum Sprung zur Flucht. Ja, es kann einem nicht einsam werden, weil alles voller Leben ist ringsum, krabbelndes, kriechendes, hüpfendes, spinnendes, rieselndes, fliegendes Leben. Und dieses Hochgelände hat weit, gar weit und rundumgezogen einen ätherblassen Wall, dessen zackige Linien nur bei klarer Luft sichtbar sind. Es ist das Felsgebirge. Noch zu den Hochsommertagen sieht man in jenem fernen Walle manches Schneefeldchen liegen.

So sieht das Land aus, in dessen Schluchten und Gräben die klaren Wässer rinnen und niederspringen ins Hochtal, sich vereinigend zu dem stattlichen, brausenden Bache. Und an diesem Bache, weit und hoch drinnen im Gebirge, steht das Waldhaus. Es ist aus Holz gebaut und hat ein flaches, weit vorspringendes Dach. Hinter ihm steht eine Gruppe hundertjähriger Fichten und vor ihm rauscht der ewige Bach.

In den Hochsommertagen sitze ich in diesem Hause, es ist dämmrig und kühl drinnen, und zu dem offenen Fenster streicht die linde Waldluft herein mit ihrem Harzdufte. Am Fenster steht der Tisch, an dem ich träume oder wohl auch schreibe. Wenn am Morgen der jenseitige Waldberg still und feierlich im roten Sonnengolde dasteht, während meine Fichten noch in Dämmerung ragen; wenn am Nachmittag zwischen den Wipfeln das Sonnenband niedergeht und seine lichte Tafel gerade auf meinen Tisch hinlegt, und wenn, wie die Hummeln und Schmetterlinge, mich allerlei Gedanken umgaukeln — da ist des Wasserrauschens schier vergessen. Doch nächtig, wenn der volle Mond über den schwarzen Baumkronen steht, wie ein Geist, der verloren durch die Himmel zieht, um seine Seligkeit zu suchen — da rauscht mein Bach mit Gewalt, als hätte er mir viel, unermeßlich viel zu sagen.

„Mein trauter Waldbach, welche Nachricht bringst du mir?“

„— Menschenkind, ich erzähle dir von der Ewigkeit. Dort draußen die Holzsäge, sie mag noch so emsig schreien: Bretter, Bretter, Bretter — sie war gestern nicht und wird morgen nicht sein. Der Wald ist jedoch vorgestern gewesen und wird übermorgen sein. Ich aber war vor seinem Anfang und werde nach seinem Ende sein. Seit ewigen Tagen bin ich fortgegangen und bin doch immer da. Jede meiner Quellen hat ihre gleichen Eigenschaften beibehalten, so daß vor tausend Jahren die Bewohner jenes Berges dasselbe Wasser hatten, wie es heute ist, und die Bewohner dieses Tales ebenso. Ich bin von altem Adel, mein Lieber! Der Himmel ist mein Urahn und die Erde meine Urahne. Meinen Adelsbrief hast du gesehen da unten in den Schluchten? Ich habe dir aus ihm ein Blatt aufgeschlagen."

„O liebes Wasser," sage ich, „das ist alles schön. Aber näher wollte es mir gehen, wenn du von den Geschicken meines Geschlechtes etwas zu erzählen wüßtest. Du erinnerst dich wohl, daß ich diesem Hochtal entstamme."

„Von deinen Vorfahren willst du etwas hören," sagt der Bach, „so komm aus deinem Hause hervor, denn nur wer unter freiem Himmel ist und auf der nackten Erde, der wird die Geschichte seiner Urväter recht verstehen können."

Ich bin hinausgegangen und entlang dem Bache, bis dorthin, wo Hochwaldbäume ein verknorrtes Dach gewölbt haben über das Wasser, wo am Ufer die Brunnenkresse wächst, an deren zungenbrennenden Blättern ich oft genascht hatte. Dort ist mitten im Bach auch der dunkelbemooste Steinblock, an dem die Wellen, sich stauend, zornig emporspringen und ihre Gischten hinausschleudern, so daß es wie ein beständiger Regen niedertropft von den langen Ästen der Bäume. Dort noch ein wenig hinterwärts, zwischen breitblätterigem Germer und quirlförmigen Schachtelhalmen, auf einem verwitterten Strunk habe ich mich niedergesetzt und nun einmal gewartet, was der plaudersame Bach von meinen Vorfahren mir erzählen werde.

Und der begann in seinem ewigen Rauschen so zu sprechen: „Ich kann, mein liebes Menschenkind, nicht weit zurückgreifen, wenn du mir sollst folgen können. Nur in meine jüngste Vergangenheit. Da waren in dieser Gegend Bewohner, die nannten sich Kelten. Sie wohnten in hohlen Bäumen und in wohlverschanzten Erdhöhlen. Zur Sommerszeit auch in den Kronen der Bäume, oder in Pfahlhütten auf dem See. Wenn du über die Wiese dort einmal eine Wasserrinne graben willst, so wirst du auf lauter rundgeschliffene Kieselsteine stoßen. Es war ein schöner blauer Alpensee. Und die Bewohner der Gegend haben ihr Venedig hineingebaut, mehrere tausend Jahre vorher, als jenes Venedig im Meere entstanden. Von Fischfang und Jagd haben sich jene Ureinwohner genährt, mit den Fellen der Tiere sich bekleidet. Ihr Herdfeuer haben sie an den Blitzen des Himmels angezündet. Stark und frei sind sie gewesen; die Menschen sind in der ersten Jugend gestorben oder im hohen Alter. Wenn du von der guten alten Zeit sprechen hörst, so denke an jene Epoche der gesunden Wildheit, und wenn du die Mär hörst von der versunkenen Stadt, so denke an die Pfahlhütten auf dem See. — Denn es kam zu diesen rauhen Älplern die Kunde von dem fremden Volke aus dem Süden. Draußen in den weiten Ebenen, an den großen Flüssen hatten die Römer sich niedergelassen und Städte gebaut. Sie waren ein Volk voll Macht und Pracht, so daß die Alpenbewohner lüstern wurden, sie kennen zu lernen und allmählich ihre Sitten anzunehmen. Die Geisteskraft und die Weltklugheit hatten diese Bergmenschen nicht und so sind sie an den fremden, ihnen unangepaßten Sitten allmählich verkommen. Nicht an den harten Waffen der Römer sind sie zugrunde gegangen, sondern an deren lähmenden Üppigkeit. — Dann ist diese Gegend wieder ganz in die Urwildnis zurückgesunken, beherrscht von reißenden Raubtieren und dunkeln Nebeln. Aber nach Jahrhunderten, als wieder fremde Ansiedler kamen, wie sie glaubten, als die ersten seit Erschaffung der Welt, und als dieselben den Boden rodeten, haben sie in der Erde Steintruhen gefunden mit Menschengebeinen. Diese Ansiedler waren Germanen genannt und weit her aus den Ländern des großen Stromes gekommen. In jenen Ländern waren nämlich fremde Fürsten mit Kriegsheeren erschienen, die dem Volke seinen uralten Väterglauben wegnahmen und in allen Hainen das Zeichen des Kreuzes aufstellten. Mit Feuer und Schwert wurde es gezwungen, vor diesem Zeichen sich zu beugen. So haben viele die Heimat verlassen und sind in ferne Wildnisse geflohen, um dort frei und froh ihre alten Götter verehren zu können. Auf solche Weise ist dieses Bergland das zweitemal bevölkert worden. Wenn du heute auf Höhen kommst, wo Riesensteinblöcke künstlich übereinandergeschichtet sind, und du weißt nicht, von wem und zu welchem Zwecke das getan wurde, so denke an die heidnischen Vorfahren, die ihren Göttern Altäre haben gebaut. — Nun währte es wieder eine lange Zeit, halbwild lebten die Menschen ihrem Speer und ihren Göttern. Aber der neue Geist, dem sie zu entfliehen gewähnt, kam ihnen nach in die Wildnis. Nicht mit den Mitteln der Gewalt, sondern in Form sanfter Überredung. Denn auch hierher kamen begeisterte Männer mit dem Kreuze, mit milderen Lebensgewohnheiten und vielseitigen Beschäftigungen. Sie brachten den Pflug mit und die eiserne Axt, und das Rad und noch manch verwunderliche Erfindung, an denen die Bewohner Gefallen fanden, die sie annahmen und mit Geschick weiterbildeten. So begannen die Bewohner die wilden Tiere auszurotten, oder sie zu zähmen zu Haustieren, Wälder zu reuten, Tümpel abzuleiten und Sümpfe zu trocknen. Mit den Sämlingen, die die Männer des Kreuzes in die Gegend gebracht, betrieben sie Ackerbau; da wurde es lichter in der Gegend, die Nebel verdunsteten im Sonnenschein. Feste Wohnstätten waren entstanden, zerstreut in den Tälern und auf den Bergen, und in jedem Hause schuf vielseitige Beschäftigung eine reichere Welt. Dem Kreuze hatten die Bewohner sich nicht mehr widersetzt, insgeheim aber hingen sie an ihrer Väter Glauben und unter christlichen Formen lebte das Heidentum fort. Eine ebenmäßige Kultur hatte die wüste Bergwelt besiegt. In Arbeitsamkeit, Redlichkeit und Zufriedenheit — so ging, eingefriedet von weiten Bergen, ruhig und ergeben ein Geschlecht ums andere dahin. — Also hatte es lange Zeit gedauert. Da begann es sich zu wiederholen, wie es einst bei den Kelten vor sich gegangen. Wie jene dem Wohlleben der südländischen Völker zum Opfer gefallen, so kam in diese Älpler das Weltgift der neuen Zeit und solches hat die Gegend entvölkert."

„Ja, mein liebes Wasser, dieses Weltgift kenne ich!"

„Ja, mein liebes Menschenkind, dieses Weltgift hast auch du getrunken. Du hast deiner Väter Scholle verlassen und bist in die Ruhelosigkeit hinausgetreten und deiner Kinder Geschicke sind wie unverankerte Schifflein auf dem Meere." — Unmutig gischteten die Wellen auf und warfen mir kalte Tropfen ins Gesicht. — —

Und so höre ich die Wasser rauschen da oben in diesem Hochtale, und ihr Rauschen wird mir zu Gedanken und

Gestalten. Kein Wasser der Erde geht mir so nahe, verstehe ich so gut, wie diese Bäche da oben. Ich habe den Rhein wogen gesehen, den sagenreichen, ich habe die Wasserfälle der Tauern tosen gehört, ich habe das Donnern des Meeres vernommen. Herrliche Stunden sind es gewesen, voller Genuß und Begeisterung. Fruchtbar aber, fruchtbar allein für meine Muse sind die klaren Wässer, die meiner Heimatsscholle entquellen. Je ferner ich diesem Boden bin, je spröder wird meine Phantasie; je näher ich ihm komme, je reger wird das Herz, je lebhafter wird die dichterische Gestaltungsfreude. Für Fremde hat die Gegend kaum viel Anregendes, von mir ist sie geistig längst ausgesogen, so daß ich mir sagen muß, nun bist du fertig. Aber sobald ich wieder diese Wasser rauschen höre, da hebt es an, in meiner Brust unruhig zu werden, als seien noch unerlöste Geister dort, die nach Gestalt ringen. Doch was nachher da zutage kommt, gleicht vielleicht Längstgestaltetem, und zwischendurch fragt der Zweifel: Verstehst du es wohl auch recht, das Rauschen des Waldbaches?

Einmal saß ich auf dem Steinhaufen, den in früherer Zeit fleißige Bauern aus den Wiesen zusammengetragen haben. Darauf wucherte Himbeergesträuche und vor mir war der Bach. Da wollte ich denn doch einmal beobachten, wie in seinem Bette das Wasser mit den Bachsteinen ringt und wie eigentlich die unterschiedlichen Geräusche entstehen. An seichteren Stellen, wo emsige Wellen die Steine links und rechts umgehen, da flüstert es. In den Tiefen, wo die Wellen die Blöcke kuppenförmig überwallen, da gurgelt es. Dort, wo das Wasser an scharfe Kanten stoßend aufspritzt, rauscht es. Dort wo es in dünnen Bändchen über die kleinen Abstürze niederspringt, plätschert es. Dort wo es in schweren weißen Wuchten in Tümpel stürzt, braust und tost es. — Ein unbeschreibliches Spiel ist das, seit Ewigkeiten, nicht zwei Augenblicke, in denen es ganz gleich rinnt und gleich rauscht. Und wie ich so eine Weile dagesessen, ruhig und träumend, zogen dort auf der Wiese Mähder das Heu zusammen, hinten am Hang sägten Holzhauer einen alten Baum durch; vor mir arbeitete das Wasser mit unermüdlicher Emsigkeit. — Da war es, als ob jene seitlingsgedrängten Wellen mir zuflüsterten: „Du bist der große, der große, der große, der große —“ Ach, welche Huldigung! Ich bin ja doch nur ein gewöhnliches Menschenkind. Aber das Wasser immer: „Du bist der große, der große, der große . . .“ „Faulenzer, Faulenzer, Faulenzer . . .“, schrie eine andere, an den Steinblock prallende Woge herüber. — Ich werde wohl recht verstanden haben — wie? Was auch in aller Welt soll dieses Schauen und Träumen? Wird etwas dadurch? Wird jemand klüger davon? Wird jemand glücklicher darin? — Vielleicht doch, mein liebes Wasser. Sonst könnte es mir nicht zumute sein, als wäre meine Wesenheit ausgefüllt und erfüllt, wenn ich schaue und träume. Siehe, wie du rinnen mußt, so muß ich schauen; wie du rauschen mußt, so muß ich träumen. So ist es uns gegeben. Der Menschen Gedanken sind ja auch so ein Strom, wie du. Zwischen den Körpern, Kräften und Erscheinungen wie im Spiele hin und her geworfen, und dennoch das ewig Herrschende, Zerstörende und Ordnende. —

Und eines Frühmorgens, da ging ich wieder einmal hinaus aus dem Waldhaus am Bache. Durch die langen Waldschluchten hin flog mein Blick. Die Berglehnen waren noch fast schwarz im Dunkel der schwindenden Nacht, aber aus der Ferne leuchtete eine kleine Felsenspitze in so roter Glut, daß der Wald um mich fast einen Rosenschimmer bekam. Aus dem Bache stieg hin und hin ein leichter Nebel, auf der Wiese daneben stand dichtes, hohes Gras. Allerlei Halme, Blätter, Rispen und Blüten durcheinander, schwer vor Tau, dessen Tropfen nun, als die Sonne kam, in allen Feuern zitterten und funkelten. Manch flinker Vogel flog leicht von einem Baumwipfel zum andern, er mochte wohl sein Morgenlied trällern, man hörte es nicht, das Wasser sang lauter. Am Wiesenrand hatte sich schon die Reihe der Mähder angestellt und die Mahdenstreifen dufteten kühle Würze frischgelegten Grases aus. Mit einem wohlgemuten Ernste, langsam und sicher, führten die jugendlichen Mähder ihre Sensen durch die üppige, blühende Graswildnis; ich, der Spaziergänger, beneidete sie um ihre Arbeit.

Dann kam ich zur Stelle, wo unter einer Wasserwehre ein kesselförmiger Tümpel ist. Die weiße Wucht des Baches stürzte ein paar Meter tief nieder in diesen Tümpel, in welchem die Wasser aufkochten und gegeneinander wüteten, um ein wenig weiterhin so geruhig und klar zu sein, daß man in seinem tiefen Grunde jedes Steinchen sah und jede braune Forelle, die langsam, manchmal auch in scharfen Schnellen hin und her glitt. Am Ufer ist eine erhöhte Sandbank, auf welcher ein dürrer, teils noch beästeter Baumstamm angeschwemmt liegt. Auf diesem Holze saß ich wieder manche Stunde und das Geäste bildete Armstützen und Lehne. Hinter mir hätten Berge niederbrechen können, ich würde dessen nicht gewahr worden sein, so sehr war mein Blick gebannt von dem tosenden Wasser. Auch an diesem Morgen ging ich zu solchem Wasserfalle, setzte mich in den Baum und gedachte — halb eingeschläfert von dem ewigen Brausen — vergangener Zeiten. — Ich war auch einmal so jung und hatte auch einmal so wohlgemut ernsthaft Gras gemäht auf der morgentaufrischen Wiese. War das wirklich noch dasselbe ununterbrochene Leben, das damals gewesen und das ich jetzt führte? Oder war's in einer andern Welt gewesen, in der ich einmal unversehens starb, ganz ohne daß ich's merkte, so daß ich der werden konnte, der ich jetzt bin, gleich jung an Empfindung, aber ein Träumer. Statt zu arbeiten, immer Vergangenheit schauen. Und Zukunft ahnen, anstatt frisch und keck der Gegenwart zu leben. Oder — ist es nicht etwa doch das verdichtetste Sein, das gesättigste Leben, Vergangenheit, Zukunft und Gegenwart an einem und demselben Tage beisammen zu haben!

„Wasser! Du hast mir erzählt, wie es einst war in diesen Bergen. Willst du mir nun nicht auch sagen, wie es einst sein wird?"

„Ja, Menschenkind," antwortet der Bach, „komm nur mit mir. Hier im Widerstand bin ich zu zornig; ich muß gelassener sprechen können; wer sich überschreit, dem glaubt man nicht." — Und weiter unten, wo an den Ufern die roten Steine liegen und die silberblätterigen Weiden stehen, spricht der Bach: „Die Zukunft? Sie ist schon Gegenwart. Auf dem Wege in diese Hochtäler herauf wirst du an den Holzwägen gesehen haben, wie der Wald auswandert. Er wird noch lange auswandern, er wuchert in großer Jungkraft nach. Und die draußen hungern nach Holz, nach Stein, nach allerlei. Die eiserne Fahrbahn wird nicht mehr lange auf sich warten lassen. Wenn der Wald endlich ausgerottet ist und die Lehnen und Kuppen kahl daliegen, wenn die grüne Haut des Rasens abgeschwemmt und das riffige Gestein entblößt ist, dann wird man in diesen Bergen nach Kohle schürfen, nach Erz, nach Magnesit, nach Quarz, nach Gold, nach was weiß ich — brauchen können sie alles. Wie wilde Tiere werden die in Übervölkerung lebenden Menschen über die Berge herfallen und Raubbau treiben. Wie heute die Morgennebel aufsteigen, so wird dann aus rußigen Schloten der stinkende

Rauch wirbeln, mit seinem Gifthauch alles organische Leben erstickend. Und bis die letzte Pflanze verschwunden ist, bis alles brauchbare Mineral aus dem Boden gerissen ist und nur noch die tauben Schutthaufen daliegen, die keine Triebkraft und keine Wasserquelle mehr haben — dann wird man endlich ablassen, die unfruchtbare Mondlandschaft meiden, und was einst Wildnis gewesen, wird Wüste sein. Wildnis und Wüste, das ist der Rahmen der Menschheitsgeschichte."

„So hast du mir das Weltende gezeigt," spreche ich zum Bach.

„O Menschenkind!" ruft er, „das Ende habe ich dir nicht gezeigt, dahin ist es noch weit. Wenn alles kahl und tot sein wird, ein Leben ist noch da. Ich — das Wasser. Wird es auch nicht in frischen Quellen aus der Erde sprudeln, so wird es mit den Winden kommen, vom Himmel fallen, Stoffe lösen, neue Kräfte wecken. Und wenn du in Tausenden von Jahren wiederkommst, wirst du Urwälder finden und wilde Tiere und seltsam herrliche Blumen im Morgentau und — den rauschenden Bach."

Den rauschenden Bach.

„Ich bin," so setzt er bei, „der Nährer und Bildner der Erde. — Du wirst auch da sein. Die organischen Wesen wirst du vielleicht in gleichen oder ähnlichen Gestalten, wie sie heute sind, wiederfinden; aber das scheinbar Beständigste, Unverwüstlichste, die Gebirge, werden andere sein. Alte Bergformen werden verschwunden, neue gebildet sein — und der Bildner bin ich."

Nachdenklich ging ich dem Wasser entlang und kam zu jener Stelle, wo es auf ebenem Boden seicht und breit auseinanderfließt, so daß die braunen Steinchen mit ihren Goldfunken klar durch die Wellchen glänzen. In jedem Wellchen, wie sie da weich und sich stets ineinanderverflechtend, hinrieseln, spielt ein Sonnenstrahl, so daß der Bach wie ein silbernes Netz ist, unter dem die Fischlein gleiten. Hier rauscht der Bach nicht, hier flüstert er, als handle es sich erst jetzt um das wahre Geheimnis.

„Du sprachest vorhin,“ so knüpfe ich wieder an, „von einem Wiederkommen nach Tausenden von Jahren. Meinst du das im Ernste? Kann ich einst wieder als Mensch in dieses Leben treten und gar in diese Gegend?“

„Wünschest du es?“ frägt der Bach.

„Ich wünsche es auf das innigste.“

„Glaube, was du wünschest.“

„Aber nach allem, was ich weiß, wird es unmöglich sein —.“

„Glaube nicht, was du meinst zu wissen; glaube, was du wünschest.“

— — Das war mir nun eine merkwürdige Offenbarung. Glaube nicht, was du meinst zu wissen; glaube, was du wünschest . . . .

„Laß mich, du lieber Bach, noch eine Frage tun. Wird sich jenes Zukunftsleben genau wieder so abspielen, wie das jetzige?“

„Möchtest du es so?“

„Lieber wie das Nichtsein ist mir das gleiche Sein, wie jetzt, und sollte es sich immer so wiederholen. Jawohl, wenn ich es schon sagen darf: Was ich jetzt bin, das ist mir recht. Nur dauernd sollte es sein. Belebend, nährend, bildend und dauernd wie dein Wirken, du wunderbares, ewiges Wasser. Das, wenn mir gegönnt wäre!“

„Glaube, was du wünschest — — — —“

„Wollen Sie wirklich die kalte Nacht über hier schlafen

und morgen früh mausetot aufwachen?" Mit diesem derben Spaß rüttelte mich jemand an der Achsel. Und war's der alte Jäger. Er trieb mich vom Bachrande förmlich weg und führte mich ins Haus. Es war dunkel. In meiner Stube schloß ich die Fenster, denn draußen strich eine kalte Luft. Ich hörte im Schlafe die ganze Nacht des Baches Lied von der Ewigkeit und immer wieder rauschte es auf: Glaube, was du wünschest!

Rings um den Dachstein.

1887.

Diesen Gang machte ich zum Teile als dreizehnjähriger Knabe, das heißt, mit einem solchen, mit meinem Sohne Sepp, in dessen Gefühlen und Anschauungen ich mich aufgehen ließ. Es ging zur Not, denn meine Sinne waren leidlich jung geblieben und alles, was ich schon unzählige Male gesehen hatte, sah ich jetzt gleichsam das erstemal. So kann man ein Leben eigentlich immer wieder neu anheben und hat doch den Vorteil, früher gemachte Erfahrungen zu nützen.

Was ist denn zu vergleichen mit der Freude eines munteren, jungen Studenten, wenn er am sonnigen, taufrischen Feriensommermorgen geweckt wird: „Auf! In einer Stunde ist der Zug da!"

Es geht ins Hochgebirge.

Bis St. Michael haben wir an beiden Seiten noch Mittelgebirge mit Bauerngründen und Wald, hinter St. Michael gegen das Ennstal hin hebt der alpine Charakter an, Wiesen, Moore, Almen. Wir beschäftigen uns einstweilen mit dem Mittagessen, das wir in St. Michael ins Gelaß bekommen haben, und das rollende Speisezimmer ist es, das dem Jungen Spaß macht. Hier verlieren wir mit der Speisestunde keine Zeit: die Suppe essen wir bei Kammern, den Braten bei Mautern, die Mehlspeise bei Kalwang und das Obst bei Wald. Unsere Aufgabe ist, vorwärts zu kommen und es ist doch schön, daß man während des Essens und Schlafens und Faulenzens eine Aufgabe erfüllen kann. Aber freilich keine Schulaufgabe!

Bei Selztal setzen wir ins Ennstal ein und sind nun fast plötzlich in der Runde des Hochgebirges; blauende oder weißleuchtende Felswände ragen; und wenn ich meinen Knaben frage: „Was glaubst du, wie weit hätten wir zu zu Fuß über diese Wiese hin bis zu jener Steinwand?" so sagt er: „Zehn Minuten!" Wenn den Irrtum deines Auges deine Füße entgelten müßten! Zwei starke Stunden über Moorboden. Die Eisenbahn, die so mühelos und leichthin angelegt scheint, hat ihren festen Grund aus Sümpfen herausmauern müssen und lieber hätte sie sich in den Felsen ihren Weg genagt.

Sachte öffnet sich die Krümmung des Tales und nun steigt sichtbar über den Bergen aufwachsend der gewaltige Grimming empor. Das ist er, den unsere Vorfahren den Altvater nannten und für den höchsten Berg der Erde hielten. Seine von allen Seiten schroff aus dem Tale aufspringende Kegelgestalt mit dem 2351 Meter hohen Haupte berückt weit mehr, als etwa anderswo der aus breitem Gebirgsstock sich im Hintergrunde unscheinbar erhebende Dachstein oder Großglockner.

Der Tag ist gewitterschwer und von der eben noch freien Spitze des Grimming sehen wir ein Nebelchen herausfahren, das in wenigen Minuten das ganze breite Haupt einhüllt. Unter der Wolke starren die Wände in finsterblauen Tinten, über die alsbald der Hauch des Regens geht. Mittlerweile sehen wir auch über den Tauern und über die fernen Berge des Gesäuses aus teils noch besonnten Wolken breite Regenbänder niederziehen. Jählings wirft der Wind schwere Tropfen an unsere Fenster, ein greller Blitz springt vom

Moore auf und vom Himmel nieder, und die Wasser- und Eismassen stürzen prasselnd herab. Unser Zug saust munter durch die stäubenden Nebel des Sturmes, eilt, als wollte er Unterstand suchen, in den Tunnel bei Pürg; als wir aus demselben wieder davondampfen, ist es anders. Hagel und Regen ist vorbei, der uns gerade gegenüberstehende Grimming ist klar bis hinauf zur Spitze, die zu sehen man den Kopf weit in den Nacken legen muß. Aus der Schlucht des Grimmingbaches, über die wir uns bereits emporgearbeitet haben, über den feuchtschwarzen Fichtenwipfeln des Abgrundes steigen weiße Nebellappen, die sich an der halben Felsenhöhe des Berges auflösen. Im lieben Sonnenschein, aus dem immer noch leichter Regen niederrieselt von dünnen, zerrissenen Wolkenschichten, gleiten wir über die Hochebene von Mitterndorf und durch die bewaldete Kainischschlucht nach Aussee.

„Sam dih nit long und find
Eini af Aussee gschwind,
Weil doscht von Paradies
Noh a Trum is.“

Dieser Sang des Ausseer Dichters Johann Kain lockt uns nicht vergebens. Die geschichtlichen Merkwürdigkeiten des uralten Salinenortes Aussee, sowie die Historie von unserem teuren Prinzen Johann, der um die Postmeisterstochter von Aussee gefreit, hat mein Junge bereits im Kopf. Unser erster Gang ist zum historischen Posthause, das hinter der Traunbrücke am Meranplatze steht; wir grüßen die jedem Steirer hochwerte Stätte. Dann kehren wir ein im ältesten Hause des Ortes, das noch Überreste von keltischen Mauern aufweist — im Gasthause „Zur blauen Traube“ — frei von Kellnerfräcken. Eine Hauptaufgabe der Verschönerungsvereine wäre es, in den Alpen die Kellnerfräcke auszurotten; ich mag in unseren herrlichen Landschaftsgemälden diese vertrackten Tintenkleckse nicht sehen.

In Aussee fließen zwei Traunen zusammen zu einer; jener, die aus Altaussee kommt, gehen wir entlang aufwärts am rauschenden Wasser, einen schönen Fußweg, über dessen Waldwipfeln die Trisselwand und der Sandling und das hohe Schildkrötenhaupt des Loser niederschaut. Nun öffnet sich das mit unzähligen Villen bestreute Altausseertal. Die mit Brettern verschalten, mit Ranken bekränzten und grünen Fensterbalken beschlagenen Landhäuser sind malerisch. Am Fuße der Trisselwand liegt tief und still der See, an dessen anderem Ufer, zu Fuße des Losers, das Dorf mit der gotischen Kirche sich hinstreckt. Wenden wir unseren Blick nach rückwärts, so sehen wir die Massen des Sarsteins und des Hochzinken und zwischen diesen beiden im Hintergrunde die Gletscher des Dachsteins in ihrer ewigen Einsamkeit liegen. — Abenddämmerung war's und die Aveglocke klang, als wir vor diesem Alpenbilde standen und ich zu meinem Sepp sagte: „Danken wir Gott, daß er uns ein solches Heimatsland gegeben hat!"

Bei den viertausend Fremden, die zurzeit in Aussee und Umgebung wohnten, war es schwer für uns, ein Obdach für die Nacht zu finden und wir nahmen endlich gerne mit einer Kammer fürlieb, deren Wand von einer nachbarlichen Küche erhitzt war und deren einziges vergittertes Fenster in einen Hofwinkel hinausging. Ein solches Quartier lädt nach freier Auskehr in die lichte Welt, zur Einkehr in sich selber und zur Ruhe der Sinne ein. — Noch bevor der Morgen graute, wurden wir durch ein zweistimmiges Wehegeschrei draußen vor dem Fenster geweckt. Es gibt nichts Traurigeres auf Erden, als es diese Weherufe waren. Gleichzeitig hub Sepp an zu lachen, denn er erkannte es früher als ich, daß zwei Katzen in Streit waren, deren Elegien nun schnurrend, schnarrend und pfauchend in Tätigkeiten ausarteten. Unser Reiseengel war es, der uns dieses Katzenständchen veranstaltet haben mochte, denn nun nahmen wir den schönen Frühmorgen wahr und standen auf, um ihn zu genießen.

Einen Blick in die Kirche, wo fromme Menschen still in den Bänken knien. Dann das Frühstück auf dem Söller des Seewirtes im Angesichte des Sees und des Dachsteins. Hernach eine Kahnfahrt über den See, der schwarz und spiegelglatt ist. Siebzig Meter tief. Ein zolldickes Brett zwischen uns und dem Verderben. Es hat einen seltsamen Reiz, manchmal auf dem Tode zu reiten. Obgleich wir schwimmen könnten, würden uns doch die steilen Felsufer stellenweise eine Rückkehr auf die Erde verwehren. Von diesem See steigen wir jenseits den bewaldeten Hang des Tressensteines empor, stehen manchmal still, um über die Wipfel hinaus das auf weite Matten hingestreute Altaussee zu betrachten, und den gegenüberstehenden Loser, an welchem im sonnigen Vormittage Nebelschichten auf und nieder kriechen. Über die Sattelwiese steigen wir auf der andern Seite hinab gegen den Grundelsee. Unterwegs kehren wir bei einem Bauernhause zu, wo wir um Milch bitten und mit jener anspruchslosen treuherzigen Gastlichkeit bewirtet werden, durch die sich der deutsche Gebirgsbauer auszeichnet. Die kleine Gegengabe wollen sie kaum annehmen, es sei alles zu viel, meinen sie, und der Tropfen Milch und der Schnitten Brot sei eine Gottesgabe, die nichts koste. — Können sie es denn vergessen, daß sie jahraus, jahrein arbeiten in diesen sandigen Hängen um „den Tropfen Milch und den Schnitten Brot!“ — Unten im Hotel am Grundelsee sieht's anders aus. Ein Stück Wien, mitten aus der Großstadt, just dort, wo sie am geschniegeltsten und gespreiztesten ist, herausgebrochen und wie ein Kuckucksei in diese schöne Ländlichkeit gelegt! Das Völklein der Hofschauspieler, sonst mit genialer Bummelwitzigkeit dieses Stadtleben auf dem Lande durchgeistigend und hebend, ist dies Jahr nicht erschienen und der alte wackere Schrammel im schlichten Lodenrock zwischen den Gigerln ist eine Schwalbe, die keinen Sommer macht.

Wir tun auf dem kleinen Dampfer, auf dem einzigen, den die steirischen Wasser tragen, eine Fahrt über den zwei Stunden langen See bis Gößl, gehen dort eine halbe Stunde bis zum kleineren Toplitzsee, den wir nun vermittelst Kahn übersetzen, gehen dann wieder etliche Minuten, einen Steinwall übersteigend, und stehen vor dem Kessel des Kammersees, der in der tiefsten Wildnis liegt, umgeben von Geröll, senkrechten Wänden und niedergebrochenen Baumruinen. Wir sind bereits in einer Schlucht des Toten Gebirges, das sich von hier aus erhebt und das sich meilenweit hinbreitet, mit seinen von Professor Walcher uns näher gebrachten Naturschönheiten, den Touristenstraßen entlegen.

Denselben Weg über Land und Wasser nehmen wir wieder so zurück und gehen dann von dem mit Villen umkränzten Grundelsee der Traun entlang, auf einem Fußweg mit schönen Landschaftsbildern nach Aussee hinab. Manchmal setzten wir uns auf eine Bank oder auf einen Stein und zeichneten Bäume, Berge, Hütten und Brücken ab, was freilich keinen anderen Gewinn gab, als den, daß wir die Einzelheiten der Gegenstände genau betrachteten und in unser Gedächtnis aufnahmen. Wir haben Ursache, die Zeichnungen sorgfältig vor jedem fremden Auge zu hüten, wir selbst sehen in ihnen gottlob nicht das, was wir gemacht haben, sondern das, was wir machen wollten.

Am dritten Tage der Reise, vormittags, dampften wir durch das wilde Engtal zwischen Sarstein und Zinken neben der schäumenden Traun hinab zum Hallstätter See. Von der Haltestelle der Eisenbahn führte uns der stattliche Dampfer quer über den See nach Hallstatt, dessen Lage und Umgebung an ein nordländisches Fjord erinnert und dessen malerische Schönheit vom See aus gesehen werden muß. Hallstatt selbst geht fast in feinen städtischen Hotels auf, die uns vorzeitig von dem Orte zurückschreckten, noch ehe wir den Waldbachstrub, den Rudolfsturm, das Salzbergwerk und die Keltengräber gesehen hatten. Wir fuhren hinab in das ländlich idyllischere Wirtshaus der Gosaumühle, wo wir nach einfachem Mahle einen Wagen mieteten, um durch den Gosauzwang nach Gosau zu fahren. Die Fahrt auf der glatten Straße zwischen den Bergen und dann über das sich weitende grüne Alpental war so erfrischend, daß wir den Entschluß faßten, auf die Zwieselalpe zu wandern, zu einem Aussichtspunkte, den ich so oft schon rühmen gehört hatte. In Gosau angekommen, wurde der Entschluß sofort ausgeführt. Der alte Dachsteinführer Johann Georg Gapp zu Gosau ging uns voraus und trug unser kleines Gepäck. Der Weg, durch das zwei Tage früher stattgehabte Unwetter arg zerrissen, führte quer durch mäßig steile Waldlehnen hinan. Nach einer Stunde Wanderung sahen wir zwischen den Baumstämmen schimmern die nördlichen Gletscher des Dachsteins, aber gleichzeitig über den wildgezackten Donnerkogeln die erste murrende Wetterwolke. Der Führer mahnte uns zu rascherem Anstieg, allein mein Junge war stets seine hundert oder zweihundert Schritte zurück und meinte, wir sollten nur fortgehen, er käme schon nach. Endlich setzte er sich gar auf einen Baumstrunk. Das war etwas Neues. Sonst über die Berge stets als der erste vorausſprang und hüpfte er über Stock und Stein, während unsereiner um sein bißchen Atem rang, und heute antwortete er mir auf mein Drängen: „Mir ist alles eins, ich kann nicht mehr, ich bleib da sitzen." Die drei aufregenden Reisetage mußten es ihm angetan haben. — Der Himmel hatte sich mittlerweile verfinstert, zwischen den Scharten der Donnerkögel wälzten sich Wolken herüber und der Dachstein war in Nebelfetzen gehüllt, durch deren Löcher das Eisfeld blinkte. Der Führer trieb zur Eile an und als mein Knabe müde den Wunsch aussprach, unter einem der dichtbeästeten Bäume das Gewitter abzuwarten, deutete der Führer auf die vielen fahlen und zerrissenen Stämme, die der Blitz getroffen hatte. Nun sausten die ersten schweren und eiskalten Regentropfen nieder. „Sepp!" rief ich, „vorwärts! Du mußt!"

Jetzt ging's. Fest den Stock ins Gestein stoßend schritt er aus. Die Tropfen hörten wieder auf und eine Stunde später waren wir bei der Ödalpe-Sennhütte.

Da sagte ich zum Knaben: „Sepp, merk' dir's, was der feste Wille vermag!"

Fast in dem Augenblicke, als wir von Sturm gepeitscht, schnaufend und schweißtriefend in die Hütte taumelten, brach das Gewitter los. Ein schmetternder Blitzschlag, die Wasser schütteten nieder, und als der Hagel auf dem Schindeldach derart knatterte, daß wir unser eigenes Wort nicht verstanden, schmunzelte unser Führer und rief mir ins Ohr: „Die Klocker-Buben sind da! Die Klocker-Buben sind da!" Er meinte damit die auf das Dach klockenden (klopfenden) Eiskörner.

In die Hütte waren von den nahen Almwiesen die Mähder zusammengekommen, die ihre Pfeifen schmauchten und aus Schnapsplutzern tranken. Die Burschen schäkerten mit der Sennin, diese aber sagte, so oft der Donner schlug: „Hört's denn nit, wie der Himmelvater greint! Tut's lieber beten, ist gescheiter!"

„Wir wollen halt nit immer gescheiter sein,“ sagte einer der Burschen, „trink einmal, Sennin, nachher wirst lustig, siehst, und unser Herrgott lacht schon wieder!“

In der Tat, draußen schien die Sonne, und die Regentropfen funkelten in allen Farben. Nachdem wir uns mit einem Imbiß gestärkt hatten, stand über dem abziehenden Gewitter ein Regenbogen, und über uns blaute der Himmel. Wir zogen an, um den letzten Bergrücken zu besteigen, der uns die Aussicht auf das Hochgebirge verdeckt hatte. Zur Höhe gelangt, wo man auf die andere Seite kommt, hatten wir ein grauenhaft herrliches Bild vor uns — das großartigste auf der ganzen Reise. In seiner vollen Höhe und Breite, mit den blassen Kalkwänden und den weißen Gletschern, stand der Dachstein da — in fast überirdischer Verklärung. Nicht ein Nebelchen war an ihm, hinter ihm war die Nacht des Wetterhimmels und er stand da in leuchtender Plastik, von der sinkenden Sonne rein beschienen, so daß man an dem wilden Gebirge, das immerhin noch eine gute Strecke Luftlinie von uns entfernt war, jeden Stein und jeden Riß zu sehen glaubte. Unten in walddumdüsterter Tiefe lag der Gosausee, in sich die Wände des Torstein und das Eisfeld spiegelnd.

Mein Knabe jubelte und ich freute mich, daß er jubelte, weil sonst in diesem Alter der Sinn für Naturschönheiten noch nicht aufgegangen zu sein pflegt. Das war aber auch keine alltägliche Naturschönheit, sagte es doch selbst der Führer, daß er in solcher Beleuchtung den Dachstein kaum jemals gesehen habe. Natürlich waren wir in unseren kindlich glücklichen Herzen überzeugt, daß das Gewitter nur darum gewesen sei, damit wir dies Bild voll unbeschreiblicher Pracht gerade so zu sehen bekämen. Wie glücklich ist doch ein phantastisches Gemüt! es dienen ihm Erd' und

Himmel. — Die übrige Rundschau, die sich von der Höhe der Zwieselalm aus bietet, war von dem Dachsteinbild schier verdunkelt. Und doch ist die Fernsicht von seltener Großartigkeit. Vom Toten Gebirge im Osten bis zu den Gletschern des Glockner und des Venediger im Westen, vom Untersberg im Norden bis zu den Hohen Tauern bei Gastein im Süden — welch eine Alpenkrone! Die nahen, zerklüfteten Donnerkögel, die fast senkrecht niederfallen zu den Gosauseen, die blauduftigen Gesteinmassen des Tännengebirges, des Steinernen Meeres mit der übergossenen Alm, die Spitzen des Hohen Göll, des Watzmann und noch viele andere bekannte Gruppen und berühmte Herren stehen da in ihrem ewigen Hochfrieden: dazwischen die Almen, die Waldberge, die Täler mit ihren Wiesen und Kornfeldern, die Dörfer und Kirchen darin, und wieder die Engschluchten und Bäche und Gebirgsaugen, die Wasserfälle und Seen.

Da ferne auf den bayerischen Ebenen ein dichtes, dämmerndes Dunstmeer lag, in welchem die hineinsinkende Sonne spurlos verschwand, so mahnte unser Führer zum Aufbruch, man könne nicht wissen, ob das zweite Gewitter so gnädig sein würde wie das erste. Wir trennten uns schwer von der herrlichen Höhe und ihrer leichten stillen Luft; in Eile rafften wir noch ein paar Hände voll Alpengentianen und Kohlröschen zusammen, dann stiegen wir nieder gegen das Tal zum Gosauschmied.

Als wir vom Gosauschmied nächtlicherweile nach der Gosaumühle fuhren, erhellten uns fast ununterbrochen Blitze den Weg, und kaum wir gegen Mitternacht in unser Gasthaus ankamen und Sepp, wie er stand und stehend schlief, ins Bett gesunken war, brach ein Unwetter los, gegen welches das Gewitter auf der Alm nur ein zahmes Vorspiel gewesen war. Die Wände des uralten Hauses bebten vor den Donnerschlägen und der Hallstätter See rang tosend mit dem Orkan. Die Fenster unseres Schlafzimmers klirrten im sausenden Regen, und das ganze Gehöfte war wild umrauscht von Gewässern.

Wir waren geborgen; und an diesem Tage zweimal dem Unwetter knapp und fein entronnen, fragte ich mich, ob wir es wohl verdienten, so glücklich zu sein?

Der nächste Morgen war trübe; der See hatte sich noch nicht ganz beruhigt; am hohen Hirlaz, am Krippen- und am Sarstein hingen träge Nebelbänke, und im Blau der Ramsauer Berge sah man die Schleier des Regens niedergehen.

Wir fuhren von Gosaumühl auf einem Nachen zur jenseits des Sees liegenden Haltestelle. Mit dem nächsten Zuge ging's an Goisern und Ischl vorüber nach Traunsee. Wir saßen im Aussichtswagen, schauten dem Wandelpanorama des Gebirges zu und wie sich darüber der Himmel lichtete. Bahnhöfe und Zug waren überfüllt von Sommerfrischlern und Touristen, die ländliche Stimmung war dahin. In Traunsee bestiegen wir den Dampfer „Gisela", und während ich mich an die Rampe gelehnt, in die Schönheiten des Sees und des massigen Traunsteins vertiefte, bewunderte mein Junge das Dampfschiff, studierte seine Einrichtungen vom Steuerrade an bis zum Rettungskahne und war außer sich vor Vergnügen. Bald öffnete sich der Blick in das Hügelgelände, an dessen Fuß — anfangs nur wie ein lichter Streifen zu sehen — das freundliche Gmunden liegt.

Zu Gmunden stiegen wir in dem alten Gasthofe „Zur Sonne" ab, dessen gut bürgerliche Einrichtung und biederen Wirtsleute uns die sonstige Aufgedonnertheit des Modekurortes vergessen ließen. Ein kühlender Regen, der sich nachmittags einstellte, kam mir zustatten; bei schönem Wetter duldet es mich in solchen Gegenden nicht im Zimmer, es hetzt mich umher in Sonnenglut und Windwehen, auf Höhen und in Tälern. Der Regen gab mir Ruhe und sie tat wahrlich not. Zwei Stunden nur, denn es kam mein Sepp ins Zimmer gestürzt mit der Botschaft, daß auf dem See ein fürchterlicher Sturm tobe und daß wir daher sofort einen Kahn nehmen und hinausfahren müßten. Wenn auf dem See ein Sturm ist, darf der Mensch nicht auf dem Sofa liegen. Wir gingen eilends an das Ufer hinab. Der Regen hatte aufgehört, wuchtige Wolkenmassen rangen mit der niedergehenden Sonne um den Abend, an den Häuptern des Traunsteins und des Höllengebirges schwere Nebel, im Hintergrunde über den Bergen bei Ebensee ein dunkles Regengrau. Ein frischer Wind strich vom Gebirge her, der See glitt in munteren Wellen heran, immer heran und warf rauschend und schäumend seine Wellen an das Ufer. Die Dampfer standen festgeankert, sie hatten Feierabend gemacht. Wir mieteten ein Segelschifflein und — mein Knabe war durch früheres aufmerksames Beobachten bereits sachkundig — segelten hinaus auf „die hohe See". Eine Stunde lang kreuzten wir mit geblähtem Segel zwischen 31. und 32. Grad östl. Länge und 47. und 48. Grad nördl. Breite. Der scharfe Gegenwind ließ uns nicht recht vorwärts kommen, fiel uns ein paarmal so heftig in die Flanke, daß das Schiff, von Gischten über und über begossen, bedenklich auf die Seite schlug. Ora pro nobis! Der See war schwarzblau geworden und nur von zahllosen weißen Schaumwellen und Gischtkämmen unterbrochen. Im ganzen war die Sache doch nicht so harmlos, als ich es halb scherzend zu nehmen liebte, und als wir in der Abenddämmerung rasch gegen das Ufer glitten, standen dort Leute, die unser kleines Wagestück mit einigem Interesse beobachtet hatten.

Da mir auf dem See der Wind wiederholt meine langen Haare boshaft über die Nase gespielt hatte, so wollte ich solche nun stutzen lassen. Ich tat's aber nicht, denn mir fiel ein, was ein beliebter Opernsänger mir einmal erzählt hatte, vom Frisieren in der löblichen Stadt Gmunden. Selbiges war am Abend. Als der Sänger in den straßenseitigen Friseurladen trat und höflichst bekomplimentiert wurde, fiel es ihm auf, daß zu den bisher brennenden zwei Gasflammen noch drei angezündet wurden, und zudem ein paar silberne Leuchter, so daß der Raum glänzend beleuchtet war. Das Frisieren ging äußerst langsam vonstatten und immer noch wußte der Haarkünstler zu glätten und zu schnirgeln. Endlich fiel es dem Kunden auf, daß an den gassenseitigen Glaswänden die Vorhänge weggezogen waren, daß sich draußen eine große Menschenmenge versammelt hatte, die hereinschaute, und daß er von dem findigen Friseur als Ausstellungsgegenstand benutzt wurde. Man kann sich denken, daß er nun nicht mehr lange sitzen blieb, sondern dem Inhaber des Ladens riet, anstatt seiner eine drehbare Wachspuppe ins Auslagefenster zu stellen. Bin zwar ich nichts weniger als ein schöner Opernsänger, so kann man doch nie wissen, wozu ein müßiges Publikum seine Zeit verschwendet.

Am nächsten Morgen, einem sonnigen Sonntag, mahnte mich mein gewissenhafter Gymnasiast zum Kirchgange. Wir hörten in der Stadtpfarrkirche die gute und scharfe Predigt eines greisen Priesters gegen Klatschsucht und Verleumdung. „Streuet Federn in den Wind," sagte er, „und ihr seid nicht mehr Herr, sie einzufangen, so wenig, als ausgestreute Verleumdung selbst mit dem besten Willen wieder gutgemacht werden kann." Der alte Mann predigte gegen das abscheuliche und so verbreitete Laster mit vielem Temperament, und das stand ihm gut, viel besser als jenem jungen Priester, den ich eine Woche früher gehört, das leidenschaftliche Eifern gegen Andersgläubige. Mit Glaubenslehren macht mir selten ein Prediger das Herz warm, mit Sittenlehren jeder.

Vormittags verließen wir Gmunden, fuhren — immer noch seedurstig — mit dem Dampfer bis Traunkirchen und von dort mit dem Eisenbahnzuge über Attnang und Vöcklabruck bis Kammer. Nach dem Mittagsmahle ging's mit dem Dampfer „Kammer" über das oberösterreichische Meer, den Attersee, bis Unterarch, von da mit Stellwagen bis See, und von hier mit Dampfer „Mondsee" über den Mondsee nach Mondsee, wo wir in der Abenddämmerung landeten. Mein Knabe war gut Freund mit dem Kapitän geworden. Besonders viel Spaß machte ihm die flotte Wettfahrt unseres Dampfers mit dem neuen Konkurrenzdampfer, der lange Zeit wie ein Pirat hinter uns kreuzte und endlich durch eine schlaue Wendung an einer Station uns überholte, während der „Mondsee" mit majestätischer Ruhe über die wundervoll schöne Wasserfläche dahinzog.

Im ganzen waren wir an diesem Tage über vier Stunden auf dem Wasser gefahren, was mein Junge als die größte Merkwürdigkeit seines Lebens sofort nach Hause berichtete. Das Bereich des Schafberges, der seine senkrecht abstürzende Wand den von uns befahrenen Seen zuwendet und die ganze Gegend beherrscht, war mit Sommerfrischlern gleichsam bunt besprenkelt. In Mondsee selbst Wiener Theater, Konzerte, Tingeltangels. Solche Gegenden sollte man nicht in der „Saison" besuchen, wann sie Stadt spielen, sondern im Frühjahre, im Spätherbst, im Winter, wann sie still und groß ihr ehrliches Landtum bekennen.

Am nächsten Tage, als am sechsten unserer Reise, fuhren wir mit einem Wäglein von Mondsee über das liebliche Talgau nach Salzburg. Es war eine fröhliche Fahrt in der

Morgenfrische durch hügelige Fichten- und Buchenwälder zwischen grünen Wiesen und reifen Kornfeldern, zwischen stattlichen, teils schweizerartig gebauten Bauernhöfen und Dörfern hin. Wir trällerten auf holperigen Wagen Alpen- und Wanderlieder und jauchzten manchmal einen Freudenschrei in das tiefe Blau des Himmels auf. — Da merkt man erst den Vorteil eines eigenen Gefährtes, man ist nicht umschwärmt und umlauscht von fremden Leuten, man ist allein mit sich und der Natur und kann unbeachtet je nach Stimmung fröhlich, mutwillig oder nachdenklich sein.

Als wir bald hinter Mondsee auf einer Höhung in blauer Ferne den Gaisberg bei Salzburg sahen, merkten wir an seinem Rande ein Wölkchen, das sich sachte anwärts, der Spitze des Berges zu bewegte. Das war der Rauch des Lokomotivs der Zahnradbahn, die erst wenige Wochen früher auf den Gaisberg eröffnet worden war, und die auch uns noch an diesem Tage auf die Höhe führen sollte.

Nach dreistündiger Fahrt rasselten wir leicht und munter in die Stadt Salzburg ein. Im Hotel „Am Stein" stiegen wir ab, um uns alsogleich zu einem Spaziergang durch die Stadt zu rüsten. Die alte Bischofsstadt hat etwas eigenartig Berückendes: die breite, lebendige Salzach, die massigen Brücken, die stattlichen Gebäude, die vielfach an südländische Bauart erinnern, die schönen Kirchen, Denkmale und Kunstschätze, die Stadt Mozarts und Mackarts. Ferner die roten senkrechten Wände des Mönchsberges mit dem durch den Berg gebrochenen Neutor, der Petersfriedhof mit seinem Keller, das stimmungsvolle Glockenspiel am Residenzplatze, die plätschernden Fontänen, das Schloß Mirabell, die Festung Hohensalzburg, der grünbewaldete Kapuzinerberg — und darüber hereinleuchten die Hochzinnen des Untersberges und anderer Felsriesen, auch die grüne Kuppe des Gaisberges mit den roten Schrammen der Eisenbahn und dem Hotel auf der Spitze.

Die Stationen dieser Bergbahn mit zwölf Zügen des Tages sind Parsch, Judenbergalpe, Zistelaple, Gaisbergspitze. Der Zug, gewöhnlich aus zwei Waggons bestehend, für je dreißig Personen berechnet, geht in dreiviertel Stunden bis hinauf. Fahrpreis hin und zurück 3 fl. Der Schaffnerdienst wird von Soldaten besorgt, die Bahn gehört dem Staate und soll sich rentieren.

Wir wählten den Zug, der vier Uhr nachmittags von Parsch abgeht. Auf dem Bahnhof großes Gedränge, jeder und jede wollte sich im Wagen den günstigsten Platz erobern. Wenige Minuten hinter dem Bahnhof beginnt die Steigung; dem Jungen, der mitten im Wagen sitzt, fällt es auf, daß draußen alle Bäume schief stehen, als wollten sie umfallen.

An den Stationen kreuzen die Züge. Oberhalb der Zistelalpe, wo ein Gasthaus steht, nach einer langen scharfen Steigung geht's durch einen Felsendurchbruch; ist der vorüber, so erschallt ein vielstimmiges: Ah! — da unten in äthernder Tiefe liegt weit hingebreitet das Salzburger und das Oberösterreicher Hügelland mit seinen Ortschaften und Seen. Zwei Minuten später steht der Zug auf der Höhe des Berges.

Das grüne Hochplateau war zur Stunde besäet mit Menschengruppen, die sich an der Aussicht weideten. Von Westen gegen Süden, vor allem auffallend, die Schroffen des Hohenstaufen, des Untersberges, des Watzmann (zwischenhin Großglockner), des Hohen Göll, des Hagen- und Tännengebirges. Weiter gegen Osten im Hintergrunde die Gletscher des Dachsteins. Dann steirisches Gebirge, näher heran das Horn des Schafberges, hinter ihm das Höllengebirge und der Traunstein bei Gmunden. Im Norden die Niederung des Hügellandes bis hin zum blassen Striche des Böhmerwaldes, dann die Salzach, die sich weit hinaus glänzend hinschlängelt, im Westen die bayerische Ebene mit dem fernen Chiemsee. Vom Gaisberg aus sind neun Seen, zwei Gletscher, unzählige Berge, ein weites Hügelland und eine unbegrenzte Ebene zu sehen.

Ich traf auf dem Gaisberg Bekannte aus Berlin und Königsberg, in deren Gesellschaft ich die Rundschau machte und dann im Hotel das „Vesperbrot" nahm. Ein solches Vesperbrot, besonders wenn es in flüssiger Form genossen wird, macht die Fernsicht noch um ein Bedeutendes entzückender; endlich begannen wir sogar von der Ostsee zu schwärmen und stellten Vergleiche an zwischen Meer und Hochgebirge, bei denen gewißlich auch mein kleiner Seefahrer gerne sein Votum abgegeben hätte, wenn er nicht eben auf einer Schmetterlingsjagd gewesen wäre.

Über dem Traunstein war schon die Nacht heraufgestiegen, die Felder des Dachstein waren schon verblaßt und jene des Glockner in Gewitterdunst gehüllt, als wir in den Wagen stiegen und den Berg verließen.

Seit auf dem Gaisberge anstatt der Kuhschelle die Eisenbahnglocke schrillt, und statt der Sennin Jauchzen das Lokomotiv, ist freilich die Bergweihe dahin, man glaubt, in einem großartigen Kunstpanorama (Entree drei Gulden) zu sein; nur ist es hier gestattet, die Gegenstände mit dem Stock zu berühren. Der Stock aber, mit dem man hier den Dachstein betupfen wollte, müßte sieben Meilen lang sein.

Der nächste Tag war wieder ein weißglühender Sonnentag, das Licht der Gebäude und der Straße tat dem Auge weh. Es ließ sich bei der drückenden Hitze nichts unternehmen, doch war es selbstverständlich, daß wir das salzburgische Landesmuseum, Hellbrunn und den Mirabellgarten besuchten. Die

Sammlung des Museums erzählt laut, welch eine uralte und mächtige Kulturstätte dieses Salzburgerland ist. Mir persönlich am meisten Vergnügen machte eine aus Gips ausgeführte plastische Karte des Herzogtums Salzburg. Wie oft habe ich gedacht, wenn doch auch von Steiermark ein solches Bild existierte! (Es existiert nun, und zwar im Joanneum zu Graz. Bemerkung zur neuen Auflage.)

Nach Hellbrunn brachte uns die Dampfstramway, die zwischen Salzburg und dem Drachenloch am Untersberg verkehrt. Die berühmten Hellbrunner Wasserkünste: eine Messingkugel, die auf senkrechtem Strahl steht; eine Krone, die von einem Wasserstrahl, auf und nieder gehoben wird; ein Glassturz aus Wasser über einem Rosenstrauß; der Regen aus Wänden, Fußpflastern, Plafonds und Hirschgeweihspitzen mit natürlichem Regenbogen; die Zaubergrotte mit den wispernden, pfeifenden und schnarrenden Ungeheuern; dann die durch unsichtbares Wasser bewegten Figuren: der Müller, der Schmied, der Schleifer, der Halsabschneider; der alles Handwerk beschäftigende Tempelbau mit Orgelklang, der ebenfalls durch Wasser erzeugt wird, usw., machten meinem Jungen ein himmlisches Vergnügen. Schließlich ließ sich auch St. Peter mit seinen weltberühmten Wasserkünsten nicht spotten, und wir kamen unter Blitz und Donner hübsch durchnäßt in den Tramwaywagen.

Im Mirabellgarten unterhielt sich mein Sepp eine Stunde lang am Vogelhaus mit einem geschwätzigen Kakadu, während ich vor dem Denkmale eines früh verstorbenen Freundes saß, des Grafen Hugo Lamberg. Diesem Manne, der seiner Liebe zur Natur und zum Volke auch als humorvoller Dialektdichter schönen Ausdruck gab, hat die Sektion Salzburg des österreichischen Touristenklubs ein kleines Standbild aus Erz aufgestellt im Mirabellgarten, und rings um dasselbe Alpenblumen gepflanzt, die sich freilich dem Barockstil des Parkes, der gleichsam noch die gepuderte Perücke auf hat, nicht recht anpassen wollen.

Am Abend machten wir einen Spaziergang auf den Mönchsberg, von dem aus gesehen sich Salzburg am schönsten stellt. Wir wollten auf der andern Seite des Berges nach der Vorstadt Riedenburg hinab, standen aber plötzlich vor der senkrechten Wand, in welcher der Mönchsberg nach drei Seiten abstürzt. Wir hatten uns also auf diesem Berge, der sozusagen doch mitten in der Stadt steht, verirrt, und fanden mit einiger Mühe den Abstieg zur Reitschule. An demselben Tage hörten wir von dem Turme des Glockenspieles die „letzte Rose" klingen, ein Eindruck, mit dem der zweitägige Salzburger Aufenthalt stimmungsvollen Abschluß fand.

Ich hatte, wahrscheinlich aus Ursache der großen Hitze, in Salzburg stark an Asthma zu leiden und fühlte mich körperlich so unwohl, daß ich gezwungen war, alle Besuche bei lieben Bekannten daselbst zu unterlassen und mich als Fremdling herumzutreiben.

Am achten Tage unserer Reise verließen wir nachmittags Salzburg und fuhren der Salzach aufwärts über Hallein, Golling und durch die einst schauerliche, heute entzückende Gebirgsschlucht Paßlug nach Bischofshofen. Dort stiegen wir in den Zug, der nach Steiermark geht! Da war es leer, das ganze bequeme Gelaß gehörte uns. Vom Tännengebirge herab kam ein erfrischender Regen, der traulich an unsere Fenster schlug. Die wilde Großartigkeit der Gegend war in ein sanfteres Alm- und Waldland übergegangen, mir war wohl.

Bei Eben versäumten wir nicht, durch das dort sich öffnende Fritztal nach einem alten Bekannten auszulugen, den wir. nun fast rings umkreist hatten. Aber der hohe

Herr war in Regenwolken gehüllt; wir sahen ihn erst wieder, und zwar in großer Nähe, als wir am selben Abende oberhalb Schladming am tosenden Talbach standen. Wir sahen ihn jetzt an der südlichen Seite, sowie wir ihn von Altaussee, der Zwieselalpe und dem Gaisberge aus an der östlichen und nördlichen gesehen hatten. Hierher schaut der Dachstein mit seiner Felsenstirn. Ein Greis, hat er die grauen Locken nach rückwärts gekämmt, man sieht nur wenig von ihrem silbernen Blinken.

Auch in Schladming war mir der geplante Aufenthalt durch Atemnot verleidet; es war hier die dritte Nacht, in der ich kein Auge schloß. So fuhren wir am nächsten Tage, den Ring um den Dachstein bei Steinach schließend, der Enns, Palten, Liesing und Mur entlang, ins Tal der Mürz.

Das war unserer Reise am neunten Tage. Trotz der Beschwerden war's eine der genußreichsten Fahrten meines wandelbaren Lebens. Hatte körperliches Unbehagen schon allzusehr gedrückt, so war meine Seele flink hinübergehüpft auf die jugendfrischen Sinne meines Knaben, um von dort aus die Schönheiten und Freuden zu genießen, die der liebe Gott — Ehr' und Dank sei ihm! — so reich und gnadenvoll hat ausgegossen über unser Heimatland.

Mit den Jungen auf die Rax.

1890.

„Burschen, habt acht! Wir gehen auf die Rax! In zwanzig Minuten Abfahrt!“

„Ah!“ riefen nach dieser Order die beiden Knaben, denn der Entschluß war urplötzlich und unvorhergesehen. Das Vorbereiten langer Hand auf eine Partie taugt bei uns nicht, da wird in den Knaben zwar das Plangen danach von Tag zu Tag größer, aber noch zu rechter Stunde ist ein kleines Asthma da, oder eine große Post, ein guter Freund oder ein böses Wetter, und verschoben wird die Partie „auf ein andermal“. — O dieses leidige „auf ein andermal!“ oder „aufgeschoben ist nicht aufgehoben!“ ist ein Blümel-Blamel des Teufels. Ganz plötzlich und kühn stehlen muß man dem Himmel seine schönsten Tage, darum: „Habt acht, Burschen, wir gehen auf die Rax!“

Klein Gretchen hub sogleich an zu schluchzen. Dieser graue finstere Berg, der über die Waldhöhen herüber droht in das Tal, und von dem die Mutter immer in den Zeitungen liest, daß an seinen Wänden Leute abstürzen! Diese Rax! Und da hinauf wollen Vater und Brüder?

Natürlich war nicht mehr Zeit, um Steigeisen, Alpstock und Rucksack hervorzusuchen; der Eisenbahnzug pfiff schon, und fast ganz so, wie wir zu Hause im Garten ausgerüstet herumgingen, ganz so machten wir uns auf zur verruchten Rax. Die Fahrkarten für dritte Klasse; mit Lederkissen beginnt man nicht, Burschen, und am wenigsten, wenn man auf die Alpe will. In einer Viertelstunde waren wir auf dem Bahnhof in Mürzzuschlag, hier ein Trubel von Sommerfrischlern, reisenden Gigerln und martialisch bis auf die Zähne bewaffneten Touristen. Nur keine Wandergenossen! flehten meine Jungen zu Gott, wir wollten miteinander allein sein. Der Schaffner des Neubergerzuges kann geläufig Mienen lesen, es wies uns ein leeres Gelaß an, doch als wir in das stiegen, drängte eine kleine Völkerwanderung von Wienern uns nach, und ein paar poetenfreundliche Fräulein suchten sofort mit uns ein Gespräch anzuknüpfen. Da trällerte der kleine Hans das Kärntnerlied: „Ich aber nix — ich aber nix — ich aber nix g'red't mit ihr —" und Sepp flüsterte mir weisen Rat zu, den Kopf nur ja recht zum Fenster hinauszuhalten, weil er wußte, wie anstrengend für meine Lunge ein Gespräch mit Fremden im rollenden Eisenbahnwagen ist.

Abfahrt in Mürzzuschlag um 1 Uhr 20 Minuten. Mein Angesicht wendete ich der Schneealpe zu, die aus dem Hintergrunde des Tales herüberschaute, meine Ohren verschafften mir nebenbei die Überzeugung, daß an der Unterhaltung, die im Gelasse geführt ward, nicht viel verloren war. „Was Vaterland!" rief ein alter Spießbürger, „teures Vaterland, es kostet uns Steuern genug! Ich kenne kein Vaterland, mein Vaterland ist überall, wo es mir gut geht!" Beifall lohnte den Redner; mein Hans blickte mit unaussprechlicher Verachtung auf den Mann, und Sepp murmelte fast lauter als gut war: „Zigeunerpatriotismus."

Um 2 Uhr in Kapellen. Heiße Sonne, stellenweise der Himmel mit Wolken bedeckt; lebhafter Ostwind, lustiges

Staubaufwirbeln auf der Straße. Nach eingenommener Erfrischung beim Baumgartnerwirt und einigem Umfragen fanden wir „Gelegenheit". Der Bürgermeister des Ortes selbst führte uns mit einem flinken Braunen und einem leichten Steirerwäglein bald am Raxenbach entlang gegen Norden, wo hinter Waldbergen starr und hoch das Felsengebirge aufragte, das wir erklimmen wollten. In Kapellenleiten, wo links die Straße nach Altenberg und über den Naßkamm abzweigt, und wo der Altenbach zum Raxenbach stößt, hat man über sich bereits ein schönes Alpenbild. Vorberge sind reich an Wald und Wiesen, im Tale Bauernhäuser und Getreidemühlen. Im Hintergrunde stehen grau und kahl die Bergriesen der Schneealpe, des Ameisbühel, des Kleinen Gupf und der Hohen Rax auf. Wir fuhren weiter in die Raxen, Schulkinder begegneten uns, wovon jedes sein artiges „Grüß Gott!" sagte. Das Schulhaus in der Raxen steht einsam zwischen Bach und Berglehne, rings von Wald umgeben; wenn auf jenem zu Kapellen der stramme Spruch steht: „Pflicht über alles!" so ergänzt der Spruch auf dem Schulhause in der Raxen: „Stets vorwärts, nie rückwärts!"

Unser Tal hat sich verengt zu einem Graben, in welchem mehrere Nebengräben links von den Hängen der Rax herab auslaufen. Um 3 Uhr 45 Minuten waren wir dort, wo der Weg zum Gscheid so stark anzusteigen beginnt, daß unser Fuhrmann meinte, hier müsse er umkehren und uns unseren Füßen überlassen. Das war auch recht, und so standen wir bald da im Hochtale allein, über uns in schwindelnder Höhe die Zinnen der Rax. Der Sonnenschein hatte sich verzogen, die zeitweilig silberweiß schimmernden Ahorne, die oben an den Lehnen standen, deuteten an, daß der Wind ging, was unseren ein wenig wetterbangenden Herzen ein gutes Zeichen war. Als wir ein Viertelstündchen angestiegen waren, begann es aber zu tröpfeln. — Das wird nicht gut! dachte ich, doch keiner sagte ein Wort des Unmutes. Ein hölzernes Kapellchen mit einem Marienbilde stand am Wege, in das setzten wir uns hinein, um abzuwarten, was nun der Himmel über uns verhängen werde. Kaum eine Minute, das Regnen hatte aufgehört, es lichtete sich, und zwischen den eilenden leichten Wölklein blaute das Firmament. — „Wenn die Wolkenlücke auch nur so groß ist, daß man den Kopf durchstecken kann, dann bleibt es schön Wetter!“ Dieses Wort hatte mein Vetter Franz oft gesagt, doch den Kopf hat er nie durchgesteckt.

Neuen Mutes voll schritten wir an durch dunkeln Wald. Um 4 Uhr 15 Minuten waren wir auf dem Gscheid, wo das Wasser der Mürz und das der Schwarzau sich scheiden und wo die Grenze ist zwischen Steiermark und Niederösterreich. Natürlich lief Hans mit ein paar Schritten rasch über die Grenze, damit er sagen konnte, er sei in Niederösterreich. Bruder Sepp übertrumpfte den Witz dadurch, daß er mit einem Fuß in Österreich, mit dem anderen in Steiermark stand. Hans rief ihm, auf die Landesfarben anspielend, zu: „So, jetzt kannst du dir das rechte Bein weiß-grün, das linke blau-gelb anstreichen lassen.“ An Bummelwitzigkeit waren sie stets unerschöpflich, und ich schritt langsam und stillvergnügt hinter ihnen drein.

Am Gscheid stehen mehrere Touristentafeln mit Wegweisern und Ratschlägen, ferner eine sehr alte steinerne Denksäule, erinnernd an Feindesgefahr vergangener Jahrhunderte. Ungarn und Osmanen hatten an diesem Passe oft den Einbruch in die Steiermark versucht.

Von Kapellen her waren wir an 400 Meter gestiegen und standen nun 1070 Meter über der Meeresfläche, die man auf Bergtouren immer nennt und zum Grimme meiner Buben nie zu sehen bekam. Vom Gscheidsattel senkt der Weg sich steil hinab in das Niederösterreicherland. Aus ihm kommt eine Telephonleitung herauf, deren weiße Stangen nun durch Wald und über Matten emporsteigen in das graue Kalkgewände der Rax. Diesen folgen wir gemachen Schrittes. Gesprochen wird nicht während des Anstieges. Ein steiniger Alpenweg führt steil durch Wald und Geschläge. Wir kommen zur Halterhütte der Siebenbrunnerwiese und steigen über den Matten zwischen niedergebrochenen Felsblöcken und den ersten Knieholzgruppen an. Hier ist schon ganz Almboden und hart vor uns stehen endlich die zerrissenen Wände, an denen wir hinauf müssen. Das Wort Rax soll von rauh kommen und soviel heißen, als rauhes Gebirge. Dieser Name trifft. Im Siebenbrunnertal sahen wir die erste Antilope. Die Jungen zuerst bemerkten das Rudel von Gemsen, die auf der Matte grasten. Es waren graue, braune und weiße mit hübschen Hörnlein; sie hatten nur den einen Fehler, daß sie auf uns zukamen und uns eine Strecke traulich nachliefen, bis der Halter sie zurückrief, um sie zu melken. Am Fuße der Wände rasteten wir und genossen Brot und Käse, so Sepp von Kapellen mitgetragen hatte. Ich machte die Jungen aufmerksam, es sei mir lieber, wenn sie nicht tränken, wenn sie jedoch sehr Durst hätten, so wäre hier eine Quelle in der Nähe; weiter hinauf wäre an derlei Kostbarkeiten nicht zu denken. — „Ich habe zwar ein bißchen Durst," meinte Sepp, „aber wenn es dem Vater lieber ist, so trinken wir nicht." — Hierauf stiegen wir sachte den Schlangenweg hinan zwischen den Wänden. Das ist ein bequemer Weg; von Osten her strich ein kühler Wind, die Sonne war schon hinter den Wetterkogel gezogen, der vor uns aufragte zur Linken, während zur Rechten die grausen Hänge des Predigtstuhls und der Preinerwand auf uns niederstarrten. Der

Weg steigt zwischen Steinblöcken, Knieholz, steilen und eingesprenkelten Wänden in mehreren großen Windungen empor, ins wilde Gewände kommt man nie eigentlich, aber sachte zwischen ihm hinauf. Im Süden und Osten hat sich bereits eine schöne Aussicht erschlossen hin bis zum Leithagebirge. Die Landschaft liegt in gesättigten Schatten.

Der vorspringenden, mit einem Geländer versehenen Felszinne des Wetterkogels sind wir endlich nahe gekommen, eine Wegbiegung um einen Kamm, und wir stehen auf der Zinne mit dem Einblicke auf die karstartige, von Berg und Tal durchzogene Hochwüste des Raxgebirges, bei deren Anblick Hans ausrief: „Ja, auf diesem Berge stehen ja eine Menge Berge!" Kahle Kuppen, Wände, Schluchten, Schutthalden, Kare mit Schneelagern, dunkelnde Zirnflächen, Matten mit Sennhütten, baumlos, wasserlos — das ist der Charakter des 2875 Geviertkilometer weiten Hochbodens der nach allen Seiten schroff abstürzenden Rax, auf dem ganz Wien mit allen seinen Vorstädten Platz hätte. Weil hier oben sich neuerdings Berge und Wände erheben, die von unten nicht gesehen werden können, so ist die Aussicht in den Hochböden eine beschränkte, und gleichwohl hier an 1800 Meter über dem Meere stehend, hat man nicht die richtige Empfindung von dieser beträchtlichen Höhe, zumal man so allmählich emporkam, und der prächtige Anstieg auf dem Schlangenweg uns gar nicht angestrengt hat.

Hans ist der erste, der das Karl Ludwig-Haus entdeckt; es steht in nächster Nähe am südöstlichen Rand der Hochebene, so daß man von seinen Fenstern ins Tal von Prein, nach Reichenau, ins Semmeringgebiet, und weit ins Ungarland hinausschauen kann. Als wir dem Touristenhause nahten, war es 5 Uhr 45 Minuten, wir hatten vom Fuße des Gscheid her bei einer Steigung von etwa 860 Metern also genau zwei Stunden gebraucht. Plötzlich erhob Hans ein Freudengeschrei, er hatte ums Haus herum Kaninchen entdeckt, denen er nachlief, und grasende Maultiere, auf denen er reiten wollte; der Aufstieg hatte ihn also nicht ermüdet. Groß aber war der Durst geworden, und der erste Wunsch im Touristenhause ging nach Wasser. „Der Liter Wasser zehn Kreuzer“ steht an der Wand zu lesen, doch war es nicht Quell-, sondern Schneewasser, weshalb wir es uns versagten und durch eine Flasche Sodawasser ersetzten. Dann tranken wir Kaffee und waren natürlich in bester Stimmung. Fast gleichzeitig mit uns waren der Herr Pfarrer und Kaplan von Prein heraufgekommen; der eine trank Wein, der andere Milch, um nach der gemütlichen Jause auf der Rax noch an demselben Abende wieder hinabzusteigen. Denn auf dem Predigtstuhl der Rax predigt ein anderer, wie wir es noch erfahren sollten.

Da meine Burschen nicht einen Augenblick rasteten, sondern das Haus und dessen nächste Umgebung zu durchforschen trachteten, kommandierte ich um 6 Uhr neuerdings zum Aufbruch. Über moosige Matten und zwischen Knieholz stiegen wir zur Heukuppe hinan. Steinnelken, Alpenrosen, Glockenblumen, Alpenveilchen in großen Mengen schmückten unseren Weg. Von den Felsen her schwirrte manchmal eine Alpendohle. Der Himmel hatte sich bedenklich verdunkelt, nur über den Ebenen Ungarns, die in Höhenrauch lagen, blaute noch das Firmament. Der Ostwind war heftig geworden. Um 6 Uhr 30 Minuten hatten wir das kleine, schmucke, stets offenstehende Schutzhaus der „Lackenbacher“, früher Schwefelbanda-Hütte genannt, erreicht, und fünf Minuten später standen wir auf der 2008 Meter hohen Heukuppe, dem höchsten Gipfel der Rax.

Über diese Höhe waren meine Jungen außerordentlich

entzückt und sie meinten schon auf dem halben Weg in den Himmel zu sein, bis ich ihnen erklärte, daß unser Standpunkt nicht eben viel zu bedeuten habe. 2000 Meter Höhe wagrecht gelegt gäben eine halbe Fußstunde, beiläufig so lang, als es in Wien von der Stefanskirche bis zum Südbahnhofe ist. Das sei die ganze Höhe der Rax vom Meeresspiegel aus.

Wir konnten aber nicht lange Mathematik treiben, wozu wir übrigens auch gar nicht heraufgekommen waren. Der Wind war fast zum Sturme geworden. So haben wir drei uns hinter dem schützenden Steinhaufen der Pyramide auf den Sand gesetzt, den Plaid wie einen einzigen Mantel um uns geschlungen und also wie ein Wesen mit drei Köpfen hinausgeblickt in das westliche Land, das hier erschlossen ist. In blauem Dunste fast erstickt lagen da unten die Täler von Altenberg und der Mürz, die Höhenzüge des Roßkogels, des Königskogels, des Teufelssteins, der Stangelalpe, des Hochangers, der Veitsch und der Schneealpe. Weiterhin war nichts mehr als das finstere Blau eines aufsteigenden Gewitters, das in nächtiger Rembrandtstimmung vor uns stand und nur vom Ostwinde noch zurückgedämmt wurde. Auch die Abenddämmerung wob sich schon hinein, um so schärfer schnitten sich die Blitze über den Gegenden der Veitsch und des nicht mehr sichtbaren Hochschwab. Vom Gamseck her kam in den Lüften ein dunkler Punkt auf uns zu, ein Steinadler schwebte über unseren Häuptern hin und senkte sich nieder in das südliche Gewände. Einen raschen Blick noch nach dem Ötscher hin, den Bergen Niederösterreichs, den vielgestaltigen Formen unserer Rax. Hinter der Scheibelwaldhöhe und der Grünschacheralpe stand der Schneeberg. Da alle Spitzen und Gipfel noch nebelfrei waren, so beeilten wir uns nicht sehr, doch sagte ich zu meinen Genossen:

„Sobald der Ostwind nur ein paar Augenblicke nachläßt, fällt der Wolkenhimmel auf uns nieder und wir sind eingeschlossen in Nacht, Nebel und Wettersturm.“ Das wollten wir doch nicht abwarten. Ein Weilchen kämpften wir mit dem Winde noch um den Plaid, den ich um mich zu winden suchte, dann eilten wir hinab, dem Touristenhause zu. Unterwegs noch einen flüchtigen Blick zu den Lichtensternhütten hinab, wo ich vierzehn Jahre früher eine sehr volkstümliche Samstagsnacht verlebt hatte. Meine Jungen liefen trotz der einbrechenden Dämmerung noch hinüber ins Kar, wo schmutziger Schnee lag, und begannen munter aufeinander Schneeballen zu werfen — am 5. August.

Im Karl Ludwig-Hause hatten sich mittlerweile zehn Touristen eingefunden, auch Touristinnen darunter, die aus dem Höllental über das Gamseck, den Reißtalersteig und die Griesleiten heraufgekommen waren, weil ihnen der Schlangenweg zu bequem gewesen. Dafür hatten sie bereits ein paar Invaliden bei sich. Denn es will sich nachgerade nicht mehr schicken, daß man — als schneidiger Tourist — von einer Hochalpentour ganz heil nach Hause komme. Ein Heraufsteigender, der auch am Reißtalersteig gesehen worden, war im Hause noch nicht angekommen, weshalb der Wirt sofort eine kleine Suche veranstaltete, bis der zu erwartende Tourist endlich die Matten heranhinkte. Es ist schon so eine Art Wacht aufgestellt, um Unglücksfälle zu verhüten, die in diesem rauhen Gebirge leider doch so häufig vorkommen. Es gibt hochgefährliche Auf- und Abstiege und es gibt Tollhäusler, die immer noch gefährlichere suchen und entdecken und die mit vernichtender Verachtung auf alle niederblicken, so den Aufstieg für „Lahme und Gichtbrüchige“ wählen, nämlich den Schlangenweg.

Es war finster geworden. Vom Semmeringhotel funkelten Lichter heraus, so schickten sich auch unsere Wirtsleute, ein schönes Älplerpaar, an, das Haus zu beleuchten. Der österreichische Touristenklub, der Erbauer und Eigentümer, hat es verstanden, das Karl Ludwig-Haus so einzurichten, daß es praktisch und gemütlich zugleich ist. Nun kam das einfache Abendessen, das Blättern in den Fremdenbüchern, die wie gewöhnlich viel Spreu und wenig Korn enthalten; das Gespräch über vollführte Touren in Jäger- oder vielmehr Touristenlatein und mit Meinungsverschiedenheiten; das Mutmaßen über die Witterung des nächsten Tages usw. Um 9 Uhr ging ich mit meinen Söhnen in die Schlafkammer. Die war ein mit Läden getäfeltes Gemach, dessen drei Betten wohl zubereitet standen und dessen Fenster gegen Osten ging. Bald war es in unserer Kammer dunkel und still, zum Fenster leuchteten ein paar Sterne herein und manchmal ein Blitzschein. Da ich auf Reisen oder Partien fast nie schlafen kann, so pflege ich die Eindrücke des Tages neuerdings an meiner Seele vorüberzuführen. Um 11 Uhr hub draußen ein Sturm an ums Haus zu rauschen, die Blitze wurden greller und das Murren des Donners kam näher und näher, bis über den Wänden des Predigtstuhles, die bei dem Leuchten in schwefelgrünem Scheine standen, mehrere Schläge kanonenknallartig losgingen. Also verkündete auf dem Predigtstuhl der Prediger Natur des Herrn Macht hinab in die Täler der Reiß, der Naß, der Schwarzau, der Prein und der Mürz. Das Rasen des Sturmes, das Prasseln des Regens, das Lohen der Blitze, das Rollen der Donner war so herrlich, daß ich gerne meine Jungen geweckt hätte, um sie des Genusses teilhaftig zu machen, allein sie schliefen so still und ruhig und bedurften wohl auch des Schlafes. Später hat es sich jedoch anders aufgeklärt; es war während des Gewitters Sepp wach geworden und es war Hans wach gewesen. Jeder meinte, die zwei anderen schliefen; Sepp wollte sie nicht wecken, weil er ihnen den Schlummer gönnte; und Hans wollte sie nicht wecken, weil er meinte, sie könnten sich fürchten, und das Fürchten wollte er allein besorgen für alle drei. Als nach einer halben Stunde das Gewitter vorüber war, sagte Sepp leise: „Das war schön!“ und Hans entgegnete ebenso leise: „Das war schrecklich!“ — „Es ist nur gut, daß der Vater schläft; ich fürchte, daß er morgen müde wird und wieder Asthma bekommt.“ — „Ich habe schon gebetet, daß er es nicht bekommen soll,“ sagte Hans. Dann schwiegen sie und schliefen bald ein.

Um 5 Uhr weckte ich sie. Die Wände des Predigtstuhles standen in einem veilchenblauen Äther. Aus Ungarns Dunstmeer war die rote Sonnenscheibe aufgestiegen und versteckte sich nun in die rostbraune Wolkenschichte, die am Himmel stand. Einzelne Strahlengarben durchbrachen sie und röteten die Federwolken am Zenit; über die Gegenden von Neunkirchen und Neustadt gingen Regenschleier nieder. Die Spitze des Schneeberges und bald darauf die Kuppen des Wechsels und des Stuhlecks wurden von Nebeln bedeckt. Rasch ließen wir uns ein paar heiße Gläser Tees geben, und um 5 Uhr 30 Minuten stiegen wir nochmals hinauf zur Heukuppe. Dieser Morgenspaziergang ward herrlich belohnt. Sepp, welcher der erste oben war, erhob wieder sein Jubelgeschrei. Der Westen war klar und rein, in den Tälern tief lag dichter schneeweißer Nebel, welcher stellenweise von der Sonne beschienen goldig leuchtete. Wie ein Meer, aus dem die Berghöhen gleich Inseln ragen! Das Bild ist abgebraucht, aber es bezeichnet am besten. Ich glaubte mich auf eine Höhe des Karstes versetzt mit dem Ausblick auf den Quarnero. Die aus dem scharf und eben abgegrenzten Nebel aufsteigende Schneealpe war der Monte Maggiore, das Hochegg und der langgestreckte Zug des Roßkogels waren die Inseln Cherso und Veglia. Das Nebelmeer des Mürztales war die Bucht von Fiume und die Gebirge des Stuhlecks, des Teufelssteines, des Rennfeldes, des Lantsch, des Ossers, des Grazer Schöckels, waren die Bergzüge Kroatiens. Aber hinter diesem Quarnerobild ragten im Morgenstrahle die Veitsch, der Hochschwab, die Felshäupter bei Tragöß, der Ennstaler Alpen mit dem gletschergekrönten Dachstein. — Der schneidende Ostwind gönnte uns dieses unbeschreiblich schöne Bild nicht lange. Wir fanden uns nicht genug verwahrt, und obzwar die freudige Aufregung der Kälte einigermaßen standhielt, verließen wir bald die Hochzinne, nachdem ich im Herzen meinem Geschicke gedankt, daß mir das Glück, auf solcher Höhe zu stehen und solche Pracht zu sehen, wieder einmal gegönnt war.

Um 6 Uhr 20 Minuten saßen wir im Touristenhause beim Frühstück, das wohlschmeckte; dann noch einen Blick von der Zinne des Wetterkogels in die Tiefe, in die wir nun wieder hinabsteigen sollten. Warum blieben wir nicht ein paar Tage oben? Warum besuchten wir nicht die zahlreichen Senndörfer, die einst zur Hochsommerszeit stark bewohnt waren, nun aber großenteils entvölkert stehen, weil die Jagdbesitzer solchen Alpenwirtschaften nicht gewogen sind? Warum bestiegen wir nicht die Hohe Lechnerin, den Kloben, den Haberfeld-, den Jakobskogel und alle die anderen Berge, die auf diesem Berge stehen? Warum wählten wir nicht einen der scharfen Abstiege, etwa im Süden über die Karreralpe, oder im Westen über das Gamseck nach Naßwald, oder im Norden über das Gaisloch oder die Teufelsbadstube ins Höllental? Das erst wäre eine Raxpartie gewesen. Ich hatte Gründe, das nicht zu tun. Meine jungen Genossen waren für heiklere Strecken noch nicht abgerichtet und ich selbst hatte seit den Jahren, da ich keinen hohen Berg besteigen konnte, die Übung verloren. Bergfexeneitel waren wir nicht, und Großes hatten wir gesehen. Wenn wir ferner noch die Kostspieligkeit eines längeren Aufenthaltes da oben, sowie ein drohendes Westwetter erwogen, so war uns die Zeit und die Stelle des Abstieges eigentlich vorgeschrieben. Mit schwerem Herzen schauten wir noch einmal hinein in das felsige Gebirge mit den Wundern allen, die dort walten.

Um 6 Uhr 50 Minuten traten wir den Abstieg an über den Schlangenweg.

Als wir unter der ersten Zinne waren, gab es keinen Wind mehr; kühl und heiter war die Luft und wir konnten den Anblick der von der Sonne beleuchteten Felsgruppen, an und zwischen denen wir uns befanden, noch einmal mit aller Behaglichkeit genießen. Vom Wetterkogel herab winkten uns noch mehrere Touristen mit weißen Tüchern und ich ließ nach langem wieder einmal einen Juchezer los, der ganz leidlich in den Wänden widerhallte.

In das Siebenbrunnertal hinabkommend, kroch vor uns quer über den Weg einer jener kleinen schwarzen Molche, wie sie, sonst sehr selten zu finden, eine Eigentümlichkeit der Rax sind. Nun hätte Hans das kleine Ungeheuer gerne in den Sack gesteckt, doch nach weiser Beratung beschlossen wir: Wenn wir schon selber wieder in die dumpfen Niederungen hinab müßten, so wollten wir wenigstens diesem bescheidenen Tiere seine Alpendaseinsfreudigkeit nicht wegnehmen. Nur gaben wir ihm noch den Rat, sich etwas weniger vertrauensselig auf breitem Wege zu sonnen, sondern baldmöglich in eine schützende Höhle zurückzukehren.

Bald hernach waren wir wieder in den Schatten des

Fichten- und Lärchenwaldes, und um 8 Uhr auf dem Gscheid. Dort setzten wir uns in die Rindlohhütte, die am Wege steht, und schauten noch einmal hinauf zu den über Wipfeln niederleuchtenden Wänden.

Wir hatten die Rax zum Teile gesehen. Wer dieses Gebirge ganz kennen lernen will, der muß auch rings um dasselbe eine Reise machen. Er muß das stundenlange Höllental durchwandern, das sich von Hirschwang zwischen den Wänden der Rax und des Schneeberges, stets entgegen der klaren Schwarzau, dahinzieht; er muß das Wiesental von Naßwald durchschreiten und das wildromantische Reißtal, das an alpiner Schönheit in unseren Alpen seinesgleichen kaum hat. Nirgends stellen die grausigen Abhänge der Rax sich so dar, als im hinteren Reißtale, gegen das das berühmte große Höllental nachgerade niedlich genannt werden kann. Vom Reißtal steigt man über den Naßkamm nach Altenberg hinab, dann erst hat man gesehen, wie groß und vielgestaltig und wild dieses Gebirge ist.

Nachdem ich meinen Söhnen versprochen, den großen Spaziergang rings um die Rax mit ihnen recht bald zu machen*), zogen wir weiter. Es kam ein zwei Stunden langer Marsch talwärts. Die Luft war schwül, über den Bergen stieg Gewölk auf. Bei dem Touristengasthause Kaiblinger in Kapellenleiten nahmen wir im Bewußtsein tapferer Leistung einen gediegenen Imbiß ein. Vom freundlichen Gartenhause, umrauscht von Wässern, umwoben von Menschenwerk und Tätigkeit des Alltags, wendeten wir noch einen letzten Blick empor zur Felsenkuppe, auf deren höchster Spitze fünf Stunden früher ein glücklicher Vater mit seinen zwei Buben gestanden war.

---

*) Eine Woche später haben wir die Partie durch das Höllental und über den Naßkamm wirklich gemacht.

Mittags 11 Uhr 25 Minuten rollten wir vom Bahnhofe in Kapellen ab, um eine Stunde später zu Hause zu sein und den besorgten Lieben daheim unser Touristenglück zu verkünden. Wenige Stunden nachher kam ein wüstes Ungewitter, das die ganze Nacht, bis in den nächsten Vormittag hinein dauerte. Wäre es einen Tag früher losgebrochen, so wüßte ich wohl anderes zu berichten von unserer Partie ins rauhe Gebirge.

Spaziergang auf den Schöckel.

1890.

Gott muß die Steirer sehr liebhaben, daß er ihnen ein so schönes Heimatland gegeben hat. Manchmal kann ich es kaum fassen, wie wir, die in die Ferne Trachtenden, ins Ausland Strebenden, die Güte und Schönheit der Heimat Mißachtenden, ein solches Glück verdienen. Ich selbst wäre unter Umständen geworden einer der Schollenflüchtigen, in die weite Welt Hastenden unter dem Vorwande, daß man die Fremde kennen lernen, soviel als möglich sehen und sich einen großen Weltblick erwerben müsse. Ja, man soll die Fremde kennen lernen, aber früher noch die Heimat, man soll soviel als möglich sehen, aber vor allem sein eigenes Vaterland; und wer die Fremde besser kennt als seine Heimat, in der er lebt, der wird aufgeblasen, verschroben und manchmal dumm.

Ich liefe, wie gesagt, vielleicht selber Gefahr, lieber von einem Kärntner Berge auf Steiermark hereinzublicken, als von einem steierischen Gipfel auf Kärnten hinaus; liefe Gefahr, in einem Hotel der Schweiz die Gemütlichkeit der steierischen Wirtshäuser zu loben, als selbst in einem solchen mich zu stärken zur frohen Wanderung in den Geländen der Raab, der Salza, der Mur, der Enns. Allein ich vermag es nicht, mir hat die Steiermark nach dem Volksliede „eine goldene Kette ums Herze angelegt". Wer in der Fremde an Heimweh leidet und zu Hause Heimlust empfindet, der weiß, was er zu tun hat, er bleibt daheim, da ja die Schönheiten seines eigenen Vaterlandes unerschöpflich sind, hier lieblich zum Entzücken, dort herrlich zum Seligwerden.

Wenn ich vom Vaterlande spreche, so meine ich das jetzt nicht im politischen Sinne, ich meine damit das Land meiner Vorfahren, das Land, aus dessen Natur, aus dessen Einrichtungen und Sitten meine Väter hervorgegangen sind, dessen Zuständen ich naturgemäß angepaßt worden bin, dessen Bedingungen und Herkömmlichkeiten die meinen sind, ich meine damit das Land, das mir in allen seinen Teilen heimlich und traut ist, in dem ich alles begreife, verstehe, so wie in ihm mich alles begreift und versteht. In diesem Sinne des Abstammes, des Angeborenseins, in diesem aristokratischen Sinne spreche ich von meinem Vaterlande.

Mein Vaterland sind die deutschen Gauen der Steiermark.

Es mag überaus anmaßend klingen, wenn ich sage: Ich stehe zu diesen Gauen, wie der Fürst zu seinem Reiche, allein ich komme mit solchem Ausspruche meiner Empfindung am nächsten. Ich betrachte mein Heimatland nachgerade als mein persönliches Eigentum. Also macht es mir Freude, also macht es mir Sorgen. Also muß ich daheim bleiben und kann nicht fort, weil der Mensch mit seinem Eigentum verwachsen ist. Wohl verstehe ich auch den, der nun etwa kommt und sagt: Mein Lieber! ich bin ein weit größerer Fürst als du, kleiner Gaugraf, mein Reich, mein Eigentum ist die ganze Welt, ich bin überall daheim, ich fühle mich gemeinsam mit dem Kosmos, ich habe ein großes Herz! — Alle Achtung vor dir, Weltfürst mit dem großen Herzen! Doch ich für mein Teil entscheide mich für bescheidenere Beschränkung, damit ich das Meinige auch mit persönlichen Sinnen haben und genießen kann. Trotz meiner steierischen Selbstherrlichkeit gönne ich meinen Landsleuten in Gnaden das, was ich habe, ja noch mehr. Sie mögen in den Schlössern wohnen, sie mögen auf der Scholle ernten, sie mögen in den Wäldern jagen, in den Flüssen fischen, ich gestatte es großmütig und begnüge mich bei unserem gemeinsamen geistigen Eigentume im weiteren Sinne mit der Heimatfreude und im engeren Sinne mit der Landschaft.

Wonnig nicht zu sagen ist mir, wenn ich im Frühjahre den ersten Ausflug mache über Land. Fürs erste wundere ich mich, das Glück noch einmal erlebt zu haben, noch so jung und noch so sinnenfrisch, als wäre nie ein Winter gewesen. Und das Blauen der Berge, und das Grünen der Wälder und das Blühen der Wiesen und Gärten, und das Rieseln der Wässer und das Singen der Vögel und der sonnige, mit zarten Wölklein durchwobene Himmel darüber — alles wie es war in längstvergangenen Tagen, eine veränderliche, aber unvergängliche Herrlichkeit.

Eines Maimorgens wanderte ich aus der Stadt. Man hat ein gutes Weilchen zu fliehen, bis unser weit ausgreifendes Graz hinter dem Rücken liegt. Von den Türmen zu Maria-Trost klangen die Glocken hinaus in den taudurchfrischten Morgen. Ein Hochzeitspaar zog in die Kirche ein. O Gott im Himmel! dachte ich, wie bist du heute wieder wohlgelaunt! Denn in mir war eitel Entzücken.

Landsleute! Kennt ihr den Weg, der dem Kroisbach entlang zieht, dann links hinauf zur Höhe des Fasselberges und nordwärts über den Hügelzug hin, nach rechts und links freie Ausblicke in reizende Talkessel, besät mit Dörfern, Bauernhäusern und wohnlichen Schlössern? Links die Täler von Rinnegg und Linegg, die waldigen Höhen, die uns schon gütigst die Stadt und ihren Dunst verdecken; rechts das Rabnitztal mit dem auf sanfter Anhöhe malerisch gelagerten Kumberg, und weiterhin das Hügelgelände bis an die Berge bei Weiz. Vor uns aber die Masse des Schöckels mit ihrem langgestreckten Rücken, mit ihrem steilen Abfalle. Auf dem Hochtisch des Berges sehen wir ein winziges Würfelchen in den Himmel hineinstechen — das Touristenhaus.

Diesem Berge wanderte ich zu. Noch hat er genau die Form, in der wir ihn von Graz aus sehen. Doch ist er nicht mehr blau, sondern mit seinen waldigen Hängen und Wänden, mit den Spitzen seiner Baumwipfel in deutlichen Zeichnungen vor uns, scheinbar aber weniger hoch als von der Ferne gesehen, was sich immer so spielt. Hohe Berge und bedeutende Menschen scheinen größer in der Ferne als in der Nähe.

Schon hatte ich den Kurort Radegund in Sicht, der am Fuße des Schöckels liegt, als mir ein nettes Abenteuerchen zustieß. Man sollte glauben, die Anekdoten würden von Spaßvögeln erfunden; bei vielen mag es zutreffen, manche aber macht der Zufall, oder vielmehr der Mensch in seinem einfältigsten Ernste. Auf der Straße hatte mich ein Bauernweib eingeholt, das mich ansprach und aus dessen Mundart ich merkte, daß es nicht in der Gegend geboren, sondern aus dem Wendenlande eingewandert sein müsse. Sie war redselig und sprach ein schlechtes Deutsch. Sie erzählte mir, daß sie eiligst zum Arzt müsse, es sei ihr Mann auf den Tod krank. Ein Grazer Doktor hätte gesagt, er habe eine Brustentzündung und hätte sieben Egel geschickt. Die Egel hätte sie sofort in Schweinsschmalz gekocht, weil sie wohl wisse, daß Rindsfett für Kranke nicht gesund sei. Aber als der Kranke die Speise gegessen, sei ihm so viel zum Versterben übel geworden und daher wolle sie eilends den Radegunder Arzt bitten gehen um eine bessere Medizin. Anfangs hatte ich in der Tat gemeint, das Weib wolle mich foppen, doch überzeugte ich mich allmählich von der lieben Einfalt meiner Weggenossin. Ich gab ihr noch den Rat, sich beim Radegunder Arzt ganz genau zu erkundigen, wie die Medizin, die er etwa verschreibe, anzuwenden sei. Es gebe z. B. Salben, die man nicht einnehme, und es gebe Mixturen, die man nicht auf Pflaster streiche, und es gebe Blutegel, die man nicht in Schweinsfett geschmort esse, sondern zum Blutsaugen an die Haut setze. Ich empfahl sie hernach in den Schutz Gottes und ging meinen besonderen Weg.

Von nah und fern kommen jährlich zahlreiche Kranke nach Sankt Radegunds Kaltwasserheilanstalt, um sich aus den sechzig Brustzitzen des Schöckels, hier Quellen genannt, Gesundheit zu trinken. Es steht wohl zu hoffen, daß mancher Bresthafte das kalte Wasser nicht ebenso unzweckmäßig anwende, als jenes Bauernweib die Blutegel. — Im Schatten der Lustwäldchen Radegunds läßt es sich nicht bloß heilsam trinken, sondern auch gut träumen, wenn man so auf bequemer Ruhebank sitzend, zwischen dem Gestämme hinausblickt ins höhenrauchübergossene weite Gelände und etwa auch einmal darüber nachsinnt, was in diesem Paradiese der Mensch alles tut, um krank zu werden, und was er alles tun möchte, um wieder zu gesunden. Es ist nicht an einem Tage und nicht mit einem einzigen Fehler geschehen, daß sich der Mensch krank macht, es braucht manchmal recht vieler Anstrengung; aber noch hundertmal schwerer geht das Gesundwerden.

Ich lasse den Kurort mit seinen Quellen zur Rechten und zur Linken liegen und steige munter an. Der Boden wird steiler und auf einmal stehe ich hoch an der Brust des Berges. Der Weg zieht sich rechts an, von Haus zu Haus, bis er in den Wald hineingeht und sachte das Halbrund macht um den Berghang. Auf dem Bergsattel, wo der Weg sich zweigt, hinab in die nördlichen Gegenden und links empor zur Schöckelhöhe, steht eine gemauerte Bildsäule, genannt das Schöckelkreuz. Hier ist ein stiller Waldanger. Hier könnte man rasten, wenn man nur müde wäre. Wer die Müdigkeit nicht von der Niederung mit heraufgebracht hat, auf hohem Berge kommt ihm keine mehr, die leichte Luft, das leichte Herz, die Sehnsucht nach dem Gipfel lockt, jagt, zwingt ihn nach vorwärts. Ein wahrer Parkweg hinan durch hochstämmigen Wald, dann ein kurzer steiler Ruck empor bis zum Wetterloche, wo eine Kluft in den felsigen Berg hinabgeht, in der den größten Teil des Jahres Schnee und Eis liegt. Einst, als der Schöckel noch für den steierischen Blocksberg galt, sollen die Hexen durch dieses Loch aus- und eingeflogen sein. Heute steigen nach dem Hirtenglauben aus diesem Loche nur böse Wetter auf, wenn man Steine hineingeworfen hat. Die Leute erzählen sich, daß dieses Loch mit dem Neusiedlersee in Ungarn in Verbindung stehe. Vor Jahren sei einmal ein Ochse in diese Schöckelkluft gefallen und eine Weile später sei derselbe Ochs auf dem Neusiedlersee wieder zum Vorschein gekommen; unterwegs sollen ihm die Hörner gewachsen sein, nach Art der ungarischen Ochsenrasse. . . . Ich befasse mich mit dieser merkwürdigen Naturerscheinung nicht weiter, denn schon habe ich unter meinen Füßen Alpenboden und vor mir liegen auf grünen Matten das alte Schöckelschutzhaus und die Semriacher Hütte. Ich bin auf der nördlichen Seite des Berges, säume aber nicht lange; eine letzte Viertelstunde, und ich stehe auf dem Gipfel des Schöckels. Eine zahme Almmatte liegt hingebreitet über die Höhen, nur die östliche Zinne ist mit einzelnen Fichtenbäumen geschmückt, zum Zeichen, daß dieser 1437 Meter hohe Berg nicht Anspruch erhebt auf Hochalpencharakter. Trotzdem leistet er — weil die Niederung des Landes eine tiefe — an Schönheit, Aussicht und Alpenstürmen mehr als mancher Riese im Oberlande, der mit Felsen gekrönt ist.

Vor mir steht das stattliche Schöckelhaus, ein Prachtbergasyl. „Da wollen wir hinaufgehen, Kartenspielen!" hat ein Grazer Fleischhauer gesagt. Ja, Philister, es geht nichts über die schöne Natur, wenn man Spielkarten bei sich hat!

Wir schauen hinab in die Welt, die wie ein grüngraues, unabsehbares Meer daliegt, tief ins Ungarland hinein. Erst wenn man das Auge schärft, treten Höhen und Täler hervor. Dort draußen auf weiter Fläche steht ein dunkles Wärzchen und in der Nähe desselben sind ein paar glitzernde Punkte und ein paar mattfarbige Streifen. Es ist gar nicht auffallend, und fällt mir doch auf, ich habe es aber erst suchen müssen. Denn es ist ein feiner Punkt, es ist die Hauptstadt der Steiermark. Wie klein und nichtig liegt sie da unten! Nur die Mur funkelt an einigen Stellen. Mit einer Landschaft gemessen, ist alles Menschenwerk lächerlich winzig. Alle Menschenwerke auf Erden zusammengenommen, aneinander-, übereinandergehäuft, gerüttelt, geben nicht eine so große Masse, als es der Schöckelbergstock ist, der ja doch so unauffällig dasteht, mitten im steierischen Lande. Und wenn man vor viertausend Jahren hinausgeblickt hätte von dieser Höhe, so wäre es dasselbe Bild gewesen, das es heute ist. Da unten die blauenden Gründe des Urwaldes, dort die duftigen Erhebungen des Kulm, der Gleichenberge, des Wildonerberges, des Plabutsch, wenngleich diese Namen noch nicht gewesen sind, die Berge waren. Und was haben seither die Menschen herumgewirtschaftet da unten! Die leichten Spuren, die sie gemacht, lischt ein einziges Jahrhundert aus, falls der Mensch heute schlafen geht.

Kaum andere Gedanken kommen, wenn ich mich nun umwende und nach Norden hinblicke. Und doch, welch ein anderes Bild! Im Süden blau und flach wie das Meer, im Norden Alpenwelt. Tief unten ruht das wohnliche, scheinbar fast flache Tal von Semriach, Passail und Fladnitz. Zahllose wohlgebreitete Bauernhöfe sind zerstreut zwischen ihren Feldern, Wiesen und Schachen. Dann stehen Waldberge, hinter ihnen höhere Felsenberge und noch weiter im Hintergrunde Schneeberge. Die Murtaleralpen sind wahrlich nicht niedrig, und doch schauen über sie herein der Zinken, der Reiting und andere. Das Rennfeld, der Lantsch, die Teichalpe sind stattliche Erhebungen, und doch ragen hinter ihnen hoch auf die ganze wilde Schwabengruppe, die Veitsch und der Tonion bei Maria-Zell. Auch die Rax und der Sonnwendstein und der Wechsel lassen sich nicht verdecken durch die Fischbacheralpe, die Berge von Anger und den Hochzug des Rabenwaldes. Lauter alte Bekannte sind es, die mich grüßen, jeder winkt mir Erinnerung zu an ein Erlebnis, an ein Leid, an eine Freude, so ich auf dem einen oder auf dem anderen dieser Berge erfahren.

„Die Liebe ist es, die uns hinanführt zu den Alpenhöhen," sagte mir einst ein Lebemann. „Die Liebe ist's!" wiederhole ich. Wette aber, daß es eine etwas unterschiedliche Art von Liebe ist, die zwei unterschiedliche Menschen meinen. Unsere Liebe ist die schöne, weite Steiermark, und um ihr ins Angesicht zu schauen, steigen wir auf die Berge.

Wenig so selige Stunden werde ich zu zählen haben, wie diese war, als ich auf einem Stein des Hochschöckels saß und hinausschaute ins nördliche Land. Worin das Glück bestand, ich kann's nicht sagen. Man sitzt auf einem Berge und sieht andere Berge — was ist's denn weiter? Die Schönheit erklärt man nicht, man empfindet sie. Allmählich ging meine Empfindung in Träume, diese in Sinnen, dieses in Gedanken über. Ich dachte an der Steiermark Vergangenheit und an der Steiermark Zukunft. Das erstere war ein Gewissenerforschen, das letztere war ein Gebet. Nach tausend Jahren werden noch immer Menschen hier sitzen und hinausblicken in die weiten Gauen. Was wird bishin geschehen sein da unten in diesen Tälern? Vielleicht liegt in jenen Zeiten eine reich bevölkerte Ansiedlung auf dieser Alpenhöhe, weil unten die Räume zu enge geworden für die Menschheit, die sich ins Ungeheure vermehrt hat. Vielleicht auch rastet auf dem Kalkstein ein Wanderer, der sich verirrt hat in die Wildnisse des Raab-, des Murgebietes und sich verstiegen auf diesen Berg, auf welchem sonst kein Mensch mehr herumklettert. Es gab eine Zeit, da hohe Berge gemieden, gefürchtet waren, da die Erscheinungen, die uns heute als Schönheit gelten, nichts als Schrecknisse gewesen sind, da man die Gebirge für ein Unheil betrachtete, weil sie unfruchtbar waren, den Verkehr hinderten, wilde Tiere beherbergten und böse Wetter erzeugten. Was war, kann wiederkommen. Aber wenn dem Menschen der Sinn für Naturschönheiten jemals wieder verloren gehen sollte, dann weiß ich nicht, was an seine Stelle treten müßte als

Ersatz. Einst war die Religion dafür da, das Sichabwenden von dem Irdischen, das Hinneigen nach einer idealen Welt, in Sehnsucht erschaffen. Kommt das wieder? Wenn die Phantasie wieder zu ihrem Recht kommt und zu ihrer schöpferischen Kraft, wenn sie so lebhaft wirken kann, daß der sinnliche Mensch an sie glauben muß, dann ist voller Ersatz, und mehr als das, vorhanden für den Sinn, der die Schönheit der Natur genießt. Bleiben wird es nicht wie es heute ist, aber Gott wird es so einrichten, daß seine Menschenkinder immer was haben zur Freude und Erhebung.

Leiblicher wurde die Stimmung, als ich bei den Semriacher Hütten, wo Erquickungen ausgeschänkt wurden, fröhliche Gesellschaft fand. Da waren der Pfarrer von Semriach, der Oberlehrer des genannten Ortes, und zu diesen beiden Trägern menschlicher Ideale gesellte sich der dritte — der Poet.

Wenn ich nun sage, daß wir drei uns vereinigten und auf hohem Berge einen feierlichen Schwur leisteten, jeder in seiner Art für unser Volk treu und liebevoll zu wirken, so kann der Herr Pfarrer oder der Herr Lehrer kommen und mich der Unwahrheit überweisen. Tatsächlich ist zwischen Priester, Lehrer und Dichter kein Schwur abgelegt worden auf dem steierischen Rigi, aber er hätte abgelegt werden können und muß abgelegt werden. Denn daß die dreie sich verstehen in der guten Absicht, die jeder für unser Volk hegt, das hat sich gezeigt und zeigt sich immer wieder und so hoffe ich, daß auch in der geistigen Welt Friede werden wird, den anzustreben unser Wollen und unsere Pflicht ist.

Und nun lebe wohl, stolze Höhe, ich steige wieder zu Tale, um unter kleinlichen Gesellen — auch ein solcher zu sein.

Als ich den Waldhang hinabging, fällten dort Holzhauer Bäume, warfen sie über den Weg und riefen mir zu, wenn ich nicht erschlagen sein wolle, so müsse ich stehenbleiben oder umkehren. Es wäre vielleicht nicht so übel, nach der erhebenden Empfindung durch einen Schlagbaum sich zu trennen vom Alltag. Ich habe mich aber doch entschlossen, dem fallenden Baume auszuweichen.

Sommertage an der Salza.

1895.

„Am 3., 4. und 5. September (1895) mit Frau und Tochter eine Bergpartie gemacht über Au, Seewiesen, Seeberg, Brandhof, Wegscheid, Kastenriegel, Höll, Ring, Weichselboden, Gschöder, Gschaid, Gußwerk nach Maria-Zell.“

Wie sehr trocken ist sie, diese Tagebuchnotiz und wieviel Inhalt hat sie für den, der die kleine Gebirgsreise gemacht. Drei Tage lang in den Alpen unter wolkenlosem Himmel. Weiß man, was das sagen will in unserer wetterwendischen Zeit?

In Au dem Zuge der steirischen Landesbahn entstiegen, haben wir vom Postmeister zu Seewiesen einen Wagen gemietet und der Postwirt selber ist unser Kutscher gewesen. So begann eine gute und sichere Fahrt. — Über den Seeberg mietet man sich den Wagen, um vor oder hinter ihm her zu Fuß zu gehen bergan; darob haben uns die Pferde dankbar angeblickt. Im Walde auf dem Seeberg ist vor Jahren an einem Novembertage ein herrenloser zweijähriger Knabe aufgefunden worden. Er schien ausgesetzt zu sein, man konnte aber aus dem Kinde nichts erfahren, und der Fall ist bis heute dunkel geblieben. Der Knabe ist dann getauft und nach dem Kalenderheiligen des Tages, wie nach dem Fundorte Karl Seeberger genannt worden. Der Postwirt zu Seewiesen hat ihn aufgenommen und erzogen. Heute ist der Karl Seeberger ein hübscher Student und es gibt Leute, die in ihm „das Blut von hohen Stammen“ wittern. Vielleicht ist er zu großen Dingen erkoren und baut, falls er Ingenieur wird, über seinen Namensvater, den Seeberg, einst eine bessere Straße. Die Aussicht vom Seeberge aus in die Schluchten der Tullwitz und auf den gegenüberstehenden schoberartigen Feistingstein versöhnt uns mit dem Wege. Auf der Höhe des Berges wendete sogar eines unserer Pferde den Kopf und schaute das Hochgebirge an. Teuer genug bezahlt! mochte das schnaufende Tier sich denken.

Jenseits abwärts Almen und Waldberge, ein Meer von Wäldern, aus dem mancher Felsenstock weiß emporragt. Wir kommen zum Brandhof, dem Lieblingssitz des unvergeßlichen Erzherzogs Johann, wo er einst seine junge Frau aus dem Bürgerhause geborgen hielt, solange sie bei den hohen Herrschaften am Hofe unmöglich war. Erst als die Kaiserin sie beigezogen und in Gegenwart der Adelsleute geküßt hatte, war sie vor diesen sanktioniert. Aber die „Baronin von Brandhof“ blieb nicht bei den Hoffartspinseln, sondern kehrte mit ihrem Erzherzoge wieder zurück in die steierische Waldheimat. Am Tage unserer Vorüberfahrt guckten beim Brandhof zwischen dem Gartengebüsch ein paar hübsche Kindergesichtlein heraus zu uns — die Urenkel.

Weiter hin kommt das Dörfchen Gollrad mit dem Knappendorf, wo mir jetzt zuviel Feiertag zu sein scheint. Freilich Feiertag, aber nicht dreht hier am Herd sich der Spieß! — Im Tale von Wegscheid — der Leser möge uns auf der Karte folgen — bogen wir links ein, gegen und über den Kastenriegel. „Ein reiner Parkweg!" rufen die Reisenden hier aus. In sanftesten Windungen kommt man durch Wald und Geschläge hinan zum Paß am Kastenriegel, wo sich uns plötzlich der Blick in die Hohlschlucht auftut, die zwischen der Aflenzer und der Zeller Staritze damals in abendlichen Schatten gähnte. Das ist die Höll'! Wir stiegen auf Schlangenpfaden hinab zwischen niedergebrochenen Felstrümmern. Welche Revolutionen hat hier das Wasser vollbracht, und jetzt ist davon kein Tropfen vorhanden, alle Betten und Runsen fahl und dürr. In diesen Schluchten war es, wo mir vor vielen Jahren jener Mann begegnete, der sich persönlich davon überzeugt hat, daß die Erde rund ist. Und daß dieser Ball ein Spielball ist! Er war Kohlenbrenner gewesen, spielte auf der kleinen Lotterie, gewann, spielte auf der großen, gewann, machte sich auf die Reise gegen Westen und kehrte nach Jahren von Osten her wieder heim, an Geld so arm als je, aber an Erfahrung und Weisheit reich, so reich, daß er wußte, es lebe sich in der Köhlerhütte eigentlich auch nicht viel schlechter als anderswo, „wenn man gesund ist, und an sich selber einen guten Kameraden hat". Ja, den hatte der kluge lustige Alte und juchezen konnte er noch, als wäre nie ein Körnchen Weltstaub in seine Kehle gekommen. Jetzt ruht er längst auf dem kleinen Kirchhofe zu Weichselboden, der gute Michel Stösser, der die Launen der Glücksgöttin klüglich ausnützte, ohne sich von ihr unters Rad kriegen zu lassen.

Nach einer Weile waren wir am Ring. Das ist ein kleines Wiesental zwischen Berghängen, im Hintergrunde ein Felsenkar des Hochschwabenstockes, das im Abendleuchten rötlich niederstarrt. Hier steht ein Jagdhaus des Grafen Meran, Enkel jenes geliebten Erzherzogs. Wir wenden uns nach rechts, die Schlucht hinaus. Plötzlich ist unsere glatte Straße zwischen Wassern. Links ein Bach, rechts ein Bach, aus der Erde brechen sie in üppigen Quellen und jetzt erst gewinnt die Gegend Leben. Wir hatten unseren Wagen vorausfahren lassen und spazierten in der lauschigen Abenddämmerung fröhlich nach, bis das Brausen der Salza an unser Ohr schlug und die Lichter des Hotels zu Weichselboden uns entgegenblinkten. Die Salza kommt fern aus der Maria-Zeller-Gegend herab durch Schluchten und Schluchten, in denen sie nichts neben sich duldet, als Gestein.

Ich wüßte kaum ein Alpendorf in unserer Steiermark, das so eng zwischen hohen Bergen steht im tiefen Wiesengrunde. Das Tal von Weichselboden hat nur Oberlichten, darum sind die Leute dort auch hell im Kopfe. Es ist eine kleine Holzknechtgemeinde, die ärmsten Häuser dort haben eine Kuh, die reichsten haben deren zwei. Seit ein paar Jahren steht dort ein Touristenhotel. Das „fesche Hotel". Begründet wurde es von einem Wiener Ehepaar, von dem es musterhaft bewirtschaftet wird, und zwar mit Musikbegleitung, die Frau spielt Klavier, der Mann geigt und beide singen dazu. Und wie! Nicht bloß Wiener Lieder, auch alte Volkslieder, wie sie in die Gebirgsgegend gehören, singen sie nach guter Art den Gästen vor. Wir haben einen sehr angenehmen Abend in diesem echten Alpenhotel verlebt und darauf in den schlichten Betten vortrefflich geschlafen. Gegen Mitternacht wurde ich aber ins Freie geholt, um die Mondbeleuchtung zu betrachten, die hoch an den Felswänden ihre stille Herrlichkeit hinbreitete. Die Berge standen wie durchsichtige Äthergestalten in den dunkeln Himmel auf. Am felsigen Ameiskogel, der hinter der Kirche steht, sank das blasse Licht immer tiefer herab; da standen im Vordergrund schwarze Stämmlein mit Querbalken —

die Kreuze des kleinen Friedhofes. In dem Augenblick hörte ich, wie an der Tür des Hotels ein Wiener Tourist rief, solche Mondnächte müsse man erst in der Schweiz sehen, dort seien sie noch viel schöner. Auch der Komfort für die Reisenden wäre in der Schweiz weitaus besser als in Österreich, wo man ja in allem zurück sei. Übrigens, wenn er jetzt ein frisches Glas „Pils" haben könnte, so wäre das nicht zu verachten. Dem Herrn war auch der Seeberg zu steil und der Kastenriegel zu steinig gewesen. Warum er eigentlich ins Gebirge ging, wenn er die Berge nicht leiden konnte! Der Wirt tat sein Möglichstes, um dem Räsonierer mit Forellen, Schnitzel, Hirschbraten und Bier den Mund zu stopfen, was ihm endlich auch gelang. Es ist schon eine Freude, draußen in großer heiliger Ländlichkeit solchen Patronen zu begegnen! —

Am nächsten Morgen hörte ich noch vor sechs Uhr in meiner Nähe ein Geschrei. Die Augen aufschlagend, blendete mich das Fenster, denn draußen lohte der Felsen im Sonnenschein. Eilends warfen wir unser Gewand über und gingen hinaus in den kühlen tauigen Morgen. Im Kirchlein ist Johannes in der Wüste, eine Touristin rief hinein: „Johannes, wie hast du es schön da!"

Eine Tasse Kaffee, und dann auf den Wagen. In klarer Morgenfrische durch die wilden Schluchten hinab, der Salza entlang, — Gott, was kannst du mir Herrlicheres bieten von deiner Welt! —

Die Salza ist der einzige größere Fluß in Steiermark, der durchaus von Osten nach Westen geht, von niedrigerem Gebirge in das höhere, also gleichsam aufwärts rinnt. Trotzdem hat sie Gefälle genug, um stellenweise zwischen den bemoosten Steinblöcken hin wacker gischten und brausen zu können. Bald kamen wir zur Klause, wo der Fluß zum

Behufe des Holztransportes, der jetzt weiter unten anhebt, gestaut wird zu einem See, welcher dann bis nahe an Weichselboden heraufgeht. Täglich um fünf Uhr abends wird die Klause geschlossen, um am nächsten Vormittage geöffnet zu werden. Man wird niemals sagen können, daß in dieser Gegend des vielen Holzes wegen eine Eisenbahn angelegt werden müsse; die Bringung viele Stunden lang bis hinaus zur Enns besorgt das Wasser auf das verläßlichste und billigste.

Von der Klause, an deren Rande der Weg durch einen Tunnel führt, fuhren wir weiter und betrachteten unterwegs entweder die rauhen Abhänge des Hochschwab zur Linken oder das Spiel der Forellen im Fluß, der spärlich zwischen den nassen Steinen dahinrann. An einer Brücke sprudelte nahe dem Ufer aus zahlreichen Stellen viel Wasser aus der Erde.*) Von der Brücke aus weiß man wahrlich nicht, soll der Blick schluchtauf- oder schluchtabwärts fliegen, das Bild ist in seiner finsteren Wildheit überwältigend. Wenn wir jene Stelle meinen, so sprechen wir seither nur von der „schönen Brücke".

Weiter hin, wo der Antengraben einen Blick in das Felsenherz des Hochschwabgebirges zeigt, wäre Platz für ein Touristenhotel. Heute stehen dort nur ein paar Hütten, wovon eine allerdings gute Lust hätte, ein Wirtshaus zu sein — und es steht hier das Jagdhaus des Herzogs von Parma. Diesem schauten wir zu den Fenstern hinein, und sahen in den Zimmern eitel Pracht.

„Ach, wie gut haben es die reichen Herren!" rief jemand von uns und ein anderer versetzte: „Ach, wie arm

---

*) Heute rinnt es auf der Hochquellenleitung in die ferne Wienerstadt. Bemerkung zur neuen Auflage.

sind sie! Sie können die Natur nicht lieben, wenn sie nicht überall ihre leibliche Bequemlichkeit, ihre herrschaftlichen Passionen bei sich haben! Sie können sich nicht harmlos freuen an der Landschaft, wenn sie nicht ihre Mordwaffe mit sich führen dürfen, um schöne, lebensfrohe Tiere zu töten, die sie aus Mordlust gezüchtet haben. Von so ordinären Instinkten sind sie befangen, während wir anderen alle Schönheit und Größe umsonst haben und selig sind im Anschauen der Wunder!"

Einige Tage früher soll in Gschöder ein nackter Handwerksbursche oder Student, oder auch Tourist, — wer sieht das dem Adamskostüme denn sofort an! — herumgelaufen sein. Es war ein heißer Tag gewesen, er hatte sein Gewand ausgezogen, auf eine Sandbank gelegt und war in einen Wassertümpel der Salza gestiegen. Der Unglückliche wußte nicht, daß dieser Alpenfluß Ebbe und Flut hat und so wurde er überrascht von den hohen Wellen, die der oben an der Klause geöffneten Schleuse entströmten. Noch zur Not konnte er sich ans felsige Ufer retten, allein seine Hosen, Strümpfe und Schuhe und alles sah er flott dahinschwimmen, abwärts gen Wildalpen. Aus Haselnußlaub flocht er sich einen züchtigen Kranz, dann fand er einen Halter, der das Werk der Barmherzigkeit an ihm erfüllte vom Fuß bis zum Kopf. Er will die Kleider zurückschicken, hat er versprochen. Wenn sein Stand und Name und weiteres Schicksal zu erfahren ist, werde ich davon melden.

Was dieser Badende an seiner ganzen Wesenheit erfahren mußte, das sahen wir — nachdem im Gschöder unser Wagen die Rückfahrt angetreten — bloß mit staunenden Augen. Plötzlich bemerkte meine Frau, daß das Wasser anhub zu schwellen. Lebhafter schlugen die Wellen an das Ufer, schossen über Sandschütten hinaus, schlugen an Felsen und mächtiger goß der Fluß dahin, bis er in hohen raschen Wogen das ganze breite Bachbett sprengen wollte. Diesem wilden, hochgehenden Wasser fuhren wir nun entgegen und hatten stundenlang ein Schauspiel, das man so leicht nicht vergißt. Anfangs war der Fluß etwas trüb, bald aber gewann er seine grünliche klare Farbe wieder und tat, als wäre seine ganze Üppigkeit Natur, während der See oberhalb der Klause sachte sank. Ich rate jedem, der dort wandert, die Stunden des Abflusses nicht zu versäumen, das Baden unterhalb der Klause aber wäre den Forellen zu überlassen.

Nach Weichselboden zurückgekehrt ein frühes Mittagsmahl, und dann fort nach Maria-Zell. Auch hier ist wieder ein Berg, der Hals, zu übertauchen, denn das Tal nimmt die Salza für sich allein in Anspruch. Sie habe es allein gegraben und wolle es hier in den Engen des Klausgrabens mit niemandem teilen. Unser Weg kommt zu einer Tafel mit der Inschrift: „Blick auf den Gipfel des Hochschwab.“ Ja, ist denn hier im Schwabengebiete das etwas so Seltenes? Gewiß. Man mag die Schwabengruppe tagelang umkreisen, das hohe Haupt wird sich nur selten blicken lassen; steht man vorne, so ist die Brust zu gewölbt, steht man hinten, so ist der Buckel zu hoch, steht man an der Seite, so ist es die Achsel, die den Kopf immer wieder verdeckt. Hier vom Berghange der Hochleiten aus gesehen, ragt im Hintergrunde des Bildes der Schwabenstock vom Fuß bis zum Scheitel auf. Unsere Gegend wird nun sanfter, lichter, im Dörfchen Greuth sieht man wieder einmal ein Bauernhaus, dann kommt das Gußwerk mit seinem Kohlenstaube. Und dann das grüne stille „Tal der Mutter Jesu“.

Die Sonne ging schon über, als der zackige Zellerturm uns entgegenfunkelte. — Ich habe an Wallfahrerorten mancherlei auszusetzen gefunden, dabei aber nie die Bedeutung bestritten, die eine weite Wallfahrt im Gemüte des Volkes hat. Maria-Zell ist mir ans Herz gewachsen. Selbst das Steinpflaster verehre ich dort vor dem Gnadenaltare, denn darauf sind unsere Vorfahren, die vergangenen Geschlechter, gekniet, gläubig ihr Anliegen den Himmlischen opfernd. Nicht in jeder Kirche wird gebetet, wo Leute knien und die Lippen bewegen. Und hier, in dem Wallfahrer, der müde und beladen mit Kummer vor dem Bildnisse kauert, ist jeder Gedanke ein Gebet. Weinende Menschen machen mir das Herz rebellisch, ich kann nicht zusehen und am wenigsten spotten, wie es wohl auch zu geschehen pflegt bei müßigen Gaffern.

Maria-Zell ist kein Lourdes, wo Priester geraderhand eingreifen, daß „Wunder" geschehen. Die Geschichte von Maria-Zell kann eigentlich nicht einmal gegen das Gewissen Andersgläubiger verstoßen. Ein frommer Mönch hat aus Lindenholz ein Muttergottesbild geschnitzt und es verehrt. Andere Leute haben in der Verehrung (nicht Anbetung) desselben Bildes Trost und Seelenfrieden gefunden, Fürsten haben in Not der Heilandsmutter gedacht und nach überstandener Gefahr dem schlichten Bilde ein Gotteshaus gebaut als erste Kulturstätte in dieser Alpenwildnis. Das geht alles natürlich zu, im Rahmen der Menschennatur und der Geschichte.

In dieser Zeit, die den außerirdischen, unpraktischen, will sagen, ungeschäftlichen Idealen so abhold ist, berührt es eigentümlich, in einem so herrlichen Tempel den Flug des Glaubens zu sehen. Und wäre es eine Moschee oder eine Synagoge, wo der Mensch sein armes Herz einem hohen Ideale zuwendet, dort heimelt es mich an und die Stätte verehre ich. Darum bleibe stehen im Kranze der

Berge, du schöner Bau aus Menschenhand, du süßer Maienglaube in steinernem Gebilde, du heiliges Salve Regina!

— — — — — — — — — — — — — — —

Auf der Heimreise am dritten Tag hatte ich, wie immer nach erregten Stunden, körperliches Ungemach zu tragen. Sonnenbrand und heißer Staub taten der schwer atmenden Lunge weh, und doch war die Seele jauchzend. Ich hatte wieder so viel Erhabenes gesehen und empfunden; ich danke dem Himmel dafür um so inniger, als es für mich fast unverhofft war, ein solches Wanderglück in den Alpen der Steiermark noch einmal zu erleben. — Und wie oft und in noch größerem Maße ist es seither noch erlebt worden!

Auf den Polster.

1895.

„Leuteln machts d' Augen auf. Der Reichenstein hat d' Hauben auf!“ schrie uns Michel, der Hausknecht, in die Ohren. „Nix ist's mit der Partie!“

„Ja, Narr, warum weckst uns denn nachher!“

„Damit's es wißts, daß 's nix ist!“ antwortete der Schelm. Da sahen wir es gleich durchs Fenster, daß das Nebelfetzchen auf der Spitze des Reichensteins sich schon löste in der Himmelsbläue. Auch die anderen Berge standen klar und scharf in der Morgendämmer, der kühlen; nur der Reiting hatte ein weißes Schürzlein um, mit dem er in der Nacht sein Felsgesenk verhüllt haben mochte. Jetzt warf er es weg.

Auf welchen steigen wir? Unser vier Wanderer, schlug natürlich jeder einen anderen vor. Der Steueradjunkt den breitrückigen Reiting, der Gerichtspraktikant das doppelspitzige Wildfeld, der Student den hochgetürmten Reichenstein, der über der schründigen Vordernbergermauer aufragte, still und stolz im Hintergrund. Aber mir, der eine strenge Asthmanacht gehabt hatte im Gasthof zu Trofaiach, waren all diese Herren heute zu herb. Ich verlangte den Polster, eine zahme Bergkuppe, die sich hinter Vordernberg, rechts am Prebühelpaß aufreckt.

„Und just der Polster ist der gefährlichste!“ lachte der Michel, der uns als Träger begleiten sollte, „denn warum? Weil auf dem Polster die meisten Leut' sterben.“

Indes ist der Polster am Präbühel kein Kissen, wie wir erfahren sollten. Ein bißchen Gefahr wird hoffentlich doch dabei sein? Gut, wir einigten uns für den Polster.

Kaum war unter den vier Deutschen dieser Zwiespalt geschlichtet, tat sich auch schon ein anderer auf. Die drei Kameraden wollten auf der damals erst eröffneten Präbüheler Eisenbahn bis zum Paß hinauffahren, ich wollte zu Fuß gehen. Erstens erholt sich die krampfige Lunge bei einem sachten Wandern in der Morgenfrische am ehesten. Zweitens ist ein solches Wandern den betauten Wiesen und dem rauschenden Wasser entgegen köstlich. Und drittens weiß ich mir nichts Besseres, als so allein im schattigen Alpentale dahinzuschreiten, zu den im ersten Sonnenschein strahlenden Hochwänden aufzublicken, und sich andächtig vorzubereiten auf die Herrlichkeit, die auf der Höhe sein wird. — Denn ich wußte recht gut, daß meine Begleiter von ihrer Eisenbahn nicht lassen würden. Hingegen versprachen sie mir, auf dem Paß meine Nachkunft zu erwarten.

So habe ich den drei Stunden langen Weg unter die Füße genommen. Mit jedem Schritte wurde ich frischer, aber zu jener Poetenbeschaulichkeit sollte es heute nicht kommen. Kaum hatte ich den ehrwürdigen Markt Vordernberg, der mit seinen rußbraunen Häusern und Hochöfen langgestreckt im Engtale liegt, kaum hatte ich den hinter mir, so holten mich drei Männer ein, die mit Leisten und Holztrühlein auf dem Rücken auf Arbeit ausgingen, denn es war ein Montag. Sie hatten es aber nicht eilig, sondern hielten mit mir gleichen Schritt. Es sei wohl kurzweiliger, meinten sie, mit einem Menschen zu plaudern unterwegs.

„Seid ihr denn keine Menschen?" fragte ich einigermaßen verdrießlich.

„Nein, lieber Herr, wir sind Schuster."

Mit solch lustigen Worten heimeln sich auf der Straße Fremde aneinander. Hinten war ein Rotbärtiger nachgegangen, der eine Ledertasche an der Seite trug. Ich schloß, daß es der Meister sei. Dieser rief jetzt drein: „Was plauscht ihr denn! Bauern sind wir und keine Schuster!“

Die Gesellen lachten über solche Bauern ohne Feld. Der Meister aber blieb stehen, spreizte hinterseits seine Kreatur mit dem Stecken, beschaute mein Stadtgewand und lüpfte dann spöttisch sein breites Tuchkappel. Das war auch alles. Er wandte sich den Gesellen zu, als ob ich weiter nicht vorhanden wäre und hielt einen Vortrag. „Merkt's euch, Buben, es gibt Bauern und Herren! Die Bauern sind solche, die was bauen. Der Landmann baut Korn, der Zimmermann baut Häuser, der Schmied baut Schaufeln, der Schuster baut Stiefel. Jeder, der auf der Welt was baut, ist Bauer.“

„Stimmt!“ sagte ich. Das hörte er nicht, sondern predigte weiter: „Herren! Das sind Leut', die immer die Hand herhalten: Gib her! Gib her! Her, Bauer, mit deinem Korn! Her, Schmied, mit deinem Eisen! Her, Schuster, mit deinem Stiefel, und alleweil her, her! Und derohalben heißt so einer Herr! Und weil sie alles zuerst haben wollen, und gleich vorher nehmen, desweg heißt man sie auch die Vornehmen.“

So redete der Mann, und weil er dabei ahlspitze Blicke auf mich herstach, so dachte ich, in der Einsam möchte ich solchen Leuten nicht gern begegnen, sie kunnten selber her, her! sagen zu mir. Und bald darauf, als wir zu den Häusern unter der Alm kamen, bogen sie ab, da trat der Meister auf mich zu, hielt mir die Hand vor und sagte: „Her! Her mit dem Pratzel und nit bös sein!“ Mit einem Handschütteln sind wir gut auseinander gekommen.

Da hatte ich gleich was zu denken für den weiteren Weg. Darüber, wie es mit mir stünde — Bauer oder Herr? Trotz meines Schulmeisterröckels — ich bin nie anders auf die Berge gegangen — oder eben deshalb deucht mich doch schier, ich gehöre mehr zu den Bauenden als zu den Hernehmenden.

Nun war ich wieder allein — zum Schauen und Sinnen. Hinter der Griesmauer war die Sonne aufgestiegen und zwischen den Fichtenstämmen, die rechts am Wege stehen, flimmerte sie schon her. Zur Linken steigt sachte das Wiesental an, es war frisch gemäht, es duftete das Gras seinen kühlen Hauch her, das Bächlein plätscherte zeitweilig in seinen engen tiefen Furchen. Sonst alles still und jenseits der grünen Matte standen die hellbesonnten Kalkwände in ihrer feierlichen Ewigkeitsruhe. — Solche Morgenwanderstunden in den Alpen sind doch so ziemlich das Köstlichste gewesen, was mir in diesem Leben beschieden war. Da ist man wohl der Nehmende. Aber auch gleichzeitig der Bauende an sich selber. Denn man wird reiner, man wird größer.

Endlich war ich auf dem Passe, der zwischen dem Reichenstein und dem Polster die Straße durchläßt und drüben niederwärts weist, steil in den tiefen Hochgebirgskessel von Eisenerz. Auch die Eisenbahn ist neben meiner Straße heraufgestiegen, aber sie geht oben hinter dem Passe an der Berglehne wagrecht weiter und dann mitten durch den Eisenberg. Diese Eisenschienen sind die einzigen im weiten Lande, die sich ihrer Heimat, ihrer Wiege erinnern, aus der Werkstätte als gemachte Leute zu ihr zurückkehren und dankbar den Erzberg mit der Welt verbinden.

Meine Freunde saßen im Wirtshaus auf dem Passe, waren schon sehr lustig und schäkerten mit der Kellnerin.

Nach dem feierlichen Empfang mit Taschentuchfahnen, den sie mir zuteil werden ließen, warf einer die Frage auf, ob es — anstatt bei der Hitze auf den Berg zu steigen — nicht feiner wäre, hier im Garten sitzen zu bleiben und gemütlich Bier zu trinken. Dem stimmten auch die anderen bei und ich begrüßte den Vorschlag mit Begeisterung, und ob sie warten wollten, bis ich vom Berge zurückkäme? Da zerschlug sich wieder alles; wenn ich auf den Polster ginge, wollten sie doch nicht zurückbleiben. Ich begann zu lügen, man müsse ganz leise auftreten, es dürfe kein Wort unterwegs gesprochen werden — es sei Lawinengefahr! Der Führer Michel tat einen hellen Lacher. Lawinengefahr durch den Wald hinauf, im August!

Ich wollte aber meine Bergruh' haben, und als die Kameraden flink und munter vorauseilten, machte ich mir lange mit meinen Schuhriemen zu schaffen, die übrigens ganz in Ordnung waren. Und dann stieg ich sachte an zwischen den alten, wetterzerzausten Bäumen, auf hin und her gezacktem Fußsteige. Nach einer Weile kamen die Almmatten mit den kurzstieligen, weißen, roten und blauen Blümlein; die Aussicht wurde frei ins Vordernbergertal zurück und in das Gewänd der Griesmauer, die sich vom Polsterberge aus schründig und zackig fortsetzt. Hier das Bereich der Almhütten, hin und hin in den schwarzerdigen Steig Rinderklauen eingedrückt, und die Tiere, Kühe, Schafe und Ziegen, weideten auf der Hochflur.

Nun begann das Kar, noch glatt begrünt, aber steil wie ein Dach. Hoch oben jodelten die Vorangehenden ein Siegesgeschrei, weil sie die Bergkante erreicht hatten. Mittlerweile hat das Auge Ferne bekommen. Gerade gegenüber steht der Reichenstein, jetzt, da ich ihm Brust an Brust stehe, scheint er dreimal so hoch als früher vom Tal aus, und seine nördlichen Hänge, furchtbare Lawinenbahnen, fallen ab in die blauende Tiefe des Eisenerzertales. Aber siehe, dort unten schmiegt sich an den Fuß des Reichensteins der Krösus des Landes — der Erzberg. Dem hat man die große Brusttasche weit aufgerissen! Schier den ganzen grünen Mantel losgetrennt, so daß sein rotes Spateisengestein allen Schürfern, Bohrern und Sprengern daliegt und auf vielen und vielen Bahnen zu Tale und in alle Weiten davonrollt. Und dort unten auf der grünen Matte das stattliche Eisenerz, das seine Existenz, seinen Wohlstand wie seinen Namen dem gnadenreichen Berg verdankt. Und diese Schatztruhe, die unerschöpfliche, ist umstanden von hohen Felsbergen, den treuen Wächtern der Heimat. Kaiserschild, Pfaffenstein, Seemauer — was frägt das Auge nach Namen, wenn es von der Pracht der Gestalten trunken ist.

Halb von den Füßen, halb von der Bergfreude emporgetragen, war ich nach zweistündigem Stieg an der Kante, wo fast schreckbar plötzlich der Blick nach der anderen, der Ostseite, hin frei ist, in die weit hingedehnte, wüste Felsenwelt des Hochschwab. — Meine Genossen hockten schon auf der nahen Spitze des Polsters und ließen ein Preislied dem deutschen Vaterlande steigen und dem Gott, der Eisen wachsen ließ. — Diese Bergspitze ist nicht viel über neunzehnhundert Meter hoch, aber höher schlugen unsere Herzen. Und dankbar einer Bergwelt, die uns unter so wenig Mühe und völlig gefahrlos solche Herrlichkeiten schauen läßt.

So völlig gefahrlos!

Dann, nach einem Imbiß, saßen wir im stillen Sonnenschein. Ich hatte mich wieder ein bißchen abseits gehalten und schaute hinaus, die östliche steierische Bergwelt bis zum Wechsel, die westliche bis zum Dachstein vor Augen. Ich freute mich des Wunders, daß die Bergandacht auch meine lieben Kameraden still gemacht hatte. Doch ein näherer Hinblick belehrte mich, daß sie schlummerten. —

Die Gelegenheit benützte ich, mich aus dem Staub zu machen, der hier oben noch festes, wetterverwaschenes Gestein ist. Auf demselben Wege eilte ich wieder talwärts, immer im Zickzack das lange steile Kar hinab. In demselben weideten Schafe und Ziegen und nagten das spärliche Gräslein zwischen den Steinen heraus. Auf einer Felsnase stand der Hirtenknabe und jauchzt. Ich glaub' dir's, Büberl. Als ich so war wie du, bei den Schafen auf dem Berge, da habe ich auch aufschreien müssen vor Freudigkeit. Heute ist die Lust nicht geringer, aber anders ist sie, und sie tut eher ein wenig weh. Das Hirtenbüberl weiß nichts, was hinter Lust und Glückseligkeit alles stehen kann auf dieser Erde...

Einen Schrei hörte ich von weit her. Von oben herab gellende Schreie: „Aufpassen! Aufpassen! Ein Stein kommt!" — Na, da sah ich's auch schon. Noch hoch war er oben, noch weit von mir, ein runder, hüpfender Brocken, immer größere, höhere Sätze machte er und mit jedem Sprung den steilen Hang herab kam er mir rasch näher — gerade auf mich zu. Ich sprang quer hin, er mir zu, ich sprang zurück, er mir zu. Ich wundere mich heute noch, daß soviel Zeit zum Denken war. Ich dachte: Komm ich ihm aus? Wird er mich treffen? Ein Gefühl höchst gespannter Neugierde. Zuletzt sogar die Neigung in mir, uns zu treffen, so springe ich, zappele ich hin und her, das nahende Ungetüm nicht aus dem Auge lassend. Plötzlich ein Ausrutschen auf dem Rasen, ein Zu-Boden-stürzen — und der Stein saust über mich hinweg . . .

Als ich mich erhob, war es still. Die Schafe dort hielten ihre Köpfe hoch und schauten dem Blocke nach, der in die Tiefe flog, dem Walde zu. Nun kamen von oben aber kleinere

Steine nach, denen schaute ich nicht mehr zu, sondern floh mit Glück. Die Tiere huben jetzt zu laufen an, ich aber blieb stehen, mußte mich niedersetzen, denn es zitterten die Beine. — Nach einer Weile kamen atemlos die Kameraden herab, hoben mich auf, wollten mich tragen. Aber ich konnte danken.

Wie der Steinblock ins Rollen gekommen war, ist nicht ganz aufgeklärt worden. Zuerst sei — erzählten sie — einer darauf gesessen, dann habe der Stein zu wackeln begonnen. Dann werden die lustigen Brüder wohl versucht haben, ob er nicht in ein lebhafteres Wackeln zu bringen wäre, und als er anfing, sich zu wälzen und zu laufen, da werden sie des vorausgeeilten Kameraden gedacht und ihm die Warnungsrufe hinabgeschrien haben. Und nachher das stumme Entsetzen, als sie sahen, wie der Kamerad gerade unten dahinging an der Stelle, auf die der Stein zuflog und unter dem hinfliegenden Stein zu Boden stürzte.

Dann beredeten sie die glückliche Rettung, und wie ein Straucheln und Fallen manchmal besser sei, als ein strammes Aufrechtbleiben. — Der Michel behauptete, der Schutzengel wäre mit im Spiele gewesen. Die anderen versicherten, der Niederfall wäre ein Zufall gewesen, ein glücklicher. Der Michel war überstimmt.

Später, unten im Walde, sahen wir die Gasse, die der Stein durch das Dickicht sich gebrochen hatte. Da war mir neuerdings zum Schwachwerden, allein sie schleppten mich rasch dem Wirtshause zu, um bei klingenden Gläsern den Zufall leben zu lassen, der mich leben gelassen hatte.

Über den Hohentauern.

1895.

Es ist eigentlich ein rechtes Wunder, daß die alten Römer, die doch keine Touristen gewesen sind, unsere Tauernübergänge entdeckt haben. Wir Steirer sind wesentlich langsamer, wir sind zum schönsten Tauernpaß, dem Übergang aus dem Lungau ins Ennstal, durch die Eröffnung der Murtalerbahn erst vor wenigen Jahren vorgedrungen. Ich war noch um ein Jahr später dran. Nachdem ich lange mit dem Schicksal gehadert, warum es mir denn nimmer vergönnt sein sollte, mit dem modernen „Rosenkranz", Rucksack und Reisestab genannt, zu beten, oder im reichillustrierten Erholungs- und Erbauungsbuche der Alpennatur noch einmal zu blättern, bin ich eines helleuchtenden Frühsommermorgens zu Krieglach an der Mürz aufgestanden, um mit dem Eisenbahnzug bis zur nächsten Station zu fahren und dort im Walde ein Stündchen herumzugehen. Bei der nächsten Station war ich mit einer alten Frau so tief im Geplauder, daß das Aussteigen versäumt wurde. Ich habe die Begegnung mit alten Frauen nie für ein schlechtes Zeichen gehalten, jene die am Himmel stand, war ja noch älter, und wie sehr tut ihr unverhülltes Antlitz uns wohl! Also bin ich an diesem Sonnenmorgen weiter gefahren. Weiter, als ich dachte. Das sollte sich doch einmal zeigen, ob ein körperliches Leiden mich wirklich zum lebenslänglichen Gefangenen machen konnte in meinen vier Wänden! An dem Abend desselben Tages war ich nach neunstündiger Eisenbahnfahrt im Lungaue, Herzogtum Salzburg. Meine Überraschung war nicht gering, mich so ohne Vorbereitung und Ausrüstung, nur im Gewändlein, wie man im Hausgarten spazieren geht, auf einer Gebirgsreise zu finden. Und was meine Leute daheim zu diesem unerhörten Ausreißen sagen würden! Das allerwichtigste war vorläufig ein herzhafter Pump, der mir auch gelang, und so stand der weiteren Weltreise nichts mehr entgegen, als ein nebelhängender, regnender Himmel. Die alte Frau Sonne hatte ihre Gunst nur etwa bis Judenburg leuchten lassen, in Unzmarkt, wo von der Staatsbahn die steierische Murtalbahn abzweigt, ging ein so heftiger Wetterguß nieder, daß die Reisenden in den „Kupees" ihre Regenschirme aufspannten. Denn die neuen Wagen, die sonst so gemütlich eingerichtet und mit dem aus allen Enden feuerspeienden steierischen Panther geschmückt sind, wurden unartig und huben an zu tröpfeln. Die steierischen Städte stehen noch im Walde, dieses gilt ganz besonders von Murau, das, so weit Regen und Nebel den Blick freiließen, mitten im Forste liegt. Es hat etwas Berückendes, in wetterdämmerigen Sommertagen durch die engen Waldtäler so dahinzufahren, entlang dem wogenden Flusse, hier „Mur" genannt. Es wäre erst noch zu untersuchen, ob das nicht etwa eine Falschmeldung ist von der guten Mur, und ob Graz von Rechts wegen nicht an der Taurach liegt. Nicht zu bestreiten, daß in den Hohentauern, in der nördlichen Gegend des Ankogels aus wildem Felsengebiete ein Wässerlein entspringt, genannt „Mur" oder auch „Muhr". Aber nachdem dieses Wässerlein viele Meilen geronnen ist durch Hochgebirgsschluchten und Almtäler, vereinigt es sich zu Tamsweg im Lungau mit einem größeren Flusse, der Taurach. Wenn es gerecht ist, daß der Mächtigere den Schwächeren beherrscht, ihm Bestimmung und Namen gibt, wie es ja doch allerwärts im Leben vorkommt, so hat Steiermark, mit Verlaub, keine Mur. Wenn sich's aber darum handelt, wer weiter in der Welt herumgekommen ist, dann wird die Mur obsiegen, denn ihr Weg von den Gletscherbergen bis zur Vereinigung ist länger, als jener der Taurach, die von den Radstädtertauern herabkommt.

Im weltentlegenen Alpentale, wo die beiden Flüsse zusammenkommen, liegt das malerische Tamsweg. Im Norden der grünen Matten stehen hohe Ausläufer des Tauern, darunter der Breber, ein leicht zu besteigender, höchst lohnender Berg, auf dem die Grazer eine wohnliche Hütte gebaut haben. Das Lungau hat noch keine internationalen Hotels, sondern nur Gasthäuser nach gutem alten Schlag; wer diese Gegend aufsucht, muß Sinn für eine unentweihte Natur, für ein noch ursprüngliches Volkstum haben. Mein Einzug in Tamsweg an jenem regenfrostigen Abend war nicht ermunternd. Die erste Begegnung im Orte war ein langer, braun angestrichener Sarg, den ein Mann auf dem Schubkarren mir entgegenführte. Ins Gasthaus eintretend sah ich an der Vorhauswand ein Grabkreuz lehnen, was aber die Reisenden nicht abgeschreckt zu haben schien, denn im ganzen Hause war kein Stein mehr zu haben, um das müde Haupt darauf zu legen. Hingegen fand sich im Gasthause „Zur Traube" für mich eine angenehme Herberge.

Am nächsten Morgen lag über dem Tale ein lichter Frühnebel. Ich besuchte den heiligen Leonhard, der auf dem Berge sein altes gotisches Haus hat. Sein Bildnis war in alter Zeit in der Tamsweger Pfarrkirche gestanden, dort muß es ihm nicht gefallen haben, denn eines Tages stand es auf dem Berge oben, in einem Holunderbaum. Man brachte das Bild wieder zurück, da entfloh es ein zweites Mal auf jenen Baum. Hernach kamen drei fromme Priester zusammen, taten das Bildnis in eine eiserne Truhe, legten drei Schlösser an, wovon jeder Priester einen Schlüssel zu sich steckte, so daß jedweder Humbug ausgeschlossen war. Und sieh, am nächsten Tage stand der heilige Leonhard wieder auf dem Berge im Holunderbaum. Obschon nun dieser heilige Bischof weidlich dargetan, daß er lieber im Grünen sei, als in der dumpfigen Kirche, so hat man ihm doch auf dem Berge neben dem Holunderbaum einen Tempel gebaut, mit dem er sich zufrieden gibt und in dem er vom Volk hochverehrt wird. Mit dem Leonharddienst ist auch ein „Kreuzweg" verbunden, dessen Stationen sich am Wege hinanziehen bis zu den drei Kreuzen mit den lebensgroßen Bildern des Heilandes und der Schächer. An derlei Bildstöcken aus der christlichen Legende ist das Salzburgerland fast noch reicher als Tirol. Dieses Auf-die-Gasse-treten der Religion, diese Erinnerungssäulen an eine andere, ideale Welt, wie sie einem in den Alpen auf Schritt und Tritt begegnen, der Glockenklang von den Türmen, die mit fliegenden Fahnen ziehenden Wallfahrer, das immerwährende Verquicken des Alltäglichen mit dem Ewigen, das alles bringt eine Stimmung und Weihe in die große Alpennatur, die manchem fremden Wanderer noch wirksamer zu Herzen gehen mag, als dem daran gewöhnten Einheimischen. „Der Katholizismus ist bei euch eine Angelegenheit der Gasse", sagte mir einst ein Norddeutscher; meine Antwort war, daß mir der deutsche Norden heimlicher wäre, wenn auch dort Volkskunst und außerirdisches Ideal den Werktag zierte.

Als ich auf einem Einspännerwagen aus Tamsweg zog, erschien mir, gefolgt von Betenden, jener Sarg von gestern wieder, aber diesmal mit seinem stillen Inwohner, der eben im Begriff war, nachdem ihm wahrscheinlich manches natürliche Eigen vorenthalten worden, sein letztes unbestrittenes Anrecht an diese Erde geltend zu machen. Meine Fahrt ging einstweilen im Sonnenscheine dem alten Sankt Michael zu, an dessen dunkeln Bergspitzen Nebelfähnchen hingen. Zur Mittagsstunde — man begleite mich freundlichst auf der Karte — war ich in Mauterndorf, wo ich mich sofort, aber schon zu spät, nach einem Sitz in der Postkutsche bewarb. Die vier Sitze waren bereits angekauft von einem alten Generalfeldmarschall und drei Domherren aus Klagenfurt. So mußte ich mich mit dem Bocksitze bequemen für die siebenstündige Fahrt über den Hohentauern. Der Himmel hatte seine schönen Wolken stellenweise tief ins Gebirge gesenkt und der Postwirt war unermüdlich bestrebt, mich für alle Fälle in Röcke und Tücher derart einzupuppen, daß ich wie eine unförmige Riesenraupe neben dem jungen Kutscher saß. Um zwei Uhr wurden wir flott und bogen an dem malerischen Schlosse Mauterndorf vorüber sofort ein in das Twengtal. An beiden Seiten steile Berge, neben der Straße die brausende Taurach, bestanden von buschigen Fichtengruppen, und im Hintergrunde des Tales die Wände und Spitzen der Tauern. Leider ging vor diesem Alpenbild bald der graue Schleier nieder. — Während auf der Poststation Tweng die Pferde gewechselt wurden, überzog mich der Postmeister mit trockenen Tüchern, und dann vorwärts im rauschenden Regen. Bald hinter dem Dörfchen Tweng beginnt die Straße zu steigen, zwei Stunden lang, immer höher und höher hinan in die Nebel des Hochgebirges. War ich nicht ein kranker Mann, der kein feuchtes Lüftchen erträgt? Was wird das werden, wenn ich jetzt durchnäßt bis an die Haut zu den wüsten Höhen hinaufkomme, wo eiskalter Wind die

Felsen umpfeift? Ohne Dach und Fach. Die vier hohen Herren in der wohlverschlossenen Kutsche hörte ich in munterem Gespräche lachen. Ich war von Minute zu Minute der Einladung des Generals oder der Prälaten gewärtig, während des schlimmsten Wetters zu ihnen in den Wagen zu kriechen und — sei es unter den strammen Beinen der Armee oder im Schoße der katholischen Kirche — Schutz zu finden. Sie ließen mich dort, wohin ich gehöre — auf freier Warte im Sturm. Und ich habe es nicht bedauert. Während die Herren im dunkeln schwülen Kobel hockten, sah ich von den Hängen nieder die Wasserfälle in weißen Ketten stürzen, sah ich die schwindelnden Brücken, über welche die Straße hinansteigt immer höher in die Region des Knieholzes. Fühlte aber auch den rieselnden Regen und das schneidende Lüftchen. Als das Gewölk sich zerteilte, sah ich die roten Lehnen der Bergkuppen, es war nicht das Rot des Erdreiches, es war nicht das Rot des Abends, es waren die blühenden Alpenrosen in weiten Feldern hin. Wir waren endlich auf der Höhe, der Paß ist 1763 Meter hoch und von ihm aus steigen die dunkeln Riesen erst auf bis zu einer Höhe von fast 3000 Metern. Der Tauern könnte das schwarze Gebirge genannt werden, denn keine leuchtenden Kalkwände, keine Eisfelder blenden unser Auge, aber aus dem braunen Gestein brechen die Wässer, die zur Tiefe wüten.

Das Falkenauge meines Bockgenossen, des Kutschers, sah überall Gemsen an den Wänden und auf den Zinnen.

Auf der Almmatte stehen die Sennhütten und von einer furchigen Felswand schwingt sich ein Geier empor, in die fliegenden Nebel hinein und darüber wieder hinaus. — Und so sah ich mich nun freilich mitten in das Hochgebirge versetzt. Durch zerrissenen Himmel blickte der Abendsonnenstrahl hervor. Als die Kutsche auf der ebenen Höhe des Passes dahinrollte gegen das alte Hospiz, blies der Kutscher das Posthorn. Und bei seinen Klängen tat sich der Blick auf nach Norden hin in das Tal der Enns, bis zu den weißen Felsgruppen des Tänengebirges und des Dachsteins. Und diesen Hochpaß hatten schon die Römer entdeckt und gebahnt vor so und soviel tausend Jahren; noch stehen verwitternde Römersteine, denn jene klassischen Touristen markierten die Alpensteige nicht mit Farbe, sondern mit Granit.

Bevor wir zum Hospiz Obertauern gelangten, sprang ich von meinem Bock, ließ den Wagen weiter rollen und stand in einsamer Stille. Ich stand vor dem kleinen Friedhofe, der neben der Straße liegt, an der höchsten Stelle des Passes. Er hat eine Umfassungsmauer und ein ragendes Kruzifix, er birgt die Wanderer, die auf diesem Gebirge verunglückt, die Almer und Senner, die in den umliegenden Hütten gestorben sind. Auf diesem Friedhofe soll eine Pflanze wachsen, die sonst nirgends vorkommt auf der Welt und die nur selten blüht. Im Hospiz soll Sommer für Sommer ein fremder Mann einkehren, der aus fernem Lande kommt, um zu sehen, ob die Pflanze blüht. Er hat bisher vergeblich gesucht nach der Blüte. — So erzählte mir der Kutscher, ich aber weiß die seltsame Pflanze nicht zu nennen. Vielleicht wüßten die Schläfer unter dem Rasen mehr davon.

Im Hospiz erhielt ich frische trockene Hüllen. Als hier die Herren aus dem Kobel krochen, um Kaffee zu trinken, sahen sie erst, wie schön das Wetter geworden war, wie frisch und kühl die Matten dufteten und wie stolz die Berge dastanden ringsum im Abendleuchten. Jetzt ließen sie freilich das Wagendach aufschlagen, aber es begann bald zu dunkeln, und die schweren Wasserfälle, welche niederwärts gegen das Ennstal sind, konnte man nicht mehr sehen, nur noch hören. In der Nähe des „Gnadenfalles" hielt der Kutscher still, daß wir das Beben des Bodens merken und den Nebeltau fühlen konnten, der aus den Tümpeln aufsteigt. — In Untertauern wurden die Pferde zum drittenmal gewechselt und dann ging es glatt entlang dem Bache. Wie jener von der Tauernhöhe nach Süden hin, heißt auch dieser gegen Norden die Taurach. Sie fließt bei Radstadt in die Enns.

Zu Radstadt „Auf der Post" fanden wir heimliche Herberge und noch im Bett dankte ich dem Himmel für das Glück dieses Tages.

Am nächsten Morgen zeigte es sich, daß das Unwetter mir auf dem Kutschbock nicht den geringsten Schaden getan, ja vielmehr mich erfrischt und gestärkt hatte. — Ohne Plan und Ziel wie in den ersten Tagen ging es nun weiter, überall ungeahnte Eindrücke, neue Kunden aus dem Volke; mein Hirnkastel füllte sich, wie die Scheune sich füllt im Herbst. Ohne Plan und Ziel, das ist das rechte Poetenwandern! Und damit das Vagabundieren ein echtes war, machte ich an diesem dritten Tage den zweiten Pump. So leichtsinnig, so ohne Heimgedanken, so närrisch war ich bisher noch selten. Wieder auf einen Einspänner setzte ich mich und fuhr in die Welt. Von Radstadt nach Eben und am Fritzbach aufwärts den Türmen des Dachsteins entgegen. Und da bin ich in drei Stunden nach dem Alpendörfchen Filzmoos gekommen. Hinten im Tale ragt der bizarre Felsstock der Bischofsmütze, über der Ausböschung des Rettensteins blinken die lichten Wände des Dachsteins herab und über den Zinnen desselben glänzen einige Bänder des Gletschers nieder. Das stand zu meiner Mittagsstunde da, alles so still und groß und unendlich. In Filzmoos ist ein Wallfahrtsort mit dem Kultus des Kindes Jesu.

überall, an Häusern, Wegsäulen und Bäumen das Bild des Christkindes im roten Mäntlein. An einem solchen Säulchen, das im Walde steht, sah ich zur Rechten und zur Linken zwei Haufen von Steinen, die von frommen Wallfahrern aus dem Ennstal heraufgetragen worden waren. Je schwerer das Anliegen oder die Sünde, die sie tragen, um so schwerer der Bußstein, den sie vor das Christkind niederlegen. In der Kirche ist das Presbyterium durch ein Gitter abgesperrt, wie das in Wallfahrtskirchen häufig vorkommt, denn die fanatischen Pilger und Pilgerinnen bestürmen Altar und Gnadenbild mit Liebkosungen allzusehr oder beklecksen Tisch und Schnitzwerk mit Kerzenwachs oder trachten wohl gar, Dinge an sich zu nehmen für einen Ablaß der Sünden. Im Vorgelaß der Kirche zahlreiche Votivbilder, erzählend von den Gnaden und Wundern, die das Christkind an Gläubigen vollbracht. Dieser Kultus der Kindheit unseres Heilands mitten in der wilden Gebirgsnatur mutet uns an wie eine rote Rose in steinernem Gefäß.

Nach dem, wie Kirche und Friedhof bestellt ist, erkenne ich die Gemeinde. Der kleine Kirchhof zu Filzmoos ist fromm gepflegt, da hat jeder Schläfer, auch der arme Pfründner, sein Blumenbett, sein Weihwassergefäß, sein Kreuz und seinen schlichten Spruch. Die Salzburger Friedhöfe überhaupt sind des Namens „Gottesacker" würdig, während man das z. B. in Steiermark von den Dorffriedhöfen durchaus nicht immer sagen kann.

Am Nachmittage ging ich zu Fuß durch den Mandlinggraben hinab nach Mandling. Der Weg zieht sich bald am Waldhange hin, und da tut sich mitten im Walde eine Lichtung auf, die mir ein unvergeßliches Bild zeigte. Rechts und links finstere Bäume, aus unabsehbaren Tiefen rauscht das fort und fort über Abgründe stürzende Wasser, und gegenüber hinter schattigem Wald leuchtet hoch und schauerlich wild das senkrecht vom Scheitel bis in den Sockel niederstürzende Gewände des Dachsteins. In so wundervoller Umrahmung und von so überwältigendem Eindruck hatte ich unsern Dachstein noch nie gesehen. Ich dachte mir, wie das vor Jahrtausenden war: alle weiten Lande ringsum eine einzige, ungeheuere Wildnis, und dieser Felskoloß ragt im Sonnengolde hoch über den schwarzen Gründen der Berge und Wälder.

Und als ich so, den Kopf weit in den Nacken gebogen, aus den kühlen feuchten Waldgründen hinaufschaute zu den Felsenzinnen, da glaubte ich „hoch vom Dachstein an" den Adler emporsteigen zu sehen, der auf den Schwingen des Liedes bis ins Wendenland, ins Bett der Sann fliegt. — Was waren das für Zeiten, als dieses deutsche Lied munter und harmlos auch noch über das Wendenland hinflog . . . Dachstein, du hast die Kelten und Römer überdauert, du wirst die Deutschen und Slaven überdauern, Dachstein, du bleibst stehen!

Am Abende war ich in Schladming. Da gab es Seidenschleppen und Kurmusik, da fand ich's so recht an Ort und Stelle, meinen dritten Pump zu machen. Frisches Geld — frischer Mut. Weiter!

Am nächsten Tage eine Wanderung durch das Ennstal. In einer Schlucht bei Öblarn trug mich in Ermangelung des Steges ein riesengroßer Holzknecht über die Sölk. Er trug mich in den Armen wie man ein kleines Kind trägt. Auf den Steinblöcken stehend, zwischen denen die wilden Wellen gischten, wiegte er mich auf und nieder, „Eia, popeia", und rieb mir zärtlich seinen Bartwisch in das Gesicht. Dieser Mann hatte eine Vergangenheit. Er war von einem „Kunstdirektor" aufgefunden worden und gepachtet gewesen und hatte sich im Prater zu Wien für Geld ansehen lassen müssen. Das war ihm zu dumm geworden und er floh wieder in seine Wälder, wo er nun Bäume fällt und Volksdichter über das Wasser trägt. Was er mir von seiner Künstlerlaufbahn erzählte, war recht erbaulich, so z. B. wie er in eigens gemachten Riesenschuhen auf den Zehen stehen mußte, um noch größer zu scheinen; wie er sich niemals auf der Gasse zeigen durfte, sondern Hausarrest hatte im Zelt, um sich nicht selber Konkurrenz zu machen; und wie er in Gemeinschaft mit einem Zwerge, der ihm nicht bis ans Knie ging, auf der Bühne stehen mußte, vom kunstsinnigen Publikum immer nur „Riesenlackel" genannt, während die nichtige Kreatur zu seinen Füßen stets der „herzige Kerl" war. Der „Herr Direktor" wollte ihn für eine größere „Kunstreise" ins Ausland engagieren. „Und wenn ich ins Steirerland durch ein Nadelöhr hätte zurück müssen, geblieben wäre ich ihm nicht!" sagte der Mann. Na, den habe ich verstanden. Was doch heutzutage selbst der Holzknecht im hintersten Gebirgsgraben für „Karrière" machen kann! Gottlob, daß sie bei meinem Christof von den Sölkeralpen mißglückt ist!

Von Öblarn durch den Stein. Das ist jene Felsschlucht, die sich zwischen den östlichen Ausläufern des Dachsteins und dem Grimming von der Enns hinauf ins Hochtal von Mitterndorf zieht. Ein glattes Weglein am rauschenden Salzabach entlang, von hängenden Felsen beschirmt oder bedroht, von Martertaferln erinnert, daß manche Lebensstraße jäh ein Ende nimmt — jetzt noch in Freuden über die muntere Forelle im Bach, über den blauen Himmel, ob den Felshäuptern -- und im nächsten Augenblicke ausgelöscht . . .

Im schönen Mitterndorf, im Garten des Gasthauses,

im Angesichte eines weiten Alpenrundbildes rastet es sich gut. Wem's gegönnt ist, zu rasten. Ich blickte hinab in die Talenge gegen Aussee, dahin führt die Eisenbahn ins Salzkammergut, nach dem Bayernlande, nach der Schweiz. Alpendurstig war ich noch immer, zum Bahnhof ging ich hinaus, ein Eilzug rollte heran. „Eine Karte nach Salzburg!" „Nein, Herr, dieser Zug geht nicht nach Salzburg, der geht nach dem Mürztal." „Also eine Karte nach Krieglach!"

Zufällig, wie ich ausgezogen, kam ich nach vier köstlichen Tagen wieder heim.

Auf die Seekarspitze.

1896.

Das ist schon ein kreuzfideles Reisen, auf den steierischen Landesbahnen! Wie plaudert es sich unterwegs bequem und gemütlich mit biederen Landleuten, die neben der Bahn einherwandeln! Einen Schock Schnaderhüpfeln habe ich mir bei solcher Gelegenheit einmal vorsingen lassen von einer frischen Almerin, die mit Futterkorb und Rechen neben dem Zuge ging, während ich bequem im Gelaß saß und die Liedlein ins Notizbuch schrieb. Für Fremde, die sich auf Volksstudien verlegen, sind solche Einrichtungen von großem Werte. Und dann erst die Wirtshäuser! Jeder Bahnhof ein Wirtshaus, jeder „Stationschef" ein Gastwirt! So oft der Zug halten mag, steht vor der Wagentür ein gedeckter Tisch, an dem sich Zugführer, Schaffner und Passagier mit aller Gemächlichkeit laben können. Haben wir gegessen und getrunken, dann richten wir uns wieder langsam her zur Weiterfahrt bis zur nächsten Restauration. Die Fahrpreise sind auch billig, denn die Landesbahn will den Steirern sparen helfen. Und jener Westfale war ein Philister! Der behauptete nämlich, daß ein solches Sparsystem mit Wirtshauseinfassung etwas für die „Fliegenden Blätter" sei. Den Steirern dürfe man nicht noch mehr Gelegenheit zum Trinken geben, als sie ohnehin haben, am wenigsten dürfe es die Landesverwaltung selbst sein, die das Volk in seinem Hauptlaster bestärke! — So der Westfale, der alte Zopf!

Auf der Murtalerbahn ist's auch so, aber wir kamen glücklich nach Mauterndorf. In einer Fahrstrecke von vier Stunden fünfzehn Bahnhofrestaurationen. Die Mauterndorfer sagen, manchmal komme der Zug prächtig illuminiert an. Die Passagiere der Fahrt bestanden diesmal hauptsächlich aus italienischen Arbeitern, die an den Bahnhofbrunnen Wasser tranken, und aus Poeten, die sich mit Nektar und Ambrosia nähren — so fluchten die Wirte und meinten, es verlohne sich nicht mehr, Stationschef zu sein!

Im Mauterndorfer Gasthofe „Zur Post" hat endlich auch der Poet seinen weltlichen Sinn einbekannt und sich die irdische Gottesgabe schmecken lassen. Dort würde man sich behaglich fühlen zur längeren Rast, wenn nicht die Tauernherrlichkeiten, die so nahe sind, wie Magnete zögen, bis man in einem der wasserreichen Engtäler oder auf einer eisumsponnenen Bergspitze hockt. Uns war vorher noch ein Besuch im Schlosse Mauterndorf gegönnt. Dieses Schloß war einst ein Sommersitz der Salzburger Erzbischöfe gewesen, die so viele Denkmale ihrer Reichtümer, ihres feinen Geschmackes und ihrer Grausamkeit hinterlassen haben. Seit langer Zeit war Mauterndorf Ruine, bis eines Tages ein Berliner kam, das Schloß ankaufte und es nun ganz im Sinne seiner ursprünglichen Gestalt restaurieren läßt. Wir schritten durch die Herrengemächer des sechzehnten Jahrhunderts, fühlten die Fittiche des trotzigen Geistes, der gegen das Luthertum stritt, und Hausherr jetzt ist ein Lutheraner.

Als der heitere Sommertag — wie es deren im Sommer 1896 wenige gab — sich gekühlt hatte und hoch in der Himmelsbläue die leichten Wölklein standen, rollten wir auf gutem Wagen die gute Straße entlang, deren Vorfahrin von den Römern gebaut worden war, als sie die alte Welt gesprengt und die Alpen durchbrochen hatten. Jene Herren sahen bei ihrem Tauernübergang andere Ziele als wir von heute, wenn wir auf dem tischglatten Straßenbande dahingleiten — plangend nach dem Kaffee im Gasthause der Tweng, nach dem Bier in Obertauern und daraufhin, daß wir mit Plangen und Schnaufen einen hohen Berg besteigen aus keinem anderen Grunde, als um auf einmal recht viele andere Berge zu sehen. Wie würden die praktischen Römer lachen über ein Geschlecht, das die Länder bloß sehen, nicht erobern will! Die alten Weltplünderer wußten eben nichts davon, daß auch der freie Genuß der unbegrenzten Naturschönheit eine Welteroberung ist.

Eine Fahrt über diesen Radstädter-Tauern habe ich vorher beschrieben. Noch schöner war es diesmal. Als wir zur Paßhöhe kamen, wo in aller Höheneinsamkeit der kleine, ewigkeitsstille Friedhof liegt, ging die Sonne in voller Klarheit nieder über den Zacken der Ennstalerriffe, und vor uns in satter Bläue türmte sich das Gewände der Seekarspitze. Meine Genossin hatte einen kaum hörbaren Seufzer getan, denn am nächsten Tage wollten wir dort oben stehen auf der hohen Zacke. Jede der umliegenden Kuppen und Wände von mehr als 2000 Metern stand ehrfurchtsvoll zurück vor der einen, die Hochgegend beherrschenden Spitze. Als wir uns im alten Hospiz auf dem Tauern der Nachtherberge versichert hatten, liefen unsere Beine rasch noch eine nahe Höhe hinan, um wenigstens das Hochtal mit den umstehenden Bergriesen noch genauer zu sehen, falls am nächsten Tage der Himmel einfiele und den Tauern bedecke mit seinen Nebeln.

Ich war so erregt, daß ich die Nacht über zwar das Auge schloß, aber trotzdem alles sah, was der vergangene

Tag gebracht hatte und der künftige bringen sollte. Neun Stunden Rast auf kaltem, feuchtem Bette, und keinen Augenblick Schlaf.

Das Hospiz auf dem Tauern. Im Mai, wenn draußen in den Tälern schon die Ähren aus den Halmen schießen, donnern in diesen Bergen noch die Schneelawinen. Kein Baum steht schützend vor dem alten Menschenbau, dessen meterdicke Mauern das Innere nicht zu schützen vermögen vor Zug und Nässe, wenn draußen die Stürme Regen und Eis an die Wände schleudern. In hohen Steinstufen steigt man zur Sommerszeit hinauf zum Eingangstore, zu dem man im Winter ebenso hoch und höher von der Schneestraße niedersteigen muß.

Als die Sonne aufging, verließen wir, ich und meine Lebensgenossin, das Alpenhaus. Von Südwesten stiegen wir den Bergstock an. Vor uns ging der Führer, ein alter, gemütlicher Mann, der im Rucksack die Mäntel und Nahrungsmittel trug, und mit dem Alpstock sachte anstieg. Auch wir hatten lange Stöcke in der Hand, die in den Steinen klangen, während wir schweigend und andächtig bergwärts stiegen. Das kurze Gras der Matten war voller Blümlein; in tieferen Lagen wucherte der Alpenrosenstrauch so üppig, wie auf den Heiden des Vorlandes das Heidekraut. Weiter oben kurzstengelige Enzianen mit den bitteren Wurzeln. Noch weiter oben alles kahl. An schattigen Stellen lag Reif.

Zuerst war es quer über eine Wiese hinangegangen, dann an einer Sennerei vorüber, und an grasenden Kühen, die weiß-rot gefleckt sind. Der Boden war sumpfig, in den von Rindern getretenen Löchern stand Wasser. Wo ein Stein war, da setzten wir darauf unseren Fuß, wo ein fester Rasen war, da nützten wir ihn auch, wo nichts war, da plumsten wir in den schwarzerdigen Sumpf. Nach einer Weile zog sich der Fußsteig steil an den Hang hinauf gegen die kahle Kuppe, genannt das Seekareck. Meine Genossin fragte nicht ohne Beklommenheit, ob wir zu dieser Höhe hinauf müßten. Der Führer meinte, da oben hätten wir nichts zu tun, verschwieg aber, daß wir eine viel höhere Spitze zu erklimmen haben würden. Wir sahen sie noch nicht. Wir umgingen den Bergrücken nach links, da tat sich der erste große Blick auf in die Felsenwelt. Über einem Sattel des Seekarecks bogen wir wieder nach rechts auf eine Hochebene ein, die mit Zirmbüschen und Felsklötzen bedeckt war. Dazwischen Wassertümpel, sogenannte Gebirgsaugen von trichterartiger Tiefe. Hier keine Matte mehr, lauter Steingerölle. Ein weites Kar war vor uns. Dort drüben ein größerer See, auf dessen Fläche der Südwind spielte, der auch uns lau umfächelte. Der Grünwaldsee, dem nichts so sehr fehlt, als der grüne Wald, der hier oben ein Märchen ist. Oder sollte es doch einmal grünen Wald gegeben haben auf diesen Höhen? Im Gegenteil, man spricht ja von einer Gletscherzeit, die da gewesen, und die abgeschliffenen Steine auf der Oberfläche wie in der Tiefe geben Zeugnis davon. Und ein einziger Zahnbruch enthüllt oft mehr Vergangenheit als manches große geologische Schriftwerk.

Wir waren auf einer Höhe von 2000 Metern, gleich jener der Rax in Steiermark.

Hinter dem Kare mit dem See erhob sich ein wüster Felskegel. Rauh, rissig, zackig — ein Unhold, der in den Himmel aufstand. In Schründen lag Schnee. Und das war die Seekarspitze. Meine Frau mußte immer wieder stehenbleiben und Atem schöpfen. Ich begann mir heimlich Vorwürfe zu machen, sie in diese Hochwildnis mit heraufgeschleppt zu haben. Unsere Füße berührten nur mehr Stein und Stein. Der Steig war kenntlich durch lange

Stäbe, die von Strecke zu Strecke im Gerölle standen. Der Führer untersuchte jedes dieser Wahrzeichen, ob es wohl feststehe und nicht umfalle. Nachdem wir eine Stunde über solchen groben Schuttboden stellenweise steil angestiegen waren, öffnete sich hoch oben ein zweites Kar mit einem See. Der war kleiner als der unten. Er war von nördlichen Winden durch den Gebirgskamm geschützt, lag ganz der Sonne ausgesetzt und hatte eine dicke Eisscholle. Sie war noch vom vorigen Winter her, und wir hatten den 10. September! Der See schien nur wenige Fuß tiefer zu liegen, als unser Steig, ich stieg entgegen dem Willen des Führers hinab, um die Dicke des Eises zu prüfen, mußte aber an zwanzig Minuten zur Tiefe klettern, bis ich am Ufer war. So täuscht der Blick in unbekannter Gegend, und ich hatte meine Neugierde um die Eisdecke mit einer Stunde Zeitverlust zu büßen. Mittlerweile hatte sich meine liebe Genossin ein wenig ausgeruht und wir konnten unseren Aufstieg fortsetzen. An steiler Lehne kamen wir zur Scharte hinauf, die den Bergzug des Seekarecks von der Seekarspitze trennt. Jenseits der Bergkante war der klüftige Abgrund nach Norden in das schwarze Kar. Hier öffnet sich auch der Blick in die nördliche Bergwelt, voll überwältigender Pracht. Von diesem Punkte wollten wir nicht weichen, aber der Führer erinnerte uns, daß wir noch eine Stunde zu steigen hätten und machte aufmerksam auf Nebelflocken, die dort und da an den Bergen hingen. So wagten wir uns an den Felskegel, der unserem Auge noch immer keine Möglichkeit zeigte, wie ein Mensch ohne Flügel da hinaufkommen könne. Aber der Steig fand sich zwischen den Felsriffen, in Schuttmulden und neben Kaminen empor. Nur wenige Stellen, an denen ein unvorsichtiger Tritt verhängnisvoll werden konnte, im ganzen ging es gefahrlos, ja verhältnismäßig ohne Beschwerde hinan. Der Blick zurück in die Tiefe der Scharte, in das schwarze Kar, konnte wohl schwindelig machen, aber die Felsblöcke, die uns hier überall umgaben, die fast in der Luft zu hängen schienen und doch so fest gegründet waren, hätten jeden Sturz verhindert. An drei Stunden waren wir gestiegen vom Hospiz herauf. Noch galt es, unter ein paar Überhängen durchzuklettern, ein vereistes Schneeband zu überqueren, über einige Steinblöcke zu kriechen, und wir waren oben. So plötzlich waren wir oben, daß ein Doppelschrei der Überraschung ausgestoßen wurde.

In meiner Jugend hatte ich Berggipfel bestiegen, ohne zu fragen, wie hoch. Heute, im Zeitalter der Touristik, innert es mich zu wissen, daß wir zur Stunde 2348 Meter hoch standen, höher als jeder Berg, den ich seit einem Vierteljahrhundert bestiegen. Meine Seele jauchzte ein Gebet: Ehre sei Gott in der Höhe! —

Zwei Erscheinungen fielen uns vor allem auf: Im Norden ein über Almenzüge jäh und wüst in den Himmel emporspringender Felsstock, „nahe zum Greifen". Im Westen fern ein mit weißem Tuche zugedecktes Gebirge. Das erstere ist der Dachstein, das letztere der Großglockner. Im übrigen hunderte von Gipfeln, Kuppen, Türmen, Hörnern nach allen Seiten hin. Zwei große Alpenzüge beherrscht unser Auge: die Zentralalpen, auf deren Hauptkette, den Tauern, wir stehen, und die nördlichen Kalkalpen. Dazwischen das Ennstal, von dessen zahlreichen Ortschaften das einzige Radstadt unbedeckt von den Vorbergen zu uns herauflacht. Über die Tauernkette nach Osten vermag unser Auge den Rivalen des Dachsteins, den Hochgolling, nicht zu überfliegen. Gegen Süden decken die Gamskarspitze, das Weißeneck und andere den Fernblick ins Lungau und nach Kärnten. Gegen Westen aber ragen aus unübersehbarem, steinernem Gewirre die wilden Herrlichkeiten des Mosermandls, des Rothorns, des Ankogels, der Hochalpenspitze mit ihren leuchtenden Eisfeldern. Und weiterhin die Gletscherwelt des Großglockners, zu der unser Auge immer wieder auffliegt. Einzelne Flächen glänzten wie eitel Silber. Von dem Kalkalpenzug im Norden überblickt man in langer Reihe den Grimming, das Tote Gebirge, die Dachsteingruppe in Steiermark, das Tännen- und Hagengebirge, die Lofererberge in Salzburg und das Kaisergebirge in Tirol. Zwischen dem Hochtauernzug und den Kalkalpen im Westen sieht man über die Schmittnerhöhe und die Zillertaler-Alpen hinaus ins Herz von Tirol. — Zu unseren Füßen in der Tiefe breiten sich grüne Almen mit Zirmbeständen, zahlreiche kleine Seen, dann der Tauernpaß mit dem weißen Straßenbändlein. Die Wolken, die man vom Tale aus hoch im Firmamente sieht, hier fransten sie sich stellenweise nieder an und zwischen den Bergspitzen, strichen an Hängen hin und lösten sich wieder auf, um dann neuerdings in einer Mulde zu erscheinen. Unruhig war dieses Nebelspiel an dem sonst sonnigen Tage, auf unserer Spitze regte sich kaum ein Lüftchen. Die Seekarspitze gupst sich zuletzt in wirr übereinandergelagerten Steinblöcken turmartig auf, und ganz oben auf diesem ungeheueren Steinhaufen legten wir uns hin und stärkten uns mit Brot und Wein. Der Führer kauerte sich hierauf zwischen zwei schwarze Blöcke ein und begann zu schlafen. Wir saßen zwei Stunden lang da und schauten das Alpenpanorama, wie wir ein großartigeres unser Lebtag nicht gesehen haben. Die näheren Spitzen und Kuppen, die gestern von der Straße aus als Riesenberge in den Himmel hineingestanden waren, lagen jetzt wie Hügel da unten, man sah allen auf die Kappe. Die Herren in näherer Runde waren und blieben der Hochgolling und der Dachstein, während im Westen einzig die Hochalpenspitze und der Glockner regierten.

Mittag war vorüber, als wir unser gutes altes Murmeltier weckten, um den Abstieg zu beginnen. Zwei Stunden später stapften wir tief unten über den Sumpfboden wieder dem Hospize zu, von wo uns ein schneller Wagen in weiteren zwei Stunden nach Radstadt brachte. Unter Regen, Blitz und Donner zogen wir in das freundliche Ennsstädtchen ein.

Auf den Schober.

Zwei Uhr mittags war's, als ich in Wald aus dem Zuge stieg. Was nun? Das Wetter heiß, die Luft klar. Eine Wegtafel nächst dem Bahnhof nennt einige Touren. Als nächster Berg westlich des Ortes steigt steil und spitz also der Großschober auf, die Tafel sagt: Bis zur Spitze vier Stunden. Einstweilen eine Tasse guten Kaffees in Pacherneggs Gasthaus, dann war der Entschluß gereift. Um zweieinviertel Uhr begann, in der Tasche ein Stück Rauchfleisch und ein Stück Brot, der Anstieg auf den Schober. Der gut markierte Weg steil und steinig, aber schattig. Kein Schritt umsonst, jeder findet festen Grund und bringt einen höher. Mit je sechs Schritten — rechnete ich — einen Meter zu gewinnen. Auf solche Berge kommt man am schnellsten, wenn man sehr langsam geht. Langsam, ohne zu rasten, ohne auch nur einmal stehenzubleiben. Das Stehenbleiben und das Wiederangehen bedarf mehr Kraft, als das gleichmäßige Voranschreiten. Mein fast ängstliches Haushalten mit der Kraft schon in den ersten Minuten einer Partie wurde oft verlacht, aber später lachte oben auf hoher Bergspitze einer, während die „Eiligen" noch tief unten waren und schon vor lauter Schnaufen nicht mehr lachen konnten. Allerdings, wenn bei diesem Gange auf den Schober die Waldlichtungen schöne Bilder ins Tal und in die jenseits sich entwickelnden Berge boten, da war es schwer, nicht stehenzubleiben. Und es ist eigentlich auch nicht gut, daß viele ihren ganzen Trumpf auf das Panorama der Bergspitzen setzen und die Einzelbilder unterwegs vernachlässigen. Diese Einzelbilder zeigen sich später lange nicht mehr so schön, als in der Umrahmung von Fichten, Felsen und Berghängen. Bergpartien haben nicht bloß ein Ziel, sondern auch ein Unterwegs, das nicht übersehen werden soll. Jedes Wässerlein, über das man setzt, jeder Zaunstiegel, über den man steigt, jede Ochsenherde mit den gehörnten Häuptern, jede Schirmtanne, die uns mit ihrem Riesengeäste beschattet, jedes Wildhuhn, das plötzlich aufflattert, jeder bemooste Felsblock, der vom Hochgewände niedergebrochen ist und nun zwischen Knieholz und Alpenrosenstrauch ruht, ist ein Ereignis für den Naturfreund. Wer Zeit und Mittel hat, der soll das Unterwegs genießen und nicht stets der Stunden gedenken, die das Reisebuch oder die Wegtafel bis zur Spitze vorschreibt. Auch in der Touristik schlägt dem Glücklichen keine Stunde. Nun, ich mußte haushalten mit allerhand, die Sonne duckte sich stellenweise schon hinter der Greimelhöhe und den Kleinschober, die hoch und finster über mir in den Himmel hineinragten. Die Großschoberspitze selbst zeigte sich zwischen dem Gewipfel nieder nur ein paarmal und zwar in erschreckender Ätherbläue. Also langsam, nur immer langsam voran.

Noch mehr im Walde als auf der Almmatte fand ich eine Schwaig. Ein kleines Dorf von Hütten, wovon einige kein Dach mehr haben und verfallen. Von Huflattichen und Nesseln umwuchert. Etliche Schweine wühlen in der moorigen Erde und grunzen. Eine Schwaigerin scheuert am Brunnen die „Schaffeln“, ein junger Bursche dengelt vor der Hütte die Sense. Das sind die Schwarzbeerhütten. Ich kehrte zu auf ein Töpfel Milch, denn mir fiel ein, auf das Mittagessen vergessen zu haben.

„Wie weit noch auf die Spitze?“

„Auf 'n Hochschober?“ Der Junge betrachtete mich vom Kopf bis zum Fuß. „A schlechter Mensch wird wohl noch a zwo Stund brauchen.“

Ich belange den Almjodel wegen des Deliktes nicht bei Gericht, der steierische Bauer versteht unter einem „schlechten“ Menschen in diesem Falle nicht einen bösen, nur einen schwächlichen.

„Wenn es schon finster wird, bis ich zurückkomme, dürfte ich hier übernachten?“ Solches Wort war an die Schwaigerin gerichtet.

„Halt auf dem Heu liegen, wenn Er mag. Aber rauchen halt nit. Das leid' ich nit auf'm Heu.“

Da konnte ich nichts versprechen. Wenn der Lungendampf kommt bei der Nacht, da kann ich eine Stramoniumzigarette nicht meiden. „Sonst könntet Ihr morgen einen Kranken haben.“

„Das lieber nit.“

„So will ich wieder anrücken.“

„Vom Weg kann Er nit ab. Nur alleweil der blauen Mark' nach.“

„Ist's genug?“ Zwanzig Heller hatte ich für die Milch hingelegt auf das Brett.

„Aber na, daß der Herr gleich jetzt schon das Nachtmahl zahlen will! Das Tröpfel Milch da! Ein Vergelt's Gott ist auch genug.“

Es ist noch die alte schlichte Bescheidenheit auf diesen steilen Bergen. Wird schon anders werden. Es kommen allerhand Fremde. Die einen geben für ein Glas Milch das Doppelte dessen, was begehrt wird; die anderen handeln vom lächerlich geringen Preis noch einen Teil herab, also das Naturvergnügen klug mit dem Geschäfte verbindend. — Kaum war ich von den Schwarzbeerhütten über die Matte hinauf ein paar hundert Schritte gegangen, fand sich weder an Baum noch Stein meine blaue Marke. Die Richtung nach links über die frisch gemähte Wiese hin war einladender, doch nach dem Bau des Berges zu schließen, wie er vom Tale aus zu sehen gewesen, mußte ich nach rechts. Da ging's bald in das Dickicht hinein. Immer eine bedenkliche Sache, man will nicht umkehren, nicht an Höhe verlieren, irrt in der steilen Wildnis planlos umher und vertut Zeit und Kraft. Nie fühlt man sich weniger müde und nie ist der Kräfteverbrauch ein rascherer, als wenn man in der Irre umherläuft, nie rieseln die Perlen des Schweißes üppiger. Für meinen Trotz, justament zu den Hütten nicht zurückzugehen, hätte ich eigentlich ein abscheuliches Versteigen in den Zerben und Felsen verdient, statt dessen stieß ich doch wieder zum Fußsteig mit der blauen Marke. Der führte nun allmählich aus geschlossenem Wald, die Fichten standen schütter, waren vermoost und zerzaust. Das Knieholz begann, der Alpenrosenstrauch ebenfalls. Hin und hin hatte der Steig zwischen Rasen sich tief eingefressen in die schwarze Erde mit den weißen Steinen. Die Gegend jenseits des Tales hatte sich groß entfaltet, vom rötlichen Felsenroß des Hochreiting eine Reihe grüner und brauner Bergkuppen und hinter denselben eine höhere Reihe grauer Felsengebirge, aus welchem ganz draußen im Norden das Riesenhorn des Admonter Reichensteins aufragt. So schön das ganze Bild ist und so sehr die Füße stolpern im Gestein, dieser Reichenstein reißt das Auge immer wieder an sich.

Endlich mündet der Steig auf den grünen Almboden ein, der zwischen dem Klein- und Großschober liegt. Hier weideten weiße Ochsen, die sich mir vertrauend nahten;

hinter dieser lebendigen Gruppe tat sich der erste Blick in die große Tauernwelt auf. Vor allem oblag mir die völlige Eroberung meines Berges. Der letzte steile Kegel, an dem stellenweise kleine Steinriffe bloßliegen. Etwas übermütig hatte ich den glatten Boden verschmäht, und war zwischen den Steinen hinangeklettert und hatte mich dabei in fünf Minuten mehr angestrengt, als auf dem ganzen übrigen Weg. Während ich nach Atem schnappte und die Beruhigung des Herzschlages ein wenig abwartete, gab es Zeit, darüber nachzudenken, wie mit der Bergkraxelei ein bißchen Torheit immer verbunden ist. — Endlich war der Berg überwunden. Nach dreieinviertelstündiger Wanderung stand ich auf der Spitze des an 1900 Meter hohen Großschober.

In der Umgebung kahle Kuppen, grüne Mulden, Schneelager. Alles was Wald, ist tief unten. Das ganze Hochtal, von Seiz an bis nach Rottenmann, liegt offen wie ein Kartenstreifen da mit seinen Ortschaften. Jenseits desselben das massige Urgebirge. Hinter dieser Bergreihe ragen höher die Kalkwände der Eisenerzer Berge, des Hochschwab, der Johnsbacher- und Admonter-Alpen. Im Norden fern liegt die riffige Bank des Toten Gebirges. Gegen Westen die kahlen Gebirgsketten der Tauern. Gegen Süden hin, über dem Steinkegel des nahen Kleinschobers, begrenzt unseren Umblick der verschwommene Zug der Murtaler Alpen. Der Rundblick vom Großschober ist weniger weit als plastisch. Mit Ausnahme des kultivierten Liesing- und Paltentales ist die ganze Gegend wild. Keine Ortschaft ist zu sehen, nur hie und da ein rötlich leuchtender Waldschlag oder eine Almhütte. Der Sonnenstern legte im Sinken noch sein reines Licht auf das erhabene Bergrund und gab jedem seine Farbe, dem Urgebirge das samtene Grün, seinen Felsen das marmorne Braun, den Kalkbergen das silberige Weiß. Und alles im heiligen Schweigen.

Wer kann die Spitze eines Berges verlassen, ohne sich auf den höchsten Stein zu stellen, gedenkend des Engelgesanges: „Ehre sei Gott in der Höhe!" — Dann ein Niedersteigen gegen die Wohnstätten: Und Friede den Menschen! —

Bei den Schwarzbeerhütten bin ich nicht zurückgekehrt, meine Beine meinten: Hätten sie bei der Tageshitze schon heraufsteigen müssen, so wollten sie in der Abendkühle auch gerne wieder zu Tale hüpfen.

Auf dem katholischen Turme zu Wald läutete gerade die Ave-Maria-Glocke, als ich über den Wiesenplan hin zu den Häusern schritt. In Pacherneggs Gasthaus gab's vorerst ein gründliches Waschen der Außenseite und dann ein kaum minder gründliches Befeuchten der Innenseite. Mein Gaumen war sehr bescheiden gewesen, nicht ein einziges Mal auf dem ganzen Wege hatte er zu trinken verlangt, nicht dort, wo Quellen rieselten und nicht dort, wo weitum kein Tropfen zu haben gewesen wäre. Und jetzt auf einmal, in froher Tischgesellschaft, nahe am Bierkeller, gestand er redlich seinen Durst. Auf den Bergen allein, im Wirtshaus zu mehreren, so gleicht sich's fein aus. Völlig entsprach es der Stimmung, wenn die lieblichen Wirtstöchter nun anhuben zu singen:

„Von der Alm, da ragt ein Haus
Still und fein ins Tal hinaus,
Drinnen wohnt mit munt'rem Sinn
A schöne Senderin.
Die Sendrin singt so manches Lied,
Wenn durchs Tal der Nebel zieht,
Und sie singt mit munt'rem Sinn:
Auf der Alma, auf der Alma,
Auf der Alma gibt's ka Sünd."

Jetzt redete aber die Wirtin drein, eine weißhaarige, noch frische Frau, die sagte: „Die Weis' ist schön, aber's Lied selber g'fallt mir nit, das hat ein Stadtherr g'macht. Singt's lei einmal ein g'rechtes Almerisches."

„Ich weiß schon eins, Mutter," antwortete der Töchter eine und trällerte:

„Du, Knia-wiggl-woggl-Hons,
Und du, Stroh-Pinggl-Panggl Fronz,
Und ös Klee-blittl-blattl Spielleut,
Geht's geigts mar an Tonz!"

In diesem Tone geht's manchmal her dort im Hospiz an der Salzstraße. — Als uns die trauliche Wirtsstube entließ, war es Mitternacht. — Vom Fenster meines Schlafzimmers aus blickte ich noch die schwarze spitze Masse an, die draußen stand unter den Sternen.

Am nächsten Morgen bin ich — eine behagliche Müdigkeit in den Beinen und eine behagliche Sättigung des Naturhungers — heimgekehrt in meine vier Wände. Aber kaum die Glieder sich ein wenig ausgerastet, ist auch der Hunger wieder da. Ich kann nicht, o mein Gott, ich kann mich nicht satt sehen an deiner unbeschreiblichen Alpenwelt.

Über den Gerlos.

1896.

Eine Alpenreise dahin durch Nacht und Nebel. Die Nacht, wenn sie altert, wird grau, just wie der Mensch; die Felsenschründe der Schlucht bekommen Bewegung, der Wildbach wühlt in der Tiefe, aus der schwarzen Nacht ist eine graue geworden. Dichter Nebel. Es ist kein Scherz, das vom Dichter Nebel. Er dichtet, verdichtet den Dunst zu Tropfen, und sein wunderschönes Gedicht heißt: Regen. — Vom Dachvorsprunge des Wagens tropfte es, als der Zug aus der Station Bischofshofen rollte, die Salzach aufwärts. Bei Sankt Johann im Pongau ging der Nebel in Fetzen, und diese flogen wie graue Drachen an den dunkeln Berghängen dahin, um sich hoch oben in Wolken zu sammeln und das wunderschöne Gedicht zu machen. Aber die aufgehende Sonne hatte nicht den schläferigen, wässerigen Glanz wie in vorhergegangenen Tagen der Überschwemmung; mit glühendem Schein prangte sie hoch an den Felsenkämmen, während die rostschwarzen Ballen und Bänke der Nebel ränkespinnend in den Schluchten umherkrochen, sich hier und dort zu regelrechten Niederschlägen sammelnd, um schon im Augenblicke wieder zerrissen zu werden, so daß der blaue Himmel blinkte. An den steilen Bergen waren die Schichten gut zu beobachten: unten standen die Hänge in dem schatten=

gesättigten Blau einer feuchten Klarheit, dann kam die an den Bergen klebende, rostbraune, unheimlich gestaltliche Nebelbank, darüber sichtbar hohes Gewände mit einzelnen Sonnenflecken. Noch höher eine leichte, rosige Nebelschichte und darüber hinaus die klaren Spitzen der Berge. An den Bergrunsen gingen weiße Bänder der Wasserfälle nieder. Der Fall der Gasteiner Ache, die bei Lend aus der Schlucht brandet, überdonnerte das Rollen des Eisenbahnzuges. Bei Bruck leuchteten durch das Fuschertal heraus zwischen tiefliegenden Nebelballen die weißen Ferner der Glocknergruppe. Dann ging's bei Zell den See entlang. In Saalfelden war die Schlacht entschieden, die Steinberge standen klar in der Morgensonne.

Wohin die Reise? Nach Innsbruck in die schöne Stadt. Dort war für den Nachmittag dieses Tages eine Zusammenkunft verabredet mit meinem Sohne Sepp, der von seiner Wallfahrt kam aus Bayreuth. Bei Hochfilzen ist die Wasserscheide und die Grenze zwischen Salzburg und Tirol. Der Zug glitt munter ins heilige Land hinein, aber die Freude dauerte nicht lange. Zu St. Johann in Tirol begrüßte der Schaffner die Reisenden mit dem Ruf: „Alles aussteigen! Der Zug geht nicht weiter, das Hochwasser hat die Bahn zerstört."

Es war sieben Uhr morgens. Der Ort lag mit seinen weißen Kirchtürmen und flachdachigen stattlichen Häusern still im weiten Tale, hinten ragten die Wände des Kaisergebirges auf. Und da stand ich nun. Ich war fast zu gut ausgerastet, um lange stehenzubleiben, eilte zum Posthause und fragte höflich an, ob ein Wagen zu haben wäre bis Wörgl. Fürs erste wurde ich angeknurrt, wieso man bei der Post Wagen suche? Fürs zweite gab man zu verstehen, heute sei überhaupt kein Wagen zu haben in St. Johann.

Wie weit zu Fuß nach Wörgl zur Südbahnstation? Zehn Stunden. — Dazu war ich doch zu wenig ausgerastet.

Vor dem Posthause stand ein schlanker Herr, wie es schien, ein Schicksalsgenosse. Er wollte auch hinüber, hatte aber bereits von mehreren Seiten unwirsche Abfertigung erfahren und stand nun da voll rührender Ergebung. Beim nächsten Wirte erfuhr ich, warum heute in St. Johann kein Wagen zu haben wäre. In der Nachbarschaft war großer Pferdemarkt, und dort hatten sie alle Rösser zusammengetrieben. Besser kann man's ja nicht mehr treffen. Für Geld und gute Worte ließ sich der Wirt mit düsterer Störrigkeit endlich herbei, sein Pferd vom Markte holen zu lassen, und so konnte ich nach kurzer Zeit den Leidensgenossen am Tore des Posthauses einladen, unter Halbpart mit mir zu fahren. Es war Dr. Zsigmondy, Bruder des verdienstvollen Hochtouristen Zsigmondy, der vor zehn Jahren in der Dauphiné verunglückt ist. Es ergab sich ein gutes Plaudern auf dem klappernden Einspännerwäglein. Mein Genosse war Professor der Mathematik in Wien, wir waren unterwegs lebhaft bestrebt, zwischen Mathematik und Poesie ein leidliches Kompromiß herzustellen, was allerdings nicht recht gelingen wollte. Endlich gewann die Poesie über beide die Herrschaft durch die schönen Gestalten des Gebirges, die zur Rechten auf uns niederstarrten. Wir hatten nicht den Weg genommen entlang des Wassers und der zerstörten Eisenbahn, sondern fuhren am Fuße des Kaisergebirges dahin im lichten, weilerreichen Tale von Ellmau und Söll. Nach drei Stunden kamen wir an der Hohen Salve vorbei, hinab zur Hofgartner-Ache, wo uns nun auch die Zerstörung vor Augen lag. Jetzt war es uns sehr begreiflich, warum der Eisenbahnzug nicht fuhr, die Schienen hingen lange Strecken in der Luft, das Wasser hatte den Unterbau hinausgeschwemmt ins Inntal. Viele Hunderte von Arbeitern waren emsig wie Ameisen beschäftigt, die unwilligen Rößlein und Kutscher von St. Johann baldmöglichst überflüssig zu machen. Von Wörgl an ging's wieder auf Eisen, um drei Uhr war ich in Innsbruck, der schönen Stadt.

Aus alter Anhänglichkeit Einkehr beim „Goldenen Stern" am Inn. Dort gibt's viele Schwarzröcke, aber keinen Schwarzfrack; freundliche Kellnerinnen versorgen uns mit gutem Hirschbraten und ausgezeichnetem Tiroler Wein, und mit den Tiroler Landgeistlichen, die hier gerne einkehren, gibt's urwüchsige Unterhaltung. Einer von ihnen entlarvte mich als den Verfasser des Tiroler Romans „Peter Mayr" und drohte mit dem Finger: „Se' Steirer Se! Verschieben die Tiroler Berg und kehren unsere Land'sschg'schicht um wie einen alten Strumpf. Aber guat ischt's, mit den Leuten wird's seine Richtigkeit haben, und das ischt die Hauptsach." Mein erster Gang in Innsbruck war hinaus zum Berge Isel, wo das neue Denkmal Hofers steht. Zu massig gedrungen, sagen sie, sei die Figur. Ich fand das nicht, ich dachte nur an den Löwen, an die Verkörperung des Tirolervolkes. — Von Andreas Hofer lebt heute halb Innsbruck, heißt es. Er hat sein Volk erhöht, er gab ihm den Ruhmesglanz, nun nährt er noch die Wirte, denen er Fremde ins Land zieht, und die Kunsthändler, die seine Bilder verkaufen, und die Buchhändler, die seine Geschichte verschleißen. Welch Segen um einen großen Mann!

Vom Berge Isel stieg ich hinab in das Panorama (das in der zurzeit tagenden Sportausstellung stand), um die Aussicht — vom Berge Isel zu schauen. Es ist die größte Kühnheit der Kunst, an Ort und Stelle mit der Natur konkurrieren zu wollen. Dem Manne, der das Panorama „Die Schlacht auf dem Berge Isel" gemalt hat, ist's gelungen. Das Schlachtenbild als solches mit dem Gemetzel, den Feuersbrünsten, den zahlreichen Gruppen aus diesem einzigartigen Volkskampfe, macht auf den Beschauer einen starken Eindruck, aber in den Menschengestalten ist die Vollkommenheit der Panoramenmalerei noch nicht erreicht. Die Figuren geben sich im Verhältnisse zu riesenhaft, das ist mir noch in jedem Panorama aufgefallen. Prachtvoll aber ist in diesem Panorama von Innsbruck das Landschaftsbild — das unvergleichliche Landschaftsbild, wie so großartig, malerisch und freundlich zugleich es kaum eine andere Stadt unserer Himmelsstriche aufzuweisen hat. Als ob mir jemand das Herz kitzelte, so mußte ich lachen und immer wieder auflachen vor Entzücken, als ich den Rundblick tat auf Innsbruck, sein Tal und seine Bergriesen. Nach Westen gegen Landeck hin Gewitterschwüle, weit unten das Kaisergebirge in Alpenglühen. Von einem dieser Punkte bis zum anderen zwanzig Meilen! Als ich ins Freie trat, stand dasselbe Landschaftsbild in Natur um mich da — und die Natur hat den Eindruck der Kunst nicht erreicht. Ein ungeheurer Erfolg! Da sah ich erst, was an den Lichteffekten gelegen ist. — Dann dachte ich: Wie, wenn wir auch in Steiermark so etwas hätten? Die Türken vor Graz, vom Schloßberge aus gesehen, das gäbe einen großen historischen Stoff und ein stolzes Landschaftsbild. Die weltgeschichtliche Tat der Ostmärker, Deutschland, das westliche Europa vor den Türken beschützt zu haben, sie wäre wohl einer Erinnerung wert.

Mein junger Wallfahrer war angekommen. Er hatte die Begeisterung von Bayreuth noch in sich, und er übertrug die Schönheiten Tirols in Musik. Bei mir liegt der Sinn für Kunstgenuß im Auge, bei ihm im Ohr, er empfand die Schönheit des Achensees, den wir am nächsten Morgen von Jenbach aus mit der Zahnradbergbahn besuchten, gleichsam in

Klängen. Da ist über tausend Meter hoch oben im Felsgebirge ein großer See, über den der Dampfer eine ganze Stunde lang fährt, am Ufer Waldlehnen, Wände, Ortschaften und Gasthöfe, die überfüllt sind mit Reichsdeutschen und Engländern — das ist der Achensee, der vielbesungene. Ein kühler Wind strich nieder von den Schneemulden der Berge, aber der grüne Wasserspiegel ließ sich nicht in die Scherben der schäumenden Wogen schlagen, wie ich's von Herzen gern gehabt hätte, sondern trug uns auf glatter Fläche fast langweilig von einem Ende zum anderen. Das Schiff war bekränzt und beflaggt, im ganzen Lande knallten Böller. Der Geburtstag des Kaisers! An diesem Tage läßt Tirol alle Fahnen lachen und das Pulver krachen!

Am anderen Tage suchten wir schlichtere Wege, auf denen man nicht nur städtische Allerweltsnomaden, sondern auch Landleute, Tiroler findet. Ein ungeriffelter Tirolerwirt ist mir immer noch lieber, als ein geleckter Städter, der sich das Haar parfümiert, dabei den Wert der Berge nur nach dem Metermaße schätzt und auf die Einheimischen mit Geringschätzung blickt, trotzdem er ihnen den Bissen Brot aus der Hand essen muß.

Auf ins Zillertal! Schon am Tage vorher hatte ich in Jenbach zwei Plätze auf dem Postwagen bestellt nach Zell am Ziller. Nun mit dem Morgenzuge von Innsbruck gekommen, belegte ich rasch die zwei bestellten Plätze des bereitstehenden Postwagens mit Plaid und Stock, um noch am Bahnhofe eilig eine Sendung zu besorgen. Zum gefüllten Wagen zurückgekommen, finden wir auch unsere Plätze besetzt. Ein schwarzbärtiger Herr mit Sippe hat sich auf unserem Plaid bequem gemacht. Ich reklamierte lebhaft mein Recht, der Kutscher hatte wahrscheinlich einen Händedruck bekommen, wollte nichts hören, hieb in die Pferde, und so fuhr die Postkutsche vor unseren Augen davon. — Solche Vorfälle halte ich immer für ein Unglück. Hier nicht so sehr, weil nun ein sieben Stunden langer Fußmarsch auf heißer, staubiger Straße in Aussicht stand, als vielmehr, weil ein Unrecht geschehen war. Jedes Unrecht, das uns zugefügt wird, ist geeignet, uns trotzig, menschenfeindlich und herbe zu machen. Ich hätte nun zwar vom Postmeister einen besonderen Wagen verlangen können, das würde eine Menge Auseinandersetzungen und Umständlichkeiten gekostet, vielleicht Grobheiten gesetzt haben, und schließlich bleibt man der Roheit gegenüber doch der Schwächere. Wir verzichteten auf die löbliche Post und suchten eine eigene Fahrgelegenheit. Da wiederholte sich's auch hier, in ganz Jenbach kein Wagen. So fuhren wir mit dem nächsten Zuge weiter bis zur Haltestelle Zillertal, ließen uns dort über den Inn rudern nach dem Dorfe Straß, wo mit Leichtigkeit ein prächtiges Fahrzeuglein aufgetrieben wurde. Flink trabte der Schimmel die Straße entlang und unser junger Fuhrmann trillerte: „Zillertal, du bist mein' Freud!" Das breite Tal ist mit malerischen Ortschaften, Höfen und Hütten besetzt, jeder Bau mit dem flachen, steinbeschwerten Schindeldache, auf den Häusern die Glockentürmchen, in den Wänden eine stattliche Reihe von hellen Fenstern, Wohlhabenheit zeigend. Die Kirchen mit den bekannten spitzen Türmen. Die Leute in Tiroler Tracht, aufgeweckt und freundlich, sagten uns ihr heimliches „Grüß Gott!" Die Berge an beiden Seiten hoch hinan mit grünen Feldern und Wiesen belegt, mit Höfen und Heuhütten besät, höher hinauf Wald, noch höher Almen, die sich von Kuppe zu Kuppe ziehen. Aus dem fernen Talende blauten und blinkten uns einige Riesen der Zillertaler Alpen entgegen. — Plötzlich sahen wir auf der Straße den schwarzbärtigen Herrn mit der Sippe, der sich unsere Plätze auf dem Postwagen angeeignet. Den hatte die Nemesis erreicht. Wie wir später erfuhren, hatte die mitfahrende Reisegesellschaft ihre Entrüstung über den Gewaltstreich so unumwunden ausgesprochen, daß der Herr heftige Neigung bekam, den Postwagen zu verlassen. Später holten wir auf unserem flotten Wäglein den schwerfälligen Rumpelkasten selbst ein, und trotzdem wir von Jenbach eine ganze Stunde später abgefahren, kamen wir um anderthalb Stunden früher nach Zell als der Postwagen, so daß für das Unrecht reichliche Genugtuung war. Vor dem Wirtshause in Zell nahm ein ruppiger und struppiger Hausknecht unsere Sachen aus dem Wagen, später entwickelte sich aus demselben Hausknecht der Grandseigneur eines Tiroler Postwirtes, der behäbig und würdevoll durch seine Stube schreitet, mit strengem Blick die Bedienung überwacht, kurz und einsilbig die Gäste grüßt und sich dann wieder zurückzieht. Die Zimmer und Söller waren auch hier von Touristen aus dem Reiche besetzt, welche weiter nach Maierhofen und ins Hochgebirge wanderten.

Wir stiegen nicht zu den Fernern hinan, sondern bogen östlich ab gegen die weiten grünen Almen des Gerlospasses. Vier Stunden bis zu dem Hirtendorfe Gerlos hinein, sagten sie, aber das sind Holzknechtstunden. Der Gebirgler rechnet bergan nicht mehr, als bergab oder talaus, er klaftert überall seinen weiten, gleichmäßigen Schritt; nur glaube ich bemerkt zu haben, daß der Tiroler schneller schreitet als der Steirer, der sich alleweil „Zeit laßt“. Wir sind länger als fünf Stunden gegangen. Als wir von Zell aus steil, an der Kirche Maria-Rast vorüber, den mit zyklopischen Steinplatten gepflasterten Weg emporstiegen in der Sonnenhitze, da sagte keiner ein Wort. Zwischen den Platten rann das Wasser, über unsere Körper rann es auch. Ein anderer ließe sich gut bezahlen, um solche Wege zu gehen, wir gaben noch was drauf, gerade soviel, als die Reise kostete. Wieviel Kraft und Geld opfert der heutige Mensch dem Götzen „Gebirge“! Und dieser steht nicht einen Augenblick an, den Menschen gelegentlich durch einen rollenden Stein zu zermalmen, durch eine Lawine zu verschütten, durch ein Wildwasser in den Abgrund zu werfen, oder durch einen anderen Zufall zu vernichten. Auf diesem Wege über den Gerlos waren mehr als ein Dutzend Wildgräben und Lahnenbrüche zu übersetzen, die das jüngste Hochwasser gerissen hatte. Über mehrere bauten Holzknechte bereits schwindelnde Notbrücken, andere mußten mit Vorsicht so überschritten werden, daß man von Stein zu Stein sprang, die da aus dem immer noch tobenden Wildwasser hervorragten. Von der Gerloswand und von der Königsleiten herab hatten sich die schweren Fluten gestürzt in die stundenlange Schlucht, wo die Gerlos als ungebärdiger Alpenstrom dahinbrandet. Nach vierstündiger Wanderung waren wir so hoch zu Berge gestiegen, daß wir — in das Tal kamen. Die Kenner solcher Gegenden werden wissen, wie das gemeint ist. Im Hochalpentale, auf waldigem Parkweg schritten wir dahin am Wasser, das bei dem Weiler Gmünd überbrückt wird. Wald und grüne Almen ringsum, die Hirtenhäuser stets im stattlichen Tiroler Stil. Wenige kümmerliche Felder und Gärten, das Korn ist noch grün wie Gras — im späten August. Wir sind 1300 Meter hoch; ringsum stehen die Zweitausender und ein wenig im Hintergrunde die starren Massen zu 3300 und 3500 Metern — dort steigen die wüsten Felstürme des Zillerkogels, der Reichenspitze auf, sie sind beschneit, der Schnee deckt ihr Eis.

Es war ein milder, ruhiger Abend, nur manchmal

von bimmelndem Geschelle der Herden oder dem Grunzen zutunlicher Schweine unterbrochen.

Das Tal war gar nicht einsam. Almer kehrten mit feierlicher Würde in ihre Hütten heim. Mitten auf einem Schuttfelde kauerte ein Mütterlein und betete den Abendsegen, denn vom Hochtale heraus wehte der Schall eines Aveglöckleins. Als wir ins Dörfchen Gerlos eingezogen, war es schon dunkel, einer der rückwärts aufragenden Felsberge stand in purem Golde.

In Kammerlanders Gasthause kehrten wir ein und fanden Touristen. Ob aus Süd oder Nord, man schließt sich bald aneinander, man erzählt, man wird heiter bei Eierspeise und Tiroler Wein, aber bald mahnt das hohe Birg: Gehet zur Rast!

Auf dieser Reise habe ich sonst über allzu große Freundlichkeit der Tiroler Wirte nicht zu klagen gehabt. Mancher stellte sich fast unwirsch über die vielen Fremden und schnarrte diesen oder jenen kurz ab. Man sagte, die Überschwemmung hätte sie unmutig gemacht. Auch hier im Hochtale war die Überschwemmung gewesen und hatte zerstört, was zu zerstören war: das hatte die Wirtsleute zu Gerlos nicht gehindert, den Fremden mit jener warmen Zutraulichkeit zu beherbergen, mit jener umsichtigen Fürsorge zu verpflegen, die den Älplern sonst eigen ist. Mit einem fast innigen „Grüß Gott!“ und „Glückliche Reise!“ begleiteten sie uns am nächsten Frühmorgen zur Tür hinaus und blickten uns lange nach, ob wir wohl den richtigen Weg einschlügen oder wie es mit unserm Gehwerk stünde.

Ich hatte, wie das auf Reisen bei mir so oft vorkommt, in der Nacht kein Auge geschlossen. Die Erregung der vorhergegangenen Tage, die Anstrengungen der langen Fahrten und Fußtouren, das Glücksbewußtsein wieder einmal im Hochgebirge wandern zu können, all das zusammen hatte mich erst aufgepulvert, dann erschöpft, hatte in der Nacht Asthmaanwandlungen gebracht. Diese waren allerdings durch mein gottgesegnetes Mittel, den Rauch des Stramoniumkrautes, glücklich gedämpft worden, der Schlaf aber war nicht gekommen, müde und erschöpft mußte ich bei Sonnenaufgang die Fußreise fortsetzen. Es war ein klarer, kühler Morgen, die Luft würzig, das Herz wonnig und die Beine schwankend. Langsam und wortlos ging ich voraus durch das schattige Hochtal hinein, neben der brausenden Gerlos, und auf den Höhen lachte die Sonne. Nach fast zweistündiger Wanderung waren wir auf einem völlig abgeschlossenen Almboden, auf dem scheckige Herden weideten. Hirten hatten sie eben aus dem Pfränger getrieben und jagten die Rinder nun munter auseinander, daß sie sich zerstreuten auf den Matten. Zur Rechten öffnete sich das Schönachtal, aus dem die Gerlos herauskommt, herab von den Eiswüsten der Reichenspitze und der wilden Gerlos, die nun ihre leuchtenden Schilde entfalteten vor unseren Augen. Hier stand ich still, hier war der schönste Punkt der ganzen Strecke. Wir waren nun auch an der Grenze von Tirol, und der Berg, der jetzt überstiegen werden mußte, stand schon im Pinzgau.

Den Anstieg beginnend, fühlte ich in höherem Grade die Erschöpfung, die Beine zitterten bei jedem Schritte und jedes geringe Stolpern im Gestein brachte mich dem Zusammenbruch nahe. Nach Krimmel war es noch zwei Stunden. — Zage nicht, ich bin bei dir! hörte ich leise sagen. Nicht mein Sepp war's, ein anderer war's der mir Zuversicht gab, der mich noch nie verlassen hat, wenn meine Kraft unzulänglich war. — Hinter uns kam eine lebende Gruppe nach. Ein Pferd, auf diesem saß eine Dame, hinterher ging ihr Gemahl. Ein junges Ehepaar aus Berlin war's, mit dem wir schon in Gerlos bekannt geworden. Nun rief die Dame mir mit munterer Stimme zu, ob ich mich nicht auf ihr Pferd setzen wolle, sie möchte gerne ihre Beine ein wenig üben und das Joch zu Fuß übersteigen. Ich wagte anfangs die große Güte gar nicht anzunehmen, sie machten aber nicht viele Worte, hoben mich aufs Pferd, und wie ritterlich einer, der nur gewohnt ist, einen zahmen Pegasus zu reiten, sich auf hohem Rosse ausnimmt, das mögen die erzählen, die kichernd hinter mir hergingen. Der Pinzgauer Gaul hatte einen breiteren Rücken, als die Schneide der hohen Veitsch, auf der ich vor vielen Jahren regelrecht geritten war, und das rechte Bein gen Maria-Zell, das linke gen das Mürztal hinabgestreckt hatte. Hier hockte ich gar demütig auf dem Damensattel und hielt mich an der Mähne des Pferdes fest, um nicht zu Boden zu gleiten. Bei diesem Ritte begriff ich auch, weshalb die Ritter und Herren auf andere Leute immer von oben herabschauen — man kann gar nicht anders, selbst wenn man ein geliehenes Pferd reitet. — Nach einer halben Stunde waren wir oben, und oben stand ein Wirtshaus. Diesen Übergang nennt man die Platte, es ist ein Hochsattel, ein schöner flacher Almboden. Es ist die Wasserscheide zwischen dem Gebiete des Ziller und der Salzach. Auf diesem Almboden blicken wir noch einmal zurück ins Zillertal und seine blauen Berge. Nach einer guten lustigen Stärkung im Wirtshause ging's wieder — und zwar auch bei mir auf Schusters Rappen — frisch vorwärts über die blumigen Matten. Der wilde Gerlos zeigt uns nur ungern seine Schroffen und Ferner herab, wer sie sehen will, der soll hinansteigen; hingegen rollt sich im Südosten der mächtige Tauernzug auf mit der Gletscherwelt des Hochvenedigers und des Großglockners, die freilich hier größtenteils noch verdeckt ist. Gerade vor uns liegt das Krimmlerachental; es kommt von der weißen Venedigergruppe herab und senkt sich stufenweise nieder in das hinterste Winkel des Salzachtales. Dort stürzt in drei riesigen Absätzen die Ache herab, und das sind die weltberühmten Krimmler Wasserfälle. Es ist der größte Wasserfall in den deutschen Alpen, von überwältigender Mächtigkeit. Sein dreifacher Fall beträgt gegen 400 Meter. Als wir von der Platte den Schlangensteig niederstiegen gegen Krimmel, hatten wir die Wasserfälle gerade vor uns. Langsam wie weiße Tücher sinken die Wuchten nieder, trotz der Entfernung von mindestens einer Stunde hört man das hohle Donnern. — Nach einem im ganzen zehnstündigen Marsch in Krimmel angelangt, fiel ich im Gasthause „Zur Post" sofort mit Hut und Stiefeln aufs Bett, auf dem ich zwei Stunden lang unbeweglich liegen blieb. Dann erst war ich fähig, die Mittagssuppe zu mir zu nehmen. Gegen Abend stellte der Wirt mir ein Pferd und ich ritt in die Talenge zu den Wasserfällen. An den steilen Lehnen wollte ich hinaufsteigen bis zum obersten. Aber das ging heute platterdings nicht mehr; nur bis zur Regenkanzel kamen wir, wo man den ersten Fall zu Füßen hat. Wie ein Wetterguß flogen die Staubwolken an, schon im ersten Augenblick waren wir naß über und über. Das Wasser stürzt scheinbar wie eine trockene weiße Masse in die Tiefe, an den seitigen Wänden zerschellend, so daß die Wolken weit auffliegen. Um den Kern des fast senkrechten Falles bildet sich fortwährend ein Schleiermantel, dessen Spitzen wie Raketen in die Tiefe pfeifen. Der Fall schlägt in den untersten Tümpel, wonach er ohne viel Schäumen, Quirlen und Kreisen im Bache ruhig weiterfließt. Fortwährend begegneten uns Leute, die an den Wasserfällen hinauf und herab stiegen. Wir kehrten um gegen das Dorf Krimmel, das in diesem entlegenen Hochtale so unschuldig daliegt. Vom Achentale herab kamen die Stöße eines warmen Windes, auf dem Boden zuckten die Halme. Der Himmel umzog sich mit Grau, aus dem wässerige Wolkenballen hervortraten.

Am Abend eine Asthmazigarette, darauf ein sechs Stunden langer, ununterbrochener Schlaf, und am nächsten Morgen fühlte ich Kraft und Mut zu einer Hochpartie auf den Venediger. — Der Himmel sprach, ich sollte es bleiben lassen und tat ein wenig tröpfeln. Und dann begann die neun Stunden lange Wagenfahrt abwärts durch das endlose Salzachtal. Die Berliner waren mit uns, gemeinsam, mit unversiegbarem Humor ertrugen wir die Freuden und Leiden. Die erste Strecke wurde des unterbrochenen Postwagenverkehrs wegen auf einem flachen Leiterwagen zurückgelegt. Über brückenlose Wildbäche und Schutthalden sprangen wir zu Fuß, während der Leiterwagen im Wasser unsere Sachen verlor, Schirme und Stöcke, die auf der Salzach wahrscheinlich unter weniger Umständen talwärts kamen, als wir auf den Rädern. Von Neunkirchen wurden wir in einem engen Postkobel weitergebracht bis Mittersill, wo ein etwas bequemerer Wagen uns aufnahm. Bei Bramberg war auf einer Brücke unser Kobel mit einem entgegenkommenden Wagen so scharf ineinandergefahren, daß mehrere Insassen Gefahr liefen, hinaus und in das Wasser geschleudert zu werden. Der stumpfsinnige Gleichmut des Kutschers bot zur Aufregung der Reisenden einen beruhigenden Kontrast. Ich saß stets oben beim Kutscher, um die Gegend zu betrachten. Das Salzachtal, ein breites, einförmiges Tal, dünn bevölkert, reich an Wässern. Links zahme Bergzüge mit Wald und Almkuppen, rechts der finstere Zug der Tauern mit seinen zahlreichen Quertälern, aus deren Hintergrunde uns oft die Gletscher grüßten. So leuchteten aus dem oberen Sulzbachtal die hohe Schlieferspitze, aus dem unteren Sulzbachtal der Großvenediger, aus dem Harbachtal der schroffe Kratzenberg, aus dem Amertal der weiße Landeggkobel, aus dem Stubachtal die Hohe Riffel, aus dem Kapruntal — nein, nun war die Langmut des Himmels zu Ende. Er hatte seine Mäntel lange genug emporgehalten, die Herrlichkeiten des Großglockners verhüllte er tief herab mit Nebel und Regen. — Und bei gießendem Regen kamen wir an in Zell am See, wo putzige Großstädter ihren Sommer- und Tummelplatz haben. Am nächsten Tage wollten wir ins Kapruntal marschieren, das als das schönste aller Ostalpentäler berufen ist. Da wir aber hörten, daß der große Wasserfall dort mit elektrischem Lichte beleuchtet wird und in den Wirtshäusern befrackte Kellner wuchern, haben wir unsere Absicht aufgegeben.

In den Tauern und Dolomiten.

1897

Wieder einmal nach den Gletscherwassern. Meine Frau packte den Koffer und ich die Frau, und dann sind wir fröhlich in den Augustsommertag hineingefahren.

Die zweitnächste Nacht haben wir schon im tirolischen Dorfe Dölsach zugebracht, beim „Ederwirt", wo es heimlich ist. Ich mag die Hotels nicht, wo nur automatische Kellnergestalten den Gast wie eine numerierte Sache behandeln, wo der Chef des Hauses nur manchmal durch die Säle schreitet, sich gnädig verneigend nach allen Seiten, kundigen Auges das Ergebnis der selbtägigen Schafschur erwägend. Ich liebe die Gasthäuser, wo der Wirt, und wäre er gleich in Hemdärmeln, sich manchmal zum Tische setzt und mit den Gästen über deren Reiseangelegenheiten weisend und beratend plaudert, wo man mit der Frau Wirtin des Leibes Wohl gemütlich besprechen kann, wo mit der flinken, frischen Kellnerin manch ein Scherzwort gewechselt werden darf zu angenehmer Würze beim Essen und Trinken; wo man endlich auch einheimische Sassen findet und durch solche in das richtige Verhältnis zu Land und Volk tritt. In Tirol ist noch eine starke Dorfschaft; so sind auch die Dorfwirtshäuser noch stattliche, festgegründete Hospize, von abhängiger unverläßlicher Pächterwirtschaft noch nicht gelockert, der Besitzer ein altständiger Bauernaristokrat. Die Wirte Tirols waren die Feldherren in jenen denkwürdigen Befreiungskämpfen, die das Land mit einer unvergänglichen Gloriole umgeben. In Tirol lasse ich also die neuen Hotels rechts liegen oder links und heime mich im alten, dickwändigen und vielfenstrigen Dorfwirtshause ein, wo man noch behandelt wird „wie ein Kind vom Hause".

Zu Dölsach im Tirolerhof, vor den Fenstern das lachende Lienzertal und die ruppigen Unholde, sind wir gesessen der Tage zehn, haben Bekanntschaft gemacht mit den Einwohnern bis zum Lehrer und Pfarrer hinauf — fast lauter Defreggergestalten, die der hier geborene Meister gerade nur zusammenzustellen und abzuzeichnen braucht, um die prächtigsten Lebensbilder zu erlangen. Alle Jugendstätten des berühmten Künstlers haben wir besucht, das Geburtshaus, wo er die ersten Figuren geschnitzt, die Almhütten, wo er Hirtenjunge gewesen, die steilen Felder, auf denen er geackert, die grünen Matten, auf denen er Gras gemäht, die Wirtshäuser, wo er die Klarinette geblasen, die Tanzböden, wo er mit den unterschiedlichen Moideles im lustigen Kreis gedreht, die Kirche endlich, die er mit dem Altarbilde herrlich geschmückt hat. Meine liebe Genossin ist stundenlang in der Kirche gesessen vor Defreggers „Heiliger Familie" und hat sich nicht satt sehen können an dem wundersamen Antlitz der Mutter des Herrn. Dann sind wir auf dem Friedhofe herumgegangen, wo so viele Defregger ruhen, wo der Maler auch dem braven Bauern Obersteiner ein Denkmal gesetzt hat, der ihn voreinst von einem langwierigen Fußleiden geheilt. Die Ärzte hatten nichts mehr gewußt, der junge Künstler war ein aufgegebener Krüppel, da hatte er noch eine letzte Zuflucht zum Bauernarzt Obersteiner, genannt der Wasler, genommen und ward von dem in kurzer Zeit geheilt. Im Dölsachervolk geht eine schlimme Sage: Dem Wasler hätten die gelehrten Doktoren ein Fest gegeben und kurz danach sei der kräftige

Mann gestorben. — Der studierte Arzt spielt auf den Tirolerdörfern überhaupt keine erfreuliche Rolle, nirgends habe ich mehr Spottanekdoten über die Ärzte gehört, als dort, nirgends blühen die Hausmittel, die unglaublichsten Sympathiemittel, die Winkelärzte noch üppiger als dort, und die Leute sterben in jungen Jahren und werden alt, wie überall. Der Kindersegen ist in Tirol noch ein großer; Mütter mit zwölf Kindern sind nicht gar selten. In Dölsach hörte ich von einem Weibe mit achtzehn lebenden Kindern. Freilich findet man auf Friedhöfen verbucht auch ganze Familien in jungen Jahren dahingerafft, und gleich daneben etwa steckt die Schollenschaufel auf dem frischen Grabe eines Neunzigjährigen. Das neueste Grab ist immer gemerkt; darauf pflegt nämlich das eiserne Schäuflein gesteckt zu werden, mit dem die Leidtragenden Schollen auf den Sarg geworfen.

Die lieben Kindlein kommen in Tirol aber nicht so eigentlich „kärntnerisch" an (auch die steirische Statistik über „natürliche Kinder" steigt von Jahr zu Jahr höher), dort ist es zumeist noch reiner Ehesegen. Als ich einen Bauern im Iseltale befragte, ob es in seiner Gegend auch gebrochene Ehen gäbe, starrte er mir mit einer Miene ins Gesicht, als hätte ich die ungeheuerlichste Frage getan. Die Tiroler Bauernweiber, auch die jungen, gehen fast klösterlich gekleidet umher, nichts Buntes, ein lichtes Blau der breiten Schürze ist das einzige Helle an ihnen. Bei barfüßigen Mädchen sind die Waden fürsorglich mit Wollstutzen bedeckt. Die Armlinge gehen stets bis zu den Handknöcheln. Das Kleid ist bis hoch an den Hals geschlossen. Der Busen wird vertuscht. Das hat mir einzig nicht gefallen an den Tirolerinnen. Verführerisch ist diese Tracht allerdings nicht, und wenn sie tatsächlich der Jungfräulichkeit zustatten kommt, na denn! Es ist nur schade um die Schönheit.

Das Charakteristische der Tracht des Osttirolers sind noch die spitzen Filzhüte, sie werden aber nur von älteren Leuten noch getragen. Keinem steht die alte Tirolertracht so gut, wie dem Patriarchen von Lienz, dem 79jährigen Großbauern Rohracher. Als dieser Mann in seiner schlanken Gestalt, die Heugabel über der Achsel und den Brotstritzel im Sack, flink wie ein Bursche über seine Wiesen heranschritt, dem Ederwirtshause zu, meinte ich schier, die Gestalt sei aus Defreggers Bild „Das letzte Aufgebot" herausgesprungen. Dieser Mann ist der Urtypus der Tiroler, in seiner äußeren Erscheinung, wie in seiner Klugheit, in seiner Altanständigkeit wie in seiner sicheren Weltanschauung, die auch das Neue versteht und zu nützen weiß. Seine zahlreichen Söhne gehören zu den tüchtigsten, unternehmendsten und geachtetsten Männern des Pustertales.

Wer heute noch die Herrschaft des Krummstabes kennen lernen will, der gehe nach Tirol, dort wird ihm auch einfallen, daß es unter dem Krummstabe gut wohnen ist. Für das Altbauerntum ist der Krummstab gewiß der sicherste Halt, und wenn die Tiroler daran festhalten, so geschieht es weniger aus Religiosität, denn aus Klugheit. Sie wissen, wenn sie diesen Stecken wegwerfen, dann sind sie haltlos im Sturme der Zeiten. Der Pfarrer, selbst ein Kind des Dorfes, ist Herr desselben — der Vertraute aller Familien, keinem ein Fremder. Im Tiroler Dorfwirtshause wird kein Ball abgehalten, wenn es der Pfarrer nicht will; ein einziges Wort auf der Kanzel genügt, und bei der vorbereiteten Tanzmusik bleibt der Wirt allein mit den Spielleuten. Dort aber, wo der Pfarrer der Gemeinde einmal gegen den Strich geht, wissen sie sich recht gut auf eigene Füße zu stellen, und trotz aller Kirchlichkeit stehen sie dann nicht an, ihn mit den derbsten Namen und Ausdrücken zu belegen, worunter Bezeichnungen wie „Der grob' Hansel", „Der schwarz' Saggra" und ähnliche noch die harmlosesten sind. Zeitungen liegen beim Wirte zumeist nur solche auf, die dem Pfarrer recht sind. So ist es kein Wunder, daß der Tiroler die Welt in der Regel anders sieht, als wir „Kinder der Zeit". Anders sicher, ob richtiger oder unrichtiger? — Ich finde nur, daß diese geschlossene Weltanschauung noch Charaktere zeitigt.

Auffallend im Tirolerlande sind die vielen und stattlichen Kirchen, zumeist im lichten Rundbogenstil mit reichvergoldeter Ausstattung. Von der Gotik scheinen die Tiroler keine Freunde zu sein, die mag ihnen zu düster vorkommen; ihr Katholizismus ist bei aller Strenge und gelegentlichen Grauenhaftigkeit ein lachender, durch reiche Kunst, von den Kindern des Landes ausgeübt, schön und heiter verklärt. Manches Dorf mit fünf- bis sechshundert Einwohnern hat eine von den Bauern selbst erbaute Kirche, die als Dom zu besitzen mancher ungarische Bischof stolz sein würde. In der Dölsachergegend ist ein Punkt, der Ederplan, von dem aus man in der näheren Umgebung 72 Kirchtürme zählen kann. An Festtagen, wenn gleichzeitig alle Glocken läuten, ist das eine Musik wie leises Harfenspiel. — Ich glaube es gerne, daß demnach der Himmel am Tirolerland seine besondere Freude hat — unsereinem geht es auch nicht anders.

Der erste Ausflug von Dölsach ging hierauf zum Bade Iselberg mit seinen drei Quellen, einem der kleinen Bauernbadeln, wie es deren in dem an Italien grenzenden Tirol so viele gibt. Wissen wir doch, daß dort selbst der Bauernknecht sich etliche Sommerwochen Urlaub ausbedingt, um in ein Badel gehen zu können. Es wäre mir, aus einem andern Alpenlande kommend, eine wahre Sehenswürdigkeit gewesen, wie Bauern baden, allein im Iselbergbade saßen herrische Sommerfrischler, und so kehrten wir ein im Wirtshause auf der Wacht, das auf dem Passe steht. Dort heimten wir uns ein für die Nacht und ergötzten uns an dem Treiben der Bauernburschen, die den Samstagabend mit Trinken, Kartenspielen, Rangeln, Fingerhäckeln und Nasenstiebern feierten. Zum Teile waren es Tiroler, zum Teile Kärntner, und zum Teile war es Spaß, zum Teile Ernst, wenn sie sich gegenseitig über den Tisch die Finger ausrenkten, daß es knackte; wenn sie sich ringend auf den Boden warfen, daß die Schädel krachten; wenn sie sich die Nasen aneinanderstießen, darauf hin, welche eher blutet. Ein herlebiger Kärntner trat zu meiner Frau und sagte: „Magst mich, Dirndle, so heiraten wir in acht Tagen!“ Darauf der Wirt zu ihm: „Du bist ein Ochs!“ Darauf zu diesem der Kärntner höflich: „Und du mein Bruder!“ „Geht's, werd's warteln!“ rief ein Tiroler drein, „warteln tun die alten Weiberle.“ Hierauf taten die Männer etwas anderes, sie begannen so wild zu ringen, daß im Zimmer die Stühle und Tische umfielen, sie warfen sich so derb aufs Fletz, daß die Körper dröhnten, und als es schien, es wäre wenigstens ein Totschlag begangen worden, standen sie auf und lachten. — Draußen hatte es geregnet; als wir schlafen gingen, standen die Schroffen der Unholde wieder klar, und die Burschen, die ebenso rasend miteinander gerungen hatten, beteten gemeinsam und laut den „Englischen Gruß“, denn aus den Tälern herauf mahnten die Abendglocken. Nur einer stand draußen unter den Dachtraufen und wischte sich das Blut aus dem Gesicht; aber auch dem machte die Sache Spaß. Er war Sieger, denn seine Nase hatte am meisten geblutet.

Am nächsten Frühmorgen rüsteten wir uns zu einer Partie auf den Ederplan. Der Führer, den wir gedungen hatten, war schon von der Frühmesse zurück, es war ein junger Dölsacher, der auch Defreggers Bote gewesen, als der Meister einmal etliche Sommer hindurch in seiner Hütte auf dem Ederplan gehaust hatte. Nun begann ein dreistündiges Wandern durch Bauernwälder. Die haben in Osttirol ein sonderbares Aussehen. Die langen Baumäste werden ein paar Fuß weit vom Stamme abgehackt zu Streu, und so steht der Baum da wie ein schlanker, kurzbuschiger Stab, was dem Walde ein zerzaustes, ruppiges Aussehen gibt. Unterwegs sahen wir den „gebrochenen Berg", von dem vor Jahren Wald- und Almboden niedergebrochen war, und unten im Tale Häuser und Menschen begraben hatte. Die senkrechte Schuttwand droht heute neuerdings, allein die Menschen leben unten in ihren auf Schutt erbauten Häusern ruhig dahin und vertrauen dem Herrn. In den Bäumen hing der Nebel. Wir strebten den steilen Hängen zu und den Almen, die über der hohen Bergkuppe hingebreitet liegen. Wir kamen zu den drei Brunnen, da hoben die Nebel an zu verdunsten und unten weithin blauten die Täler wie ein helldurchsichtiger See, denn die Einzelheiten waren nicht zu erkennen. Wir kamen zum Defreggerhause, genannt: Anna-Schutzhaus. Es liegt 80 Meter unterhalb der Spitze des Ederplans an der südlichen Seite und hat nur ein paar Kammern, ist einfach wie eine Sennerei. Defregger hatte sie 1882 erbaut und darin ein Atelier eingerichtet. Da hinauf hatte er die Charaktergestalten der Gegend eingeladen, um sie zu malen, zu verewigen in den Lebensbildern und in den historischen Gemälden, die man heute überall kennt. Gegenwärtig gehört die Hütte dem österreichischen Touristenklub. Zur Sommerszeit haust darin eine alte gute Frau, die den Touristen mit Milch, Kaffee, Eiern, Kaiserschmarn und Wein atzt und im Notfalle mit trockenen Decken und trautsamer Raststatt bemuttert. Man nennt die Frau die Nothelferin von Dölsach, weil sie in allen Nöten, die das Volk der Gegend treffen mögen, Rat und Hilfe weiß. Zurzeit waren drei muntere Mägdlein aus Lienz in der Alpenhütte, um dort etliche Wochen Sommerfrische zu halten; sie wirkten alle zusammen, um uns ein echtes Tiroler Mittagsbrot zu bereiten. Allerdings half auch unser Hunger, als bekanntlich der beste Koch, getreulich mit zum Gelingen.

Der Ederplan ist an 2000 Meter hoch und hängt zusammen mit dem höheren Zithenkopf, der sich ostwärts zieht. Die Aussicht soll von besonderer Großartigkeit sein über die Tauern und die Dolomiten, in die Glockner- und Venedigergruppe hin und in die Täler der Drau und der Möll. Wir hatten Sonnenschein, aber wenig Aussicht. Die Täler lagen nun rein, doch das übrige war ein wüster Brei von weißen Nebeln, grauen Wölklein und blauen Bergspitzen. Nur die gegenüberstehenden Unholde ragten in ihrer finsteren Größe klar empor, stellenweise mit einer weißen Nebelfahne behangen. Fern im Westen, über den Gebirgen des Defereggentales, stockten sich die Wolken zu einer glatten, grauen Wand, das hieß soviel als, wir sollten trachten, zu Tale zu kommen. So setzte ich mir aus den Scherben der Gegend in der inneren Vorstellung rasch ein einheitliches Bild zusammen, das von den Karawanken bis zu den Zillertaleralpen reichte. Hernach stieg ich befriedigt niederwärts, meine wesentlich bessere Hälfte unterwegs versichernd, daß die Aussicht einfach wunderbar gewesen sei.

Unterwegs talwärts war es heiß geworden, wir suchten in der Mulde der Almmatte eine schattige Stelle zum Rasten. Der Führer öffnete das Tor einer Heuhütte und da drinnen im kühlen duftenden Grase haben wir köstlich geruht. In der Erwägung: „Raum ist in der kleinsten Hütten für zwei Liebste und einen Dritten" wollte ich auch den Führer unters

Dach laden, er blieb aber bescheidentlich draußen sitzen und schmauchte ein Pfeisl, während ich drinnen im Halbschlummer dem Wässerlein lauschte, das an der Hütte vorbeirann, und des Bauers gedachte, der plötzlich mit dem Stecken kommen konnte, um uns aus seinem köstlichen Heu in den schwülen Sonnentag hinauszujagen. Statt des Bauers drohte der Regen, und so mußten wir die heimliche Rast verlassen, um noch vor dem Unwetter zu den Höfen hinabzugelangen. — Wir kamen zu Defreggers Geburtshaus, dem altständigen Ederhof.

Das ist ein alter, stattlicher Bauernhof, der aber in fremden Händen sich befindet. Die Besitzer sind stolz auf den, der ihr Haus so berühmt gemacht hat, sie zeigten uns die Kammer, in der Defregger am 30. April 1835 geboren worden ist, sie zeigten Porträts ihrer Kinder, die der Meister ihnen gemalt hatte, und endlich bewirteten sie uns mit Brot und Butter und erzählten des Schönen viel vom alten „Eder Franzel".

Vom Ederhof zu Tale steigend begegnete uns ein Kreuzträger. Ein junger, hübscher Bursche schleppte auf der Achsel ein großes eisernes Kreuz den Berg hinan. Oben in Stronach hatten sie nämlich ein Kirchlein gebaut und so wollte sich der junge Tiroler den Sonntag wählen, um das Turmkreuz hinaufzutragen. Man büßt dabei, meinte er, auf bequemschte Art ein paar dumme Sünden ab, und versäumt dabei keine Arbeit. —

Solche Besteigung des Ederplans war auf dieser unserer Tirolerfahrt die einzige Bergpartie, die uns gegönnt gewesen. Um so fleißiger fuhren wir talaus und -ein. Nach einem Regentage lag auf den Berghäuptern Neuschnee. Wir ließen unsern Wirt die Pferde einspannen und fuhren quer durch das Tal über Eisenbahn und Drau nach dem Dorfe Lavant, das hart am Fuße der Unholde liegt, im Winter keine Sonne und im Sommer keinen Mond hat. Unter den Unholden versteht man eine überaus wilde und schroffe Felsengruppe, deren Spitzen dritthalbtausend Meter hoch sind; mancher „Kofel" hat in seinen Schründen ewiges Eis. Auf dem Berglein zu Lavant, das wie ein grünes Fußkissen der Unholde daliegt, stehen zwei Kirchen, eine davon, die vielbesuchte Wallfahrtskirche, steht hart an einem Abgrund. Beim Bau der Kirche soll ein Dachdecker in diesen Abgrund gestürzt, von der Mutter Gottes aber eigenhändig aufgefangen worden sein, so daß er unversehrt wieder zu seiner Arbeit gehen konnte. Vor nicht allzu langer Zeit, als die Lavanter noch keine Kirchenglocken hatten, sollen sie mit einem Horn die Andächtigen zum Gebete gerufen haben. Da kamen sogar die Leute aus dem fernen Virgentale herab und opferten lebendige Widder. Übrigens sollen die Lavanter nicht ganz von jener heiteren Gemütsart sein, wie die sonnseitigen Dölsacher; ihr Daseinskampf in dem Schatten der Unholde ist auch ein ernsterer.

Dort am Fuße des Rauhkofels habe ich einmal eine Schneelawine liegen gesehen, die mehrere Joch hochstämmigen Waldes mit sich gerissen hatte. Aber es war im ungeheuren Schutthaufen kein einziger Baumstamm zu sehen, nur kurz abgesprengte Blöcke und Splitter, klein zerhacktes Reisig und unendlichen Nadelbrei. Der Schneeschutt war ganz grün und ein scharfer Fichtennadelgeruch stieg auf aus dem Wuste. So hatte die Wucht den Wald zermalmt, daß nichts von ihm zurückgeblieben war, als die Farbe und der Geruch. Von einem Harzsammler, den es auch mit herabgenommen hatte, fand man kein Fetzchen und kein Knöchlein, auch nicht, als im Hochsommer die Schneemasse geschmolzen war.

Von einem Wasserfall des Kreuzkofels kommen bisweilen im Frühjahr riesige Eiszapfen und Eismäntel herab, die sich den Winter über an ihm gebildet hatten. Sie zerschlagen die größten Baumstämme und bleiben dann manchmal bis zum August in einer Schlucht liegen. Ein anderes Mal beobachtete ich in diesem Gebirge folgendes: An einer Hochzinne hatte sich eine Schneewächte angesetzt, die über der senkrechten Wand den Überhang bildete, daß es aussah wie ein ungeheurer Kappenschild. Dieser Kappenschild nun brach plötzlich herab. Er fiel als ein länglicher weißer Körper, zuerst in wagerechter Stellung, dann neigte sich das eine Ende tiefer. Der Körper fiel scheinbar so langsam wie eine leichte Wollflocke. Neben ihm fiel eine schwarze Gestalt von derselben Größe. Das war der Schatten an der Wand. Endlich kam die Schneewucht herab, fiel auf eine Terrasse und stiebte in tausend Stücke zerbrochen nach allen Seiten scheinbar sachte und sanft auseinander. Hierauf sah man ein paar Augenblicke nichts, bis von der Terrasse nieder die Trümmer zu fallen begannen, die tiefer unten auf eine zweite Terrasse fielen, worauf sie sich zerstäubten, als Schneestaub am Gewände noch eine Weile niederwirbelten und sich dann auflösten. Nach einer Weile, als alles schon in Ruhe war, kam erst der Schall zu mir herab, zuerst ein scharfer Knall, dann ein dumpfer Schlag und endlich ein zweiter Schlag. Es war das Zerspringen des Überhanges und das zweimalige Aufschlagen an den Felsvorsprüngen. Noch lange donnerte es nach in den Bergen. — Genug der Erinnerungen.

Wir fuhren am Fuß des Hochgebirges den Waldrand entlang bis zum Dorfe Tristach und hinan zum Tristachsee, der oben zwischen einem bewaldeten Vorbühel und den Wänden des Rauchkofels eingeklemmt liegt. Wenngleich nur eine Stunde von Lienz entfernt, macht die Stelle den Eindruck tiefer und düsterer Verlorenheit, und es soll selbst in der „Saison“ manchen Tag geben, da der Wirt, der am

Seerand eine Schenke gebaut hat, sich als heiliger Einsiedler fühlt. Westlich vom See ragt die „hale Wand", wo sich einst ein Jäger verstieg, so daß er weder nach vorne noch nach rückwärts konnte. Die Leute von unten sahen ihn in seiner Not und brachten das Sakrament herbei. Das war ihm gnädig, aber nicht so weltlich, wie dem Kaiser Max auf der Martinswand. Aus dem Kelch schwebte die Hostie empor durch die Lüfte bis zum Jäger auf hoher Wand, sie flog zu seinem Munde, er genoß sie in gläubiger Andacht und fiel dann herab in die Tiefe. Wo der Kelch gestanden, wird heute noch der Eindruck gezeigt, den er auf der Steinplatte hinterließ. Das sich darin ansammelnde Regenwasser trinken die Almer als Medizin gegen den Schwindel. —

Am nächsten Tage fuhren wir, durch die Schluchten und über die Almen des Hochpustertales fast 600 Meter ansteigend, auf der Eisenbahn bis Toblach. Das hat eine leichtere, kühlere Luft, obschon das nur wenige Stunden entfernte Italien seinen südlichen Hauch aus dem Höllensteintal herausblasen kann. Im Hotel Rohracher, dessen Besitzer ein Sohn des prächtigen „Patriarchen von Lienz" ist, kehrten wir ein und ist uns darin behaglich worden. Der Himmel war so blau, die Bergspitzen des Pfannhorns, des Helms, des Sarnkofels und der Toblacher Kämme waren so rein, daß es kein Weilen gab. Um zwei Uhr mittags fuhren wir davon ins fabelhafte Reich der Dolomiten. — Man hört oft von den Touren nach Schluderbach und ins Ampezzotal, es ist leerer Schall; einer, der's nicht kennt, denkt sich nichts dabei, als einen Schock weißer Berge. — Wie diese Gegenden im Sommersonnenschein gibt es kaum etwas Berückenderes für das berglustige Auge. Ich war die ganze Zeit unserer Dolomitenfahrt berauscht, als hätte ich Champagner getrunken.

Die Fahrt ging über Landro, Schluderbach nach Italien zum Misurinasee und von dort um den Monte Cristallo herum über Tre Croci wieder nach Österreich herein bis Cordina, wo wir nächtigten. Am nächsten Tage über die Feliconschlucht und Ospitale nach Schluderbach und Toblach zurück.

Und diese Partie nun kurz beschrieben. — Die Fahrt von Toblach bis Schluderbach, wo man vor dem Monte Cristallo steht, und die angedeutete Runde um denselben dauert etwa neun Stunden. Wenn man bedenkt, daß sich unterwegs alle zehn Minuten ein neues Landschaftsbild gibt, so ist zu ermessen, wieviel neue Eindrücke man empfängt. Hinter Toblach auf denkbar schönster Straße der lebhaften Rienz entgegen. Es kommt das blaue Auge des Toblachsees mit den Brauen des ihn umgebenden Fichtenwaldes. Rechts der teilweise noch begrünte Sarnkofel, bald über den Vorbergen aufleuchtend der weiße Zackenkamm des Dürrsteins. Links in blauen Schatten die nasse Wand, darüber das Hochgeschroffe des Birkenkofeln. Das sind die auffallendsten dieser Strecke, von den zahllosen Felsgebilden zweiter Güte nicht zu reden. Nach einer Stunde haben wir die Festungswälle von Landro vor uns, in welcher der Österreicher dem Italiener die Faust zeigt. Hoch oben auf dem Beutelstein ist eine zweite Festung, gleichsam schon die gehobene Faust: „Nicht mucksen, Welschland!" Aber es muckst ja nicht. Hinter der Talfestung steht das Hotel. Hier heißt es Landro oder Höllenstein, sowie das ganze Tal hinaus bis Toblach eigentlich Höllensteintal zu nennen ist. Wer schlafend hierhergebracht würde und in Landro plötzlich die Augen aufmachte! — Nach links hinein zwischen den finsteren Riesen des Riedel und des Monte Bianco die Engschlucht der schwarzen Rienz, die im Hintergrund durch eine hohe karstige Querbank abgeschnitten wird. Und hinter dieser Querbank ragen zwei rechteckige Felsblöcke auf und daneben eine scharfe Spitze, schier symmetrisch wie von Riesensteinmetzen gemeißelt, sie glühen immer in einem goldigen Rot, als sei ein Alpenglühen mitversteinert worden. Diese Felskolosse, deren höchster Gipfel fast 3000 Meter zählt, sind die drei Zinnen, in ihrer Art ein einziges Gebilde der Alpenwelt. — Das ist in Landro das eine. Gerade vor uns, so daß das Engtal gerade drauf stößt, erheben sich wuchtig und wüst die Zacken des Monte Cristallo. Sein zwischen schründigen Wänden tief in den Kessel herabliegender Gletscher ist uns zugewendet. Die bewaldeten Hänge der Vorberge und die lichten Wände dieser Hochfelsen, die am Nachmittage duftig blauen, sind von packender Wirkung. Der Monte Cristallo ist auch geziemend eitel auf seine Schönheit und hat einen Taschenspiegel. In dem Dürrensee, an dem unsere Straße nun vorbeiführt, spiegelt sich der vielköpfige weiße Riese mit einer Klarheit, daß man kaum weiß, steht der Berg über der Seelinie aufwärts oder unter ihr abwärts. — In Landro steht an der Straße eine Kapelle. Vor derselben hielten wir ein wenig Umschau über die Weitläufigkeiten des Hotels und beobachteten die fesche Wirtin, die wie ein General das große Hauswesen leitete, das Personal kommandierte und noch Zeit fand, mit den zahlreichen anwesenden Fremden zu plaudern und die beständig heranfahrenden Wagen zu begrüßen. Sie war Wirt und Wirtin in einer Person, an ihren Fingern, an ihren Augen gleichsam hingen die Schnürchen, durch die sie die Wirtschaft scheinbar spielend leitete. Man konnte sie um ihre Tatkraft und Würde beneiden.

In Schluderbach zweigt sich das Tal. Die Reichsstraße — stets glatt wie der Bürgersteig einer modernen Stadt — führt am Monte Cristallo rechterhand in die Gründe, über denen die hohe Geisel mit der roten Wand und der Monte Casale herüberragen. Links am Kristallberge führt eine minder vollendete, immerhin aber noch gute Straße über ein mit Bäumen bewachsenes Schuttal, auf das die Rinnen des 3231 Meter hohen Bergstockes niedergehen. Diesen Weg schlagen wir ein, nachdem wir für den halben Tag einen italienischen Reisepaß gelöst hatten. Der Weg führt uns wenige Minuten hinter Schluderbach an der italienischen Grenzsäule vorbei, sachte den bewaldeten Sockel des Monte Bianco hinan, und über eine Almhöhe hinaus ins Hochtal zum Moosrainsee, oder wie die Italiener dies ihr Eigentum benennen, zum Misurinasee. Der See ist umgeben von hügeligem, sonnigem Almboden, auf dem weiß- und braunscheckige Rinder weiden. Hie und da stehen verkümmerte Fichtenbäume mit grauen Bärten. Aber dort drüben erheben sich die weißen Wände des Geisterberges Monte Cadin. Im Hintergrunde des Sees senkt sich ein tiefes, langes Tal den fernen Gärten Italiens zu und gegenüber steht gewaltig und langgestreckt der blauende Hochgebirgszug des Marmarole. Ein ganz neues, ungeahntes Bild, bereits in der Farbenstimmung des sonnigen Südens. — Wer hier an diesem See vergäße, sich umzuwenden, der würde das Wunderbarste nicht gesehen haben. Das Gesicht nach Norden gewendet, erblicken wir hinter den steinigen Höhen ein ungeheueres, rötliches Gebäude aufragen. Es ist eine Art Pyramide, mit wagerechten weißen Linien durchzogen, die sich wie Terrassen spielen. In Bilderbibeln findet man den babylonischen Turm ähnlich abgebildet. Diese Erscheinung ist ganz anders, als alles Umliegende, sie ist exotisch, sie ist zauberhaft. Ein Maler dürfte seine ideale Landschaft so nicht malen, ohne in den Geruch unnatürlicher Effekthascherei zu kommen. Die Natur darf sich dergleichen schon eher gestatten. Wir haben in diesem Bilde wieder die drei Zinnen vor uns mit ihrem ewigen Alpenglühen.

In der Osteria am See haben wir natürlich italienischen Wein getrunken und dabei neapolitanischen Volkssängern zugehört, die mit ihrem heißen Sang und weichen Lautenklang unsere augenblicklich italische Stimmung natürlich bis zum Entzücken steigerten. An der südlichen Seite des Misurinasees wurde zurzeit ein großes Hotel gebaut, aber dort wird das internationale charakterlose Getue sein, während wir in der alten Osteria noch echtes Italien fanden.

Von dem 1800 Meter hoch liegenden Misurinasee abwärts wird unser Weg zu einer Waldstraße, die am südlichen Sockel des Monte Cristallo hinführt, links stets die Abhänge und den Ausblick durch die ferne Felsscharte ins Auronzotal, aus dem uns schon der warme orangegelbe Himmel des Südens heraufgrüßt. Doch kaum beginnt unsere Phantasie noch recht zu nagen an den hesperischen Früchten, da sind wir schon wieder in Tirol, und zwar dort, wo die Leute zwischen zwei Sprachen auf dem Kauderwelch sitzen. Das ändert aber nichts an der landschaftlichen Pracht. Der Weg hat sich westlich und dann etwas nördlich gewendet und ist angestiegen zu einem Bergjoche, das zwischen den beiden Felsriesen des Kristallberges und des Sorapiß liegt. Hier steht ein großes italienisches Wirtshaus und über dem Paß blaut die Tofana und anderes Hochgebirge herüber, und fern, fern von Westen her schimmert das blendende Gletscherschild der Königin der Dolomiten, der erhabenen Marmolata. Ihre Höhe mißt über 3400 Meter. — Vor uns liegt das fremdvolkliche Ampezzanotal mit Cordina. Seine Gründe dämmern in den abendlichen Schatten, seine Berghäupter glimmern in blassen Lichtern, und das Gewände des Monte Cristallo, der uns hier seine südliche Seite zuwendet, loht in rosenroter Glut, wie eine versteinerte Opferflamme dem, der diese wundervolle Welt in seinen Händen trägt. — Auf der Höhe unseres Weges neben dem Hospiz stehen drei hölzerne Kreuze, weshalb dieser Punkt unter dem Namen Tre Croci bekannt ist.

Als wir den ziemlich steilen Weg niederwärts fuhren in das Tal Ampezzo, in früherer Zeit genannt „die Heide", grüßte uns vom hohen Campanile zu Cordina die Aveglocke entgegen. Über der lanzenscharfen Spitze des Antelao stieg der Vollmond auf und im Alpentale träumte die Sommernacht in ihrem Silberschimmer, ewig besungen von dem Rieseln und Rauschen der Bergwässer. — Auf einem Theater dürfte das nicht alles so zusammengestellt werden, sonst wäre es „Effekthascherei". Die Natur darf sich alles erlauben. —

Am nächsten Morgen, als wir aus dem „fremdvolklichen" Hotel zu Cordina ganz unversehrt hervorgingen, sahen wir im hellen Sonnenschein die Schönheit dieses Tales. Der Ort, eine Touristenstation, die in der touristischen Welt das höchste Ansehen genießt, liegt mit seinen vielfensterigen Gebäuden und seinem schönen Kirchturme, dem Stolze der Einwohner, gar stattlich da. Er liegt auf den Schutthügeln der niedergebrochenen Bergmassen, die weitum ihre grünenden Almen breiten. Aber geheuer, sagen die Geologen, sei es nicht. Vom zackigen Cristallo, vom klüftigen Sorapiß, von der hängenden Tofana herab würden Nachschübe kommen und dieses neue Cordina gerade so begraben, wie sie das alte begraben hatten. Diese Möglichkeit raubt den heiteren Cordinensern nicht einen Augenblick ihren Frohsinn. Die hohen weißen Berge sind ja ihre Gönner, sie leben doch von diesen Magneten, die ihnen Fremde heranziehen aus aller Welt. Wie wäre es denkbar, daß sie einmal durch diese Berge sollten sterben müssen? Wie wäre es denn überhaupt noch sicher im Gebirge? Alle Felsen werden einmal brechen, alle Gipfel stürzen. Geht es auch sachte, nach tausend Jahren wird keines unserer Alpentäler wieder in seiner heutigen Gestalt zu erkennen sein.

Am Vormittag — als unsere Augen schier zitternd geworden waren in dem grellen südlichen Lichte, das so scharf herabgeworfen wird von den Kalkwänden in das waldlose Tal — begannen wir die Rückfahrt. Im Wagen waren uns der Insassen drei geworden. Am Tage zuvor hatten wir oben beim Misurinasee ein Studentlein aufgegriffen. Es war aus der steirischen Stadt Cilli, hatte eine Reise durchs große deutsche Vaterland gemacht, hatte auf der Heimreise den touristischen Abstecher ins Ampezzo getan und nun auf den Almen die verknorrten Fichtenbäume und die verwitterten Steinblöcke um ihr — Moos beneidet. Dieser Bursche war unser Reisegenosse geworden und ergötzte uns durch seine jungfrische, heitere Seele. Es hörten sich seine Erzählungen gut an, wie er in der Fremde, und er hatte schon ein gut Stück davon gesehen, sich überall zu helfen gewußt und auch in bedenklichen Lagen seinen Humor nie verloren.

In glücklichster Stimmung rollten wir auf der tischplatten Reichsstraße dahin, der Boita entgegen, nordwärts. Die Landschaft ist auch hier unerschöpflich an allerlei Schönheit. Zur Rechten immer der gliederreiche Stock des Monte Cristallo, links die karstigen Hänge der Tofana und weiterhin die weißen klobigen Massen des Monte Bianco, des Monte Casale, der Lavarella, und wie sie alle heißen mögen, die sich in den westlichen Seitentälern hervorschieben. Kein Berg ist wie der andere, jeder hat seine besondere bizarre Form, und es gehört keine große Phantasie dazu, um in den Felsgestalten allerlei Tier- und Menschenbilder zu finden. Das Tal ist eng geworden, die Straße zieht stellenweise durch

Wald, stellenweise im Bergschatten; sie setzt auf hoher Brücke über die grauenhafte Spalte der Feliconschlucht, in deren dunkler Tiefe das gischtende Wasser sich vielfach unter den kupferbraunen Felsüberhängen versteckt. Vor einiger Zeit — so erzählte unser Kutscher — soll ein am Rande blumenpflückender Hirtenknabe in den Abgrund gestürzt sein. Stückweise hatte ihn das Wasser hinausgeschwemmt auf die Sandbänke der Boita. — Hier kann man eine Abkürzung der Straße auf einem Fußsteige machen und auf solchen Seitenwegen im Gebirge, nach der Leute Sagen, den „wilden Pfarrer" predigen hören. In den Riffen pfeift der Wind, durch die Spalten brüllt er wie ein tiefgestimmtes Nebelhorn, von den Wänden rieseln unter sickerndem Wasser Steine nieder auf die breiten Schutthalden, manchmal rollt ein grauer Felsblock talwärts und reißt eine ganze Schuttlawine mit sich donnernd in den Abgrund. Das ist die Predigt des wilden Pfarrers. Den gewaltigen Bergen, die für die Ewigkeit gegründet zu sein scheinen, der wilde Pfarrer predigt ihnen Vergänglichkeit. —

Wir kommen zur Wasserscheide zwischen dem Piavegebiet und der Rienz und bald hernach zum ältesten Einkehrhause der Gegend, dem gegen 1500 Meter hoch gelegenen siebenhundertjährigen Ospitale. Im dreizehnten Jahrhundert, wie mag's damals hier ausgesehen haben! Die Wildnis war allerdings kaum größer, aber der Menschen waren sicherlich weniger. Am Saumweg für italische Kauffahrer, die vor der Reise das Testament machten und das Sakrament nahmen, ist dieses Hospiz gegründet worden. — Wir kehrten auf ein gutes Glas Italienerwein zu und nahmen dann fröhlich Abschied vom welschen Boden. Über uns zur Linken steht wieder das rote Gewände der hohen Gaisel, deren gezackte Zinnen scheinbar dünn wie ein Brett ins Firmament ragen. Durch ein viereckiges Loch, so groß, daß eine tirolische Dorfkirche drin stehen könnte, guckt der Himmel herab. Überall kommen vom Gewände Schuttrunsen nieder, die sich im Tale verflachen und sich zwischen den Zwergfichten und Knieholzbeständen verlieren. Wir sahen das knochenblasse Felsen- und Trümmerrinnsal starr und trocken liegen. Uns zur Rechten immer noch das abenteuerliche Gewände der Cristallogruppe, die wir nun rund umgangen haben. Denn wir sind wieder in Schluderbach. — Müde des Felsentanzes, der uns nun schon am zweiten Tag wild umreigte — ließen wir die Rößlein talwärts traben.

In Landro, wo wir gestern an der Kapelle standen, um dem Walten der Hotelwirtin zuzusehen, gab es etwas Neues. In der offenen Kapelle, von Lichtern umgeben, stand ein Sarg. Wer ist es? Die gestern von uns bewunderte Wirtin von Landro ist es, die am Abend zuvor vom Schlage getroffen plötzlich hingesunken war. — Mit diesem Memento mori hatte unsere Partie ins Ampezzotal den Abschluß gefunden. —

Am späten Mittag in Toblach angekommen, sahen wir erst, wie schön das Pustertal ist. Dieses breite Hochtal mit seinen stattlichen Ortschaften, seinen sanften mit Bauernhöfen besetzten Berglehnen, mit seinen grünen Almkuppen. Das ist das Schönheitsgeheimnis von Toblach — die wilde Größe des weißen Felsengebirges und das ruhigere Idyll der grünen Almlandschaft. Der Kontrast tut's, eines allein wäre nie so schön, und ein dritter Tag in den Dolomiten hätte mich vielleicht schon müde gemacht. Je stärker der Effekt, je rascher stumpft er ab, je eher wird er langweilig. Wir waren ordentlich froh, den die Sinne fast gewaltsam aufstachelnden Felsgestalten entkommen zu sein. Im heimlichen Zimmer des Hotels Rohracher streckte ich mich hin und schloß das Auge. Aber da waren sie wieder, die fabelhaften Türme und Zacken; ich ging doch lieber ans Fenster und blickte ins ruhige grüne Tal hinaus. — Unser junger Reisegenosse hatte wohl diese neuen Eindrücke zu seinen übrigen in den Ranzen getan und war heimwärts geeilt nach Cilli, der deutschen Stadt in windischen Landen. —

Wir sind am nächsten Tage auf der Eisenbahn nach Brunneck gefahren, der malerisch gelegenen Stadt an der Ausmündung des Tauferertales. Mit dem Gasthause Niederbachers — nächst dem Bahnhof — hatten wir es auch hier wieder getroffen. Im Zimmer, wo einige Zeit früher König Milan von Serbien geruht, haben auch wir königlich geschlafen, nachdem uns abends zuvor die kluge Wirtin mit Erzählungen ergötzt.

In Brunneck machten wir einen Ausflug nach dem flach am Fuße des Kronplatzberges gelegenen Reischach und auf den Waldhügel zur Kaiserwarte. Der Rundblick von dieser hohen Warte in die Umgebung von Brunneck wäre einer Tagreise wert, wir bedurften für diese Partie eine gute Stunde. Das weite Tal mit den Geländen der stürzenden Rienz, mit dem Einblick gegen Taufers und seinen Gletscherhintergrund, die Hochebenen der Vorberge mit den zahlreichen Dörfern und Kirchen, die Schroffen des Ruthners und des Hochgall, das sind die ersichtlichsten Merkmale dieser Gegend, in deren Mittelpunkte, am Fuß eines langgezogenen waldigen Hügels, die alte Stadt so friedlich daliegt. Die wilde Hochgebirgsnatur winkt nur von ferne herab auf dieses wohnliche Tal. Am Waldhügel bei Brunneck fanden wir eine jener abscheulichen Vogelfangstellen, die ein so ungutes Licht auf die Bewohner Südtirols werfen. Durch einen bereits gefangenen Vogel werden vorüberfliegende Zugvogelkarawanen ins Netz gelockt und ermordet. In Brunneck soll dieses niederträchtige Treiben vor einiger Zeit verboten worden sein. Die Fanghütte steht in ihrem Walddickichte da, wie ein verfronter, griesgrämiger und noch immer boshaft schielender Bösewicht. —

Von den vielen Kirchen, die wir diesmal in Tirol besichtigt, ist die Pfarrkirche von Bruneck die schönste und vornehmste. Sie hat mehr als eine halbe Million Gulden gekostet und ist der Stolz der Brunecker. Der breite Rundbogenbau, scheinbar von schönen Marmorsäulen getragen, die reichen Schnitzwerke, die kunstständigen Bilder, die Glasmalereien, die Gitter und Betstühle — alles zeigt von dem achtenswerten Geschmacke der Gemeinde, mindestens von ihrer klugen Nachgiebigkeit gegenüber dem Künstler. Auch hier, wie in vielen andern Kirchen des Landes, war man zur Zeit unseres Besuches damit beschäftigt zu scheuern, abzustauben, überall zu reinigen und alles in gute Ordnung zu stellen. So fleißig pflegen die steirischen Küster nicht zu sein, wie überhaupt der Sinn für die Schönheit und Würde des Gotteshauses kaum irgendwo so entwickelt ist wie bei den ästhetisch veranlagten Tirolern.

Die Kruzifixe der zahlreichen Wegsäulen sind übrigens auch in Tirol nur für Strenggläubige berechnet. Die Kinder der Welt müssen sich zusammennehmen, um den von solchen Bildnissen, wie wir sie am nächsten Tage im Tauferertale sahen, herausgeforderten Spott notdürftig zu unterdrücken. Was die Kruzifixe anbelangt, fiel mir in manchen Kirchen Tirols ein Baumstamm auf, der mitten in der Kirche aus dem steinernen Fußboden hervorgewachsen ist. Der obere Teil des Stammes ist zu einem Kreuze geformt, an dem ein lebensgroßer Christus hängt. Ich mag es nicht gerne glauben, was mir ein Bauer im Ahrental sagte, nämlich, daß solche Baumstämme noch aus der Zeit vor Erbauung der Kirche stammten, wo sie schon an der nämlichen Stelle gestanden wären und ein Bildnis getragen hätten. Die Kirche wäre einfach darüber gebaut worden. Daß solche Kreuzsäulen in den Kirchen manchmal noch mit einem Bretterdache versehen sind, möchte allerdings für diese Auslegung stimmen.

Die Fahrt in das Tauferertal, dem grauen Gletscherflusse die Ahren entgegen, bot wieder Genüsse anderer Art, als die in den Dolomiten. Die Berge sind weit einförmiger, aber massiger, hoch hinauf mit Bauernhäusern bestanden, noch höher hinauf Wald und Almen und erst das Haupt gekrönt mit den braunen Felsenzacken der Tauern. Deutsche Berge, deutsche Menschen. Die Schönheit ist nicht mehr so heftig, um nicht zu sagen rücksichtslos, sie wirkt weniger durch wundersame Formen, als durch monumentale Kraft. Die Dolomiten sind verwitternde, verfallende Berge, die Tauern stehen noch festgebaut in ihren grünen Mänteln trotz der ewig nagenden Wässer in den Runsen.

Im Pustertale von Toblach westwärts, hatte ich an den Häusern die Tiroler Bauart der flachen steinbeschwerten Schindeldächer vermißt, im Tauferertal trat sie um so auffallender hervor; überaus malerische Höfe und Hütten, hoch oben stehend an den schwindelndsteilen Hängen, so daß von denselben ein Kirch- oder Geschäftsgang ins Tal und wieder zurück kaum weniger bedeutet, als eine Tagreise. Dann sind die Tiroler Bauernwege viel steiler und wilder als unsere meisten Touristensteige in Steiermark, die absichtlich verlassen werden müssen, um eine renommistische Gefahr zu erreichen oder gar einen Absturz möglich zu machen. Wenn die Tiroler Bäuerin da oben sich vom Hause entfernt, so pflegt sie derweil ihre Kinder in die Hühnersteige zu sperren, damit sie nicht abpurzeln können. — Nach zwei Stunden langer Wagenfahrt zwischen dunkeln Bergen waren wir in Taufers vor der hochragenden Ruine, die das vordere Tal abschließt und das hintere, das Ahrental, eröffnet. Hier hätte eine Fußpartie in das großartige Reintal gemacht werden müssen, das nach rechts aufsteigt ins Hochtal von Sankt Wolfgang und zu den Gletschern des Hochgall. Es hätten die Wasserfälle des Reinbaches, die den Krimmlerfällen kaum etwas nachgeben sollen, besucht werden müssen — allein ich litt in diesen Tagen besonders heftig an Atemnot, so daß es damit genug sein mußte, was vom Wagen aus das fleißige Auge zu ernten vermochte. Und das war auch nicht wenig.

Es wird wohl nicht viele Bilder in unseren Alpen geben, die an landschaftlicher Größe das übertreffen, so hinter der Ruine Taufers sich unseren Augen auftat. Die wuchtig und weiß wie eine unendliche Schneelawine uns entgegenbrandende Ahren war der richtige Vordergrund. Man glaubt, es bebten die Berglehnen vor dem Brausen dieses Wassers. — Nun öffnet sich der grüne Halbkessel von Luttach und nun stehen sie da. Der Reihe nach stehen sie da, blauend von unten, leuchtend von oben, die Gletscher der Zillertaleralpen. Durch felsige Vorberge unserem Auge unterbrochen, ziehen sich die Eisfelder stundenweit hin, nach rechts bis zur 3150 Meter hohen Napfspitze, nach links bis zum 3500 Meter hohen Hochfeiler, dem Herrn und Gebieter dieser Fernerwelt. In glatten Kuppen und rissigen Mulden, hier glasblau schimmernd, dort schneeweiß leuchtend, so liegen sie ihre Ewigkeiten da oben ab, so ewig stürzen aus ihren Höhlungen die weißen Wasser zu Tale und ebenso ewig wächst das Eis nach und greift weiter und weiter herab über die Kare gegen die grünen Almen. Bei Luttach ist der schönste Punkt des Ahrentales, hier werden Unternehmer Hütten bauen! Doch das Eis oben lauert auf die Menschenansiedlungen unten und sagt: Weg mit euch, das ist mein Reich. Aus dem Spätsommer 1878 erzählen die Hirten, daß vom Pustertal her und vom Hochfeiler ein warmer Wind gekommen sei, wie aus dem Ofen so warm; das Vieh wollte nicht aus den Ställen, wollte nicht fressen, die Pferde bekamen den Lungendampf. Das warme „Jaucken" dauerte fort, da hub das Eis an zu krachen, zu springen, zu fahren. Ins Tal kam es nicht, aber an der Rotbachschlucht gingen unter sintflutartigen Regenströmen Bergstürze nieder mit mehreren Bauernhöfen, und verschütteten das ganze breite Tal viele Meter hoch. Die Ahren staute sich, es entstand ein See, der Fluren und Häuser unter Wasser setzte und nach wenigen Stunden bis zum Dorfe Sankt Martin hinaufreichte. Dieser Ort stand wie ein klein Venedig im neuen See, in der Kirche reichte das Wasser bis zur Kanzel; von außen ist dieselbe Höhe jetzt noch am Turme markiert. Die Kupferschmelze Arzbach mitsamt den Arbeiterhäusern und der Kapelle wurde verschüttet. Die Ahren hatte dann freilich den Wall durchbrochen, die Gegend von Luttach gänzlich verheerend. Der durch den Bergsturz entstandene See aber ist bis heute noch nicht ganz abgelaufen, und von den verschütteten Häusern und Werken ragen auf dem Platz zwischen Struppwerk einige Schornsteine hervor.

Solche Katastrophen ereignen sich in Alpentälern, die für den Touristen gar so schön sind. Das ewige Drohen der Gewalten trägt gewiß zur erhabenen Stimmung bei, die uns in den Bergwildnissen schauernd durchweht. Die armen Bewohner solcher Gegenden jedoch sehen keine Schönheit, sehen nur Mühsal und Gefahr. Keinen Tag sind sie sicher vor ihren Wässern und vor ihren Bergen. Ist es Schwäche, ist es Heldenhaftigkeit, einer solchen Heimat treu zu bleiben?

Wir fuhren an dem noch versumpften Sankt Martin, an dem noch blühenden Sankt Johann vorbei bis Steinhaus, wo von der großen Kupferbergwerkschaft, das dort jahrhundertelang Segen gestiftet, nur mehr ein Herrenhaus, das Kirchlein und das Wirtshaus übriggeblieben ist. Dieses Wirtshaus ist eine Touristenherberge geworden, in der wir einkehrten. Im Herrenhause wohnte zurzeit Graf Enzenberg, der Besitzer dieser Kupferwerke. Er hat zum ewigen Gedächtnisse auf die Wand des Hauses den folgenden Spruch setzen lassen:

„1470.

Vierhundert Jahr hat das Bergwerk geblüht,
Viel Menschen haben sich darum bemüht,
Die einen mit Fleiß und kräftiger Hand,
Die andern mit Wissen und scharfem Verstand.
Das Kupfer das beste gewesen ist
Vom Uralgebirge bis zur spanischen Küst'!
Hat ins Tal gebracht gar reichen Segen,
Verkehr ist gewesen mit Schlitten und Wägen.
Da kam von Amerika Kupfer zu viel,
Sie gewannen es dort mit leichtem Spiel,
Das hat uns zu Grund' gericht' in kurzer Zeit,
Mir tut's um Menschen und Bergwerk leid.

1894.“

So greift durch mancherlei Ursachen in diesem Tale die Verarmung und Verödung um sich. Während oben bei den starren Fernern die Touristen Hütte um Hütte bauen, verfällt im grünen Talgrund Haus um Haus.

Das Ahrental zieht sich hinter Steinhaus noch weit hinein, abgeschlossen wird es von dem grauen Gewände der Krimmlertauern und von den Hochgletschern der Venedigergruppe. Zur Stunde unserer Ankunft ging ein Gewitterregen nieder, der die Nebel, die am Vormittage an den Bergen umhergekrochen waren, auflöste, so daß nach dem Gewitter, vom Tauernwinde ausgefegt, alle Wände rein, alle Spitzen klar waren und die Eisfelder in der Sonne glänzten. Wir sind noch an demselben Tage mit dem Wagen nach Brunneck und von da auf der Eisenbahn nach Dölsach gefahren in unser Standquartier. —

Am nächsten Morgen bei Sonnenschein eine Fahrt ins Iseltal nach Windisch-Matrei. Aus den lachenden Gefilden von Lienz wieder in die Schatten der Tauernwelt. Das erste Stück dieses Tales ähnelt dem Tauferertal, nur ist die Isel noch stattlicher als die Ahren. In Aineth kehrten wir beim Eggerwirte zu. Dieses alte Haus ist die Burg eines Helden. Zur Zeit der Befreiungskriege war Johann Oblasser Wirt auf diesem Hause, er war Führer der Iseltaler Bauern und lieferte den Franzosen im Tale eine Schlacht, so daß sie bis Lienz zurückweichen mußten. Durch Verrat wurde Oblasser gefangen, am 29. Dezember 1809 erschossen und zum „abschreckenden Beispiel" vor seinem Hause aufgehängt. Noch heute zeigt ein Kreuzbild die Stelle, wo die Leiche drei Tage lang an einem Baum gehangen hatte. So weist manches Tal in Tirol seinen Andreas Hofer auf. In der Laube des Wirtshauses erzählt eine Tafel von Johann Oblasser und drei anderen Männern, die wie er in diesem Tal den Heldentod erlitten haben.

Zur Zeit unseres Weilens herrschte in dem Hause eine gemütlichere Stimmung. Die Wirtin buk Krapfen, echte, große, scheibenförmige, höchstaufregende Tiroler Bauernkrapfen, wovon sie mir bei der Rückfahrt ein paar herrlich gebaute Exemplare zum Geschenk machte, „aufs Wiederkommen". Ich werde mir's nicht zweimal sagen lassen, Frau Wirtin! Und zum Traurigsein ist trotz der tragischen Ereignisse kein Grund vorhanden. Auf Schollen, wo Märtyrer für das

Vaterland geblutet haben, muß man jauchzen! Und Krapfen essen, daß man auch so stark wird!

Links oben haben wir die Bergspitze, genannt das „Böse Weibele“. — „Da ist einmal,“ so erzählte mir darüber ein Hirte von Ranach, „ein böses Weibele gewest, und das hat ihren Mann halt alleweil getratzt und gepeinigt, wie die Juden einen Kreuz-Christi. Und so oft sie ihm was Schlimmes hat antun mögen, hat sie's fleißig getan. Da ist der Mann einmal arg krank worden und halt auch ein Eichtel ungeduldig gewest, und wie das Weibele sieht, daß er sich selber nit helfen kann, hat sie gesagt: Jetzt ischt's mir schon butteneins, bei dir halt' ich's nimmer aus, du schlechte Haut, lieber will ich auf den hohen Berg hinauf und versterben. Und ischt fortgegangen just in der heiligen Christnacht und auf den Berg, aber nit willens oben zu bleiben, halt nur, um den kranken Mann recht jammerlich zu machen nach ihr. Und jetzt, wie sie oben ischt in der heiligen Nacht, kommt ein grünes Manndele daher mit einer krummen roten Feder auf dem Hüttle, ischt's der bös Höllteufel gewest und ischt was Schreckbares geschehen.“

„Hat er sie geholt?“ war meine Frage.

„Das ischt's ja!“ antwortete der Hirt, „nit hat er sie geholt. Ängstig ischt ihm worden, davongelaufen ischt er vor ihr und nimmer auf den Berg gekommen, der bis zum heutigen Tag das böse Weibele heißt.“ — So der Schalk.

Wir kamen auf unserer Fahrt zur rostbraunen, zerfressenen Ruine Kienburg; diese dürfte auch eher spurlos vom Erdboden verschwinden, als ihr letzter Burgherr aus dem Fegefeuer erlöst wird. Was er angestellt hat, das weiß ich nicht, muß wohl etwas recht Arges gewesen sein. Auf der Ruine soll erst eine Fichte wachsen, aus deren Bretter eine Wiege gezimmert werden muß. Das erste Kind dieser Wiege soll ein Knabe sein und Geistlicher werden, und der kann bei seiner ersten Messe den Schloßherrn erlösen. — Der Fichten stehen schon viele auf dem Mauerwerk, ist denn kein Iseltaler Bauer so findig, das übrige zu besorgen? Vielleicht wäre der erlöste Kienburger freigebig mit einem vergrabenen Schatz. Zu brauchen hätten ihn die braven Iseltaler Leute mehr als je.

Bei Peischlach steigt zur Rechten das Kalsertal auf. Wir gingen nach dem Rate einer Wegtafel zur Linken an die bewaldete Berglehne, etwa zehn Minuten lang. Dort vom Hange aus zwischen Baumstämmen hindurch sieht man hinter dem schluchtähnlichen Kalsertale die Gletscher des Großglockners mitsamt seiner Spitze aufragen. Wir sahen dort drinnen eine blaßblaue Winterlandschaft dämmern, die Spitzen waren in Nebel.

Dann fuhren wir weiter die Isel entlang. Aus einer Schlucht zur Linken kommt ein großer Bach herab vom Defereggental, zu dem eine Straße ansteigt. Ein langes, großartiges Gebirgstal, das ebenfalls mit Gletschern abschließt — von unserer Straße aus ergibt sich kein Einblick. Zwei Weibsleute begegneten uns, die aus dem Defereggentale kamen. Auffielen an ihnen die napfartigen Filzhütln mit den schmalen aufgeringelten Krempen. Die eine hatte um den Hut eine grüne Schnur gewunden, die andere eine rote. Und das ist das Bekenntnis. Die mit der grünen Schnur hat schon einen Mann, die mit der roten ist noch Jungfrau. Ein boshafter Wegmacher deutelte: Bei uns schwört man allweil nur auf die grüne Schnur, auf die rote nit. — Von der Ortschaft Huben an wird das Iseltal sehr enge, das Wasser sehr wild, an beiden Berghängen steigt der Klausenwald an. Diese Gegend, sagen die Leute, war schon neunmal Wald und neunmal Feld gewesen. In wenigen Worten ein gutes Bild von dem Wechsel zwischen Wildnis und Kultur des Landes und der Menschen. Daß sich hier im Hochgebirge die Kultur freilich nie lange behaupten kann, davon gingen wir an diesem Tage einem Beispiele entgegen.

Nachdem wir von Dölsach her an fünf Stunden gefahren, lichtete sich das Tal. In einem weiten baumarmen Kessel stehen die hohen Berge da, die uns schon längst über den Waldschluchten entgegengeblaut hatten. Es sind Kegel, kahl bis herab zur Talsohle und mit Felszacken gekrönt. Auf den grünen Anhöhen des Tales schmucke Bauernhäuser. Links hinein das lichte Virgental, aus dessen Hintergrunde ganz herrlich die weiten Eisfelder des Totenkars der Rödtspitze, der Dreiherrenspitze und anderer Häupter der Venedigergruppe glänzen. Wir befinden uns zwischen den zwei höchsten Erhebungen der Tauern, zwischen den Eiswelten des Glockners und des Venedigers. — Windisch-Matrei, das kerndeutsche! Dort am Berghange rechts liegt es im Sonnenschein. Kein Baum und kein Strauch und kein Dach beschattet den menschenleeren Ort, die Sonne scheint ihm in alle Stuben und Kammern. „In den öden Fensterhöhlen wohnt das Grauen . . . .“

Mein Lebtag habe ich eine so große und wüste Brandstätte nicht gesehen, als diesen am 10. Mai dieses Jahres abgebrannten Marktflecken. Am nördlichen Ende, im Brauhause hatte sich das Feuer zur Mittagszeit erhoben, nach zwei Stunden war der stattliche Ort ein rauchender Schutthaufen; von hundert Häusern waren nur vierzehn Baulichkeiten am oberen Rande nebst der Kirche stehengeblieben. Von der Wucht des Nordwindes, der über alles das Feuer warf, kann man sich einen Begriff machen, wenn man der Erzählung des Bezirkshauptmanns von Lienz lauscht. Als dieser mit der Lienzer Feuerwehr hinein gegen das brennende

Matrei fuhr, fiel im Klausenwald, $1^1/_2$ Stunden von der Brandstätte entfernt, aus den Lüften der brennende Leinwandfetzen eines Heiligenbildes nieder zu seinen Füßen. Ehe es der Wind noch weiter wirbelte, erfaßte er mit dem Stocke das Bild, das aus dem Rahmen geflogen hier verbrannte. Das war der erste Gruß, den ihm das unglückliche Matrei entgegensandte. —

Mitten im Ruinenmeere, an einem einzigen Hause, das nicht ganz verbrannt war, hatten sie ein hölzernes Gelaß angebaut und so ein Touristenwirtshaus hergestellt. Sonst überall wüst und öde; nur wenige Leute arbeiteten verdrossen an ihren Brandstätten herum, krauten verbogene Eisenteile aus dem Schutt hervor oder suchten durch Einbretterung sich nötigen Unterschlupf zu schaffen. Doch hörte ich — zufällig an einer Fensterhöhle vorbeischreitend — aus dem Innern eines Mauerwerks auch etwas Erfreuliches. Ich hörte flüstern und schäkern, über dem Rande sah ich ein blondlockiges Haupt und den glattgeteilten Scheitel eines schwarzen Mädchenkopfes. Bursche und Dirndel, was anderes denke ich nicht. Sie machten nicht viele Worte. „Magst mi?" — „Das ischt gewiß!" — „Nimmst mi?" — „Das ischt gewiß!" — „Da hast mi." — Eilig huschte ich davon in der Zuversicht, daß Matrei wieder auferstehen wird. Das Unglück war riesig, aber das Land wetteiferte, dem Orte aufzuhelfen. — Windisch-Matrei hat noch einen größeren Feind als das Feuer. Vom östlichen Berge, an dem es lehnt, vom Sanskofel, aus hoher Schlucht kommt ein Wasser herab. Es läuft, jetzt allerdings sorgfältig eingerinnt, gleichsam auf der Schneide eines hohen Schuttwalls, zu dessen beiden Seiten tief gebettet der Ort liegt. Dieser Wall trennt Matrei in zwei Hälften, man sieht von der einen keinen Schornstein der andern, so hoch ragt die Muhre. Man kann sich eine Menschenansiedelung im Gebirge kaum ärger gefährdet denken. Bei Schneeschmelze oder Regenwetter ein Lahnengang oben im Gebirge, und ein Unglück ist da, unermeßlich größer, als das Feuer es war. — Vielleicht wollte durch den Brand ein gütiges Geschick eine solche Katastrophe verhindern. Der Ort muß sich besser siedeln und sichern.

Mit diesem hoffenden Ausblicke verließen wir nach dreistündigem Aufenthalte das Alpental, in dem es so schön zu weilen und so schwer zu leben ist. Spät abends kamen wir in Dölsach an, um am nächsten Tage dort von den finsteren Unholden und von den freundlichen Wirtsleuten uns zu verabschieden und heimzukehren in das wohnlichere Waldland Steiermark.

Im Schatten des Glockners.

1897.

Ein Alpenmensch im Zeitalter der Touristik muß doch auch den Großglockner in sich haben. Der weiße Riese ist zwar etwas schwer hereinzukriegen und unterzubringen, um so fester bleibt er dann im Menschengehirne eingeprägt — der Große als unveräußerliches Eigentum des Kleinen.

Größere Bergpartien beginnt man bei schlechtem Wetter, damit man bei gutem ans Ziel kommt. Als ich in Begleitung meines jungen Sohnes von daheim abreiste, war das Wetter schwül, dunstig; über der Veitsch sanken Gewitterwolken nieder. In Leoben begann es bereits zu tröpfeln; bei Friesach kam die Metnitz schon als wilde Gieß daher und überschwemmte die Wiesen. Bei Villach war es wieder so licht, daß der Mittagskogel und der Mangart klar in den weißen Himmel aufragten. Auf dem Dobratsch lag ein plumper Wolkenbalken, der sich sachte an den Schründen nieder auszufransen begann. Bei Spital peitschte ein heftiger Regen die Wagenfenster. Über dem Mölltale braute bleigrau unendlicher Regen; hier vorne aber guckte durch Wolkenlöcher ein winziges Goldscheibchen hernieder, lichtes Gewölk aus höheren Regionen, wo die Sonne schien. Bei Sachsenburg regenloser Nebel und lebhafter Luftzug. Bei Greifenburg hatten sich die abendlichen Wolken gehoben über die höchsten Bergspitzen und zeigten eine so lichtrote Färbung, daß die spiegelnde Drau wie flüssiges Gold war. — Man denke sich, wie durch solche Erscheinungen die zwei Glocknertouristen hin und her geworfen wurden zwischen Hoffen und Zagen. Das letztere gewann in Dölsach Oberhand, denn dort ging der „schlechte Wind“ aus Süden. Trotzdem ließen wir uns in dem Gasthause zum Eder bei Braten und Tirolerwein lustig sein.

Wisset ihr wie das ist, wenn man nicht schlafen kann, weil man nicht Zeit hat dazu, weil man daliegen und warten und denken muß auf das Einschlafen? Es ist sehr närrisch. Man sehnt sich nach Schlaf, um morgen frisch zu sein, man arbeitet mit allen Mitteln, um einzuschlafen, und erlebt trotzdem offenen Auges das erste Tagen. Ich ging ans Fenster. Zeit genug, um zu schlafen den ganzen Tag, denn der Himmel ist verschmiert, an den Bergen hängen schmutzige Nebel, es regnet. Ergeben kroch ich ins Bett zurück und werde nun ein wenig geschlummert haben. Etwa nach einer Stunde schlug mir greller Schein ins Auge, hoch an den gegenüberstehenden Felsbergen leuchtete Sonnenschein.

„Hans! Hans! Auf! Schön Wetter!“

Eine Viertelstunde später waren wir reisefertig. Während der Ederwirt Roß und Wagen bereitstellte, gingen wir hinauf zur Kirche. Vor uns die Steintreppe hinan stiegen Männer in kurzen Lederhosen und Weiber in altweltischen Spitzhüten; von der Kirche herab tönte Orgelklang; die hohen Berge standen voller Alpenleuchten in den blauen Himmel hinein — es war ein Sonntagsmorgen, wie man ihn stimmungsvoller nicht denken kann.

Dazu noch — nicht wahr? — der gute Kaffee, und dann in der Morgenfrische auf dem Wagen davon. Die Straße steigt in Windungen den Berg hinan; immer hat man die lichten Dolomitwände der Unholden gegenüber und unter sich das grüne Tal.

Wir kamen zu unserem Bergpaß, die Wacht, wo ein Wirtshaus steht. Hier haben Tiroler Bauern einst das Vaterland verteidigt gegen die anstürmenden Franzosen.

Hinter dem Wirtshause auf der Wacht, auf dem höchsten Punkt der Straße, steht ein alter, absonderlich geformter Lärchbaum, der sein Geäst weit über die Straße hereinbreitet, und auf diesem Geäst junge Lärchenstämme trägt, gleichsam als halte er seine ganze Familie auf den Armen. Diesen Baum hat der Maler Defregger — dessen Geburtshaus in der Nähe steht — gekauft, er darf nicht geschlagen werden. Sollte einst der kleine Franzl von dieser Lärche nicht die Rinden genommen haben, aus denen er so gerne Hirschen und Gemsen geschnitzt hat?

Nun hinab ins Mölltal, dessen unterer Teil sich östlich zwischen hohen Bergen viele Stunden lang hinauszieht bis zur Drau, während der obere Teil gegen Norden geht, im Hintergrunde schon einen Gletscher zeigend — den auf dem Sonnblick, wo in der meteorologischen Anstalt „das Wetter gebraut wird", wie ein Tiroler Bauer versicherte. Aus den paar lichten sonnberandeten Wölklein, die zur Stunde darüber schwebten, schlossen wir auf ein gutes Gebräu. Wo das Mölltal sein Knie macht, dort kamen wir zu Tal, dort liegt Winklern, das sich hübsch für Sommerfrischler geschmückt hat. Unser Wagen rollte rasch weiter zur gletscheriggrauen, tobenden Möll hinab, und dann derselben stundenlang entgegen. Diese Möll! Von hundert Sturzbächen und Wasserfällen gespeist, wallt sie wie ein wildlebendiges Gebirge heran, mit raschen schweren Wogen, die Steinkolosse ihres Bettes überflutend. Bald hinter Winklern links vom „hohen Bohn" herab ein großer Wasserfall. Wir bestaunten ihn, doch unser Fuhrmann meinte, wir möchten unsere Bewunderung für „bessere“ Wasserfälle aufsparen.

Zu Mörtschach, einem Hirtendörfchen an der Ausmündung des schluchtartigen Astentales, traten wir ins Wirtshaus ein. Alles leer. Nach einer Weile fand sich ein hausknechtartiger Mensch, der uns mitteilte, daß alles in der Kirche oben sei, auch die Wirtin, daß er aber nach den Keller- und Vorratskammerschlüsseln suchen werde, um uns einen Imbiß zu verschaffen. Sofort trat er auch seine Forschungsreise an durch das weitläufige Haus und war sehr von Glück begünstigt. Er brachte Milch, Butter, Käse, Wein, Brot, Salami, Speck, Eier und lud uns ein, nach Belieben auszuwählen. Auch gutes Bier habe er im Faß, sollten wir aber Gegner des Bauchgrimmens sein, so rate er uns davon ab, denn es laufe schon seit länger denn eine Woche vom Zapfen und seien bereits ein paar Holzknechte davon wimmernd geworden; er glaube nicht, daß Touristenmägen abgehärteter wären. Wir stimmten bei, verzichteten auf sein gutes Bier, atzten uns an Rotwein und Brot. Nachher stellte es sich heraus, daß wir es mit dem Herrn Wirt selbst zu tun hatten; der Mann war nachgerade gehobener Stimmung über das Gelingen der Gasterei ohne Hausfrau mit den Schlüsseln. Ich laufe übrigens Gefahr zu vermuten, daß er die Sachen vom Nachbarswirtshaus her geholt hat.

Weiterhin bei Döllach und Putschall wird das Tal immer enger, das Gebirge immer höher, das aus allen Gräben hervorbrechende Gewässer immer rasender. Kein Wunder, daß die Drau weit unten bei Marburg so groß und müde dahin liegt — es ist das Grab der zerschmetterten Wasserfälle. Hier, rechts und links leuchten Schneefelder nieder — das Gradenkees, das Klammerkees wird sichtbar und das Eis des Altecks und des hohen Sonnblicks. Von der Langtolspitze herab ist der Faden eines Baches, der sich dann aus einer Klamme in Wasserfall entladet. Wie er so aus dem Gestein in gewaltigem Bogen, unter welchem ganze Häuser stehen könnten, hervorbricht, da ist er zu sehen wie ein ins Ungeheuerliche vergrößerter Bergquell, durch eine Rinne in die Lüfte geleitet. Der Jungfrauenfall. Eine jungfräuliche Almerin soll sich einst da oben, vor einem begehrlichen Jäger flüchtend, über den Wasserfall herabgestürzt haben und unversehrt geblieben sein. Trotzdem scheint es seither keine mehr nachgemacht zu haben.

Nach fünfstündiger Fahrt waren wir endlich dort, wo die neue Straße in guter Art hügelan steigt. Dann stand es da vor uns, das weltbekannte Bild: Rechts an der Lehne das Dörfchen im Tirolerstil, das hohe Kirchlein mit dem spitzen Turm, und im Hintergrunde zwischen dunkeln hohen Bergen alles überragend die scharfe lanzenartige Gletscherspitze. Heiligenblut mit dem Großglockner. — Dem Recken ist kaum beizukommen, sei es im Süden oder im Norden oder im Osten, stets sieht man den Glocknerzug, aber die höchste Spitze „ist allemal noch weiter hinten“. Nun hatte ich sie, nun entrann sie mir nicht. Aber eins hat mich höchlich überrascht: da Heiligenblut doch im Süden der Hohentauernkette liegt, so denkt man, von hier aus den südlichen Abhang des Glockners zu sehen. Und nun hat man den nördlichen vor sich! Denn der Großglockner steht nicht eigentlich in der Reihe der Tauernkette, sondern südlich derselben, von ihr getrennt durch die Möllschluchten, an denen wir hinaufkommen, und dann durch das Gletschertal der Pasterze. Es geziemt sich auch, daß der General nicht in Reih und Glied steht, sondern der Mannschaft gegenüber. — Heiligenblut selbst liegt tief herunten, nur 1280 Meter hoch, liegt auf grüner Alm viel sonniger da, als es die Bilder zeigen.

An den Lehnen Bauernhäuser und Halterhütten. Wo von den Bergen Sturzbäche niederfahren, den Hang hinan ganze Reihen von Wassermühlen. Im Orte selbst Touristenhäuser und ein paar Sommerfrischvillen anmutig aus Holz gebaut. Wir verabschiedeten uns hier von Eder aus Dölsach und seinen braven Rößlein, in der Zuversicht, nicht das letztemal mit ihnen gefahren zu sein. Im Rubertihaus kehrten wir ein, das feinste Touristenheim, das ich bisher gesehen. Die Innenräume mit Zirmholzgemöbel prächtig ausgestattet, mit Büchern, Bergkarten, Zeitungen versehen, mit aufmerksamer Bedienung munterer Kellnerinnen versorgt. Vorderhand innerten wir uns am meisten für das Mittagsmahl, und das war — ganz abgesehen von gutem Touristenappetit — so, daß es bei Sacher in Wien nicht besser hätte sein können. Als es zum Zahlen kam, bangte ich ein wenig um die Gemütlichkeit, der Preis aber war ein äußerst mäßiger, und ein Zimmer zum Ausruhen bekamen wir als Draufgabe. Von meinem Ruhebette aus sah ich gerade vor dem Fenster ein schönes Wasser niedergischten, so daß die Hochgebirgsstimmung auch unter dem Dache vollkommen blieb.

Südlich von Heiligenblut erhebt sich steil der 2490 Meter hohe Kreuzkofel. Am nächsten Tage sollten wir nicht mehr zu ihm hinauf, sondern hinabblicken!

Über die Kirche zu Heiligenblut wäre ein Buch zu schreiben. Das soll ein anderer besorgen. Ich registriere nur ein paar Gebirgsweibln, die zu jener Mittagsstunde vor dem uralten Hochaltare gemeinsam ein lautes Gebet sprachen, um einen gedeihlichen Viehstand und um Genesung der Schweine von der Seuche. Ihr lacht? Ist das nicht dieselbe Gefahr um ihr ganzes Eigentum, als wenn bei einer Feuersbrunst die lodernden Schindeln über euer noch unversehrtes Haus fliegen? So rührend andächtig haben die alten Mütterlein gebetet, daß auch ich mich einen Augenblick darein mischte mit einer Gedankenbitte: Herrgott, erhöre sie! — Ob der Herrgott mir nicht den Gedankenbescheid gab: Bete du für dich selber, Stadtchrist, diese Frauen will ich schon trösten. — Vor der Kirche auf dem Friedhofe ruht manches Opfer des Hochgebirges, besonders fällt das Grabmal jenes Grafen Pallavicini auf, der vor Jahren hoch an der Glocknerwand verunglückt ist. Auf sein Grab nieder leuchtet der Gletscherschild des Unbändigen.

Um halb vier Uhr machten wir uns auf nach dem Glocknerhause. Es war ein heißes Wandern in der Hochsommersonne. Zuerst stiegen wir hinab zur brandenden Möll, die wir ein paarmal auf schlechten Brücken überschritten. Dann ging's rechts bergan den rohgepflasterten Weg, zwischen Holzzäunen, an Gehöften vorüber, an steilen Wiesen quer an. Nachher führt der Weg an geweihten Wegsäulen und Martertaferln vorüber in den Wald und in Windungen empor bis zur Anhöhe, wo es eben über die Alm hineingeht und wo naive Neulinge das Glocknerhaus zu finden glauben. Es ist aber durchaus nicht dort. Eine Sennhütte steht da, vor derselben schüttete die Almerin einen Zuber köstlicher Milch in den Schweinstrog, von den grunzenden Tieren lebhaft umworben. Auch ich ließ mir einen Becher geben und schaute während der Labung der fleißigen Sennin zu, wie sie die Milchzuber mit heißem Wasser brühte, dann mit einem Besen ausscheuerte und schließlich wie Mehlnocken in den großen Kessel warf, der über dem prasselnden Herdfeuer kochte und gewiß auch den letzten Rest von Unrat an den Holztaufeln verzehrte. Bei einer, die es mit der Reinlichkeit so ernst nimmt, ist es gut Milch zu trinken.

Wir wanderten weiter den Saumweg, immer höher

hinan, sachte immer höher. Die Glocknerspitze war uns längst aus den Augen gekommen, die Vorberge gaben zu schaffen. — Dort am grünen Hang steht eine gemauerte Kapelle. Da ist in alten Zeiten aus dem Morgenlande ein Rittersmann gereist gegen Norden, seine Heimat. Und hatte ein Fläschchen des Blutes bei sich, das wunderbar aus dem Bildnisse des gekreuzigten Christus geflossen war. Aber als er über die Alpen reiste, verließ ihn die Kraft; an dieser Stelle, wo jetzt die Kapelle steht, brach er im Schneesturm zusammen und wurde tot gefunden. Auf einem Ochsenkarren wollte man den Leichnam hinausschaffen ins Mölltal, aber als sie anhuben zu fahren, da brachten die Tiere den Karren nicht weiter. Nun fand man bei dem Toten auch das heilige Fläschchen und die Urkunde, die es bestätigte. So hat man nachher im Hochtale eine Kirche gebaut und in derselben das heilige Blut beigesetzt. Das war der selige Briccius, und so lautet die Sage von Heiligenblut.

Am Glocknerweg, gegenüber der Bricciuskapelle, jenseits der tiefen Schlucht, in der die Möll wütet, ist der Leiterfall. Das Wasser geht oben hinter dem Berge herum und kommt hoch und weit vom südlichen Glocknergletscher herab. In seinen schweren weißen Tüchern fällt es in mehrfacher Turmhöhe langsam nieder am schwarzen Gewände. Sein Tosen erfüllt die Schlucht, vom Beben der Luft zittern die Blätter der Sträucher.

Unser Weg ist schon schmal geworden wie ein Ziegensteig und nun kommt er zu einer Stelle, die einmal recht ungemütlich gewesen sein muß. Von dem schründigen Wasserradkofel herab bis tief in die Schlucht geht eine Felsplatte, die man in mehreren hundert Schritten durchqueren muß. Sie ist glatt und steil wie ein Kirchendach und ein breites

Wasser schießt an ihr nieder, wie eine Wolkenbruchflut über das Dach. Aber unser Fußsteig ist gut eingemeißelt und das Wasser mehrfach überbrückt. Es wäre aber doch eine hübsche Rutschpartie in die Ewigkeit, da hinab mit dem Wasser zur Möll!

Wir haben — daß ich's nur endlich sage — Drahtstangen bei uns, eine Telephonleitung, die in das Hochgebirge hinaufführt zu den Gletschern! Diese Stangen steigen nun ganz übermütig empor an den kahlen Hängen der Albitzen, und wir müssen ihnen nach, obschon die drei Stunden, die man uns zum Glocknerhause prophezeit hatte, längst überschritten sind. Wir blicken nach dem Glockner aus, aber die Sonne, die gerade dort niedergeht, will das vorwitzige Gucken nicht leiden, sie sticht uns so sehr in die Augen, daß alle Farben spielen und ich mir denken muß: Wenn einer in diesen Hochwildnissen plötzlich erblindete!

Wir überschritten einen Rücken, die Sonne war hinter das Gebirge gesunken und nun war alles da — schrecklich, herrlich nahe. Die Glocknerspitze in unversehrtem Weiß, der Pasterzengletscher mit seinen Schrammen und Brüchen, und gleich daneben in der Talmulde das Glocknerhaus. Wir mußten sogar ein wenig zu ihm niedersteigen, wir mußten zum Gletscher hinabgehen, statt hinauf. Der Himmel war heiter, die Luft lind und leicht, der Wind, der von den nördlichen Höhen herabblies, kühl, so daß wir endlich — jetzt erst — unsere Mäntel anzogen. Von einem Führer, der vor dem Hause herumstand, ließen wir uns den Weg erklären bis zur rund 3800 Meter hohen Spitze des Einzigen. Vom Glocknerhause noch neun Stunden empor bis zu jener alles überragenden Nadel, die „nahe wie zum Greifen" dasteht. — Den Führer Bernhard haben wir gleich aufgenommen für den nächsten Tag, zur Gletscherwanderung.

Und zur Abenddämmer, als das enge Bergrund mit seinen Schneefeldern, Wänden und Spitzen das harte Blau bekommen hatte, und über dem Kreuzkofel der Vollmond aufstieg, traten wir in das Schutzhaus, um 2143 Meter über dem Meere zu übernachten.

Die erste Stimmung, als wir ins recht stattliche Glocknerhaus eintraten, war nicht eigentlich anmutend. Der Speisesaal war überfüllt von biertrinkenden, rauchenden, lärmenden und renommierenden Touristen. Wir zogen uns in ein ruhigeres Nebenzimmer, das düster und frostig war. Dort saß nur ein alter Holländer in feierlichem schwarzem Tuchanzug, die großen Brillen auf der Nasenspitze waren in den Bädeker vertieft. Später verhandelte er unter mißtrauischer Vorsicht mit mehreren Führern über die Partie nach Kals, nahm tatsächlich für den nächsten Tag deren ein paar auf, verbot ihnen aber, an diesem Abende Bier zu trinken, damit sie morgen helle wären. Dann feilschte er mit der kleinen Hausmutter um den Preis des Schlafzimmers, der mit dem in seinem Bädeker nicht stimmen wollte. Im ganzen war er wohlgemut und erzählte uns seine Eindrücke aus Steiermark, die er bereist hatte, besonders entzückt war er von Graz, das weit schöner sei, als er nach Bädeker erwartet. — Mancher Reisender würde die Welt viel unbefangener genießen, wenn er kein Reisebuch mit sich führte.

Das Glocknerhaus, eines der ältesten Hochalpenheime, steht in dem, was es bietet, auf der Stufe eines richtigen Landgasthofes, man speist gut und bei mäßigen Preisen. Die Betten sind vorzüglich, und ihren hohen Preis entschuldigt der hohe Berg. Weitaus lieber, als im Speisesaal bei den Salontirolern, war es mir in der Führerstube, wo die prächtigsten Gestalten und Charakterköpfe zur Auswahl standen, wohl ausgerüstet mit Pickel, Seil und Steigeisen. Die

Touristen pflegen hier nach oben und unten auszugehen, auf die Almen, auf die Felsspitzen, auf die Gletscher — am Großglockner selbst aber drücken sie sich gern sachte vorbei. Zurzeit waren trotz des schönen Sommers im selben Jahre erst drei Partien auf der Glocknerspitze gewesen. Hoch oben, auf der östlichen Kante der Glocknerpyramide, die Adlersruhe genannt, steht aus rohen Steinen fast ins Eis hineingebaut, platt an den Felsen geschmiegt, die Erzherzog-Johann-Hütte. Dort pflegen die Glocknerbesteiger zu übernachten. Die höchste Spitze des Großglockners ist für gewöhnliche Menschenkinder nicht leicht zu haben. Bestiegen wurde sie das erstemal im Jahre 1800, veranlaßt durch Kardinal Salm. Seither ist sie manchem zum Schrecken und manchem zur Wonne geworden. Die Aussicht von der schlanken Nadel des Großglockners, die selbst an Schönheit ihresgleichen sucht, ist bei klarem Wetter unglaublich weit. Die ganze Ostalpenwelt, vom Hochschwab bis zum Ortler, von der Oistriza bis zur Zugspitze — sie liegt in ihren Tausenden von Kuppen und Zinnen zu deinen Füßen.

Der beliebteste Ausflug vom Glocknerhause ist die eine Stunde entfernte Franz-Josefshöhe. Von dort aus freier Blick in die Gletscherwelt bis hin zum blendend weißen Johannisberge und den weiten Eisfeldern der hohen Riffel. Gerade gegenüber hat man, hier schründig und zerrissen, dort weiß und glatt wie Elfenbein, den eigentlichen Glocknerstock mit dem Hohenwart, dem Glocknerkar, der Glocknerwand, der Hoffmannsspitze und der Glocknerspitze.

Im Glocknerhause habe ich recht gut geruht. Um Mitternacht wurde ich wach und horchte dem Rauschen der hinter dem Hause niedergießenden jungen Möll. Auf meinem Bette lag ein seltsames Licht; dem kam ich auf den Grund, als ich durchs Fenster zur Glocknerspitze emporblickte, deren

Schneefeld im Vollmonde wie ein ungeheuerer, weißleuchtender Gottvatershut in den dunkeln Himmel aufstand. Dieses Licht brachte den Widerschein in die Kammer. Vier Stunden später lag auf meinem Bette Rosenhauch. Die Glocknerspitze glühte in der Morgensonne!

Es war ein Morgen, wie er nach den Aussagen der Glocknerhausleute seit langem nicht gewesen. Der Himmel tiefblau, ganz wolkenlos, die Umrisse der Berge, die Wände und Eisfelder überaus scharf und klar gezeichnet, die Luft ruhig und angenehm kühl. Es war zum Jauchzen, so selig. Alle Wonnen des Bergrausches waren über mich gekommen. — Der Kaffee dampfte, das Wasserglas schwitzte, der Führer Bernhard tat Fleisch, Brot, Käse, Wein und Kognak in den Rucksack und um fünf Uhr begannen wir den Anstieg zur Pfandelscharte, um über den Hochtauern ins Salzburgische zu wandern.

Mir zitterten anfangs doch wohl ein wenig die Beine, denn drei Stunden Schlaf nach früheren schlaflosen Nächten und nach angestrengtem Marsche ist etwas wenig Erholung. Der Führer meinte, es würde bis Ferleiten im Fuschertal zwar eine sechsstündige Tour geben, mit einer größeren Gletscherwanderung verbunden, aber er fürchte nichts. Ob ich ausgeschlafen hätte oder nicht, die Strapazen gewohnt wäre oder nicht, die Hauptsache sei das Verlangen hinauf zu kommen. Und es zeigte sich bald, daß dieses freudige Verlangen einen Fonds von Kraft in sich trug. Je höher wir an dem Schlangensteige emporkamen, je frischer fühlte ich mich. Das kümmerliche Gräslein, das hie und da noch stand, war bereift. Die Wässerlein hatten dünne Eiskrusten. Das Glocknerhaus war längst in die Tiefe verschwunden. Die Glocknerspitze hatte sich allmählich hinter der Freiwandspitze versteckt, es ging in ein anderes Bereich. Auf einmal standen wir vor der Moräne eines Eisfeldes. Es war das Pfandelscharten-Kees. Dasselbe lehnt rechts an den Schründen des hohen Spielmann und senkt sich in einer mäßig steilen Mulde nieder. Der Grund war bedeckt mit gefrorenem Schnee, auf dem es sich gut ging. Nur an steilen Stellen mußten wir mit Vorsicht unsere unbeschlagenen Schuhe in die Fußstapfen früherer Wanderer setzen. Stellenweise hieb uns der Führer treppenartige Ansätze aus. Auf die Bemerkung, mein Knabe wolle einen Gletscher sehen, schaute der Führer mich verwundert an und sagte, wir gingen ja eben auf Gletscher schon seit einer halben Stunde. „Das weiß ich, aber man sieht keinen." — „Weil er überall mit Schnee bedeckt ist, der in den letzten Jahren nicht mehr schmilzt, sondern sich auch vergletschert." — „Wie mächtig kann dieses Pfandelscharten-Kees hier sein?" — „Wenigstens hundert Meter tief."

Zwischen diesen Bergen ist eine Scharte mit Gletscherrücken — die 2665 Meter hohe Pfandelscharte. Da hinan ging unser Weg. Der Gletscher wurde steiler, unsere Vorsicht verdoppelten wir. Ich bin steile Schneelehnen allerdings aus früheren Zeiten her gewohnt; meinem Hans war das etwas Neues, aber er schwieg und hielt sich wacker. Oben auf der Schneide tauchten von der anderen Seite her Männer auf, mit ihren in das Firmament hineinragenden Gestalten wie Riesen anzusehen. Sie jauchzten, als das Hochtal mit dem Glocknerstock plötzlich vor ihnen dalag. Es waren ihrer zehn oder zwölf Personen, auch Frauen darunter, mit Steigeisen und Schneebrillen ausgerüstet. Einige kletterten in armseliger Stellung, mit sehr jämmerlichen Gebärden niederwärts, so daß unser Führer zu mir sagte: „Herr, gegen die da sind Sie ein Montblancbesteiger!" Wir kamen zusammen, einander weltfremd, und grüßten uns wie Bekannte. Norddeutsche mochten es sein; ich beneidete sie nicht um ihren Führer, einen alten, mürrischen Patron, der aber plötzlich der unsere wurde. Denn die beiden Führer verständigten sich, die Partien gegenseitig zu tauschen, so daß unser Bernhard mit den Norddeutschen wieder zu seinem Standquartier, dem Glocknerhause, der von der Fuscherseite mit uns nach Ferleiten gehen sollte. Natürlich mit Einwilligung von uns Touristen. Nicht sehr gerne, aber den wesentlichen Vorteil der beiden Führer ermessend, habe ich eingewilligt, den Bernhard entlohnt, sowie auch der andere von seinen Herrschaften abgefertigt wurde und beide nachher von ihren neuen Parteien nichts mehr zu fordern hatten. Dieses Führertauschen bei sich begegnenden Touristen soll häufig vorkommen, ist aber für die Reisenden nicht zu empfehlen, weil sie an unbekannte Personen ausgeliefert werden, mit denen sie sich nicht vorher in allem selbst verständigt haben.

Ich hatte mich während des Handels nur mit Mühe vermittelst Bergstocks auf dem Gletscher festgestemmt und als wir dann den letzten steilen Hang auf Eisstufen hinanstiegen, rechts die Schneewand, links den Abgrund, hat sich unser neuer Führer verdammt wenig um uns gekümmert. — Aber wir waren auch schon oben. Mit einem Schritte überstiegen wir den scharfen Gletschergrat, der die Grenze bildet zwischen Kärnten und Salzburg. Einen großen Augenblick standen wir still auf diesem höchsten Punkt unserer Glocknerwanderung. Einen kurzen Blick noch auf die Franz-Josefshöhe und den schon halb versteckten Glocknerstock, dann fliegt das Auge jenseits hinab in das tiefe schattendämmernde Fuscher- und Ferleitnertal, durch dessen ferne Scharte herein die Loferer Berge und das Steinerne Meer blauen. An diesen Bergen hingen weiße, wagerechte Nebelstreifen, und Nebelflocken umflatterten lustig auch das große Wiesbachhorn, das mit seinen Schneeflächen herüberleuchtete. Vom Glocknerhause bis zur Paßhöhe waren wir nicht ganz zwei Stunden gegangen. Nun mußten wir über den langen Spielmanngletscher, der stellenweise eine wesentliche Neigung hat, gegen die Tiefe hinab. Anfangs ging das schwer, denn unsere glatten Sohlen glitten fortwährend aus. Sehr bald verstanden wir's aber, diese Eigenschaft uns zunutze zu machen, indem wir mit angestemmten Bergstöcken abfuhren. Das war sehr lustig, aber der Führer wollte mit seinen genagelten Schuhen zurückbleiben, bei dem ging die Rutschpartie nicht vonstatten.

Mitten auf dem Kees ragt, von einem Eissockel getragen, eine viereckige Steinplatte wagerecht, wie ein Tisch. Dieser Tisch war von der Sonne ganz warm, ich fand, daß wir uns drauflegen und frühstücken sollten, was denn auch geschah. — Dieses Tafeln auf dem Gletscher, mitten in solchem Hochgebirge, in weltverlorener Stille, nur von fernen Wasserfällen durchtönt, war vielleicht der Glanzpunkt der Partie. Wir sprachen nicht, jeder empfand schweigend für sich die Göttlichkeit der Stunde, und wenn mein Sohn Hans einst achtzig Jahre alt sein wird, dieser Gletschertisch aus lichten Jugendzeiten wird noch wunderbar in seinem Gedächtnisse stehen.

Wir ergriffen wieder die Stöcke und fuhren rasch hinab, bis das Kees ans rauhe Gestein stieß. Nun sahen wir, daß innerhalb unseres Gletschers ein vielarmiges Wasser niederfloß, welches hier am unteren Rande rauschend zum Vorscheine kam. — Der Pfandelbach. „Wir hätten ja können durchbrechen," sagte ich zum Führer. „Man bricht nicht durch," antwortete er. „Wenn man aber doch einmal durchbricht!" — „Nachher bricht man halt durch." — Ganz nah am Eisesrand blühten weiße und rote Blümlein, wovon wir uns einige an den Hut steckten. Ich weiß ihre Namen nicht; heute ruhen sie als dünne Pflanzenmumien zwischen zwei Papierblättern und die Grabschrift: „Leise, leise! Sie träumen vom ewigen Eise!"

An den felsigen Hängen der Schwarzen Leiten stiegen wir nieder, der Pfad zwischen dem Gestein war mit schwarzer Erde weich gebettet. Aber unser Führer setzte sich zusammenkauernd auf einen Steinblock und bekannte, daß er Leibgrimmen habe. „Da wird zu helfen sein, Vetter, wir haben Kognak bei uns." Jedoch, als er den Rucksack danach durchsuchte, stellte es sich heraus, daß unser Kognak im Sacke des Führers Bernhard vergessen worden war. Dann ging es auch ohne.

Nach einer Stunde kamen wir hinab auf die Almen des Pfandelbodens und bald hernach zum Traunerhause, einem schön gelegenen Touristenhaus am Fuße des Maßfeldes. Hier ist der hinterste Winkel des Fuschertales und gegenüber dem Alpenhause der Hochgebirgskessel, genannt das Käfertal, mit seinen starren Wänden, den gewaltigen Fernern des Fuscher Eiskares und des Wiesbachhornes. Und dort an der senkrechten Wand sinkt wie eine ewige Schneelawine ein über zweihundert Meter hoher Wasserfall nieder, ich meine, der größte und schönste der ganzen Gegend. Es ist die Fuscherache, die vom Eiskar, immerwährend stürzend und springend, herabkommt, bis sie hier in einem Bogen über die letzte Wand niederdonnert. Auf dem Söller des Traunerhauses habe ich die Wasserfälle gezählt, die man da sieht. Es sind deren zwölf, die kleineren Rieseln nicht mitgerechnet, die in weißen Fäden von allen Höhen niederstreifen. — Auf einmal erschien an der Tür unser Führer mit der Meldung, er bleibe im Traunerhaus, er habe uns einem andern Manne übergeben und der werde jetzt gehen.

In der Tat stand ein junger, etwas blödsinnig dreinglotzender Mensch da, mit unseren Mänteln bepackt. Nun mußte ich aber diese Herren, die einen so leichthin von Hand zu Hand gehen lassen, doch daran erinnern, daß wir bis Ferleiten einen ordentlichen Führer aufgenommen und bezahlt hätten und daß der Führer sich nach uns zu richten hätte, nicht wir uns nach ihm. Das ließ unser neuer Pionier schweigend gelten, trotzdem behielt er unsere Mäntel auf seinem Buckel und so kamen wir bis Mittag nach Ferleiten, ohne unterwegs weiteres Tauschobjekt zu werden.

Ferleiten, das früher nur von einigen Almhütten gebildet wurde, besteht heute aus zwei Touristenhotels; dem Tauernhaus und dem Gasthof des Lukas-Hansel. In diesem kehrten wir ein und fanden die urwüchsigste und schneidigste Wirtin, die wohl im ganzen Salzburgerlande aufzutreiben ist. Das rührige Frauchen mit der Adlernase und den Schnurrbartanflügen schüttelte uns gleich die Hand wie alten Bekannten und als sie das geringe Gepäck sah, das wir mit uns hatten, versicherte sie lebhaft, wir wären die gescheitesten Touristen, die ihr je untergekommen, dafür sollten wir ein pikfeines Zimmer haben, denn wer von der Scharte herüberkomme, der stehe lieber auf dem Buckel als auf den Beinen. Wir sollten es uns nur bequem machen, bei ihr wäre es gut, aber teuer. Der Mensch reise nicht, um Geld zu ersparen, sondern um Geld auszugeben. Einen Wagen bis Zell am See könnten wir auch haben, aber der koste das Vermögen eines alten Kohlenbrenners, hingegen würden wir fahren wie Grafen. Es ließ sich derb warteln mit ihr, aber die Preise waren nicht ganz so schlimm, als ihr Ruf. — Diese Wirtin ist unter dem Namen „die schwarze Marie" bekannt im weiten Lande. Wir haben uns heimlich gefühlt im Hause.

Bevor wir am Nachmittage von Ferleiten abreisten, gab

es noch einen fast betrübten Abschiedsblick hinein in das Hochtalwinkel, wo die Berge buchstäblich himmelhoch aufsteigen, wo die weiten Schneefelder herabhängen zwischen den Kuppen, und wo in mächtiger Höhe die vergletscherte Scharte ist, auf der wir acht Stunden zuvor gestanden. Und dann durch das stundenlange Tal hinab der Salzach zu und der Eisenbahn, um heimwärts zu fahren und die zwei herrlichen Tage mit der Gier eines Geizhalses zu dem Schatze der Erinnerungen zu legen.

Gasteiner Stimmungen.

1906.

Mitten in der Wildnis steht ein Palast. In dem wohne ich und singe ein Lied unter Orgelbegleitung; unter einer so starken Orgelbegleitung, wie wenig Lieder gesungen werden.

Vor meinen Fenstern donnert in schweren, schneeweißen Wuchten die Ache nieder in den Abgrund. Ihr Brausen widerhallt im ganzen Tal. Es ist Frühjahr, die neue Eisenbahn wird bald den schrecklichen Menschenschwall hereinfluten lassen in das entlegene Hochtal der Tauern. Dem komme ich zuvor. Noch ist alles ruhig und reinlich und heimlich. Auch mich hat schon die Bahn heraufgebracht aus dem Salzachtale — über Viadukte, durch Tunnels, zwischen denen einmal so viel Scharte frei wird, daß man in der Tiefe die tobende Ache sieht, die — abgesehen von ihren Großtaten hier oben — unten bei der Eisenbahnstation Lend den bekannten Wasserfall bildet. Solcher Wasserfall ist das einzige, was der Ortschaft Lend, diesem alten Tore zum weltberühmten Kurort, von Gastein übriggeblieben. Gastein ist ihr alles gewesen; die nun von Schwarzach ausbiegende Tauernbahn hat ihr alles genommen. Die alte Straße, die von Lend steil aufsteigt, welche Herrlichkeiten hat sie getragen seit Jahrhunderten — Könige und Kaiser. Vor kurzem noch hat sie gewimmelt, diese Straße wie ein Jahrmarkt — jetzt ist sie verlassen und öde. Die Regenwässer graben Furchen in ihr, man kümmert sich nicht viel darum. Die Eisenbahn hat ihren schlauen Lauf, läßt das ebene Tal links liegen und steigt bergan. Das sechs Stunden lange Gasteintal ist ein sogenanntes Stufental, wie sie in den Tauern häufig vorkommen. An sich handebene Täler, die aber von steilen, mehrere hundert Meter hohen Stufen unterbrochen werden, an denen in Gefelse die Wasserfälle sind, die dann auf dem weißen Sande des ebenen Tales, an Hirtenweilern stundenlang still dahinrinnen bis zum nächsten Sturze. An beiden Seiten dieses stellenweise breiten Stufentales hohe Bergzüge, im Tauernstil möchte ich sagen. Steile Almmatten mit tiefeingerissenen Schluchten und stets den weißen Strähnen der niederstürzenden Bäche. Dann teils noch mit Schneeflecken bedeckte Hochkuppen, auf denen zur Stunde das Wolkengewölbe sich stützt. Unzählige Hütten und Heustadeln beleben das Tal, auch geschlossene Ortschaften, so daß einem in diesem Hochgebirge nicht langweilig zumute werden kann. Aber singen und jauchzen wie in anderen Alpengegenden hört man die Leute hier nicht. Das besorgen die Wässer.

Dort in scheinbarem Talabschluß, hoch oben an einer teils felsigen, teils bewaldeten Stufe stehen die weißen Würfel. Die Paläste von Wildgastein. Die Eisenbahn ist schon lange vorher an der Berglehne emporgestiegen und die Fremden kommen nicht mehr von unten hinauf wie früher durch alle Zeit, sie kommen jetzt von oben herab. Der Bahnhof liegt hoch über dem Kurort. Und da steht es, nein, hängt es nun, mitten in Felsen, Wald und Wasser, dieses wundersame Gastein! So sind in Märchen die Königsschlösser in die Wildnis hineingebaut. Zur Abendstunde meiner Ankunft strahlten überall die Funken des elektrischen Lichtes, selbst unter den Hochstämmen, wo sonst nur Johanniskäferchen ihre Laternlein getragen haben. Unzerstörbare, urewige Natur und moderner Glanz durcheinander! Ich wohne im Hotel des alten Gasteiner Geschlechtes Straubinger. Gegenüber steht das Badeschloß, das dem Kaiser von Österreich gehört und in dem der Monarch bei seinem Aufenthalte hier zu wohnen pflegte. Dort auf dem Balkon hat man sie nebeneinander stehen sehen: Franz Josef I. von Österreich und Wilhelm I. von Preußen. — Nicht weit davon, an der Straße gegen die Kirche hinab, ein einfaches Haus, an dem dich kein Führer vorübergehen läßt, ohne zu sagen: „Hier hat Bismarck gewohnt!" Wie viele Große haben in diesem merkwürdigen Kurort schon Erholung gesucht und anderes. Die gewöhnlichen Millionäre laufen mit darunter; die sind hier nur so Statisten um die weltgeschichtlichen Personen. Man beachtet sie weiter nicht.

Was kümmern mich die Leute vor meinem Fenster. Habe ich nicht was, das mich seltsamer anmutet? Ist das ein Erdbeben, dieses dumpfe Donnern und Zittern? Ich öffne das Fenster und erschrecke. Gewaltiges Gebrause schlägt mir mit fliegendem Wasserstaub nachgerade brutal ins Gesicht. Tief unten wütet in milchweißen Wirbeln die Ache, die mit wahnsinniger Gewalt durch die steile Engschlucht niederbrandet. „Leider ist kein anderes Zimmer frei," hatte der Bursche gesagt. Die wasserseitigen pflegen übrigzubleiben; es kann dort kein Mensch schlafen. Muß man sich doch weiterhin noch mit Doppelfenstern verwahren vor diesem Getöse, und an manchen Stellen des Ortes hat man Bretterwände aufgebaut, um die Häuser vor dem wirbelnden Wasserstaube dieser niederstürzenden Ache zu schützen. Nun, mir war das Zimmer recht und ich hatte wieder einmal meinen Liebling, den Wildbach. Und was für einen! Vom Schlafen an fremder Stätte kann bei mir ja ohnehin keine Rede sein;

es wäre denn, daß das schmetternde Wiegenlied der Mutter Natur auf mich eine beruhigendere Wirkung hätte, als die nächtliche Stille, in der noch des Tages rüder Weltlärm ungut nachhallt. Und siehe, in dieser ersten Nacht zu Gastein, da kamen die Ewigkeiten. — Die Pharaonen bauen ihre Pyramiden und schon in jenen fernen Zeiten braust hier in den unentdeckten Alpen der Wasserfall. Moses kommt vom Berg Sinai mit den Gesetztafeln und hier braust der Wasserfall. Perikles regiert Griechenland und hier braust der Wasserfall. Zu Bethlehem wird das Kind der Maria aus Nazareth geboren und hier im urteutonischen Hochgebirge braust der Wasserfall. Und so wie damals braust er heute, zu dieser Stunde. Der Mensch hat an seine unwirtlichen Ufer eine Stadt gebaut und rollt mit lachendem Übermut auf eisernen Straßen daher. Wehe ihm aber, wenn er dem rasendem Wildstrome in allzu große Nähe kommt oder wenn der Strom von den Wettern trinkt! Vor wenigen Jahren eines Tages war Gastein in Gefahr, von seiner Ache vernichtet zu werden. Und unsere Nachkommen in den künftigen Jahrhunderten, Jahrtausenden: Welches Geschick wartet ihrer in diesem Hochlande? Wenn niemand mehr da ist und alle Menschenspur vernichtet, wird die Ache noch brausen wie heute, wie einst zur Zeit der Pharaonen. So rausche denn und brause, du herrlicher Bergstrom, in dem die Ewigkeit an uns vorüberzieht, während ich Eintagswürmchen an deinem Ufer träume. Aber es bleibt erst noch die Frage offen, wer länger aushält, der Jahrzehntausend messende Sturzbach oder die sacht himmelwärts strebende Menschenseele . . . .

Neben diesem ewigen Wasser hat Gastein noch ein heiliges Wasser. Geheiligt vom Glauben an seine Heilkraft. Seine warme Therme. Aus unterschiedlichen Quellen täglich an dreißigtausend Hektoliter Heilwasser, mit einer Wärme von nahezu 40 Grad Réaumur. Kurz, aber viel gesagt. Durch einen Hirschen, so heißt es, sei dieser Quell einst entdeckt worden. Das kranke Tier wäre an der Quelle genesen und habe dann mit hellem Laut die Leute zusammengerufen. Oder war das vielleicht mit weniger Feierlichkeit so, daß man im tiefen Winter immer einen Hirschen grasen sah auf grünem Wieslein, bis Jäger merkten, daß warme Wasserquellen solches Sommergärtlein schufen, und also die Termen entdeckt wurden?

In Krankheiten erfahren und in Heilmitteln unwissend, fragte ich in der Gegend von Gastein einen alten Hirten, für welche Leiden das Gasteiner Warmwasser gut sei? „Uh mei!" antwortete er, „für wos wird's guat sei? Mit oan Wort, für olls. Jung wird da Mensch wieda va dem Wossa. Deroweg'n hoaßt's jo, 's Gastoaner Wosser treibt an Oltweibermühl und an Oltmännermühl. Ob'n ban Wosserfoll schütt' er die Olten eini und unt'n kemen die Jungen aussa." Na, da kann's freilich nicht wundern, das jahraus jahrein die 1600 Fremdenzimmer Gasteins all die Kurgäste nicht fassen können, die jung werden wollen. Jetzt nimmt man für Sommerfrischen und Kuren ja auch schon den Winter zu Hilfe, was gerade zu Gastein gut angeht. Haben doch die Tauerngnomen zu jeder Jahreszeit wohldurchwärmtes Wasser auf ihrem Herde. Mein gesprächiger Hirt hat mir auch den Namen Gastein erklärt. Anfangs hätten die Hirten diese felsige Gegend wohl genannt: Im Gestein, woraus dann Gastein entstanden sei. Gutstehen kann ich für diese Wissenschaft so wenig, wie für die Botschaft von der „Altweibermühl"; der Mann zwinkerte mir dabei zu viel mit den Augen. Richtig ist, daß die Einheimischen das ganze Tal „in der Gastoan" nennen.

Das Gasteiner Wasser kann die Gicht heilen, die kranken Mägen, die schwachen Glieder stark machen und sonst allerlei.

Doch derlei weiß die ganze Welt und geht mich wenig an. Ich war an zwanzig Jahre lang krank und blieb es, trotz heißen Bemühens gesund zu werden. Als mir die Sache gleichgültig wurde und ich das Bemühen, gesund zu werden, aufgab, wurde ich allmählich gesund. Wo, das weiß ich nicht, in einem Kurorte war es keinesfalls. So bin ich auch in Gastein als Tourist, der sich die Dinge nur so beiläufig ansieht, die Umgebung betrachtet und dann auf einen der umstehenden Berge will. Aber so oft ich beginne anzusteigen, kommt mir der Himmel entgegen mit seinen Nebeln und mit seinem Regen. Dieses Gasteiner Wasser hat mich weniger begeistert. Doch als es — mit den Gischten der Wasserfälle vereinigt — in leichten weißen Nebeln wieder emporstieg, erbat sich der Poet das Wort:

Wie du, o Mensch, mußt fallen
In Schuld und Gram und Grab,
So fallen wirbelnd und weinend,
Sich trennend und sich einend,
Die heiligen Wasser hinab.

Doch sie, aus dunklem Abgrund
Nun steigen in stiller Ruh
Die lichten Nebel, kreisend,
Den rechten Weg dir weisend,
Dem Himmel zu.

In den Sölkeralpen.

1898.

Im Posthause zu Schöder wollte sich mir eines Morgens ein altes, ganz unheimlich gesprächiges Bäuerlein anschließen. Wenn ich über die Tauern ginge, so müßten wir ja miteinandergehen, er habe auf den Almen b'eim Vieh zu tun, und zu zweien beim Plaudern sei der Weg kurzweiliger. Zu zweien beim Plaudern! Mir stiegen die Haare zu Berg. Wandern allein, so weit ihr wollt, aber wandern und plaudern zugleich — dieser Leistung ist meine Lunge nicht gewachsen. Ich sagte ihm das, worauf der Bauer entgegnete, wenn ich etwan brustschwach sei, so dürfe man mich schon gar nicht allein gehen lassen; er wolle doch mit mir, und plaudern werde schon er allein. Nun ist mir unterwegs das Zuhören nicht minder lästig, als das Sprechen, daher war mein Dank: Ich wisse überhaupt noch gar nicht, welchen Weg ich nehmen würde.

Da schaute er mich an. „Werdet doch wissen, wohin Ihr wollt!"

„Nein, Vetter, das weiß ich eben nicht. Ich hab' nichts zu tun jetzt und treib' mich so im Land umher. Wo ein langes Tal ist, da geh' ich hinein, wo ein hoher Berg ist, da steig' ich hinauf, wo ein gutes Haus ist, da kehre ich zu."

Etwas unsicher fragte er mich: „Und sonst, was habt Ihr denn für ein Geschäft?"

„Gar keins. Arbeiten mag ich nicht, jetzt. Ich nehm', was ich find', und wo es nicht gut geht, da wird's halt bös gehen, und unser sind viele um die Sommerszeit im Wald und im Gebirg."

Der Mann hat nichts mehr gesagt, daß er mich begleiten wolle. Wie ich so den Touristen schilderte, sah er den verdächtigen Vagabunden, und so kamen wir mühelos auseinander.

Schon lange nicht mehr wandere ich mit dem Nebengedanken, die Leute auszuhorchen, ihre Sitten, Seelen und Verhältnisse kennen zu lernen; in meinem Sacke findet sich weder Notizbuch noch Bleistift.

Einen jungen, schweigsamen Burschen hatte ich mir dann aufgenommen zur Begleitung über die Hohen Tauern. Über das Sölkerjoch sollte es gehen, ins Ennstal.

Um sechs Uhr morgens begannen wir anzusteigen. Von der Ortschaft Schöder aus, mählich durch Wald gegen den Katschgraben hin, an dessen Hochlehne, von Wald zu Wiese, von Bauernhaus zu Bauernhaus, immer höher, dann auf ebenem Waldwege dahin. Schweigend gingen wir selbander fort und immer fort über Wasserrieseln, über nassen Moorboden, über freie Matten ins hohe Alpengebiet hinein. Weißer Morgennebel erfüllte die Gegend, aus der Schlucht herauf rauschte der Fluß. Das Rauschen kam immer näher, und endlich war das Engtal so hoch zu uns heraufgestiegen, daß wir in seiner Sohle wanderten an der schäumenden Katsch. Drei Stunden etwa waren wir gegangen, da zerriß der Nebel und wo waren wir? Im kahlen Hochtale, umstanden von den braunen Riesenbergen der Tauern. Grüne Hänge, stellenweise mit Zirm bewachsen, brauner Fels, Kuppen, Spitzen, massig hoch. Die Namen der einzelnen Berge? Man möchte sie wissen, als ob sie dann noch schöner würden, wenn es die Nornspitze, oder der Dönegg, oder der Sauofen, oder der Schöderkofel ist. Im wenig besuchten Hochgebirge gebe ich auf Namen nicht viel; die auf der Karte und die im Volksmunde stimmen nicht zusammen und es ist nicht einerlei, wenn es auf der Karte Nornspitze heißt, und der Hirte „Norrnspitz“ sagt, eine Spitze, auf die nur Narren klettern. Mein Führer verriet, daß es in diesen Gebirgen eine Menge „Sea“ gebe, der Gastelsea, der Schimpelsea, der Kaltenbachsea, der Schwarzensea, der Weißensea, und es wären allerhand Untiere drinnen, und wenn man Steine hineinwürfe, so stiegen gerne wilde Wetter heraus. — Dann, mein Junge, wollen wir's lieber nicht tun, sondern den Hut schwingen und jauchzend danken für den blauen Himmel, der sich über diese Alpen ausgeblasen hat. Bei so entzückendem und beständigen Wetter war ich schon lange nicht mehr gewandert. Im Hochtale gab es zwei Gruppen von Brentlerhütten. Eine dieser Hütten war ein „Wirtshaus“, aber man bekam keinen Wein und kein Bier und kein Ei und kein Brot, nur eine Schüssel dünner Milch mit etwas marmorierter Oberfläche. Wir verzehrten den Mundvorrat, den mir die fürsichtige Frau Wirtin in Schöder zugesteckt hatte. Dann verließen wir das Tal der Katsch, das sich noch eine Strecke hineinzieht in die Hochwüste, und stiegen rechts an. Nun wollte es mein junger Führer einmal besser wissen als die hölzerne Hand, die den Berg hinanwies gegen den Paß. Der Fußsteig schlängelte sich so töricht hin und her, da wäre es doch näher gerade hinauf, entlang einem Sturzbache. Die Folge davon war eine kleine, fünf Minuten lange Lebensgefahr. Hoch oben hinter Zirmbestände waren wir ins Gewände gekommen, kein senkrechtes, sondern ein kirchendachsteiles. Dieses plattenglatte Gestein war braun und schlüpfrig, es rann darüber Nasses herab. Und da mußten wir hinauf. Aus den Spalten wucherte Buschwerk hervor, an dem man sich festhalten konnte; der eine Strauch riß los oder brach, der andere hielt fest. In solcher Lage merkt man erst, daß der Mensch eine Menge Hilfsmittel an sich hat, von denen er sonst nichts weiß. Alle Glieder werden zur Klette, der Körper schmiegt sich schneckenhaft ans Gestein, die Beine und Arme haben eine Spann- und Schnellkraft, mit der sie den ganzen Körper scheinbar spielend bewältigen. — Endlich über der Wand vor Erschöpfung hingeworfen, hätte ich meinen armen Jungen platt zanken mögen, aber es fehlte mir dazu schlechterdings der Atem. Ein weiterer Besänftigungsgrund, daß wir nicht mehr weit vom Passe waren. Einen Sturzbach überschritten, bogen wir in die Scharte ein und nach wenigen Minuten standen wir auf der Höhe des Sölkerjoches, die nach Angabe des offiziellen Führers 2790 Meter hoch ist. Das ist nun zwar um tausend Meter übertrieben, doch ist der Paß immerhin schon so hoch, daß in den Steinkaren der vergletscherte Schnee nicht verschwindet. Ich verabschiedete hier meinen Jungen und genoß dann den Reiz, allein zu stehen mitten in den Bergwuchten ringsum. Gegen Süden zurück ein ganz beschränkter Ausblick in die Murtaler Gegend, gegen Norden nur das hinterste Tal der Sölk, in das der steinige Steig nun hinabführt. Auf dem Joch steht eine kleine Kapelle, in der man sich schützen kann vor dem peitschenden Nordwind, der den Schweiß des emporgestiegenen Wanderers doch etwas zu rasch aufleckt, besonders wenn man keinen Übermantel bei sich hat, sondern nur im leichten Sommerrock, über der Achsel das „schottisch" gestreifte „Schaltuch" geworfen, durch das Land spaziert.

Zwei Stunden später zog ich nach siebenstündiger Wanderung im Dörflein St. Nikolai ein, das trotz seiner Meereshöhe von 1126 Metern zwischen den steilen Tauernriesen wie in einem tiefen Abgrunde gebettet ruht auf Almmatten.

Im Einkehrhause „Zum Gemsjäger" in St. Nikolai ist gut ruhen, ich tat es zwei Stunden lang. Auch dieses Haus weiß von einer besseren Zeit, als der Verkehr über das Sölkerjoch noch ein lebhafter war. Seit im Murtale und im Ennstale die Eisenbahnen gehen, verstreicht selbst zur Sommerszeit manche Woche, ohne daß ein Fremder einkehrt in dieses Alpenhospiz. Ich konnte anfangs nicht recht begreifen, warum in dem Gasthause mit den heimlichen Zimmern kein Sommerfrischler saß, kein einziger; später, als ich den weiten und schlechten Weg ins Ennstal hinaus kennen lernte, habe ich's freilich verstanden, wieso es kommt, daß dieses Dorf eine verschlossene Hirtenidylle bleibt. In dem Kirchl, das vom Kreuzleingarten umgeben ist, liegt Stimmung, zu den Fenstern blauen die Bergriesenhäupter herein. Die Leute sind fromm und alter Sitte zugetan; den Kuraten find ich aber im Garten fleißig studierend für die Pfarrersprüfung, die ihn aus diesem Alpenwinkel erlösen soll. Ich an seiner Stelle möchte aber doch lieber Seelsorger sein in dem armen, aber gläubigen Gebirgsdörfl, als auf reicher Pfründe bei Atheisten und Indifferentisten, bei denen kein Priester mehr was ausrichtet, während er hier der Trost und die Liebe der Menschen ist.

In St. Nikolai zweigt von unserer Richtung links das Kaltenseebachtal ab, und der Steig zu dem einst vielbesuchten 2600 Meter hohen Knallstein. Mir hatte der Küster, Organist und Dorffuhrmann, namens Larer, sein Wäglein eingespannt und so ging's der Sölk entlang, talwärts. Die Häuser der Gemeinde ziehen sich an der Sölk stundenweit hinaus, man wundert sich über so viele und stattliche Menschenwohnungen in diesem entlegenen Alpentale, das kaum eine fahrbare Straße hat. Vor einigen Jahren hatte ein Hochgewitter die Straße ins Ennstal hinaus gänzlich zerstört; man sieht nur unendlichen Schutt und die fahlroten Scharten der Lahnen, die überall von Berglehnen niedergegangen sind. „In der Osternacht soll ein unschuldiges Mädchen einen selbst gesponnenen Faden ziehen durch das Tal; solches schützt vor Lahnengang.“ Ist das denn versäumt worden? Oder können in den Tauerntälern die unschuldigen Mädchen noch nicht spinnen? — Sommer um Sommer arbeiten seit jener Wetternacht zahlreiche Sträflinge an der Wildbachverbauung und sie sind nun so weit, daß ein Einspänner verkehren kann. Wer sich aber einem solchen Fahrzeuge anvertraut, wie ich es am selben Nachmittage getan, dessen Seele muß doch ziemlich fest an dem Leibe kleben, um nicht losgerüttelt zu werden. Die graubekleideten Sträflinge mit ihrer Markel auf dem Hut zieren diese Gegend etwas seltsam. Einer der Aufseher erzählte mir, daß die Totschläger darunter fleißige und gründliche Arbeit machen, während die Diebe faul sind und nur für den Schein zu arbeiten lieben. Daß die Totschläger gründliche Arbeit machen, ist übrigens bekannt.

Weit unten, in der Gegend von Großsölk, streift das Wasser alle Wege und Stege, Dörfer und Häuser ab und vergräbt sich in eine stundenlange Wildschlucht, in der sie stellenweise ganz grausig toben soll, um dann bei Stein gemächlich ins Ennstal zu fließen. Zu dem Dorfe Großsölk, müßten nach meiner Meinung die Landschaftsmaler wallfahren, nicht bloß, weil auf dem Hügel Kirche und Pfarrhof in einer alten „romantischen“ Festung stehen, die einst das Großsölktal und das hier links abzweigende Kleinsölktal vor Feinden beschützt hat, als auch wegen der malerischen Holzhäusergruppe mit ihren Söllern und zierlichen Fenstergesimsen, an denen Nelken und Pelargonien leuchten. Bald unter Großsölk — unsere Straße führt rechts am Berghang dahin — befreit sich der Blick ins Ennstal. Schon früher hat jenseits vom Ennstale her der zackige Kamm uns entgegengeblaut. Jetzt steigt an ihm der Stoderzinken hervor, und links hin blaut sich höher und immer höher das Kalkgebirge, in weißen Wänden blinkend, in blauen Schatten dämmernd, in ihren Zacken, Türmen und senkrecht abstürzenden Wänden ganz anders zu schauen, als die ungeformten Massen der Tauern. Und ganz hoch im Hintergrunde dieser Felsmassen ragen zwei Spitzen kühn auf, aus blinkend weißen Gründen — es ist der Dachstein mit dem Torstein. Als Gegensatz liegt zu unseren Füßen das weite, sonnige Ennstal, in dem alle Wildnatur, ob Stein oder Wasser, gezähmt zu sein scheint und die Macht der Menschen herrscht. Die zwölfte Wanderstunde war vorbei, als ich an der Haltestelle Stein in den Eisenbahnzug stieg, um über Steinach-Irdning nach Mitterndorf zu fahren.

Und bei schönem Wetter wochenlang so fort in Zickzack durch das weite Alpenland. Manchmal auf stiller Matte beschauliche Rast. Ringsum grüne, blaue, weiße Berge in ewiger Größe seelenlos starrend. Da frägt der müde Wanderer sich: Warum? Was ist es, das dich jagt von Tal zu Tal, von Höhe zu Höhe? Ein unendliches Dürsten nach Bergnatur, und doch nirgends Ruh' in ihr, so unstet wie Wildwasser, das immerwährend forteilt und immerwährend da ist. Diese heiße, selige Bergsucht, was hat sie nur für einen Zweck?

Vielleicht ist sie gerade darum so göttlich, weil sie keinen hat.

Am Brenner.

1899.

Hat schon jemand der Schönheit der modernen Technik ein Preislied gesungen? Wenn nicht, so ist es höchste Zeit dazu. Nicht etwa der Nützlichkeit, ich sage der Schönheit unserer technischen Erfindungen. Man wird bisher wohl nur vor Erstaunen nicht dazu gekommen sein, die Dinge in ein ästhetisches System zu bringen, obschon wir jeden Tag fühlen, daß das stolze Dahinfurchen eines Riesendampfers, das Vorüberrasen eines Schnellzuges, das energische Dahingleiten eines elektrischen Wagens, das glatte lautlose Fliegen eines Fahrrades, die dämonische Maschine im Gewerk, die den glühenden Eisenklumpen wie Butter schneidet usw., dem Beschauer ein Behagen bereitet, das dem Kunstgenuß ähnlich ist. Die Nerven bekommen Schwung wie Harfensaiten, wir empfinden eine wohltuende Harmonie unseres Wollens mit den Naturkräften und sind obendrein stolz darauf, die geheimnisvollen Kräfte in unsere Dienste gespannt zu haben. Ferner ließe sich von der Formschönheit der technischen Werkzeuge und Erzeugnisse sprechen, kurz, Kunst und Ästhetik wird sich mit dem „technischen Zeitalter" auf vertraulichen Fuß stellen müssen, anstatt sich von der „praktischen Prosa" hochmütig abzuwenden. Die Fabrikschlote, die Schlackenhaufen, die Arbeiterbaracken und derlei Werksprodukte gehören allerdings nicht in die Ästhetik.

Aber gibt es nicht in der Natur selbst Häßliches? Hat nicht das Herrlichste, das Feuer, seinen Rauch und seine Asche? — Geradezu wunderbar schön findet es der betagte Mann, im fein eingerichteten Gelaß des Schnellzuges durch das bunte Wandelpanorama der weiten Welt dahinzugleiten, mühelos den hohen Berg hinangetragen zu werden und oben durch das Telephon mit den Lieben in der Ferne persönlich plaudern zu können! Es ist nicht bloß angenehm, durch einen Druck am Knopf die Nacht in Taghelle zu verwandeln, es ist mehr, es ist einfach schön. Es dringt tiefer in unser Herz, als ein behagliches Bett, als eine gute Mahlzeit, es führt uns näher und näher der heiligen Naturkraft, der wir mit angehören, die wir nützen, ohne sie zu kennen.

Ähnlich waren meine Gedanken an jenem heiteren Julitag, als die Dampfmaschine mein bewegliches Haus schnaubend hinantrug am südlichen Hang des Brenners. Hätte ich den Weg von Steiermark bis ins Herz Tirols zu Fuß machen müssen, oder in dem Kobel eines Postwagens, wie sterbensmüde würde ich in Gossensaß angekommen sein, wie gering wäre die Wirkung der Stubaierferner gewesen, die durch das Pflerschertal herableuchten. Hingegen war ich, hoch oben auf der Alpe dem Zuge entstiegen, frisch wie ein Hirtenknab.

Zwar war diese fast vierzehnhundert Meter hohe Alpe eine Niederung mit Wiesen, Bach, Straße und Eisenbahn, ganz wie es sich im tiefen Tale spielt; an beiden Seiten strebten die Bergriesen auf. Ein Adlermensch, der sich da emporschwänge in die dünne Luft, er würde sehen, wie der Brennerpaß mitten in einem ungeheuren Gletscherkranze liegt. An dreitausend Meter hohe Vorberge mit den wunderlichen Namen „Kraxenträger", „Wolfendorn", „Hühnerspiel", „Tribulaun", „Roßkopf" usw. laden den Pilger zum Steigen ein.

Sie alle, sogar der „Höllenkragen“, sollten ihre starren Nacken unter meinem Fuße beugen müssen in den nächsten Tagen. Seit Jahren hatte sich in mir so viele Steigelust und Bergfrohheit angesammelt, daß meine Seele einstweilen in einem gellendem Juchschrei explodierte.

Gleich an diesem Tage der Ankunft machte ich zur „Trainage“ eine Wanderung am Brennersee vorüber in das Vennertal, hinan bis zum Fuße des Kraxenträgers, wo hoch vom Eisfeld nieder das lange weiße Band eines Wasserfalles sinkt. Und langsam sinkt der Riesenstrahl, obwohl er, wie mir närrischerweise einfiel, das Loch in der widerstrebenden Luft schon längst gebohrt haben müßte. Der Bach rann so glatt und klar daher und war doch erst dort oben über der Terrasse in tausend Scherben zerschlagen worden. Am Bach steht eine Marmorschleiferei, so einfach wie eine vor Jahrtausenden. Ein paar rohgezimmerte, vom Wasser getriebene Hebel schleifen mit ihren Sandballen Tag und Nacht ununterbrochen über den Marmorblock und verrichten zwar langsam, aber fast kostenlos die gründliche Arbeit. Lange betrachtete ich diese elementare und zugleich zweckmäßige Bewegung, und selbst in solchem Urzustande ist die Technik sinnreich und schön.

Dann höher hinauf zwischen Felsblöcken und verwitterten Fichtenresten zu den Almen. Allmählich steigen hinter den Nachbarhöhen die Berge Tirols empor in nah und fern. Über Stein und Schnee und Schutt geht's hinein in einen grünen Almkessel. Dort steht eine der Hütten mit flachem, steinbeschwertem Schindeldache. Vier oder fünf Stunden vom nächsten Dorfe entfernt — ist das Bergeinsamkeit genug?

„Nun, wie tut sich's? Ist die Sennerin daheim?“ Solches Grußwort zum Fensterchen hinein

„Wohl, wohl, sie ist daheim,“ grüßt's heraus.

„Ist sie jung und fein?“

„Was nit noch! Ein alter Schragen ist sie, ein spottschlechter!“ Aber die Stimme, die es aus der Hütte hervorrief, war leidlich frisch. Eine Zahnlückenstimme war es nicht, und das ist schon einmal eine Hauptsache. Habe ich also das höfliche Ersuchen gestellt, daß sie aufmachen möge.

„Gar auf keinen Fall!“ rief sie. „Ich mach' beim Tag niemandem auf. Keinem Menschen nit.“

„Aber schau, Mädel, warum nit?“

„Weil's eh offen ist.“

Aber natürlich! Die niedrige Brettertür war nur angelehnt, ein leichter Druck an der Holzklinke und die Scheidewand war gefallen. Das Mädel stand da und stemmte die nackten Arme in die Seiten. Das flackernde Herdfeuer machte kein Hehl aus ihrer Schönheit. Gerade so arg war sie ja auch nicht. Mehr stark als fein. Mehr gesund als schön. Und schon ein wenig angeherbstelt. Merklich angeherbstelt, wie die Brombeere im Oktober. Ich war — treuherzig gesagt — auf eine solche Begegnung nicht gefaßt gewesen, hatte die einschichtige Almhütte für eine Schale ohne Kern gehalten. Nun wollte ich bloß das eine wissen, wieviel Uhr es sei.

„Da muß er halt just einmal die seinige aus dem Säckel ziehen,“ sagte sie und lachte hell dabei auf.

So zog ich denn an dem Silberkettl und hielt ihr die Uhr, ein Chronometer neuester Art, ans Ohr.

„Uih!“ rief sie, „das Ding ist ja mausetot!“

„Allerdings, Bergjungfrau, ist sie tot. Da unten im Vennertal hat sie der Schlag getroffen, ist die Feder abgesprungen. Ohne Feder kann nicht einmal ein Vogel fliegen, geschweige eine Uhr gehen.“

„Nachher weiß ich kein anderes Mittel, als daß wir auf des Herrgotts Zifferblatt schauen." Sie trat vor die Hütte, guckte auf die Schattenlinie einer aufrechtstehenden Stange. Diese wies nach einem weißen Stein, wie sie im Halbrund lagen. „Um viere wird's sein."

„Sennerin, diese Uhr tut's wohl für den Tag. Was machst aber bei der Nacht?"

„Schlafen. Und wann ich ausgeschlafen hab', steh' ich auf. Da braucht's weiter keine Uhr."

Ich hatte mich auf eine wackelnde Holzbank gesetzt und überlegt, ob ein Weitermarsch geraten sei oder ob es nicht mit dem Dableiben zu versuchen wäre.

„Was ist es, schöne Almerin, hast du nichts zu essen?"

„Milch, wenn er will."

„Milch? Weißt du — Milch, das ist so 'ne Sache. Wenn ich schon trinken will, ist mir Bier lieber." Das war nur zum Spaß gesagt und in gleichem setzte ich bei: „So ein bissel was Festes und Feistes, wenn du hättest. Schinken oder Speck."

„Ho, ho!" lachte sie, „haben tun wir's schon. Aber noch an der Sau ist's. Und die Sau ist noch in Sankt Jakob. Wenn er warten will bis Martini."

„Recht gern. Derweil mußt mir aber wohl ein paar Eier kochen." Denn bis Martini dauerte es noch rund vier Monate.

„Mit den Eiern mußt auch wieder warten, bis die Woche zu End' geht. Wird eh morgen schon Samstag sein. Da kommt mein Bauer herauf und bringt was."

„Die Einladung ist sehr dankenswert. Aber — morgen Samstag, sagst? Du holde Erscheinung, das kann ich nicht recht glauben. Denn weil heute erst Mittwoch ist."

Da schaut sie auf und wird nachdenklich und kraut sich

am Nacken. Und redet in den Herd hinein: „Mittwoch? Und nit Freitag? Wie geht denn das her? Mittwoch, hat er gesagt, daß heut tät sein?"

Ich konnte sie dessen versichern. Ein so kurzes Gedächtnis der Kulturmensch hat, die Wochentage vergißt er doch nicht. Die merkt er sich sogar ohne Notizbuch.

„Ja, mein Herrgöttl, wohin ist denn nachher das Essen gekommen, wenn heut' erst Mittwoch ist? Da langt's ja nit! Was ist denn das? Na, na, anluigen tut er mich. Wird eh Freitag sein, heut'!"

Allmählich bin ich dahinter gekommen, was die Sennerin auf der Kraxenalm für einen Kalender hat. Und das war so. Am Samstag jede Woche kommt aus Sankt Jakob der Bauer herauf mit der „Butten". Einen Laib Brot, zwei Maß Mehl, ein Pfund Schmalz, vierzehn Stück Eier, das bringt er mit, und wird der Vorrat so eingeteilt, daß er die Woche über reicht bis zum nächsten Samstag. Wenn nur mehr ein paar Löffel voll Mehl und zwei Eier vorhanden sind, so deutet das untrüglich auf Freitag. — Und jetzt soll erst Mittwoch sein? Da muß schon der Teuxel sein G'spiel haben! Ihren Filzhut hatte sie auf, die nachdenklich gewordene Maid, da riß sie einmal an der Krempe rechts, dann an der Krempe links, als wollte sie dem Kopf vorher keine Ruhe lassen, bis es ihm eingefallen, wie das diesmal zugehe mit den Wochentagen. Plötzlich sagte sie leichthin: „O, ich weiß schon!" und flog — ich merkte es wohl — ein roter Hauch über ihr Gesichtl. Jetzt wurde auch mir etwas klar.

„Ach, da schau her!" rief ich, mit den flachen Händen auf die Oberschenkel patschend. „Also auch bei euch Tirolerinnen ist dieser Brauch?"

„Was für ein Brauch?" gab sie schneidig zurück. „Ich bin eine Kärntnerin."

„Gut, Dirndel, dann stimmt's noch besser. Dreist sag' ich dir's: Mir gefallen Leute, die keine Uhr und keinen Kalender haben. Die Uhr macht Sorg' und der Kalender macht alt. Es gibt schöne Blümlein, die Zeitlose heißen, weil sie sich nach keiner Zeit kehren. Ein solches bist du. Und jetzt will ich dir sagen, wann deine Uhr stehen geblieben ist."

„Da kannst einpacken. Deine Gescheitheit ist mir zu dumm."

„Das macht nichts. Nachher kannst du mir noch ein Häferl Milch verkaufen. Weißt, ob gescheit oder dumm, zugegangen wird's halt so sein: Wahrscheinlich am vorigen Sonntag hast Besuch gehabt. Im Gebirg kann man niemand hinauswerfen, man muß ihm notgedrungen über Nacht Obdach geben und noch mit Schmalznocken und Eiern aufwarten, gelt? Besonders wenn's so ein lieber Kerl ist, ein fester Holzknecht oder ein frischer Jäger, oder was — gelt? Schau, und der hat dir die halbe Woche weggegessen. So wird's gewesen sein."

„Was er nit alles weiß!" brummte sie und warf die Herdbrände auseinander. Die Milch war ja gar und sonst gab's nichts zu kochen.

Als dergestalt diese Zeitfrage gelöst und die Lösung ohne Widerspruch geblieben war, habe ich mich von meiner Herbstzeitlosen verabschiedet und stundenlang meine Beine vorangesetzt, bis spät abends das alte Hospiz am Brennerpaß erreicht wurde.

Da war alles voll Kalkgruben, italienischer Maurer, Touristen und Kurgäste. Das Hospiz war überfüllt; wenn ich nicht warten wollte, bis das eben im Bau begriffene große Hotelpensionat fertig wäre, so müßte ich für die Nacht vorliebnehmen mit einer Kammer über der Wäscheküche, die noch unbesetzt war. Nach kurzem Nachtmahl hatte ich mich bald ins Bett gelegt. Die Kammer war dunstig wie ein Schwitzbad, feucht und schwül. Doch ruhte sich's prächtig, und ich war bestrebt, bald einzuschlafen, um morgen beizeiten die Bergwanderung, zu der dieser Spaziergang nur eine Vorrede gewesen sein sollte, anzutreten. Kaum war so eine halbe Stunde vergangen, als mir die Nase zu prickeln begann, Niesreiz, in der Luftröhre ein feines Winseln — mein Geschick war besiegelt. Die „große Tiroler Gebirgspartie" war zu Ende. — Ich kannte die Vorboten nur zu gut und wußte, was kommen würde. Eine Stunde später schnaufte und stöhnte ich in leidiger Atemnot, die mir Lunge und Brustkorb zersprengen wollte. Ein qualvolles Ringen nach Luft die ganze Nacht — jetzt liegend, jetzt lehnend, jetzt nach vorne gebeugt, auf den Ellbogen kniend. So hat mich der Morgen gefunden, zerschwitzt und erschöpft, daß ich kaum die Treppe hinabzusteigen vermochte in die frostige Luft.

Und bin ich am selbigen Vormittage in dem kleinen Orte herumgesessen und am Stock herumgeschwankt, wie ein Siecher, dem man nur raten kann, heute lieber als morgen heimzureisen zu seinem Begräbnisse.

Die Brennerhöhe aber ist so, daß man ungern fortgeht, und wäre es auch nur zur Besorgung der höchst persönlichen Angelegenheit: sterben. In der Nähe des kleinen Ortes stürzen zwei Wasserfälle herab, wovon der eine über das Hochtal hin gegen Süden, zu den Geländen der Etsch, der andere über das Hochtal gegen Norden zum Inn hinausrinnt. Das alte Einkehrhaus auf dem Brenner trägt am Tore links die Tafel mit der Erinnerung, daß am 2. September 1786 der Dichterfürst Wolfgang Goethe in diesem Hospiz übernachtet hat. Ein zweites Gebäude gleich daneben zeigt an der Wand ein Gemälde: Andreas Hofer und seine

Schützen, zum Andenken, daß hier im Jahre 1809 die folgenschweren Kriegsberatungen der bäuerlichen Landesverteidiger getagt haben. Am Berghang das alte Kirchlein, auf dessen Keilturm die Meßglocke läutet, vom Bahnhofe her der grelle Pfiff der Eisenbahnmaschine, so wirbelt hier die alte und die neue Zeit durcheinander. Die neue Zeit sprudelt besonders lebhaft in den modernen Speisesälen und Söllern. Ein internationales Publikum vom leblustigen Hamburger bis zum russischen Fürsten. Stattliche Wiener Frauen in rauschender Seide und mit funkelndem Geschmeide; schlanke Münchner Dämchen in ländlicher „Dirndeltracht" und mit den bleichsüchtigen Stadtgesichtern; dazwischen flirtende junge Herren mit Glanzstiefeletten und schwarzschnürigen Monokeln. Auf der glatten Straße rollen die eleganten Zwei- und Vierspänner reicher Leute, von den Berghängen kommen mit langen Stecken und krummgebogenen Knien Touristen herab, und an der Ecke kauert ein Spielmann, der mit seiner Ziehharmonika die Disharmonie seines Lebens auszugleichen sucht. Und in den Sälen decken geschäftige Kellnerinnen immer wieder die Tafeln mit frischem Linnen und silbernem Bestecke und haben nicht genug Hände und Füße, die nimmermüden Wünsche der Großstädter, die hierher kommen, um „Natur zu kneipen", zu befriedigen. — Ob es an jenem Tage, als der berühmte Exzellenzherr aus Weimar hier Herberge nahm, auch so vornehm zugegangen ist? Oder was der Mann wohl sagen würde zu der heutigen feinen Welt, die sich in diesen öden Gebirgen herumtreibt, einer Schönheit wegen, die er, der größte Schöngeist aller Zeiten, so fast ganz übersehen hatte. —

Im Schauen und Sinnen also ist Ersatz gesucht worden für das hinfällig gewordene Wandern. Dann blieb mir, dem mit so hochfliegenden Fahnen ausgezogenen, nichts übrig, als mich vom Schaffner in den Wagen heben zu lassen, um heimwärts zu reisen.

An den Berghängen lagen Nebel herab, ein scharfer Wind strich und schleuderte Regentropfen ans Fenster. Das sollten wahrscheinlich wohlmeinende Tröstungen der Natur sein, weil einer, der so ungerne ging, fort mußte.

Als der Zug unten den Eisack entlangrollte, war Sonnenschein, und mein Asthma, — wo war mein Asthma? —

Unterwegs in Verstoß geraten. Im Körper frische Kraft, in der Seele neue Unternehmungslust, so bin ich ausgestiegen in Sterzing, der uralten Tirolerstadt. Soll es gleich auf die Amthorspitze gehen? Oder über den Jaufenpaß ins Passeiertal des Andreas Hofer? Oder wohl gar durch das Ridnauntal ins Stubaier Hochgebirge, über die Fernerwelt zur Frau Klotz in Vent oder zu dem guten Kuraten Stelzer in Obergurgl, dem höchstgelegenen Dorfe Tirols? Die Lunge wieder frei, die Welt wieder offen — juchhe!

Als Einleitung ein Gabelfrühstück mit Begleitung. Diese bestand aus einem Glase Südtiroler jener Gattung, die so reich an Tanin, Kohlensäure und Göttlichkeit ist. Dann habe ich mir einen einspännigen Wagen unterlegt, die Beine würden sich später über eine unnütze Existenz nicht zu beklagen haben, — und fröhlich davon durch das Ridnauntal hinein, über das Sterzinger Moos, „wo die alten Männer Blümel brocken“. Immer haben sie nicht Blümel gebrockt, im Jahre Neun haben sie hier eine Schlacht geliefert und den Fremden gezeigt, wer Herr im Lande ist. Die Hochspitzen des Stubaier Gebirges, die dort im Hintergrunde sonst dunkel über den Eisfeldern stehen, ragten heute in die Wolken hinein. Was können auch die Wolken dafür, daß die Tiroler Berge so hoch sind, sie segeln in mäßig schönen Sommertagen gerne ihre zweitausendfünfhundert Meter Höhe dahin, ohne böse Absicht. — Mein Kutscher wußte übrigens zu sagen, daß die Nebelfetzen, die ums Hochgebirge flattern, nichts anderes seien, als unerlöste Seelen übermütiger Touristen, die dort oben umgekommen sind. — Aus diesem Ridnauntal kommt ein Bachbett hervor, in dem die ganze Donau Raum hätte. Die Wildbachfluten müssen hier fürchterlich wirtschaften. Einmal furchen sie da hinaus und wälzen wuchtige Felsblöcke auf die Auen hin, das andere Mal graben sie dort hinein und reißen hoch vom Berghang die Lahnen, die sie dann in quirlenden Muren weiterschieben und dabei mit hohlem Donnergebrause alles zerstören, was Menschenhände aufgerichtet hatten. In den Sommertagen liegt die breite Steinwüste knochendürr da und das kalkgraue Wasser gießt mit seinem ewigen Geschrei in tieferen Rinnsalen dahin.

Mein Kutscher hielt vor einem Wirtshaus und riet mir von da aus den Besuch der nahen, in einem Seitengraben versteckten Gilfenklamm an. Von dieser Gilfenklamm hatte ich schon in Sterzing so viel Reklame gesehen und gehört, daß ich kopfscheu wurde. Sie soll „hergerichtet" worden sein, billige Fahrgelegenheiten, gutes Wirtshaus! Ob sich die Wirte und Kutscher was verdienen, ist mir gottlos gleichgültig. Die Gilfenklamm mag gewiß sehr schön sein, aber ich lasse mir den Kopf nicht gern zwischen zwei Hände zwängen und das Gesicht dorthin wenden, wo Spekulation die Natur korrigiert hat und wohin die Menge gafft. Selber suchen führt zu gutem Finden. Das ist nicht just auf die Gilfenklamm gemünzt, sondern mehr in die Welt hinausgesprochen.

Die Stubaier rückten immer näher, mehrmals gaben graue Nebel die Sonnklarspitze frei, zum ersten Willkommgruß. Vielleicht, daß an einem der nächsten Tage auf jener Hochzinne ein unendlich winziges Rauplein klebt und mit zwei noch kleineren Augen glückselig eine Welt in sich saugt. — Das Hochtal steigt an, von Terrasse zu Terrasse, der Menschen Hütten und Straßen und alles Wachstum zurücklassend, bis nichts ist als Stein, Wasser und Eis. Das Brausen der von Hochwänden niederspringenden Bäche, das Pfeifen des Windes in den Riffen sind dort die einzigen Laute. Vielleicht auch, daß noch irgendein Almer jauchzt oder ein Tourist — um Hilfe ruft.

Vor der ersten Terrasse steht noch das Dorf Mareit mit seinem weißen Kirchlein und seinem weithinleuchtenden Schlosse. Dahinter am Waldhang steigt schnurgerade eine Eisenbahn hinauf, die oben im Gebirge hineinzieht bis in den letzten Winkel, nahe dem Übergang zur Passer. Das ist eine Erzbahn, die wohl bisweilen, wenn ihr Erzherz weicher gestimmt ist, einen Bergwanderer mit hinaufnimmt bis Schneeberg, wo unter der ehernen Gletscherhaube Zinkerz gewonnen wird, — das höchstgelegene Bergwerk Europas.

Ich beratschlagte mit meinem Kutscher, ob ein Mitfahren auf der Erzbahn anstrebenswert sei. „Nutzt Ihna nix," antwortete er. „Derfen kein' mehr mitnehm', seit dem Unglück vor etlan Tagen." — „Welchem Unglück?" — „Auf dem nämlan Wägelan, wo der Herr jetzt sitzt, isch er gelegen, wie iach ihn hinausgeführt hab' nach Sterzung. Ein Student aus dem Reich, oder wie's gesagt haben. Auf die Sunklarspitz' hat er wollen. Ein bildschöaner Mensch. Den haben's mitgenommen auf der Erzbahn und ischt samt dem Wagen abigestürzt."

Auf dem nämlan Wägelan, wo der Herr jetzt sitzt! — Dieser Herr hat die Toten ihre Toten begraben lassen und stieg nun aus. Bei Mareit lohnte ich den Kutscher ab, schwang den Ruckſack auf die Achsel, faßte den Bergstock fest und begann stramm anzusteigen gegen das Einöddorf Ridnaun, um dort einen Führer zu nehmen ins hohe Birg. — Das wonnige Herz hielt aber nur etwa drei Minuten vor. Am steilen Anstiege fühlte ich den eisernen Ring, der sich mit jedem Schritte enger um meine Brust schraubte. — Daß in der reinen Hochlandluft das Asthma nach dem nächtlichen Anfall vorüber sein würde, wie es ja auch sonst manchmal flüchtig ist — dieser Wahn war dahin. Der Lungenkrampf war wieder da und zwar so heftig, daß ich kaum talwärts wanken konnte. Mein Kutscher war zum Glück ein Weilchen am Wirtshause zu Mareit kleben geblieben; jetzt war ich klein geworden, und er konnte mich wieder mitnehmen nach Sterzing zum Bahnhof. Dieweilen das Pferd Heu fraß, schleppte ich mich zur Kirche hin, damit diese Fahrt doch ein Ziel hatte. Es war die geräumige, lichte Tiroler Dorfkirche mit ihren alten naiven Bildwerken. Auffiel mir nur der Mangel an Blumen und Fahnen, die sonst um diese Jahreszeit den sieghaften Schmuck der katholischen Gotteshäuser bilden. über den Altären lag ein Hauch von Trauer, wohl harmonierend mit der ernsten Hochgebirgsstimmung draußen und mit meiner Betrübnis. — Bin ich's denn nicht würdig, den Hochwüsten dort oben ins Allerheiligste zu schauen? Nein, ich will nicht klagen. Herr, du hast mir gnadenvoll schon genug der Wunder gezeigt in deiner erhabenen Welt. Ich will ergeben heimkehren ins Waldland, wo deine Herrlichkeit ja auch ein liebliches Kleid hat. Aber einmal noch — oder zweimal oder wenn's sein könnte, noch öfter, möchte ich halt doch gern auf einem hohen Berge stehen. Gedenke auch der Halbsiechen, gütiger Vater!

An der Kirchhofsmauer zu Mareit steht eine Kapelle, deren innere Architektur mit — Knochen und Totenschädeln geschmückt ist. War nicht auch das Tabernakel erbaut aus Menschenbeinen? An den Wänden anstatt der Heiligenbilder stehen Gerippe, deren fletschende Schädel Königskronen tragen, deren Armknochen die geknickte Fackel halten? Einer der wunderlichen Knochenheiligen streicht mit dem Fidelbogen die Geige, dieweilen er seinen Fuß mit den grauenhaft langen Zehen auf die Erdkugel stützt. Dem ewigen Kreisen des Erdballs spielt der Tod ein Tänzlein auf! Und siehe dort — dort am Pfeiler, just dem Eingang gegenüber halb in einen braunen Mantel gehüllt, steht ein Menschenknochenmann, grinst mit hohlen Augen und einem breiten Mund voll weißer Zähne und zielt mit gespannter Armbrust, in welcher der Pfeil liegt — haarscharf auf mich. Auf mich keuchendes Menschenbild, diesem Jägersmann anheimgegeben. Aber gerade was an diesem Schützen das Schauerlichste war, nämlich das Gerippe — es war auch das Beste. Fleischlose Finger drücken nicht los. Doch habe ich mir's gemerkt, das Sprüchlein, das unterhalb auf dem Sockel steht: „Sei bereit allezeit!"

Also hat mich an diesem Tage, froher Alpenwanderung gewidmet, das Memento mori verfolgt bis ich erschöpft ins Eisenbahngelaß sank. Und dort, durch Mitreisende, vernahm ich wieder vom Leben und seiner immerdar frohgemuten Wehr gegen Unkraft und Urkraft. Gerade an demselben Tage hatte in Gossensaß eine Versammlung den Bau einer Touristenbahn auf die Amthorspitze besprochen. Also wird auch für die Siechen und Halbsiechen gesorgt sein. —

Ein Besuch bei Defregger.

1900.

Nach zehnstündiger Nachtfahrt wieder einmal in Döl-sach. Der Zug hat mehrere Touristen ausgeworfen, die nun um Wagen feilschen zur Fahrt nach Heiligenblut. Der Himmel klar, ein kühles Tauernlüftchen verspricht schöne Tage. Ich setze mich zu meinem Dölsacher Wirt Eder ins Wäglein — 's ist noch der muntere Bursch von früher. Von seinen achtzehn Pferden, die mit Reisenden aus aller Welt ins Glockner Hochtal gingen, war ein einziges übrig-geblieben, mit dem wir nun auf den Iselberg fuhren. Nach eiligem Mittagsessen im Paßwirtshause — auf Bergtouren ist meine Ungeduld, rasch emporzukommen, groß — begann ich den Anstieg. Mutterseelenallein! Der wandert nicht einsam, nicht verlassen, den die Mutterseele begleitet. Und sie begleitet jeden, der sich hingibt, der Mutter Natur vertrauend. Und so kroch das Körperlein, Mensch genannt, langsam, mühsam, frohsam empor durch den dunkeln, im Tauernwinde rauschenden Bergwald gegen die Almen, die Felsen, die Eisfelder des hohen Gebirges, das zwischen dem schluchtartigen Devanttal und dem Mölltale hineinzieht zu dem Stocke des Großglockners. Des Glockners, der wie ein ungeheurer Seestern seine eis- und steingepanzerten Fänge ausstreckt über drei Länder. An einem solchen Fänger eben arbeitete ich mich hinan, auf hoher Alm einem Zaun entlang, der Tirol und Kärnten scheidet. Zwischen einzelnen sturmzerzausten Fichten weideten Pferde. Das ist der „Roßboden", aus dem der Verfertiger meiner Touristenkarte — „Groß-Bohn" gemacht hatte. So geht es den Herren, die ihre Wissenschaft bei der örtlichen Bevölkerung holen müssen, ohne deren Mundart zu verstehen. Also haben die Geographen aus dem „Hohen Aar" einen „Hoch-Narr" gemacht. Und als jener Landmann in Südtirol auf die Frage, wie der Berg heiße, treuherzig zur Antwort gab: „Däs woaß ih nit," schrieb der gelehrte Herr ebenso treuherzig: Desoa-Sinit. Seitdem heißt der Berg in der Karte für alle Welt der Desoa-Sinit.

Nun, ich war auf dem „Groß-Bohn". Einen mir begegnenden Knaben rief ich an, ob nicht eine Quelle in der Nähe sei?

„Das dechter nit," war die Antwort, aber vor dem fuchsigen Roß sollte ich mich in acht nehmen! Das fuchsige Roß, ein Koloß von einem Pferd, kam allerdings auf mich zu, hob hoch sein Haupt, daß die Mähne flog und wieherte kampflustig. Da ich keine andere Waffe bei mir hatte, als die des Schwachen, die Vorsicht, so flog ich vor dem drohenden Feinde nach Kärnten, das mit einem Sprung über den Zaun bequem erreicht war.

Auf meinem Berge weiter oben stand die Ruine einer Halterhütte; sie war nicht mehr zu brauchen als Schutz vor dem heftigen Wind, denn durch die Fugen der Zimmerung und durch die bretterlosen Dachsparren sang der Atem des Tauern ein schönes Alpenlied. Ich stieg hinan gegen die Felsen des Petzeck, hinter denen sich Spitze an Spitze reiht und in deren nördlichen Mulden das Gradenkees und das Klammkees ruhen.

Plötzlich wurde es grau um mich, die Sonne war eine weiße Scheibe, der man mit freiem Auge ins Gesicht schauen konnte. Ein paar Augenblicke später stak ich mitten in einer Wolke, die aus einer Scharte des Petzecks still und tückisch auf mich herabgeflogen war. — Jetzt aufgepaßt! Festhalten im Kopf die Himmelsrichtungen, sonst steigst du unrecht ab und verirrst dich in die Wände. — Erzählte mir doch erst an demselben Tage ein Dölsacher, ein mit diesen Bergen seit Kindheit wohl Vertrauter, daß er vor kurzem auf der Suche nach Schafen vom Nebel überrascht, in einer Felsspalte hätte übernachten müssen, fast verkommend vor Frost. Ich hielt mich an den Grenzzaun und war geborgen. Drei Stunden später vom Tal aus war es recht behaglich zu sehen, wie oben die Gipfel und Zinnen von fliegenden Wolken umsponnen wurden. —

Am nächsten Morgen tiefer hinein nach Tirol. Ungefähr dort, wo die Rienz dem Eisack naht, stieg ich wieder bergan. Das ging zu einem lieben Freund, der auf einige Wochen der Großstadt entflohen, mit den Seinen zur Sommerszeit hoch oben in wilder Alpeneinsamkeit lebt. In Mühlbach, von wo täglich ein Bote das Nötige hinaufträgt, schützen sie ihren berühmten Liebling vor fremden Besuchern so gut sie können und man erfährt es nicht leicht, welcher Weg zu ihm führt. Weiter oben in Spinges habe ich die kleine Kirche gesehen, deren Eingang im Jahre 1795 ein Bauernmädchen mit der Stallgabel gegen die anstürmenden Franzosen verteidigt hatte. Die Bauern hatten dort eine Schlacht gegeben und den Feind zurückgeworfen. Es war ein entscheidender Sieg, von dem heute noch der Denkstein mit dem Kreuze erzählt, der in der Nähe des Ortes vor einigen Jahren errichtet wurde. Zu Ehren des heldenhaften Mädchens nennt das Dorfwirtshaus sich „Zur Jungfrau von Spinges“. Der kleine Ort macht einen recht armseligen Eindruck. In der Stube des Wirtshauses saß der Wirt ganz allein, vor sich ein großes Glas mit Rotwein und eine Pfanne mit Eierkuchen, woraus er langsam ein Stück ums andere hervorstach, während die Fliegen Glas- und Pfannenrand über und über besetzt hielten. In diesem Hause trieb ich einen Wegweiser auf nach dem versteckten Bergasyle des Freundes. Ein Knabe von etwa acht Jahren war's, der um einen Silberling treuherzig den Verräter machte. Ob Spinges konnte ich die Aussicht betrachten in das breite Tal, wo die Bischofstadt Brixen liegt und das Gelände, wo Peter Mayr, der Wirt an der Mahr, gelebt hatte und heldenhaft gestritten für die Freiheit des Landes. Und für die Wahrheit, deren Blutzeuge er geworden ist. — Und dann ging es steil aufwärts auf schlechtem Bauernwege, der hin und hin mit Steinplatten ungefügt geflastert ist. Und hoch oben dort an vierzehnhundert Meter fand sich etwas, das man anderswo nur im tiefen Grunde zu treffen gewohnt ist — eine Holzsäge, und am Wege hin der Reihe nach ein halb Dutzend Bauernmühlen. Denn von der Bergeshöhe herab sprengt ein rauschender Bach. An diesem Bache gingen wir eine Stunde lang bergwärts. Dann zieht sich der Weg durch Wald unsteil dahin, immer näher den kahlen Tauerngruppen zu. Die Sonne war schon hinübergegangen hinter den Bergkamm. Plötzlich bog mein Junge vom Wege ab und links hinan zwischen Gebüsch und Steinen.

Und da der Knabe nun ein paarmal still stand, den Hals reckte und unentschlossen hin und her schaute, so war mir nicht anders: der Junge hat den Weg verloren und wir irren planlos. Da sah ich zwischen den Zirmbäumen eine flinke Bäuerin herabkommen, die wollte ich fragen nach dem Hause, und was sie glaube, ob man es wagen dürfe, dort vorzusprechen und die Waldeinsamkeit mit einem Besuche zu stören. Denn aus eigener Erfahrung weiß ich, wie solche Störungen schmecken. Da tat meine vermeintliche Bäuerin einen lustigen Schrei und rief meinen Namen; die Frau des Freundes war's. Sie nahm mich am Arm, jauchzte hell, wie eine Almerin jauchzen kann, und rief in den schütteren Wald hinein: „Ratet, wen ich bringe?"

Im Walde stand das Haus. Eine Tiroler Berghütte mit flachem, steinbeschwertem Schindeldache. Im offenen Vorraum Männer in kurzen Lederhosen — und ohne weiteres war ich mitten in der Familie des Meisters Franz Defregger.

Soll ich die Idylle kurz dartun?

Früher hatte Defregger, wie schon erzählt, sein Sommerhaus gehabt auf dem Ederplan, nahe seinem Geburtshause. In der fremdenreichen Gegend hatte es dem ruheliebenden Künstler wohl nicht recht behagen mögen. Er wollte für die paar Sommerwochen ein ungestörtes Heim haben, und so hat sich auf diesem abgeschiedenen Berge ein Jagdhaus ergeben, das er zu einem Sommeraufenthalte herrichtete. Da lebte er zeitweilig mit seiner Gattin und den fünf Söhnen, fast alle schon erwachsen, echte Tiroler Burschen, die sich in die Lodenjoppe mit derselben Unbefangenheit schicken, wie in den Frack, dem sie zu München wohl zeitweilig verfallen sind. Aber ich wette, daß ihnen die Lodenjoppe lieber ist. Das Haus steht nahe der Vegetationsgrenze, mitten unter wetterzerzausten Bäumen. Es hat mehrere Bauernstuben und eine Küche mit dem großen Kessel über dem Herd. Neben dem Hause ist eine Hütte mit Tischlerei, an der sie gerade an demselben Tage gebaut hatten. Der Hausvater hatte just: „Feierabend, Buben!" kommandiert, als die Hausmutter mit dem ungebetenen Gaste kam. An der anderen Seite des Hauses, hinter einem üppig in den Trog sprudelnden Brunnen, steht ein Halter-Schutzhüttel aus Baumrinden gemauert. Darin sitzen sie des Abends um ein offenes Feuer herum und erzählen sich manchmal das Märchen von der großen, versunkenen Stadt. Von jener Stadt, die ihnen den Sommer über wirklich versunken ist, im Herbste aber wieder auftaucht und wie ein Magnet die Familie aus dem Hochgebirge an sich zieht zu neuem Schaffen und Genüssen, zu Kämpfen und Ehren. Und dann wird es umgekehrt sein, dann, in der glanzvollen Stadt, gedenken sie manchmal nicht ohne Wehmut des Märchens von dem Hause im Zirmkieferwald auf hohem Birg, wo sie an milden Sommerabenden einst gesessen sind am traulichen Feuer. So führen sie ein Doppelleben, wo durch den, ich möchte sagen, künstlerischen Gegensatz, eines das andere hebt und vertieft.

Froher Naturschau und körperlicher Arbeit geben sie sich hin da oben; schmackhafte und nahrhafte Tiroler Bauernkost hat den städtischen Tisch unterbrochen und die zeitweiligen Unbilden des Wetters sind dem alten, wetterharten Tiroler und den jungen Recken eher ein Vergnügen, als eine Widerwärtigkeit. Und abgeschlossen von aller Welt müssen sie sich unter allen Umständen selbst helfen in der Wildnis mit dem Mute und der Findigkeit eines Robinson. Selbst vor plötzlichen Erkrankungen bangen sie nicht. Die reine Luft, der warme Sonnenschein, das frische Wasser ist da, Weichsel-, Kirsch-, Kranabetbranntwein und andere gute Geister sind da — was kann geschehen? Die Krankheit schämt sich, so arglose Almleute angepackt zu haben, und nach wenigen Stunden ist sie weg.

Daß es jedoch durchaus nicht so frugal hergeht als man glauben möchte, das habe ich schon in der ersten Stunde meines Aufenthaltes im „Hoch-Kaser" erfahren. Da gab's auf meinem Tisch Milch, Butter, Käse, Honig, Waldbeeren, Talobst, Geräuchertes, Brot und Wein. Und zum Abendmahle kam der berühmte Bauernkaffee, die herrliche Brennsuppe, es kamen Sauerkraut, Speckknödeln, Eierspeise und Bozener Rotwein von der Gattung, die von mancher Wirklichkeit erlöst. Und sind wir in munterem Geplauder beisammen geblieben bis Mitternacht. Wie die beiden Alten so beieinandersaßen, jeder hinter sich eine Gebirgsbauernjugend und einen absonderlichen Lebensweg, da freuten wir uns der Welt, und die hoffnungsvoll nachwachsende Jugend leistete uns bei dieser Freude tapfer Gesellschaft.

Das will ich auch nicht vergessen, daß wir an demselben Abende vor dem Mahle von dem Berge aus noch eine — Bergpartie gemacht haben. Selbander bestiegen wir die Höhe des „Alt-Karl", es war ja kaum eine halbe Stunde hinauf. Und wie tat sich da oben die Welt auseinander! Die Eisackschluchten, das Valsertal, die waren zu tief unter unseren Füßen; aber von ferne her, aus dem Pustertal, aus der Brixener Gegend, schimmerte mancher Kirchturm, manche Ortschaft, manches Wasser. Im Norden standen die kahlen Gipfel des Vorgebirges zu den Zillertaler Alpen; auf dem südlichsten Ausläufer dieses Gebirgszuges standen wir ja. Die Franzensfeste in der waldigen Tiefe ist der Schlußpunkt. Dann östlich das langgezogene Pustertal, aus dessen Hintergrunde der Helm blaut. Hernach im Süden über langgestreckte Waldhöhen die Dolomiten, von der Schusterspitze bis zum Rosengarten. In weiter Ferne leuchten sie still in den Himmel auf, wie Silberleuchter am Hochaltar! Im Westen die Eiswelt der Stubaier. Die aber war voll grauer Nebel, hinter welchen die Sonne betrübt niedersank — so daß die Hochfeuer der Dolomiten vorzeitig verlöschten. Blaß und verschwommen standen die Felsschroffen in den wässerigen Abendhimmel auf. Wir hatten den Lohn dahin und stiegen fröhlich zum Hause herab.

Am anderen Morgen standen die Berge, die vom Hoch-Kasern aus sichtbar sind, zwar ohne Nebelhauben, aber die ganze Gegend war in trübem Grau, von den Bäumen tropfte es, vom Himmel „nieselte" es. Nach der glorreichen Brennsuppe mit Schwarzbrot, nach einer vom ältesten Sohne, dem Dr. Robert, vollzogenen photographischen Aufnahme, die ein feines Erinnerungszeichen ist an diesen köstlichen Tag bei Defregger auf der Alm, und nachdem die Hausfrau mir noch ein frisches Blumensträußlein an den Hut gesteckt hatte, hieß es: Lebewohl! Gesundbleiben! Auf Wiedersehn! — Meister Defregger hat mich trotz Regens und Bergessteilheit begleitet bis herab nach Spinges. Und habe ich ihn dann noch heimlich beobachtet, wie er rüstig berganstieg — jeder Zoll ein Alpensohn — und keine Spur der dreiundsechzig Jahre, die er auf den Schultern hatte. Wie anderswo die Leute über Ebenen und Hügel hin und her eilen, so steigt der Tiroler gleichmäßig flink an den Zwei- und Dreitausendern auf und nieder, als ob nichts wäre.

Für mich war nach den zwei Bergwanderungen dieser steile Niederstieg ziemlich anstrengend gewesen, um so behaglicher habe ich mich in Stegers vortrefflichem Gasthofe zu Mühlbach einige Stunden ausgeruht. In Mühlbach läuteten die Glocken, knallten die Böller, wehten die Fahnen: denn es war der Maria-Himmelfahrtstag, die Kirche war voller Rosenduft und die Sommerfrischler aus dem Norden, die Mühlbach bevölkerten, waren vor Staunen außer sich über den großartigen, stimmungsvollen Marienkultus, der in Tirol getrieben wird. Bei der Table d'hote hörte ich eine Frau sagen, das hätte sie nie geglaubt, daß die katholische Kirche einen solchen Himmel entfalten könne; wenn auch ein heidnischer, ein Himmel sei es doch. —

Am Abende bin ich nach Hochpustertal gefahren, zur Frau Emma in Niederdorf. Wer hätte nicht von dieser berühmtesten aller Wirtinnen gehört! Seit fünfzig Jahren hört man von ihr und sie lebt (1900) immer noch. Wohl hat sie die Wirtschaft schon lange den Kindern übergeben, aber am Abend findet sich das schlichte Frauchen mit dem grauen Haare gerne ein und plaudert mit den Gästen, mit Bauern und Fürsten in gleicher Weise — freundlich, natürlich und klug. Auch bei mir ist sie ein Stündlein gesessen in der Bauernstube und hat, freilich durch mich veranlaßt, erzählt von ihrer Vergangenheit und der Geschichte ihres Hauses.

Als Tochter eines Einkehrhausbesitzers an der Salzburger Straße im unteren Inntal hatte sie 1842 den Wirt Hellenstainer zu Niederdorf geheiratet, 1858 war sie Witwe geworden und hatte seither die große Wirtschaft allein betrieben. Anfangs habe es ihr im öden Pustertale gar nicht gefallen, und wenn sie ihren Mann nicht so lieb gehabt, wäre sie wohl wieder heimgegangen nach Kitzbühl. Das Hellenstainer Gasthaus habe damals zwei Stuben gehabt, eine für die Bauern und Fuhrleute, eine für die besseren Gäste, wenn der Pfarrer, der Schulmeister, der Rentmeister oder einmal eine durchreisende Herrschaft hier einkehrten. Die Tür, die diese Stuben verband, mußte des Abends immer offen stehen, weil am oberen Pfosten die Öllampe hing, die beide Stuben beleuchtete.

Und als die junge Frau Emma eines Abends in der Herrenstube ein paar Kerzenleuchter auf den Tisch stellte, wie es im unteren Inntale der Brauch war, ließ sie die Frau Schwiegermutter Hellenstainer zu sich rufen und sagte zu ihr: „Liebe Emerenzia, das wird's nit tragen! So nobel können wir's nit geben im Puschtertal!“ Und vollends, als Emerenzia einen zufällig mitgebrachten Fenstervorhang aufspannen wollte, wurde die alte Frau ernstlich böse: „Mit dem herrischen G'schlamp pack' nur gleich z'sam. Wir Putschtertaler haben's noch lang nit not, daß wir die Fenster verhängen, wenn wir beieinandsitzen!“ — Das war damals. Und heute? Wenn die alte Frau Hellenstainer heut aufstünde und den großartigen Gasthof sähe, der unter dem Namen „Frau Emma“ einen Weltruf hat! Wo im Sommer im großen, elektrisch beleuchteten Speisesaal hundert feingeputzte Gäste tafeln! Desweg braucht man schon auch kein Fenster zu verhängen. — So weit hat's Frau Emerenzia gebracht. „Man hat halt immer ein bissel was gehabt, wenn aus der Nachbarschaft Herrschaften gekommen sind, sei es Geflügel, was Aufgeschnittenes, was Gebackenes. Ein gutes Tröpfel Wein auch immer. Auf die armen Studenten hat vorzeit mein Mann was gehalten, die oft abgemüdeten Hascherln sattgefüttert und nachher mit einem Kobelwagen weiterführen lassen. Man hat halt getan, was möglich war, und so sind nach und nach auch Fremde gekommen, Touristen, Stadtfamilien über den Sommer. Aber wenn der Herrgott seinen Segen nit hätt' mögen geben, so hätt's freilich allmiteinander nichts geholfen.“ — Nun ist's so weit gekommen, daß, wenn es in Amerika oder in Japan einem Weltreisenden einfällt, einen Brief abzuschicken bloß „an die ehrengeachtete Frau Emma in Tirol“ — der Brief unfehlbar in Niederdorf ankommt bei Frau Emerenzia Hellenstainer.

Solche Gasthöfe sind es, die uns vorläufig Tirol noch

so heimlich machen. Wenn einmal die feinen Hotels, die in ganz Europa einander ähnlich sind, wie ein Kellner dem andern, auch in diesem Lande allgemein werden, dann wird für Volks- und Naturfreunde Tirol ein bedeutsames Gut verloren haben.

Am nächsten Morgen — vor der Heimkehr nach der Steiermark — bin ich mit einem Einspänner noch hinaufgefahren nach Neuprags. Dieses Tal, weniger wild als malerisch — zwischen Wäldchen, Almen und Äckerlein, kleine Gehöfte und ein paar Kirchdörfer — mutet steirisch an. Die Hochalpe, der Herrstein, der Seekofel, sie dräuen allerdings wüste hinter den Vorbergen, waren jedoch an diesem Tage größtenteils vom Nebel bedeckt, so daß die wilde Hochgebirgsgegend zur freundlichen Waldlandschaft wurde, auf die — um sie frisch zu erhalten — leichter Regen niedertröpfelte. Diese Naturerscheinung machte auch meine beabsichtigte Fußpartie nach Altprags über den Plätzwiesenpaß nach Schluderbach zu Wasser. Mein Weg am Bade Neuprags vorbei und hinauf zum Pragser Wildsee, wo die Hellenstainer ein neues Hotel gebaut haben. Das ist in seiner inneren Ausschmückung allerdings so chinesisch sezessionistisch geraten, daß ein normal schriftkundiger Europäer die Bergpartien, die an den Säulen geschrieben stehen, platterdings nicht lesen kann. Aber das macht ja nichts, die sezessionistische Schrift ist nicht da, um gelesen zu werden.

Ich bin den Wildsee entlang gestrichen. Und wie hinter ihm die Wände aufstiegen und zur halben Höhe die schweren Nebel niederhingen, die grauen, gedunsenen Nebelsäcke, und unterhalb derselben an den Wänden die blaue Nacht — da war ich mit dieser Stimmung gar sehr zufrieden. Ich weiß nicht, was die Leute eigentlich denken, daß sie alle Landschaften nur bei heiterem Himmel sehen wollen. Besonders Hochgebirgsbilder gibt es, an denen die dämmernden Schatten tiefer an unser Herz greifen, als das banale Licht der „schönen Tage". Daß man bei den dämmernden Schatten und hängenden Wolken leicht naß wird, ist freilich auch wahr, doch der waschechte Naturfreund muß die Natur nicht bloß von ferne sehen wollen, sondern auch an seinem eigenen Leibe ertragen können. —

Im Maltatal.

1902.

„Was habe ich von so einer Bergpartie? Kann ich die Berge in den Sack stecken? Kann ich die Gipfel und Felswände herabbeißen? Kann ich die schöne Aussicht zusammenrollen, unter die Achsel nehmen und mit nach Hause tragen?" So fragte mich einmal jemand, der beim Biertisch saß und Karten spielte. Die Berge in den Sack stecken, von den Steinen was herabbeißen, das kann zwar ich ebenfalls nicht, will es auch nicht, aber die schönen Landschaftsbilder zusammenrollen und mit nach Hause nehmen, das kann ich. Alle die Berge und Gletscher und Wasserfälle und Seen, die Landschaften, die ich je von Berggipfeln aus geschaut, im Archiv der Seele sind sie hinterlegt. Weder Namen noch Menschengesichter kann ich mir merken, aber viele Landschaften in der Erinnerung stehen jetzt schon dreißig, vierzig Jahre und länger. Und recht oft, wenn's dunkel und still ist um mich, da packe ich sie aus, sehe sie mir an und freue mich an ihnen. Und selbst, wenn mein leibliches Auge einmal erblinden sollte, bleiben sie mein Eigentum so lange, bis Gott das letzte innere Lichtlein mir auslischt.

Daher muß es mir jener Kartenspieler am Biertische,

der nur das Herabbeißen und Indensackstecken kennt, schon nachsehen, wenn ich in Lust und Mühsal immer wieder ausziehe, um meine Bildersammlung zu vermehren. So auch dies Jahr, kaum der Schnee zerging. Das ist für Talwanderungen im Gebirge die beste Zeit. Die Eisenbahnzüge sind noch nicht überfüllt, die Gasthöfe noch demütig, die Straßen nicht mehr schlammig und noch nicht staubig, die Matten grünen und blühen, die Flüsse sind wild lebendig, die Wasserfälle rasend, die hohen Berge noch weit herab beschneit, so daß keine große Phantasie dazu gehört, um überall Gletscherlandschaften aus ihnen zu machen.

Von den Tälern Oberkärntens wird das Mölltal als das schönste bezeichnet. Darf ich verraten, daß es ein noch schöneres gibt? — In Spital an der Drau aussteigen. Dort steht gegen Norden hin ein hoher Gebirgszug, dessen Vorberge uns schon Achtung zurufen, obgleich sie noch niedrig und sanft sind gegen jene, die im Hintergrunde stehen. Aus einer bewaldeten Engschlucht der Vorberge rollt mit breiter wilder Wucht die Lieser hervor. Dieses Wasser ist das Kind der Berge und doch kennt es keine andere Gier, als hinab, immer hinab, der Niederung zu. Wir werden es noch sehen, wie ihm kein Stein zu hart ist, es schleift ihn ab, wälzt ihn davon; wie ihm kein Sprung zu hoch ist, nur um aus den Höhen in die Tiefen zu kommen. Und ist es draußen, dieses kindische Bergwasser, in der Unendlichkeit des bitteren Meeres, dann Heimweh, sachte steigt es in Dünsten auf, irrt in Wolken durch die Himmel und sucht sein heimatliches Bergland, um von dort sogleich wieder seine Flucht in die Niederungen zu unternehmen. — Wie nun das Wasser niederwärts strebte und der Mensch aufwärts, so begegneten sie sich in den bewaldeten Bergschluchten zwischen Spital und Gmünd. In einem Nebentale, ganz nahe an der Lieser und doch versteckt, liegt der Millstätter See. Dort ruhen sie ein wenig aus, die Fallenden und die Steigenden. Ein schöner, langer Hochsee, hinter waldigen Vorbergen in weitem Rund von weißen Bergen bewacht.

Mit einem Weggenossen, der auch gegen Gmünd wanderte, unterhielt ich mich über das Wasser. Das Wasser, war sein Ausspruch, liebe er in allen Gestalten, mit Ausnahme der im Trinkglase. In das Trinkglas gehöre etwas weniger Niederträchtiges, etwas, das anstatt in die Tiefe zu trachten, zu Kopfe steigt. Darauf mein Entgegnen, daß man Flüssigkeiten kenne, die zu Kopfe steigen, dann aber den Kopf und was dran ist, in die Tiefen des Straßengrabens schleudern. Das ließ er gelten. — Dort drinnen, wo zur Lieser links aus dem Hochgebirge die Malta kommt, liegt das Städtchen Gmünd. Nachdem ich daselbst in Feldners Gasthofe — ich sage nicht Hotel, denn dazu ist es viel zu deutschheimlich — mich ausgeruht und gestärkt hatte, war es halbwegs zu wagen mit dem Maltatale. Ein Einspänner beförderte mich, so weit es mit dem Wagen geht, und das ist etwa drei Stunden des Fußgehens. Das Tal hat hinter dem Dorfe Malta einen vorgeschobenen steilen Berghang, sonst ist es breit, sonnig und läßt sich ganz zahm an; Ortschaften, Gehöfte an den Berghängen weit hinauf. Aber zur linken Hand oben hebt sich das Hochgebirge an zu entfalten in Riesengebilden und mit Abstürzen, die seit der Welt Urständ noch nie ein Sonnenstrahl beschienen hat. So träuen sie finster nieder ins Tal, durch das zwischen Wiesen, Felsblöcken und über Sandhalden hin der Fluß sich schlängelt. Dort hinten, wo das Tal sich scheinbar schließt, geht von brauner Felswand ein weißes Band nieder bis zur Talmatt. Nach einer Stunde stehe ich vor diesem Bande. Es ist der Wasserfall des Fallbaches. Man würde ihn stundenweit hören, wenn nicht jede Schlucht ihr eigenes Rauschen hätte. Der Fall ist über 150 Meter hoch. Er warf zu meiner Frühjahrszeit mindestens zwanzig Mühlbäche auf einmal herab. Hoch oben springt er aus dem Rinnsal der Zinne etwa fünfzig Meter in einer geschlossenen weißen Masse nieder, schwer und dick, als ob Schnee herabflute. Dann prallt er an einen Felsvorsprung, zerschellt zu einem breiteren, dichten Schleier, der in Tüchern wieder an fünfzig Meter niedergeht, sich dann zerfranst und in weißen Raketen herabzischt. Die raketenförmigen weißen Wasserpfropfen lösen sich und kommen immer wieder nach. Keines dieser Tücher und Raketenbänder erreicht den Boden, alles zersprüht schließlich zu einer Nebelmasse, die wie ein Wolkenbruch unten ans Eis schlägt. Denn ein Kessel aus Eis nahm zur Zeit diesen Wasserfall auf. In seinem Rachen verschwand der schwere weiße Nebelschwaden, um unterhalb der Eiswand wieder hervorzubrausen und dann, ein gewöhnlicher Alpenbach, weiterzurinnen, auf der Flur noch einige Bauernmühlen treibend, bis er sich mit der Malta vereinigt. Nie war ich je so lange vor einem Wasserfall gestanden als vor diesem. Er ist unerschöpflich an Mannigfaltigkeit, kommt jeden Augenblick in neuen Geflechten, Strähnen, Aussprühungen, Stäubungen, Raketen usw. herab. Schwer und feierlich langsam fällt er, man kann bequem bis zehn zählen, ehe die oberste Gieß unten ankommt. An hundert Schritte bleibt man diesem Wasserfall vom Leibe. Schon auf solcher Entfernung steht man mitten im Gewitter. Regen und eiskalter Wind schlägt nieder, ein Sausen und Brausen und Donnern betäubt das Ohr und man ist bald naß über und über. Daß in der Sonne die Regenbogenfarben spielen, daß je nach dem Luftzug ein dumpfes Brausen oder ein dünnes Zischen oder ein hohles Gurgeln oder ein säuselndes Singen oder ein windähnliches Rauschen und schließlich alles durcheinander, herabkommt, weiß jeder, der Ähnliches gesehen. Es ist ein Lied von ewigen Dingen, jede Strophe anders seit undenklichen Zeiten, und in diesem Augenblick, als ich's hier in meiner Stube schreibe, und in diesem Augenblick, als du, mein Freund, es Gott weiß wo in der Welt liest, braust immer und immer das Lied von der Felswand nieder, dort weit oben im Kärntnerland.

Als ob's nur dieser Fallbachfall allein so triebe. Als ob nicht gerade in demselben Tal, wenn auch weniger hohe, sonst aber noch weit gewaltigere Wasserfälle raseten! Man wende sich nur um und man sieht querüber in den Gößgraben hinauf, aus dessen Hintergrund die Ungetüme des hohen Reißeck, des Sauleck, des Tüllneck niederstarren. Gleich am Eingang dieses Grabens der wuchtige Gößfall, weiter oben, wo die Waldnatur ins Starre der Felsen übergeht, der Zwillingsfall, zwei Wasserstürze nebeneinander, ein hoher und ein breiter, sich an Wildheit überbietend. — Mitten in den Fällen, so stehe ich bei einem Gehöfte, der Pflügelhof geheißen, am Ende des Maltatales. Von hier aus wird es eine viele Stunden lange, wilde Schlucht, in der kein Wagen mehr vorwärts kann, in der nur noch wenige Hütten zu finden sind, in der die Alpennatur in ihrer Ursprünglichkeit herrscht und jeden Kulturversuch der Menschen zurückweist. Wege und Brücken mit Mühe und Fleiß, aber die Natur hat darüber geschrieben: dermalen freiwillig gestatteter Weg! Die nächste Lawine, das nächste Hochwasser vernichtet ihn so gründlich, als sei nie ein Menschenfuß hier gewandelt. Nachdem ich vom Pflügelhof aus drei Stunden gegangen, gestiegen, geklettert bin über Quergräben, Wasserstürze, Tümpeln, Steinblöcke und Schründe, donnert's in allen Wänden. Ein feuchtkalter Luftstrom schlägt mir an die Wangen. Ich stehe vor den zwei größten Wasserfällen dieser Gegend, dem Hochalpenfall und dem Maltafall, an dem mit Fichten und Tannen umstandenen „Blauen Tumpf", worin die schäumenden Wasser kreisen. Nur Gletscherwasser, denn hoch oben breiten sie sich ringsum, die Eisfelder; darüber kühn in den stillen kalten Himmel aufragend, die Hafnerspitze 3061 Meter, der Ankogel 3252 Meter, die Hochalpenspitze 3355 Meter hoch. Will ich noch einige Stunden vordringen, so biegt das Tal plötzlich links um, und ich stehe am Rande des weithin starrenden Elendgletschers, überragt von dem zerrissenen Schwarzhorn. Im Elend, so heißt dieses weltentlegene Hochtal, ein überaus herrlicher Gebirgskessel, wie die Touristen sagen, die morgen wieder fortgehen; ein urtrauriger, trostloser Bergwinkel, wie die armen Hirten meinen, die monatelang in der starren Einsamkeit leben müssen.

Mir ist der Grazer Tourist sehr gut bekannt, der vor Jahren im Maltatale, unweit dort, wo der Fallbachfall ist, seine Augengläser zerbrochen hatte. Im Klettern den Hang hinan schnellte ihm ein Fichtenzweig ins Gesicht und die Augengläser flogen in den Abgrund. Es waren derer von Nummer sechs, und jetzt war der Mann, der allein im Hochgebirge stand, soviel als blind. Er sah, was zunächst an ihm war, im weiteren nichts, als das Weiß des Himmels und das Grau der Berge mit den verschwommenen Rändern. Ein nebelhaftes Bild, wie durch verblindetes Glas gesehen. Und er war doch weit hergekommen um zu schauen. Er hatte nun Mühe, zum Weg hinabzufinden, ohne über Wände zu stürzen. Dort fragte er einen Steinklopfer, ob denn der in Malta oder drüben in Fernbach niemanden wisse, der Augengläser habe.

„Glasaugen meinens? Schaun's her, die hab' ich ja selber," antwortete der Steinschläger. Ja, da hätte der

Tourist erst Augengläser auf der Nase haben müssen, um zu sehen, daß der andere „Glasaugen“ auf der Nase hatte. Aber seine Freude war kurz; Steinklopfer tragen Augengläser, selbst wenn sie die adleräugigsten Wildschützen sind, Brillen aus Fensterglas, damit ihnen der Staub nicht ins Auge sprüht — „beim Steinerschlag'n“. Hingegen wußte dieser Steinklopfer einen alten Pfründner im Dorf Malta, der Gläser trage, weil er sehr kurzsichtig sei. Der Tourist nahm einen Geißknaben, der ihn zum Alten führte. Und siehe, der hatte Hornbrillen, die besser waren als keine.

„Was steigen's denn herum, wenn S' nix sehen!“ sagte er zum Touristen. „In die Schluchten wolln's eini? Gehn's, das is a grausliche Gegend. Wo sein's denn her? Aus Graz? Dort soll's ja eh schön sein, was gehn's denn nachher weg? Leihen tu' ich s' Ihnen schon, die Glasaugen, aber was Schöner's zum Anschauen soll'n Sie sich wohl suchen, als wie den Graben da ins Elend hinein.“

So wanderte der Tourist nun frisch bewaffneten Auges in das hintere Maltatal hinauf. Da wurde die Gegend immer schauerlicher. Himmelhohe Berge, grause Abgründe, alles Stein, Schutt, zerreißendes Wasser. Stellenweise hingen die Felsen über, so daß sie herabzustürzen drohten. Der Tourist wagte sich kaum vorwärts, er schwindelte an den Stegen und Abgründen. Wilde Tiere glaubte er zu sehen, oben in den Runsen, Wölfe, Bären, sogar ein Lindwurm reckte seinen schauderhaften Kopf aus einem Felsloche hervor. Dann der versteinerte Schnee, der nimmer weggeht, der Eis- und Felsblöcke herabwälzt auf die Wiesen, wo nur ein kurzes Gräslein wächst. Alles öde, trostlos, nur krächzende Raben fliegen herum unter den Wänden und suchen nach Tieren, die verhungert sind. Dann immer wieder die Wasserfälle mit ewiger Stimme schreiend: Menschenwurm, weiche zurück! — Dem Touristen graute, er ging in dieser Wildnis nicht weiter. Wie wenn hinter ihm eine Lawine niederfährt, daß er nicht mehr zurück kann! Ein Eingeschlossener, ein Verdammter in dieser kalten Hölle! Als nun auch die Nebel niederstrichen an dem wilden Birg, so daß ein frostiges Dämmern die ewig rauschende Einsamkeit zudecken wollte — da dachte der Tourist ans sonnige, fruchtbare Hügelland draußen, wo es gefahrlos und heimlich umherzugehen ist — ein Paradies im Vergleich zu diesen starren, menschlosen Schrecknissen. Er kehrte um aus dem Elend, war froh, als er die drohenden Wände hinter sich hatte und wieder im Dorfe Malta war, wo es ein wenig Sonne gab und Fruchtfelder und Menschen. Dem Pfründner gab er die Brillen zurück, hernach draußen in Gmünd kaufte er sich neue. Als er dann durch das Liesertal hinab der Eisenbahn zuwanderte, begann es ihm leid zu tun, daß die wilden Berge zurückblieben. Er konnte es nun nicht begreifen, daß er tags zuvor im hintern Maltatal eine solche Angst bekommen, daß er seine Absicht, über den Elendgletscher nach Mallnitz hinüberzuwandern, nicht ausgeführt hatte. Das ärgerte ihn jetzt, er kam sich feige vor.

Ich will dich aufklären, mein lieber Grazer Tourist. Du hast das Hochgebirge durch die Brille des Pfründners angesehen! — Schon der geschäftige Gebirgsbauer findet an den unfruchtbaren, unwirtlichen Alpenwildnissen nichts Anziehendes; und erst gar ein alter Kindskopf, der das Wilde und Großartige ins Märchenhafte steigert und der die Hochgebirge mit Dämonen beseelt. Aber geschadet hat's dir doch nicht. Es ist ganz gut, wenn wir manchmal erinnert werden an die feindlichen Mächte, die in den Wildnissen schlummern. Sei es schon nicht größerer Vorsicht halber, so gewinnt das Gebirge doch neuerdings den Reiz des Geheimnisvollen, der ihm durch das platte, ehrfurchtslose Touristenwesen und Unwesen fast abhanden gekommen ist. Im allgemeinen möchte ich dem Touristen des Pfründners Brillen nicht anraten, bisweilen jedoch soll er sie nur an die Nase stecken. Denn wenn die Ehrfurcht erlischt, dann ist es mit der Poesie des Hochgebirges vorbei.

Im Leuchten des Dachsteins.

1902.

Alpenfroher Leser, komm heute mit mir. Bist du ein „Auswärtiger“, so führe ich dich in die Steiermark zu großen Dingen, bist du ein Steirer, so zeige ich dir etwas Heimatliches, das du vielleicht noch nicht kennst. Es soll dich freuen.

An einem klaren Septembertag fuhr ich durch das Ennstal hinauf bis zur Station Gröbming. Da der Ort in einiger Entfernung hinten oben auf einer Hochebene liegt, so nutzte ich das Postwäglein, das mich auf der Zickzackstraße in den Markt Gröbming brachte. Er liegt am Fuße des im Norden senkrecht aufsteigenden Kamp, dessen zerklüftete und zerrissene Zinnen kammartig den Himmel striegeln. Rechts an ihm ragt der Grimming herüber, und links, durch eine Schlucht vom Kamp getrennt, steigt der wüste Felskegel des Stoderzinken auf. Diese an 2100 Meter hohe Bergspitze des Stoderzinken war des Tages Ziel. Ein guter Weg, so hörte ich, soll eine Karrenfahrt erlauben bis fast hinauf. —

Das erste, was in Gröbming uns grüßt, ist die evangelische Kirche. Die Gröbminger Bauern gehörten bei der Gegenreformation zu den hartnäckigsten, die am Evangelismus festhielten. Endlich, mit Gewalt gezwungen, wurden sie äußerlich katholisch; als jedoch das Toleranzedikt kam, bekannte sich hier wie im nahen Schladming und der Ramsau ein großer Teil der Bevölkerung wieder zum Protestantismus. Sie vereinigten sich 1810 zu Gemeinden und erbauten Kirchen.

Im Jahre 1680 hat in diesem Hochtale die Pest so arg gewütet, daß die letzten Toten niemand mehr begraben konnte.

Auch am Tage meiner Ankunft gab es im Orte Gröbming nervöse Aufregung. Der Blitz! Der Blitzschlag! — Aber es stand doch nicht ein Wölkchen am Himmel. Ein paar Tage vorher hatte mitten im Markte der Blitz eingeschlagen, zwar nicht gezündet, an Gebäuden nichts beschädigt, nur im Stalle ein paar Tiere betäubt — nichts weiter. Doch der Blitz hat's getan! Ein unerhörtes Ereignis. Seit Menschengedenken, seit der Ort Gröbming eine Geschichte hat, war — wie man mir sagte — in diesem Hochtale kein Blitzschlag vorgekommen. Der Blitzableiter war hier ein unbekanntes Ding. Wallten die Wetterwolken noch so drohend nieder an den Wänden, die Gröbminger brauchten nicht zu bangen, es kam kein Hagel und kein Schlag. Den Kamp halten die Leute für den Blitzableiter, und man könne es sehen, wie bei Gewittern aus den niedrigeren Wänden der Feuerstrahl springe und himmelwärts zucke. Dann rollen manchmal Felsstücke nieder und schlagen, wenn es nächtig ist, Funken aus den Wänden. Und nun hatte auf einmal ein Strahl den Felsenbann gebrochen und war niedergefahren mitten ins Menschennest. Mancher Gröbminger wird von nun an die Zeitrechnung führen: Seit dem Blitzschlag.

Im Orte wurde nach einem jener Karren gesucht, die von Pferden auf den Stoderzinken gezogen werden. Aber es war Erntezeit und da fährt der Landmann lieber Garben in die Scheune als Poeten auf die Berge, maßen er von seinem Berufe aus mit Recht die Berge und die Poeten für ziemlich überflüssig hält, am überflüssigsten aber das auf den Berg Fahren, wenn einer oben nichts zu tun hat.

Es war vier Uhr nachmittags geworden, und je klarer das hohe Felsenhaupt auf mich niederblaute, je unmöglicher es sich zeigte, einen Karren aufzutreiben, je leidenschaftlicher wurde mein Wille, oben zu sein. Endlich war ein Wägelchen vorhanden, das mich über das ebene Tal bis in das Dorf Winkel, und bis an den Fuß des Berges führte. Und gleichzeitig war ein Führer gefunden, der mich begleiten, meinen Rucksack, meinen Überrock, und wenn nötig auch meinen Leib tragen konnte. Es war fünf Uhr, als ich am Fuße des trotzigen Berges stand, vor mir einen stundenlangen Anstieg, unterwegs kein Dach, oben ein Ungewisses. Mit jener süßen, belebenden Ungeduld, die jeden Touristen erfaßt, wenn er anzusteigen beginnt, hub ich an zu gehen, der Führer hinter mir, mit der Weisung, unterwegs auch nicht ein einziges Wort zu sprechen. Durch den schattendunkeln Dürrenbachgraben (links der bewaldete Kulmrücken, rechts die Wände des Stoderzinken, die zwischen den Wipfeln niederleuchten) führt ein guter Weg sachte anwärts, eine Stunde und länger. Anfangs rieselt ein Wässerlein entgegen, dann wird es still; nur die langsamen Schritte der Bergsteiger knistern im Sand. Kein Stein und keine Baumwurzel und keine Wasserlache, nichts von alledem, was hinderlich sein könnte; ich stieg stillvergnügt sachte dahin. Aber die Zinne des Berges, an der schon die Abendsonne glühte, war immer noch schwindelnd hoch oben, während — nach rückwärts geschaut — der Kamp stark einsank. Wir kamen zum Sattel, das Stöderl genannt, wo endlich der langersehnte Ausblick gegen Westen frei wird. Die Berge waren schon abendlich, die Spitzen der Tauern im Verglimmen. Der Weg biegt rechts, hebt sich über den Wald und bindet nun ernstlich mit dem Berg an. In Schlangenwindungen steigt er zwischen dem Gewände hinan. Aber seine vornehmen Allüren läßt er nicht, auch im Hochgewände zwischen Schutthalden und wüsten Blöcken bleibt er der glattbesandete Parkweg, der er unten gewesen. Doch nicht dem Touristenkultus ist dieser Weg geweiht, vielmehr einem gewinnsüchtigen Kohlenbergwerk, das hinten in der Dachsteingegend aufgetan worden. Auf der Höhe von etwa 1700 Meter ist eine Wasserquelle. Der Führer fragte, ob ich trinken wolle, es sei die letzte, weiter oben gebe es nichts mehr dergleichen, nur noch Bier und Wein. Na, das waren freilich schlechte Aussichten! So war es allmählich finster geworden und ich sah hier oben nicht mehr, als was man unten auch sieht — die Sterne des Himmels und die Lichter aus den Ortschaften des Tales. Nur fiel mir an einer Bergkontur im Westen eine hohe Masse auf, aus der pechschwarze Kegel in den Himmel hineinstachen. Wir standen auf einem Hochpaß, die Kehr genannt, hinter dem der Weg talwärts jenem Bergwerke zugeht. Auf der Paßhöhe steht ein Haus, oberhalb des Weges zwischen schütter bestandenen, wetterzerzausten Fichten und Kiefern. Und aus diesem Hause war ein Mann hervorgetreten, dem vorausgehende Touristen den nahenden, von ihm geladenen Wanderer verkündet hatten. Frohgemut kam er mir entgegen, führte mich ins Alpenhaus, das er sich hier, 1900 Meter hoch, für den Sommer erbaut hatte, führte mich vor seine Familie, eine frisch heitere Tochter und eine nicht minder frisch heitere Mutter von 86 Jahren, die jeden Tag tapfer ihre Ausflüge machten in die Hänge, Wände und auf Höhen! Da gab's einen feuchtfröhlichen Abend, dem im

Dachstübchen eine kurze Rast folgte. An den Balken rüttelte der Wind, bange blickte ich nach den Sternen aus, ob sie noch da seien, oder nicht schon der Nebel alles verschlinge. Denk' nicht daran und schlafe! sagte ich mir, ein ausgeruhter Körper ist mehr wert als ein heiterer Morgen! Das war zu philisterhaft gedacht, um wahr zu sein. Nicht einen Augenblick hatte ich geschlafen und als es in der Kammer zu tagen begann, hob ich den Kopf, blickte durch das Fenster und erschrak wonnig. Da draußen stand er, hinter den nahen, knorrigen Fichten der Höhe stand er breit und hoch auf mit seinen Wänden, Eisfeldern und spitzen Kegeln — der Dachstein. Ganz schreckhaft nahe. Und in welchem Lichte! Nicht Nacht und nicht Tag; ein mattes, schauerlich schönes Rot war ausgegossen über Baum, Stein und Eis, ein Licht, wie ich es noch nie gesehen auf Erden — das Licht der Ewigkeit. Kaum seliger erschauernd können die Toten aufstehen am jüngsten Tage, als ich jetzt aus dem Bette stieg und unter leisem Beben an Leib und Seele mir die Kleider überwarf. Um die Majestät würdig begrüßen zu können, wollte ich mich noch rasch waschen, als aber diese Vorbereitung vorüber war, hatte das heilige Rot aufgehört und der Dachstein stand blaß und kalt in gewöhnlicher Morgendämmerung.

Ich stieg die Treppe hinab und trat vor das Haus. Nun hatte sich das Bild noch ungeahnt vergrößert. An den linksseitigen Abhängen des Dachsteinstockes, fast noch von blauschattender Nacht gefüllt, lag das Ennstal, ein paar lichtere Punkte deuteten die Ortschaften Haus und Schladming an. Fern hinter dem obersten Ende des Tales die weißen Häupter des Großglockners und des Venedigers. Diese Spitzen begannen nun sachte von oben herab zu glühen, wie Eisen glüht in dunkler Schmiede, und in den nächsten

Augenblicken glühten auch die Gletscher des Dachsteins, zuerst an höchsten Punkten, dann an den obersten Rändern, endlich in ganzen breiten Tafeln bis herab zu den Moränen. Darüber und dazwischen standen dunkel die spitzen Felskegel auf, die dieses Gebirge kennzeichnen. Der Augenblick war so feierlich, daß ich hätte aufs Knie sinken mögen. Ich gedachte zur Stunde der fernen Meinen, die im Schlaf dahinliegen und nichts ahnen von der Gnade, deren Glanz auf hohem Berg mich umstrahlte.

Als das Gebirge endlich im hellen Sonnenscheine stand, kam die Tochter des Hauses herab. Beide den Blick nach der Herrlichkeit gewendet, sagten wir uns schweigend Guten Morgen. Später gestand sie, nicht satt werden zu können am Schauen. Schon vier Wochen sei sie da und könne nicht lesen, nicht schreiben, nicht zeichnen, müsse immer schauen und schauen, denn zu jeder Tageszeit und bei jeder Witterung sei die Schönheit eine andere und immer berückend, bis am Abend das Haupt wie betäubt sei und das Auge berauscht sich schließe.

Weil man auch zum Genusse der Schönheit Kraft braucht, und mehr als man glaubt, so gab's nun ein ausgiebiges Frühstück und dann ging's den letzten Höhen des Stoderzinkens zu. Mein Gastherr geleitete mich zwischen auf Steinboden dünn verstreuten Knorpelbäumen hinan, durch Alpenrosensträucher und Heidekraut, an dem erst die grünen Knötchen wuchsen, wie unten im Juni. Die noch viel höheren Berge der Nachbarschaft schützen auf dieser Höhe von 2000 Metern die spärlichen Bestände. Der Fußsteig geht rechts hin an steilem Hange und in das Gewände. Aus Abgründen dunkelte der Wald, von dem ich gestern heraufgestiegen und dort draußen im Schatten noch lag auf weiter Matte in einem winzigen Häuschen beisammen der Markt Gröbming.

Aus den Hochwänden herab, über deren Kloben gerade die Sonne herüberfunkelte, klang ein helles Glöcklein und nach einer Biegung um den Felsvorsprung standen wir vor einer Kapelle, deren Wandschrift: „Kommet alle zu mir", uns schweigend grüßte. An der Wand, unter überhängenden Felsen ist sie im Angesichte des langen Ennstales hingeklebt, davor ein ebenes, eingeplanktes Plätzchen, auf dem nur wenige Füße Raum finden können. Die Kapelle war erst in diesem Sommer gezimmert worden, drinnen auf rohem Stein steht ein Christusbild. Mein Gastherr, der Erbauer, hat diese Kapelle das „Friedenskirchle" genannt, ihr aber nicht den Stempel einer kirchlichen Weihe aufdrücken lassen. Es soll weder eine katholische noch eine protestantische „Kirche" sein, nur eine christliche. Kein Bildnis im Alpenlande steht so hoch, als dieser Heiland, der mit mildem Auge niederblickt auf die weite Steiermark und mit gehobener Hand ihre Bewohner segnet, die katholischen wie die evangelischen — alle, die guten Willens sind.

Und nun vollends empor zum Gipfel des Zinken. Dazu bedurfte es von der Kapelle aus noch eine halbe Stunde Steigens zwischen Gestein und Knieholz hinan bis zum kahlen Scheitel. Wer Natur schauen kann, Natur erleben kann, der erfährt auf dem Berge eine große Offenbarung. Das Wort ist natürlich ganz unzulänglich, den Eindruck zu schildern, und doch gibt es, um dem Leser die Sache nahe zu bringen, kein anderes Mittel, als die geographische Lage anzudeuten und Namen aufzuzählen.

Der Spitze des Stoderzinkens bietet sich ein Hochgebirgsbild in großen Zügen. Südlich liegt das breite, tiefe Ennstal, von Selztal bis Radstatt offen. Jenseits desselben der gewaltige Tauern, eine zwei- und dreifache Kette von Bergkuppen und Spitzen, von welchen der größte Koloß mit seinen schwarzen Wänden und blinkenden Schneefeldern, die Hochwildstelle, uns gerade gegenübersteht. Der noch sichtbare östlichste Punkt dieser Bergkette ist der Hochschwab, der westlichste der wilde Gerlos in Tirol. Die höchsten, ich nenne nur die Majestäten, nicht ihr Gefolge, stehen in dieser Reihe: der Bösenstein, die Hochwildstelle, der Hochgolling, der Ankogel, der Sonnblick, der Hochnarr, der Großglockner, der Venediger. Die Eisfelder der letzteren leuchten über dem dunkeln Urgebirge um so heller auf. Das ist der südliche, der Tauernzug.

Den Westen deckt, alles hoch überragend, die Dachsteingruppe. Die Kegel an derselben, die den Abend zuvor so finster in den Himmel aufragten, sind die Scheuchenspitze, der Eselstein, der Koppenkarstein, der hohe Dachstein, umgeben von kleineren Türmlein, die man hier „Dirndln" nennt. Der westliche, der Gosaugletscher, ist uns nicht sichtbar. Vom Karlseisfeld blinkt nur der obere Rand über den Gjaidstein herab. Der Edelgriesgletscher — der einzige Gletscher Steiermarks — senkt sich links gegen den Edelgriesgrund. Hingegen wendet der Schladminger Gletscher uns seinen Silberschild zu. Mit dem Fernglase sah ich mehrere Touristengruppen über dieses Eisfeld sich hinanarbeiten. Sie schienen sich kaum zu bewegen. Mit freiem Auge sah ich sie nicht; danach schätzte ich die Entfernung dieser Bergriesen, die so greifbar nahe und alles um sich niederdrückend dastehen, auf achtzehn bis zwanzig Kilometer. Der Gletscher dacht sich zwischen Felsruppen rechts ab ins gelbliche Gestein, dieses in das weite flachere Karstgebiet des Kammergebirges, das mit meinem Stoderzinken ungefähr die gleiche Höhe hat. Dieser Zinken ist der östlichste Ausläufer des Dachsteingebirges und hängt so mit ihm zusammen, daß man daran denkt, über alle Kogel und Schluchten, über alle zerrissenen Steinrisse und Ruppen hinweg einen verbindenden Touristenweg anzulegen. Dieser Weg müßte vom Zinken aus eine fast 1000 Meter hohe Steigung überwinden und über Stellen setzen, die jedes Jahr von der Natur anders gemeißelt werden!

Hinter dem sachte sich senkenden, breiten und karstig gesprenkelten Kammergebirge guckt aus dem Salzkammergut ein halbstädtischer Bengel herüber — der Schafberg. Dann im Norden das Höllengebirge und näher gegen Osten hin das Totengebirge mit seinem König, dem Hohen Priel. Im Osten die kaltblassen Berge des Gesäuses und uns ganz in der Nähe die zackigen Zinnen des Kamp, hinter denen die Spitze des Grimming hervorragt. Zu meiner Tageszeit zeigte der Rundblick drei ausgesprochene Grundfarben: die Tauernkette braun, der Dachstein rötlich, das Höllen- und Totengebirge blau. Gegen Norden in der nahen Tiefe liegt die Stoderalm mit ihren Sennereien, mit einem Touristenhaus (Brünner Haus) und mit dem Kohlenbergwerk. Weiter hin ein Meer von Wald bis gegen das Tal von Mitterndorf, das aus der Ferne herauflacht.

Das ist das Rundbild vom Stoderzinken. Man sieht von seiner Spitze aus die höchsten Berge von vier Kronländern. Das Berückendste aber sind die großen einfachen Linien; man denkt, der Weltgeist habe die Bergzüge eigens so gruppiert, daß sie, von dieser noch immer mäßigen Höhe aus gesehen, ein jedem Menschengemüte unvergeßliches Bild geben müssen. Doch an dem landschaftlichen Bilde allein liegt's ja nicht. Es ist etwas anderes, ganz Geheimnisvolles, das uns mitnimmt und gegeben wird. Es ist, wie wenn unsere Seele Gestalten bekäme und als Felswand, als Abgrund, als Gletscher vor unserem Auge stünde, es ist, als verschmelze unser geistiges Wesen mit dem Sonnenäther und als sei die Vereinigung zwischen dem Menschen und dem unvergänglichen All gefunden. Ob nun der herbstklare Sonnentag vom Himmel kommt, wie mir an diesem Tage, oder ob Wetter und Stürme uns umdräuen — man ist herausgehoben aus der Gewöhnlichkeit, man fühlt sich in der Winzigkeit groß und trotz der Gefahr plötzlicher Vergänglichkeit ewig. Wenn ich auf der Spitze eines hohen Berges anlange, so ist mir das immer wie ein Heimkommen. — Lange bin ich auf den warmen Steinen gesessen und habe getrunken von der reinen Alpenluft, von dem leuchtenden Himmelsäther, von der stillen, erhabenen Schönheit. Und dann kam allmählich wieder irdisches Schwergewicht. Tief aus dem Ennstal schimmerten die Sandhäufchen der Ortschaften herauf, und als ein halbverlorener Klang emporgestiegen kam, da wurde ich mir plötzlich des Wunders bewußt, daß ich hier oben stand. Nach monatelangem Leiden noch erschöpft; dem Arzt, der mich mit Sorgfalt im Hausgarten gefangen halten wollte, gleichsam entlaufen — und nun auf diesem Berg, ohne Müdigkeit zu spüren. Wer hat mich denn heraufgetragen? Nicht oft kommt es vor, doch diesmal hat der Wille das Fleisch überwunden.

Zum Berghause zurückgekehrt, wurde mir das Fremdenbuch zugeschoben.

Was soll ich schreiben?
Mir fällt nichts ein
Auf diesen Bergen
Voll Sonnenschein,
Als in Ehrfurcht schweigen
— Und selig sein.

Auf der Jagd nach Jugend.

1904.

Eines frühen Julimorgens trat ich mit Rock und Stock vor die Meinen hin: „Lebet wohl! Ich gehe fort."

„Mein Gott, wohin denn schon wieder?"

„Das weiß ich nicht. Mit dem nächsten Zuge fahre ich, wie weit, wohin, das wird sich geben. Einige Tage bleibe ich aus und werde manchmal drahten, wo ich bin."

„Aber, Mann, das ist unheimlich!"

Köstlich ist das. Wenn man sonst so Tag für Tag auf Stunde und Minute in gespannter Ordnung dahinlebt, dann ist einmal die völlige Ungebundenheit ein köstlich Ding. Man fährt im schönen Land dahin. Jede Gegend, jeder Ort, jedes Seitental, jeder Berg gehört mir, ich brauche nur zuzugreifen oder liegen zu lassen — ganz nach Belieben. Es erwartet mich niemand und nirgends hält man mich. Ein grauer Fremdling, wie deren hunderte auf der Straße wandern, auf dem Rasen ruhen, im Heu liegen oder im Wirtshaus sitzen: „Frau Mutter! Mir ein Stück Rindfleisch und ein Glas Wein!"

Und wenn sie fragen: „Wer san mer? Woher und wohin?" so ist das Sprüchel: „Ich bin und weiß nicht wer, ich komm' und weiß nicht woher, ich geh und weiß nicht wohin, drum ich auch so lustig bin!" eine Antwort, mit der sich zwar nicht die Polizei, wohl aber zumeist der Wirt zufrieden gibt. Und wenn ich mich selbst frage: Du kennst ja das Bergland, wozu die Mühen und Beschwerden, von denen du fast allemal ganz „matsch“ nach Hause kommst? Was willst du, was suchest du? so komme ich mir vor wie ein Mondsüchtiger, der plötzlich geweckt wird und sieht, daß er auf dem Dache sitzt. — Und doch hat auf dieser Welt nichts soviel Zweck als gerade das Zwecklose. Das ist das Leben an sich. Aber ich mühe mich doch ab, um zu ergründen, weshalb es mich immer wieder so mit unerbittlicher Gewalt in die Alpen zieht, und mit jedem alternden Jahr noch heftiger. Ob das nicht eine Krankheit ist? Ich suche nicht gerade dieselben Täler und Berge, wo ich schon gewesen, ich suche andere, aber womöglich ähnliche, die dasselbe Licht und dieselbe Stimmung haben, wie ich sie in jungen Tagen erfahren. Die Almen, die ich jetzt suche, sollen von mir bisher nicht erstiegen sein, sie sollen gerade so erobert werden müssen, wie jene in der Jugend. Aber sie sollen so grünen wie einst, und die Felsen sollen so drohen, und die Wasser sollen so rauschen, und die Gemsen sollen so springen, und die Holzer und die Jäger und die Halter und die Sennerinnen sollen so gemütlich und so einfältig sein wie einst, und ich will ihnen gerade so einfältig gut sein können, wie einst in jungen Tagen. Ja warum denn so, warum will ich nicht etwas Neuartiges erfahren? Ich weiß keine Antwort. Ich will die Stimmungen, die Empfindungen wieder haben, in denen ich einst so jung und froh gewesen bin. Ich will die Wiederholung des Lebens. Und auf das wird's endlich hinauskommen, meine Bergwanderungen sind ein Plangen und Suchen nach dem Jungsein. So sehnt, so lacht, so weint man seiner Jugend, seiner Vergangenheit nach, wie ich immer wieder ins Gebirge muß eilen mit Mantel und Stecken, mit der Bedürfnislosigkeit und dem unbegrenzten Vertrauen des jungen Menschen von dazumal. Die Jagd nach der Jugend.

Mancher Bergwanderer möge sich fragen, ob es nicht auch bei ihm so ist. Ein halb unbewußtes Verlangen, das Naturgefühl, die Freuden junger Tage auf den Bergen wieder nachzuempfinden? —

Als ich nun so einen halben Tag lang planlos durch das Land gefahren war, auch mehrmals umgestiegen von einer Bahnstrecke auf die andere, mehrmals auf dem Absprung war und doch weiter gefahren bin, stieg ich endlich in einem breiten Alpental aus, neunhundert Meter über dem Meere. Der Zug rollte davon, ich stand auf stillen sonnigen Fluren. In breiter Runde sanfte Waldhöhen und in der Ferne ein hohes Gebirge. In Neumarkt war ich, an der kärntnerischen Grenze. Ein Hügelrücken, auf dem eine Ruine steht, verdeckte noch den Ort, durch dessen Platzallee ich bald dahinschritt, um ein gutes Gasthaus zu suchen. Ich nenne nicht gern die Gasthausschilder, das ist Sache des Bädeker; doch macht man, wo es einem gut gefällt, gerne die zwei Sternchen im Gedächtnis. In Neumarkt, der Gasthof am Platze links, ist leicht zu erraten. Im Vorhause wies mir der Wirt zur beliebigen Wahl zwei Eingangstüren zu zwei Gaststuben, eine links, die andere rechts. Wie es oft geht, daß ein einziger zufälliger Schritt, eine an sich völlig unbedeutende Kleinigkeit über den ganzen Lebensweg entscheidet, so entschied für meine Bergwanderung die Wahl dieser Türen. Hätte ich die zur Rechten gewählt, so würde die bevorstehende Partie einen ganz anderen Lauf genommen haben, denn ich dachte schon nach Kärnten hinab. Aber ich trat zur linken Tür hinein, setzte mich dort an einen Tisch, an dem eine Familie saß, die mir zwar ganz fremd war, mit der sich aber ein Gespräch ergab. Sie war mit einem schönen großen Wagen aus St. Lambrecht da und lud mich ein, nach dem Mittagsmahl mit ihr nach dem genannten Ort zu fahren, wo noch an demselben Tage ein lohnender Berg bestiegen werden konnte.

Die Wagenfahrt ging dann über die Hochebene an dem schön gelegenen Dörfchen Mariahof und an Schauerfeld vorüber und bog westwärts ins Tal zwischen mäßigen Waldbergen. Mein Wagenherr war der Verwalter der Dynamitfabrik in St. Lambrecht, der unterwegs manches Merkwürdige von seinem unheimlichen Beruf zu erzählen wußte. Zur besonderen Illustration begegnete uns an der abschüssigen Straße mit steilem Abhang in die Schlucht, wo das Wasser rauschte, eine Anzahl Wägen, von feurigen Pferden gezogen. Jeder dieser Wägen mit flacher schwerer Verpackung hatte eine schwarze Blechfahne, um anzuzeigen, daß hier der Tod vorüberfährt. Es war Dynamittransport, dem Bahnhof in Schauerfeld zu. Nun wurden, als wir mitten in dieser Wagenburg waren, ein paar Pferde wild und fingen mit den unseren Händel an. Die Dynamitwagen erhielten Stöße, einer und der andere schien auch bereit, über den Hang zu stürzen, wenn nicht durch Erschütterung lieber der ganze Wagenknäuel in die Luft flog. Aber die Fuhrleute hatten die streitenden Parteien auseinandergerissen, der Tod fuhr schwerfällig ächzend vorüber und wir rollten dem Tale von St. Lambrecht zu.

Die Dynamitfabrik birgt sich, teilweise unter Gebüsch versteckt, in einem Nebentale. Hoch über der Schlucht aus dem Walde ragt der blinkende Turm der Wallfahrtskirche Schönanger. Dort oben Himmelsfriede, hier Krieg und Zerstörung, unversöhnliche Gegensätze nachbarlich wohnend in dieser Alpenidylle. Dieses Dynamitwerk gehört jener internationalen Gesellschaft an, deren Haupt Nobel, wohl als Sühne für das gewalttätige Produkt, die großen Nobelpreise für Kunst und Wissenschaft gestiftet hat, wovon jeder

Künstler, Gelehrte und Schriftsteller, also auch ich, einmal einen Brocken zu bekommen hofft. Daß ich wegen Dynamit einmal ein wenig in Lebensgefahr war, gibt mir doch wohl Anspruch darauf?

Nach einer kurzen Einkehr ins freundliche Verwalterhaus machte ich mich an meinen Berg. Es ist die Grebenz, die südlich von St. Lambrecht, anfangs in Wald und dann in Almblößen aufsteigt. St. Lambrecht liegt 1073 Meter über dem Meere, so ist es noch an 800 Meter zu steigen bis zum Gipfel der Grebenz. Von St. Lambrecht, dessen weitläufiges Stiftsgebäude aus der Talung hervorschimmert, waren mehrere Herren gekommen, die von meinem beabsichtigten Bergstieg schon erfahren hatten und denselben mit mir machen wollten. Diese Fürsorge ist mir zu statten gekommen, um so mehr, als ich daheim meinem Töchterlein Martha das Versprechen hatte geben müssen, ganz allein unter keinen Umständen Bergbesteigungen zu unternehmen. Ich hatte auf den Schwur schon beinahe vergessen gehabt, voller Gier nach einsamer Wanderung, wie ich sie in längst vergangenen Tagen so oft und glückselig gemacht hatte. Zudem verlangt es auch meine Natur, beim Bergstieg kein Wort zu sprechen, sondern die heilige Bergfreude still und feierlich hinaufzutragen zu den Alpenhäuptern. Die neuen Wandergenossen ließen diese meine Absonderlichkeit gelten und so schritt ich ihnen auf Sehweite voraus durch die Wälder hinan. Am Wege stehen von Strecke zu Strecke gemauerte Bildstöcke mit den üblichen Kreuzwegstationen. Die zwölfte dieser Stationen ist das Kirchlein, das hoch oben in einem Waldanger steht und an der Vorderwand nach außen die drei Kalvarienkreuze zeigt. Eine Schenke und ein paar Krämerbuden stehen da für die Wallfahrtsfeste an jedem Donnerstag; sie waren jetzt verschlossen und der Tourist muß sich andere Raststätten suchen, und andere Altäre.

Wie bisher folgen wir der roten Markierung, immer durch Wald empor, manchmal gemächlich, manchmal steiler, beschwerlich nirgends. Hie und da hindern Schneebrüche, Zäune sind zu übersteigen, die Waldbäume werden schütterer und verwitterter, endlich nach ein paar Stunden liegt vor uns eine sachte ansteigende Hochmatte, an deren Rand die Hütte steht. Halb Halterhütte, halb Schutzhaus, teils vom Stifte, teils vom österreichischen Touristenklub, der in St. Lambrecht eine rührige Sektion hat, verwaltet. Bei Brot, Butter, Schafkäse und Wein hätte es sich gut anwachsen lassen auf den Sitzbänken um den Tisch, aber wir waren noch nicht auf der Bergspitze, und das kann ein ernsthaftes Touristenherz schwer ertragen. Wir hatten noch eine kleine Stunde zu steigen, wieder durch Baumbestände und endlich über die Almkuppe hinan, bis zu den höchsten fast 1900 Meter hohen Punkten, wo nach Westen und Süden hin die felsigen Abstürze sind. Nach dieser Seite hin sieht man in einige Täler Kärntens hinab. Im Norden hinter dem Murgebiete ragen in langer Reihe die blaudunkeln Kuppen und Spitzen der Tauern, hinter denen auch einige Ennstalerzacken herüberleuchten. Im Osten jenseits des Neumarktertales steht die breite Masse der Seetaler Alpen mit dem Zirbitzkogel, der diese Gegend beherrscht und von dem lange Bergzüge nach Kärnten auslaufen. Im Süden, tief unten ruht das Städtchen Freisach mit seinen alten Burgen und aus dem Hintergrunde des Kärntnerlandes steigen wüst die Karawanken auf. Das ist der Rundblick auf der Grebenz. Aber an diesem Abend sah man nicht alles. Grauer Höhenäther verschleierte selbst nähere Berge, auch der Sonnenuntergang änderte nicht viel. Es war ein in Grau gedämpftes Bild ohne besondere Lichtwirkungen, das Touristenherz wurde nicht ganz gesättigt, blieb aber auch nicht nüchtern. Es stand auf einem Hochaltare, und so wie in den Kirchen gibt es auch im Tempel der Natur Zeiten, da die Bilder verhüllt sind mit grauen Tüchern.

Ein weiches Lüftchen zog vom Zirbitzkogel herüber, das immer mehr Dämmerung zu bringen schien. Wir stiegen lustig zur Hütte nieder, wo bei Kaffee und Sterz ein Plauderstündchen stattfand. Dann suchten wir die Betten auf im Dachraum. Hernach lag jeder mäuschenstill und ich vermute, daß sich keiner zu schlafen getraute aus Besorgnis, durch Schnarchen die Kameraden zu stören. Da war um die Mitternachtsstunde auf dem Bretterdache ein heftiges Gepolter. Steinwürfe! Eine weitere Gesellschaft aus St. Lambrecht war angekommen und heischte Einlaß. Wir hörten sie lange unten in der Stube lachen und johlen, dann verzogen die Nachtschwärmer sich ins Freie, wo sie bei einem großen Feldfeuer die ganze Nacht schrien und jauchzten, bis die aufgehende Sonne ihren lodernden Brand und die Heiserkeit ihr Singen und Jauchzen zuschanden machte. Sie werden halt auch betrunken gewesen sein von der Bergluft, und da muß man ein Auge zudrücken. Aber ich hätte lieber alle beide zugedrückt, wenigstens auf ein paar Stunden, um den Herrlichkeiten des folgenden Tages nicht ganz erschöpft entgegenzutreten. — Mancher Tourist hat keine Ahnung, was sein nächtliches Lärmen anderen entreißt — nicht bloß die Nachtruhe, sondern auch die Frische des nächsten Tages, die volle Fähigkeit zum köstlichen Genießen. Und wenn ich weiter denken wollte — kann es nicht eine schlaflose Nacht gewesen sein, die den Mann im Hochgebirge erschöpft liegen bleiben oder vor Müdigkeit straucheln und in den Abgrund stürzen läßt?

Als der über Waldwipfeln aufsteigende Sonnenstern durchs Dachfenster die rote Tafel an die Holzwand warf, ein frohes „Guten Morgen!" vom Himmel, standen wir auf. Nach dem kalten Glase Wasser und der heißen Schale Kaffee waren unsere Nerven in die rechte Stimmung versetzt für den Gebirgsmorgen, der draußen an den Gräsern funkelte und in den Bergen leuchtete. In den Gründen lag noch blauendes Dunkel, auf der Höhe glühten die Wipfel im grünlichen Sonnengolde. Doch wir verließen den frischen Bergmorgen, bevor er zu welken begann, und stiegen, duftende Kohlröserln im Knopfloch, talwärts, und zwar nordwestlich gegen den Auerlingsee, der in einer hochgelegenen Waldklamm ruht. Vor uns im grünen Talkessel lag das friedliche St. Lambrecht, in das wir nach einer Stunde munteren Abstieges einzogen. Dort habe ich mich trennen müssen von meinen Kameraden. Zwei Schulmänner darunter, die mußten an ihren Beruf, während der alte „Waldschulmeister" sich ein wenig in die kühle Stiftskirche setzte und nachsann darüber, wie es denn gewesen sein mochte in jenen fernen Zeiten, als in von Barbaren bewohnter Alpenwildnis dieses Kloster gegründet wurde. Die Kirche ist eine der größten in Steiermark, aber ich war nicht hereingekommen, um ihre Architektur zu studieren oder ihre Kunstwerke zu beschreiben; ein paar Augenblicke mit Ewigkeitsgedanken, dann bin ich wieder ins Freie getreten. Noch ein Besuch in der nahen, uralten Peterskirche. Hier über dem Hochaltar ist ein geschnitztes Abendmahl, dessen fromme Einfalt gleichzeitig zur Rührung und zum Lachen reizt. Jesus reicht über den Tisch her einem Jünger ein wohlgeflochtenes steirisches Bretzel, aber nicht in die Hand, sondern gerade an den Mund hin, so daß der Jünger gleich dreinbeißt. Gleichzeitig gießt ein nächster Jünger Wein in den Krug, damit der Bretzelesser den Bissen ordentlich hinabschwemmen kann. Die Alten haben noch soviel Humor gehabt, daß sie das steirische Bretzel als „Leib des Herrn“ nicht genierte.

Der Vormittag war heiß geworden. Was nun? Soll ich hinabfahren nach dem Wörthersee oder ins Gailtal, oder gar nach Tirol hinein? Der Erfolg meines Nachdenkens war, daß ich von alledem nichts tat, sondern ein Wäglein mietete und nach Murau fuhr. Wieder so durchs wald- und mattenreiche Alpental im Sonnenschein! Hin und hin schmucke Einzelhöfe und kleine Dörfer, munter rieselnde Bäche und ein paar kleine Seen. Einige Minuten lang fuhren wir durch Kärntnerland, das hier eine scharfe Spitze ins Steirische bohrt, ohne übrigens den steirischen Patriotismus zu verletzen. Eine Weile hatten wir außer der vor uns stehenden Frauenalpe, aus deren grünen Almen braune Felsknorpeln hervorquellen, keine höheren Berge um uns; als sich dann aber das Tal zu senken beginnt und sein Wasser, anstatt uns entgegen, mit uns gegen Norden strebt, steigen in der Ferne einzelne Spitzen der Tauern auf. Und siehe, diese winkten. „Du weißt nicht recht wohin. Komm zu uns. Hast uns ja doch so gern gehabt vor vielen Jahren, hast ja manche der Volksgestalten, die du aufgeschrieben, bei uns gefunden. Wir haben jetzt bessere Wege als damals, und wasserdichtere Hütten, und wenn die Wurzler und Köhler und Halter dir jetzt ihre Lebensgeschichten erzählen, so brauchst du nichts mehr hinzuzudichten, das tun sie schon selber. Und die frischen Dirnlein, hörst du, die dir einmal so gefallen haben, sie sind freilich längst welk oder nimmermehr da, aber Nachwuchs ist vorhanden, gerade so rosig und süß wie die Kohlröselein auf dem Birg. Komm zu uns.“ — Was war denn das? Können sie sprechen, die kegelförmigen Berge dort in der blauen Ferne? Wenn ja, dann sollen sie schweigen.

Steil geht der Rest des Weges nieder ins Murtal, und in der Talenge liegt das malerische Nest mit dem vieläugigen Würfel seines Bergschlosses. Murau. Hier Mittagsstation. Dann schickte ich den Wagen nach St. Lambrecht zurück und nahm einen andern auf. Und mit diesem fuhr ich nachmittags ins breite und lange Seitental hinein, das von der Mur sich in nordwestlicher Richtung hinzieht — das Rantental. Unterwegs die erste Begegnung ist unerfreulich. Links an der Straße stehen aneinander drei viereckige Steinsäulen, umwuchert von Buschwerk. Einheimische Wanderer bekreuzen sich oder beten ein Vaterunser für die armen Seelen derer, die an diesen Säulen haben sterben müssen. Nicht jeder brave Mann hat ein so ständiges Denkmal als die armen Sünder, die hier hingerichtet worden sind. Nun — Friede auch ihnen, sie haben ihre Sache bar bezahlt.

Bei dem kleinen Orte Tratten könnte ich recht gut in das schöne Schöder hineingehen, das mir schon in früheren Jahren lieb geworden ist. Doch heute geht's den rauschenden Rantenbach entlang in das uralte Pfarrdorf Ranten und bald darauf zur Stelle, wo von der Straße rechts ein Weg abzweigt und über die Anhöhe in eine der schönsten Alpengegenden unseres Landes führt. Die Krakau. In einem weiten Hochtalkessel, schon von den kahlen Vorbergen der Tauern bestanden, sonnen und schatten sich mehrere Bauerndörfer, in denen noch alte Lebensart und Sitte herrscht wie vielleicht nirgends sonst im Lande. Ganz rückwärts ist der weitbekannte „Tauernwirt in der Klausen", wo sich gar noch Sommerfrischler niederlassen, die einmal gründliche Ruhe vor gewissen „Segnungen der Kultur" haben wollen. Dann wird's ernst. Das Hochgebirge baut sich auf, und als König desselben der 2741 Meter hohe Preber, der als Grenzstock zwischen Steiermark und Salzburg steht, seine tiefen Seen hegt und seine Bäche niedergießt in die grünen Täler. Wie der Großglockner auf Heiligenblut, so schaut aus dem Hintergrunde der Preber mit seinen Schneefeldern herab auf das Krakautal.

Von der Eisenbahnstation Murau ist ein weiter, ziemlich umständlicher Weg in diese entlegenen Landschaften hinauf. Ich habe ihn diesmal nicht gemacht, wie hold die klaren Berge und die sonnigen Himmel auch gelockt haben. Es kommt ja alles wieder und immer wieder, was gewesen ist . . . Ich ließ mein Pferd auf dem Sträßlein weiter traben, das den Seebach entlang und am Gstoder vorüber ins Lungau führt. Das geht nun gegen Westen, Wald und Wiesen wechseln im engen Tale, das manchmal zur Schlucht wird. Hin und hin an den Lehnen Bauernwirtschaften und Almhütten. Bei dem Dorfe Seetal, wo links am bewaldeten Fuß des Gstoder die rostbraune Ruine Klauseck ragt, überschreiten wir die Landesgrenze und sind im Salzburgerlande. An einer Kapelle im Waldschachen haben wir den Höhepunkt von 1246 Metern. Nun beginnt das Tal sich zu weiten und der Weg sachte abzufallen. Wir fahren in ein langes, breites Tal, aus dessen fernstem Hintergrunde in der Nachmittagssonne Gletscher glänzen. Ich kann nicht bestimmen, ob es der Sonnblick ist oder das Hafnereck oder das Hochalmkees. Jedenfalls beginnt dort das Allerheiligste der Hohentauern — das Großglocknergebiet. In jenen Hochwüsten ist auch der Ursprung unserer Mur zu suchen, der man's in ihrem ruhigen Lauf durch das Steirerland nicht anmerkt, von welch hoher Abkunft sie ist und welch eine bewegte Jugend sie hat.

Nachdem wir in großer Sonnenhitze an drei Stunden gefahren waren, verlangte es Pferd, Kutscher und Passagier nach erfrischendem Imbiß. Aber diese lungauischen Dörfer haben keine Wirtshäuser. Nachdem wir in drei Dörfern vergeblich nach dergleichen ausgelugt hatten, fand sich endlich im vierten eins mit dem dürren Reisigbüschel über der Haustür. Durch die Fenster grüßten uns Gasttische und Gläserkasten, aber — der Eingang war abgeschlossen. Das Wirtshaus und das ganze Dorf war wie ausgestorben. Alles mochte im Heuen sein oben auf den Almen. Was in den Rebenländern die Weinlese ist, das bedeutet in den Alpenländern das Heuen. Da stehen alle anderen Lebensfragen zurück, und selbst der Pfarrer auf der Kanzel erlaubt unter Umständen auch an Sonntagen das Ernten des Heues.

Dann noch eine Stunde Fahrt durch die Gegend, die von Minute zu Minute sich freier und großartiger gestaltet, bis wir in Tamsweg sind und der entzückend schöne Bergkranz des Lungaues ausgebreitet daliegt. — Von hier aus konnte ich am nächsten Tage über Mauterndorf und über den Radstädter Tauern gehen oder über den Katschberg nach Gmünd und Spittal in Kärnten oder gar ins Hochgebirge zu den Gletschern. Derlei ist nicht geschehen. Das Maß meiner Bergfreude war wieder einmal voll. Nach all den Bewegungen und Erregungen der überglücklichen Seele kam in der Nacht das wohlvertraute Übel, die Atemnot. Am nächsten Frühmorgen mußte ich froh sein, die zweihundert Schritte nach dem Bahnhof bewältigen zu können. Nach siebenstündiger Eisenbahnfahrt war ich daheim und empfand, daß ich auf der Jagd nach Jugend wieder um einige Tage älter geworden war.

Ein Bergstieg auf den Dobratsch.

1907.

Das viele Bedenken vorher hat mein Lebtag manche beabsichtigte Handlung erstickt und hier sollte eine unbedachte Handlung so köstlich gelingen. Die Sehnsucht nach dem mir unerreichbaren Berg hatte ich mit Vernunftgründen endlich zum Schweigen gebracht. Lieber gelegentlich zwei Eintausender, auf denen noch Wiesenblumen wachsen, als einen Zweitausender mit bemoostem Steinhaupte. Nach Kärnten war ich gefahren, um in Friesach der alten Burgenstadt, eine Vorlesung zu halten. Nach derselben fuhr ich mit einem kärntnerischen Sangesbruder nach Villach, in der Absicht, von dort am nächsten Morgen heimzureisen. Die Anstrengung der nationalen Tat in Friesach war es kaum, die mich erschöpft hatte, doch fühlte ich mich müde, ohne aber in der Nacht einen Schlaf zu finden. Ein Ungemach, mit dem ich mich besonders auf Reisen abzufinden habe. Am nächsten Frühmorgen leuchtete ein wolkenloser Himmel über das Kärtnerland und seine schimmernden Berge. Mein Freund und ich gingen vom Hotel ins nächste Kaffeehaus, um zu frühstücken. Als wir hernach auf die Gasse traten, stand da gerade ein Einspänner.

„Was kostet so ein Wagen bis Bleiberg?"

„Sieben Kronen, Euer Gnaden."

„Gut. Fahren wir. Sie, munterer Kärntner Poet, wollen Sie mit? Dann einsteigen, wir fahren sogleich.“

Eine Minute später sind wir zur Stadt hinausgefahren.

„Ja, wohin geht's denn eigentlich?“ fragte mein etwas verdutzter Begleiter.

„Nach dem Dobratsch natürlich.“

Ohne Bergschuhe, ohne Mantel und Wanderstock, ohne Karte, ohne Proviant, kurz, ohne alles, wie man eben ins Kaffeehaus geht, so fuhren wir wegshin. Ich hatte nicht den Mut gehabt, vorerst im Hotel die nötigen Sachen zu holen, aus Furcht, es könnte sich bei einigem Herumtrödeln der Wille schwächen. Mit Hinterlassung unserer sieben Sachen und der Hotelschuld haben wir Villach fluchtartig verlassen. Im Westen, blau vor Ferne, stand der Dobratsch, am Himmel kein Wölklein, klar und rein die Luft. Das war ja ein Tag zum Schuldenmachen! Schon hatten wir die Dörfer St. Martin und Vellach hinter uns, der Wagen rollte sachte über eine Anhöhe. Auf der Hochebene urfrischer Fichtenwald, durch den die schöne tischglatte Straße zieht. Mitten im Walde malerische Häuser eines Kurortes. Mittewald. Über den Baumwipfeln starren die Wände des Dobratsch. Sie sind näher gekommen, aber sie haben nicht mehr die weichen Linien, wie von der Ferne, sie sind höher, steiler, ruppiger, finsterer geworden. Man sieht auf der Spitze des Berges auch schon die Gebäude. Die Straße geht talwärts in einen Graben, der links von den waldigen Abhängen des Dobratschstockes, rechts von dem mit Felsgestalten besprenkelten Bleiberge begrenzt wird. Ein Bach rauscht uns entgegen in dieser Schlucht, bleifarbiges Wasser. Rechts am Hange lehnen noch Bauerngehöfte, weiterhin die Schutthaufen von Bergwerken. Am Wege wird von alten Leuten würfelförmiger Lehm bereitet für Pulversprengungen. Die

Straße setzt über den Bach, macht ein paar scharfe Biegungen links den Berg hinan. An einer solchen Biegung war vor kurzem ein junger Mann verunglückt. Auf sausendem Rade kam er herab, fuhr mit aller Wucht an die Mauerbrüstung, das Rad blieb auf der Straße, der Mann wurde über die Brüstung hinweg in die Tiefe geschleudert. — Ein wenig weitet und lichtet sich das Tal. Es ist Almboden. Zerstreute Häuser, ein Kirchturm. Wir sind in Bleiberg. Alte, hochergiebige Bleibergwerke. Wir sind zwei Stunden lang gefahren und haben nun eine Seehöhe von 923 Metern. Hier verlassen wir das Tal. Es steigt weiter an, fällt dann gailtalabwärts und trennt den Dobratsch von dem langen Gailtaler Alpenzug. So steht der riesige Bergstock da, abgegrenzt von Tälern, zwischen Hochgebirgszügen, als wäre er eigens geschaffen für Touristenfreuden.

Wir lassen den Wagen im Gasthause „Zur Post" zurück und sagen, abends 8 Uhr würden wir wieder da sein, um in der Mondnacht nach Villach zurückzufahren. Nach kleinem raschen Imbiß beginnen wir um ½11 Uhr den Aufstieg. Der Berg schaut beängstigend unfreundlich herab. Zur Winterszeit hat dieses Hochtal wochenlang keinen Sonnenstrahl. Die finsteren Schatten der Felshänge und Kare bedrohen das Tal mit Lawinen. Ein letzter großer Lawinensturz vor 28 Jahren hat in Bleiberg 7 Häuser und 29 Menschen verschüttet.

In der Verfassung, wie man am warmen Sommermorgen ins Kaffeehaus geht, huben wir den Aufstieg an. Der Weg ist zwar gut angelegt, quer durch Wald hinan und anfangs nicht steil. Aber mir begann doch ein wenig zu schwanen von der Torheit, in die der Dämon Bergrausch mich plötzlich gestürzt hatte. In vier Stunden könnten wir leicht oben sein, hatte der Postwirt gesagt. Aber das war ein Hochgebirgler. Wir konnten uns schon auf sechs Stunden gefaßt machen. Von hundert zu hundert Metern Höhegewinnung sind Stäbe mit der Zahl aufgestellt. Nachdem wir schon zwei Stunden gegangen waren, hatten wir erst 1300 Meter Höhe. Wir gingen und gingen und sagten kein Wort. Mein armer rüstiger Kamerad mochte vor Langeweile fast vergehen neben dem überaus langsam schreitenden stummen Genossen. Aber er hielt treu bei mir aus. Ich spürte leise Asthmamahnungen. Die Brustbeklemmung steigerte sich, wie ein Hauch von Erschöpfung schauerte es durch den Leib. Ein paarmal tauchte der Gedanke auf: Umkehren! Trutzig wurde er zurückgeschlagen. Am Knie des Berges umgekehrt zu sein, das ertrüge ich nicht. Nimm einen Bissen Brot zu dir. Lockere die Halsbinde. Gehe noch langsamer, schau nicht nach rechts und nicht nach links, schone den Atem, sprich kein Wort — hinaufkommen mußt du. Der Abstieg an diesem Tage noch war bereits in Vergessenheit gekommen.

Der Weg hatte in der Richtung gegen Villach allmählich den Berg halb umgangen. Der Wald wurde schütterer. Almboden. Die Fichtenbäume zerzauster, verknorrter. Zwischen diesen Beständen steht die Ottohütte. Ein Schutz- und Wirtshaus. Es hat schon Aussicht auf Villach und Mittelkärnten. Es steht auf halber Höhe des Berges; wir waren bereits über drei Stunden gegangen. Mittagsrast. Ein Glas prachtvoller Milch. Kaiserschmarren mit Kaffee. Ein Musikspielkasten drohte jeden Augenblick mit Kärntnerliedern. Ich wollte solche aber von der jungen Almerin hören, die unsere Wirtin war. Sie sagte, just heute wäre wieder der Tag, wo sie heiser sei. Mein Kamerad verstand das und drang nicht weiter. — Um 3 Uhr machten wir uns wieder auf den Marsch. Zuerst mit Wegabkürzung zwischen jungen Beständen steil an; zwischendurch im Südosten ein paarmal der Silberblick des Mittagskogels. Dann kamen Halterhütten unter alten, verrenkten Wetterbäumen. Dann kam glatter Almboden mit munterem Jungvieh und vor uns lagen die gewaltigen Hochkuppen, die sich von Villach aus so niedlich und gemütlich ansehen. Der Weg hat sich westwärts gewendet, geht stellenweise glatt und eben über Matten hin, um dann wieder steil und steinig aufzusteigen. Die ganze Strecke her haben wir an diesem Wege die Drahtstangen des Telegraphen und des Telephons. Und die Höhenmaßstäbe verkünden in kürzeren Abständen die Zahlen: 1500 — 1600 — 1800 Meter! — Meine Beine waren leichter, meine Brust freier geworden. Eine stille Frohheit war in mein Herz gekommen und hatte dort alle Lebensgeister aufgeweckt. Denn vor uns im Norden und im Süden begann sich die Herrlichkeit auszubreiten. Oberkärnten mit seinen braunen Bergzügen und Kuppen bis gegen die Tauern hin, Mittelkärnten mit seinen Seen und Hügeln. Mit Hügeln, die sie unten ebenfalls Berge nennen. Bis zum Zirbitzkogel und zur Koralpe reicht das Auge knapp. Weiterhin alles in undurchdringlichem Dunste. Plötzlich im Süden, über eine Einbuchtung her, erschreckend nahe, einige der roten, schründigen Türme der Julischen Alpen. Wie ein feuriger Hochaltar stand der Mangart in den blauen Himmel hinein. Hier hatte er noch keine Konkurrenz, hier war er noch der einzige. Dieses allmähliche Auftauchen einzelner Gruppen unterwegs hat für mich allemal einen fast größeren Reiz, als oben am Ziele das Gesamtbild. Die Berge von unten hinauf oder gerade gegenüber, solange ihre Umrisse noch in den Himmel hineinstehen, sind königlicher, als wenn man sie vom höchsten Punkte aus sieht, wo hinter jedem Berge ein scheinbar noch höherer steht, bis im fernen Hintergrunde die kleinen Konturen zumeist in Dunst und Höhenrauch verschwimmen. In diesem Sinne sind die Vorberge dankbarer, als die Hochspitzen, die freilich des Wunderbaren sonst genug haben. Jenseits des Gailtales südlich, vor wildfelsigem Hochgewände, sehe ich einen schoberartigen Vorberg mit ein paar kaum bemerkbaren Gebäuden an der Spitze. Das ist der Berg Luschari, ein berühmter Wallfahrtsort. Von dem habe ich schon in meiner Kindheit gehört. Ein Nachbar von unserem Hofe war damals mit seinem Weibe nach dem Berg Luschari gereist, um ein große Sünde abzubüßen, die sie auf dem Herzen hatten und niemandem sagen wollten. Sie wanderten hinwärts acht Tage lang und zurück wieder acht Tage lang. Heimgekehrt wußten sie nichts zu erzählen, als daß sie in viel wildes Birg gekommen seien, die Leut' eine fremde Sprache geredet hätten und daß die Muttergottes Luschari ihnen eine rote Kerze mitgegeben hätte, die sie in ihrer Sterbstunde anzünden sollten. Die rote Kerze habe ich noch mit eigenen Augen gesehen, in ihr war das Gnadenbildnis der „Luschari-Mutter" eingeprägt, aber sie war schon stark niedergebrannt, denn jeder Sterbende in Alpel wurde mit dieser Kerze „abgeleuchtet".

Doch, zum Rückerinnern und Betrachten gab es heute keine Zeit. Anwärts, immer anwärts; dort an der Hochkuppe, über die der Telegraphenstrang läuft, wird ja das Ziel sein. Dort war aber erst Meterzahl 2000, das Ziel also noch nicht. Es beginnt eine karstige Hochebene mit Steinkaren und trichterartigen Löchern, und hinter derselben erst erhebt sich der letzte Kegel mit seinen Gebäuden. Nachdem wir den ersten offenen Blick nach Westen und die Tiefschau ins Bleiberger Tal genossen hatten, stiegen wir — immer ernst und stumm wie Einherier — das letzte steile Stück des Weges hinan. Nach nahezu achtstündiger

Wanderung von Bleiberg aus traten wir ins Touristenhaus ein, an dessen Tor uns die Hausmutter, ein hübsche, lebensfrische Kärntnerin, mit einem „Grüß Gott!" empfing. Wir traten ins Herrenstübel und am Fenstererker zog's mich wie magnetisch auf die Bank, wo ich eine Viertelstunde regungslos und verschnaufend lehnen blieb. Mein treuer Weggenosse hielt sich an den anwesenden Touristen und Touristinnen nun schadlos für die stummen acht Stunden, zu denen er an meiner Seite verdammt gewesen war. Milch war auf der Alm nicht zu haben, also Bier her! Nach der Erfrischung neuerlicher Aufbruch, um vollends auf die nahe Spitze des Berges zu kommen und den Sonnenuntergang zu betrachten.

An diese 2156 Meter hohe Dobratschspitze hat man ein Dörfchen hingebaut. Ein Touristenhaus, ein dazugehöriges Unterkunftshaus, die sich nördlich an den Kamm schmiegen, ein deutsches Kirchlein, das auf der höchsten Spitze steht, und ein slowenisches Kirchlein, das knapp unter der Pyramide der nahen anderen Spitze im südlichen Gewände hängt. Der alte Teil des stattlichen Touristenhauses ist schon im Jahre 1810 erbaut worden; damals wohl kaum als Touristenhaus, vielmehr als Herberge für die Wallfahrer, die zu den Gnadenkirchlein heraufgestiegen waren. Jene Bergwanderer damals haben die Wunder der allherrlichen Gebirgswelt nicht gesehen und wir von heute sehen die Wunder der alten Kirchlein nicht; höchstens stehen wir ein paar Sekunden in ihrem kahlen, mit einigen geschmacklosen Bildwerken verzierten Raum. Wer soll denn auch da in der dunkeln, frostigen Kapelle beten können, wenn draußen vor der Tür Gott in seiner Schöpfung so leibhaftig dasteht! Vielleicht daß sein Angesicht zu strahlend ist und unser schwaches Auge deshalb in die Dämmerung flüchtet . . .

Ich denke, daß die beiden Kirchlein einst als Votivkapellen zum Andenken an den großen Bergsturz erbaut worden sind. Vielleicht war ein Wallfahrtsort wie auf dem Berg Luschari geplant. Sicheres über den Ursprung dieser Kirchen habe ich nicht erfahren können.

Abseits von dem Touristenschwarm, der mit Lärm die Aussicht und den Sonnenuntergang bewunderte, stand ich an der höchsten Kante des Berges, voll stiller, dankbarer Seligkeit darüber, daß es mir wieder gegönnt war, von solcher Höhe aus unsere Alpenwelt anzuschauen. — Von Süden her wehte ein heftiger, lauer, feuchter Wind, der Fernsicht augenblicklich höchst günstig, aber keine Ursache zum Jubilieren . . .

Die Aussicht von diesem Berge ist unbeschreiblich schön und weitaus mannigfaltiger, als etwa die vom Großglockner. Ebene und Hügelland, kleine und große Seen, Täler und Flüsse, Wald und Alm, Schnee und Gletscher, meilenlang sich erstreckende Felswälle, großartig geformt und beleuchtet, und in der Ferne höchste Gipfel der Bergwelt. Ich nenne nur Gruppen südlich von Ost nach West: die Karawanken, die Julischen Alpen mit dem „zum Greifen" nahen Triglav, die karnischen Alpen, die oberitalienische Alpenwelt bis zu den fernsten Spitzen der Dolomiten. Über den italienischen Alpen lag ein weißes Meer von Nebel, aus dem nur einzelne Spitzen und Rücken schwarz hervorstanden. Solche Nebel am Abend hatte ich bisher noch nie gesehen und es war mir seltsam, daß Italien einen trüben Tag gehabt haben sollte, während über uns der klarste Himmel war. Wenn im Lande Nebel liegt, da sieht der im Tale den Himmel nicht und der auf hohem Berge die Erde nicht. — Doch ich merke die Aussicht nördlich an, von Ost nach West: Murtaler Alpen, die Dachsteingruppe, die Oberkärntner Alpen und die Tauernkette mit ihrer scharfen Hochspitze, dem Großglockner. Die Venediger Gruppe, die Zillertaler Alpen schimmern niedlich gezackt aus unsicheren Weiten, und in fernstem Westen einzelne Spitzen der Ötztaler Alpen. Tief unten und ganz nahe an beiden Seiten des Dobratsch das Bleibergtal und das Gailtal. In dieses macht der Berg einen Absturz, der wahrhaft gräßlich zu nennen ist. Ich stehe hart an der Kante, sehe keinen Abhang, doch ganz unvermittelt das in seiner Tiefe dämmernde Tal vor mir liegen. Im Jahre 1348 zur Winterszeit ist hier ein Teil des Berges niedergebrochen und soll im Gailtale 17 Ortschaften verschüttet haben. Dort unten liegt noch die Trümmerwüste, von kümmerlichem Waldgestrüppe bewuchert, darüber hin zieht sich der dünne Faden der Gailtalerbahn. Und das Gailtal mit seinen Hochbergzügen, seinem Flusse und einem blinkenden See liegt vor uns groß und abendlich düster und zieht sich fast gerade hin viele Meilen lang bis zur Grenze von Tirol. Die äußersten Punkte der Dobratschaussicht sind das Uskokengebirge in Kroatien, die Grenzberge der friaulischen Ebene, die Ötztaler Ferner und der Dachstein!

Und siehe, die Hunderte von hohen Bergen, die da draußen untereinander wimmeln, verlieren an ihrer Würde; einer macht den anderen klein. Vor einem Berge, über dessen Haupt man hinwegsehen kann, verliert man die Ehrfurcht. Sogar d e r Berg, der uns zu solcher Höhe erhoben hat, liegt in seinen nächsten Hochalmen wie ein Tal vor uns, weil wir seine Plastik nicht mehr erkennen, seine steilen Hänge und Wände, die ihn so hoch tragen, nicht mehr sehen. Man hat nicht das Gefühl, als stünde man auf einem schwindelnd hohen Berg, außer man beugt sich über den Rand und blickt in die Täler, in denen die Ortschaften wie Sandhäuschen daliegen.

In den Tälern brüten die Schatten des Abends. Aller Augen sind dem Sonnenuntergange zugewendet. Aber die Sonne versinkt in ein Gewirre von zerrissenen Wolken, die sich über die Tauern und die Zillertaler Alpen hingelagert haben. Eine tiefe Glut des Himmels scheint diese Wolkenschlacken schmelzen zu wollen, aber endlich vergeht das Licht ohnmächtig und die Alpenwelt liegt dahin in kalter, nüchterner Dämmerung mit ihren verloschenen Schönheiten. Seine Hochaltarlichter zum Abendsegen — das Alpenglühen — hat der Herr diesmal nicht angezündet. —

Nun eilten wir, von heftigem Winde gepeitscht, dem Hause zu. Da gab's für die vielen anwesenden Bergbesteiger eine kleine Hungersnot. Es war aus dem Tale der Fleischträger noch nicht gekommen und so mußte man sich mit Brot und Eierspeise begnügen; und ein Glas Rotwein dazu, das tröstete den müden Alten sehr. Als die Herrschaften dann aber mit den leidigen Ansichtskarten herankamen und ums Autograph ersuchten, flüchtete ich auf mein Zimmer. Es war ein schmuckes, reinliches Stüblein, wie man sie auch in Stadthotels findet. Das besonders Alpine daran waren nur die drei schweren Bettkotzen mit einer vierten, für die Zeit wüster Stürme, so die dicken Mauern wie einen Heckenzaun durchdringen. Das Fenster schaute gegen Nordwesten, aber man sah bloß ein graues Nichts. Nur die weißen Steine der nächsten Umgebung schimmerten im Mondlicht. Ich sank ins Bett, Gott dankend, daß auch dieser Tag seine Ruhe hat. Aber er hatte sie nicht. Ich habe keinen Schlaf gefunden die ganze Nacht. Nach Mitternacht begann es sachte zu blitzen von den Tauern her. Ich stimmte mich auf ein Gewitter, aber es kam keines. Schlimm, dann kommt ein Landregen. Als der Morgen dämmerte, kam der Hausvater auch zu meiner Tür, um mich für den Sonnenaufgang zu wecken. Als ich aus dem Bette stieg, zitterten mir Arm und Füße. Langsam taumelte ich zur Bergspitze hinauf. Die Berge standen rein aber glanzlos. Kein Nebel lag auf den Höhen. Jedoch im Norden und im Westen waren die dunkeln Gebirgszüge von dunkeln Regenwolken nicht zu unterscheiden. Die Sonne, die hinter den Lavanttaler Alpen träge emporstieg, hatte ein verweintes Gesicht und barg sich bald wieder hinter leichten Wolkenstreifen, die den östlichen Himmel durchzogen. Der Wind, der noch stoßender als gestern aus dem Süden kam, hat mich die Entwicklung der himmlischen Mächte nicht weiter beobachten lassen. Die beste Verteidigung dagegen, so schien mir, sei die Flucht. Im Touristenhause frischen Kaffee*) und dann bald nach 5 Uhr allein den Abstieg angetreten. So ein heißer Kaffee und so ein drohendes kaltes Wetter wirken Wunder. Ganz leidlich ging es talwärts über die Karste, über die Almen, durch den jungen Fichtenanwuchs. Um 7 Uhr in der Ottohütte ein Glas Milch besserte die Sache noch bedeutend, und als mein braver, besorgter Kamerad mich dort eingeholt hatte, ging es in gutem Marsch durch die Wälder dahin, ein paarmal von leichtem Regenschauer zu rascherem Ausschreiten angeeifert. Um halb 9 Uhr vormittags waren wir in Bleiberg, wo der Kutscher schon gespannt auf uns wartete.

Als wir vier Stunden später im Schnellzug den Ossiacher See entlang fuhren und zurückblickten auf den Schauplatz unserer Alpenfreude, wurde der Dobratsch bereits von fahrenden Nebeln umkreist und nach ein paar Stunden später soll er bis zur Ottohütte herab beschneit gewesen

---

*) Auffallend in diesem berühmten Alpenhause ist die große Billigkeit, die besonders den Mitgliedern des D. u. Ö. Alpenvereines zuteil wird. Man bezahlt für Jause, Nachtmahl, Frühstück und das Zimmer, also für alles zusammen 2 K 82 h.

sein. Es war der erste einer Reihe kalter Sturm- und Regentage.

So unglaublich vernunftlos diese Partie unternommen wurde, so überaus glücklich ist sie ausgefallen. Nachher im Gelaß des Eisenbahnzuges hüllte ich mich in den Überrock, in den Plaid, den wir auf wilden Birg nicht gehabt und nicht gebraucht hatten. — Hochtouristen werden wohl die Achseln zucken über die Wichtigtuerei mit diesem Dobratsch, der eine Spielerei für zehnjährige Kinder sei. Für gesunde Lungen und junge Beine ist er's auch. Mir war er mehr. Mich erfüllt eine köstliche Befriedigung, daß ich das schöne Alpenland — seit vielen Jahren von mir in kreuz und krumm durchzogen — nun mit einem Hochblick noch einmal überschauen konnte.

Hiermit sollen meine Bergfahrten geschlossen sein. Nur wenig und flüchtig haben sie erzählt von den zahllosen Alpenwanderungen, die ich durch ein halbes Jahrhundert gemacht und die mir den größten und reinsten Genuß dieses Erdenlebens gegeben haben. In langen Stadtwinternächten steht aus fernen Alpensommertagen immer das Bild vor mir: der schäumende Wildbach in dunkler Schlucht und der goldene Sonnenschein auf den Gipfeln.

Der Dorfbahnhof.

Dieses Haus ist bisher immer vergessen worden, wenn man das Dorf geschildert hatte. Das wundert mich, denn es macht sehr viel Lärm, mehr als jedes andere Haus im Dorfe, sogar mehr als die Kirche. Die Kirche läutet nur zu den Gebetstunden, am Bahnhofe läutet's und pfeift's Tag und Nacht. Die Glocke am Bahnhofe läutet nicht die Leute zusammen, denn wer auf dieses Läuten warten wollte, der käme zu spät, sie läutet die Züge ein und aus gleich der Kirchenglocke, die den Wallfahrerzug ein- und ausläutet. „Beim Eisenbahnfahren bin ich wie der Bischof," sagte der Kalbelbauer, „beim Bischof läuten auch die Glocken, wenn er ankommt und wenn er abreist." — Und diese Glocke am Bahnhof läutet, wie ein Lied sagt, dem abgehenden Zuge nach,

„Weil mitten auf dem Feld,
Wo das Unglück passiert,
Kein Zügenglöcklein
Geläutet wird*).)

Das Lokomotiv pfeift dem Bauer, er möchte nur mitfahren, aber der Bauer ist beim Schalter des Fahrpreises wegen mit dem Beamten nicht einig geworden und so ruft er nun dem pustenden Ungetüme nach: „Pfeifst mir lang

---

*) Die Bahnhofglocke ist seither abgekommen. Bemerkung zur neuen Ausgabe.

gut, ich geh' zu Fuß!" — Ja, so mag es sich zu Anfang der Eisenbahn einmal zugetragen haben, heute weiß jedes Bäuerl und jedes alte Weibl, daß beim Dampfwagenfahren nicht gefeilscht wird. Wem's zu teuer ist, der reitet auf Schusters Rappen; und wenn alles auf Schusters Rappen reitet, oder auf dem Steirerwäglein fährt, oder — was das billigste und beste ist, ganz zu Hause bleibt, dann läßt die Eisenbahn ganz von selber nach, ohne daß man feilscht, und geht mit dem Preise herab bis auf einen Kreuzer per Kilometer — so billig kann's Schusters Rappen nicht mehr tun; jetzt pfeift der Kutscher, aber der Bauer sagt: „Pfeifst mir lang gut, ich fahr' auf der Eisenbahn."

So hat sich's gewendet, daß nun auch der Gebirgsbauer mit dem Bahnhofe nicht weniger vertraut ist, wie mit dem Schulhause oder dem Dorfwirtshause. Allsonntägig ist ihm jetzt die weite Welt offen um wenige Kreuzer. Früher hat ihm auf dem Jahrmarkt der Guckkastenmann für zehn Kreuzer durch das Guckglas die Welt in Bildern gezeigt, jetzt fliegt ihm für denselben Preis am Wagenfenster die wirkliche Welt mit Dörfern, Schlössern, Brücken, Bergen und sogar Städten vorüber. Dann macht er in der Stadt sein Geschäft ab, trinkt ein Schöppel Wein und fährt gemütlich wieder heim.

Weil die Eisenbahn so billig geworden ist, gibt der Mann mehr aus, als wenn sie teuer und er daheim geblieben wäre und so ist's schon in einem, daß wir uns nun anstatt der Tabakspfeife eine Zigarre in den Mund stecken, wenn sie auch nicht so gut schmeckt, vornehmer ist sie doch; und wenn sie unterwegs dem unkundigen Raucher auch immer wieder auslischt, und wenn ihm auch etwas ungleich geworden sein sollte im Magen: bevor er zu seinem heimatlichen Dorfe kommt, steckt er sie auf alle Fälle wieder in Brand, denn die Zigarre vollendet erst das richtige Ansehen des

Eisenbahnfahrers. Das Lokomotiv raucht ja doch noch einen viel stärkeren Tabak und raucht sogar, ohne sich viel zu entschuldigen, zu den Fenstern jener vornehmen Herren- und Damen-Kupees hinein, in welchen das Rauchen nicht gestattet ist.

Mancher auf der Eisenbahn fahrende Bauer bekommt vor Hochmut sogar einen kleinen Rappel, wie der alte Steckleitner zu K., dem das „Grüß Gott" zu schlecht war. „Grüß Gott, Steckleitner!" rief ich ihm auf dem Bahnhof zu, als er ausstieg. „Ich habe die Ehre!" antwortete er zurück, und da er sah, daß ich darüber stutzte, sprach er: „Wenn der Herr einen bäuerischen Gruß bietet, so kann der Bauer wohl mit einem herrischen aufwarten." Ich sofort Schulmeister: „Das Grüß Gott ist der beste Gruß, ich habe keinen besseren. Selbst der Kaiser ließ sich ihn letztens freundlich gefallen und dankte zurück: Grüß Gott auch! Aber natürlich, der Bauer, wenn er aufs Roß kommt, und wäre es auch dasselbe, das den chronischen Lungendampf hat, der gibt's nobel."

Doch nicht allein für Ehr' und Stolz ist die Eisenbahn im Dorfe ausnützbar, wohl auch für Liebe.

Der fesche Knecht möchte seiner Dirn am Sonntage gern ein Glas Wein zahlen und Zucker hinein, aber daheim im Dorfwirtshaus wachen die strengen Augen der Väter und die scheelen der Nebenbuhler und es ist keine Gemütlichkeit unter so vielen Augen, wo deren vier mehr als genug sind, so daß sogar von diesen ein Teil zugedrückt werden kann, falls die Liebe es nicht vorzieht, das Paar ganz zu blenden. Diesem Paar nun pfeift das Lokomotiv: Kommt nur mit mir, bei mir ist's nicht so heikel. Wenn ihr wüßtet, wie viele rollende Brautgemächer ich täglich durchs Land führe! — Gut, sie fahren am Sonntagnachmittag in die Fremde, die starke Stunde um fünfzig Kreuzer; wenn eine schwache daraus wird, kostet sie manchmal mehr. Dann in der Fremde ein Wirtshaus, ein Spaziergang, ein Feigenkranz, eine Zigarre — spät abends angeheitert wieder daheim — wen geht's was an?

Und erst, wenn das Dorf in Scharen „aufsitzt"! Wenn der Turnverein, die Feuerwehr, der Gesangverein einen Ausflug macht und schallendes „Grüß Gott mit hellem Klang, Heil deutschem Wort und Sang!" gesungen wird auf dem Bahnhof! Es gibt kaum ein weltliches Fest mehr im Dorfe, das nicht auf dem Bahnhofe anfinge oder zu Ende ginge.

Der Bahnhof ist der Mittelpunkt des Dorflebens geworden, auch wenn man nicht abreist. Erlaubt es die Zeit, so geht man auf den Bahnhof, wenn die Züge verkehren. Da sieht man die Abfahrenden und Ankömmlinge, da sieht man allerhand Gesichter; manchmal schaut zum Wagenfenster sogar ein Mohr heraus, an dem nichts weiß ist als das Weiße in den Augen und die Zähne. Nett ist es auch zu sehen, wie der Zug einfährt, stets mit solcher Heftigkeit, daß man meint, sie könnten ihn nicht aufhalten zu rechter Zeit; aber genau an der richtigen Stelle steht er still, und eine Minute nachher ruft der Schaffner sein „Fertig!" und das Ding setzt sich wieder schnarrend in Bewegung. Man blickt ihm nach, bis die rückwändige Wand des letzten Wagens zusammengeschrumpft ist zu einem winzigen Quadratchen — dann hat man's gesehen und geht wieder heim.

Zehn Kreuzer für den Eintritt in den Bahnhofplatz! Das Geld kommt der Krankenkasse der Eisenbahner zu gut. Ah na, denkt sich der Bauer, da schau ich lieber von außen über den Zaun hinein, da kommt das Geld mir zu gut. — Die Schnellzüge halten nicht an, sind aber doch der Mühe wert, daß man zusieht, wie sie vorbeisausen, daß die Weichen „scheppern“ und der Erdboden dröhnt. Selten dreht der Bauer seinen Kopf so schnell, als wenn er dem vorüberfahrenden Schnellzug nachschaut. Man kann auch nicht wissen, wer auf dem Zuge ist, lauter hohe Herren und seidene Frauen. Und was alltäglich für Grafen und Prälaten und Fürsten durchs Dorf kommen, seitdem die Eisenbahn geht! „Ja, Schneggen, da hat einer was davon!“ sagt der alte Postwirt von ehemals. „Die Prälaten und Fürsten sind am besten, wenn ihnen ein Wagenrad bricht!“

Gott bewahre, das gebe jetzt ein Eisenbahnunglück. Unsere Zeit ist in allem großartig. Draußen vor den Häusern am Damm unter Trümmern zwanzig Verwundete, sechs Tote! Das sieht sich anders an, als wenn eine Kutsche in den Straßengraben stürzt und der weit hintendrein humpelnde Handwerksbursche ausruft: „Gott Lob, mir ist nichts geschehen!“

Der auf der Eisenbahn reisende Kavalier ist nicht einen Augenblick sicher, in einem Bauerndorfe einkehren zu müssen, und daß ihm nicht von einem Dorfbader ein Verband angelegt wird; und sicherer steht's am Ende doch noch immer mit der elenden Lehmhütte, als wie mit dem eleganten Salonwagen. Als die Eisenbahn aufkam, wollten die Leute nicht mitfahren, denn die Dorfweisen sagten: „Neun kommen glücklich durch, den zehnten behält sich der Eigentümer des Unternehmens, der Teufel.“ Denn damals gab man dem Gutsherrn und dem Pfarrer die Zehnten, so war man des Glaubens, im Bunde der dritte sei der — Eisenbahnunternehmer.

Am höchsten pflegt dem Dorfbahnhofe angerechnet zu werden, daß er die Erzeugnisse der Landwirte so bereitwillig in Empfang nimmt und dafür Geld und andere schöne

Sachen daläßt. Es hat sein Gutes — jedoch aber — ich weiß wohl, was ich mir denke. Wo ein Bahnhof steht, da ist es aus mit der alten Behaglichkeit und patriarchalischen Zufriedenheit. Und wo kein Bahnhof steht, da ist es erst recht aus. Manche Dorfgemeinde, die einst für die Bahn und den Bahnhof keinen Baugrund um vielfachen Preis geben wollte, möchte heute denselben gerne dafür umsonst liefern, ja sogar noch die Geschenksteuer zahlen. Der Bahnhof ist also manchem wichtiger geworden als Kirche und Schule, ja fast so wichtig, wie das Wirtshaus.

Einst hat man die Eisenbahnbeamten im Dorf als Fremdlinge über die Achsel angesehen, heute sind sie kaum weniger geachtet als der Lehrer, der Arzt, der Amtmann, heute ist der „Stationschef" so heimisch im Dorfe, als es einst seligen Andenkens der Postmeister gewesen mit seinem stattlichen Einkehrwirtshaus.

Der Bahnhof ist ja der beste Freund, Handlanger und Beschützer des Dorfes. Er ist — ich spreche von den Strecken größeren Verkehrs — Tag und Nacht wach. Wenn alles schläft und finster ist im Dorf, auf dem Bahnhof brennt noch die Laterne. Der fremde Wanderer pocht vergebens an die Tür des Dorfgasthofes; alles liegt nach des Tages Mühen in Schlaf; am Bahnhof findet er die Pforte nicht geschlossen und im Wartesale kann er — wenn auch nur auf harter Bank — rasten.

Manche Mutter hat erst am Abend Zeit gefunden, an den fernen Sohn einen Brief zu schreiben, der in der Nacht abgehen soll; allein das Postamt hat sich längst zugetan, nur auf dem Bahnhof steht der Schalter noch offen und übernimmt den Brief, den der Wärter zur Nacht in den Postwagen wirft. — Plötzlich in tiefer Nacht ist das Unglück da, der Bahntelegraph ruft die Nachbardörfer um Hilfe.

Und in kurzer Zeit bringt der Extrazug die Feuerwehren mit ihren Werkzeugen.

Auch mit dem Gemütsleben des Volkes hat der Dorfbahnhof sich schon verwachsen. Wie mancher, der in die Fremde zieht, wird von den Seinen auf den Bahnhof begleitet, so betrübt, als ginge es zum Friedhofe; wie mancher, der nach Jahr und Tag zurückkehrt aus der weiten Welt, wird mit hochzeitlichem Jubel hier empfangen. Kaum gibt es einen Ort, wo die Herzen banger pochen, höher schlagen, als auf dem Bahnhof. In Amerika sollen Sektenpriester auf den Bahnhöfen predigen, und in der Tat, wenn schon das Wirtshaus in den Bahnhof eingezogen ist, warum soll es die Kirche nicht? Unser Geschlecht hat nicht mehr Zeit zum Stillestehen, folglich muß es im Eilen und Laufen und Fahren seinen Bissen Brot erhaschen und — weil der Mensch nicht allein vom Brot lebt — auch das Wort, das zu besorgen vorläufig der Reisebibliothek und den Zeitungen obliegt!

Durch den Dorfbahnhof ist der Bauer in das moderne Leben eingeschaltet worden. In den Ländern des Zonentarifs kostet jetzt die Elle (die Eisenbahnelle heißt Kilometer) einen Kreuzer! Ein billigeres Tuch gibt's nicht. Vielleicht ist es manchmal auch nicht mehr wert. Allzugroße Gelegenheit zum Rutschen gefährdet die Festständigkeit. Es kann eine Zeit kommen, da die Fahrigkeit der arbeitenden Klassen als Übelstand empfunden werden wird. Denn ganz darf der Mensch seine abgegrenzte Heimständigkeit nicht verlieren.

Auf der Waldwiese.

Es war wieder einmal alles zurückgeblieben, was uns draußen so lieb und lästig ist. An den drei Mühlen war ich vorübergegangen, an der Brettersäge, langen Rainwiesen dahin bis zur vierten Mühle. Dann an der Köhlerei, dem hüpfenden Bächlein entgegen durch Kernwald hinan, über den Schlag mit den Erlsträuchern und weißen Steinen, hernach durch Jungwald — und hier war die blaurote Markierung nicht mehr. Auf gut ausgefahrenem Wege war sie stets neben meiner gewesen, an jedem fünften Baumstamm, an jeder Mühlecke, an jedem Thörlblock, so als ob sonst Gefahr wäre, daß der Fremde plötzlich den steilen struppigen Hang emporklettern, oder über den Rain in den Bach springen könnte. Und hier im Jungwald, wo mehrere Steige auseinanderzweigen, war der blaurote Farbenklex nirgends zu sehen.

Das sollte mir aber nicht bange machen. Auf zwecklosen Bergwanderungen ist **der** Weg, den man am liebsten geht, immer der rechte. Vor mir begann junger Lärchenwald. Wenn ich sage, daß über diesem Lärchenwald grünes Gold war, so weiß der Leser damit nichts anzufangen, außer er hätte schon selber junge Lärchen im Vormittagssonnenschein gesehen. Und das hat er auch. Der Tannen-, Fichten- und Kiefernwald ist fast schwarz dagegen und der Laubwald hat sein bläuliches Grün; das grüne Gold gehört dem

Lärchenwald allein. Wandelt man aber unter demselben dahin, so ist ein brauner Schatten, und die dürren Ästlein hacken an die Kleider, kratzen ins Gesicht. Auf keinem einzigen Stamm war der blaurote Klex, also ging ich in eine unermeßliche Irre hinein. Als der Lärchenwald zu Rande war, gingen die Erlstauden an. Das ist ein abscheuliches Gezücht. Das schmale Steigl, das anfangs noch hineinführt, wird bald erstickt von den Strüppen, die Beine verstricken sich und werden unsicher, weil es immer ist, als ob man auf eine Natter getreten wäre; kann auch eine Wurzel gewesen sein, es glitt nur so verdächtig glatt dahin und irgendwo da im langen Grase pfiff etwas. Auf einmal platschte neben mir ein Fladen zu Boden, es war aber keiner, es war eine breite Kröte, die sich so sehr über die Häßlichkeit des Menschen entsetzte, daß sie gleich unters Gras eilen mußte.

Die Erlstrauchwildnis ist endlich durchbrochen, ein Stangenzaun mahnt artig, nicht auf die Wiese hinauszutreten. Ich tue es doch, und der kleine Schaden, den das Beinkleid gelitten, wird reichlich wettgemacht von dieser stillen Hochwiese. Ringsum Wald und Strauch, dort ein Steinhaufen und daran ein Wildkirschbaum. Tief unten ein steiler Graben, der sich weit hinauszieht gegen das Tal, von dem man zwischen den Hängen nur so eine Art Dreieck im Sonnenäther sieht. Unter dem Kirschbaume mache ich mir einen Stein zurecht zum Sitzen; wie ich ihn aus seiner Erde hebe, enthüllt sich eine Welt von Käfern, Würmern und Asseln, und kleine rote Ameisen machen sich bald an den Gliedern bemerkbar durch ein scharfes Prickeln und Brennen. Da wäre man also gut aufgehoben.

Hast du je einmal eine blühende Bergwiese gesehen im Frühsommersonnenschein? Nicht wahr, so etwas ist nicht ohne! Man kann's nicht vergleichen mit dem holdesten Strauß, nicht mit dem kostbarsten Teppich, auch nicht mit dem üppigsten Kunstgarten. Man kann die blühende Wildwiese mit nichts und gar nichts vergleichen, als mit der — blühenden Wildwiese. Gelbe Schlüsselblumen, weiße Schafgarben, roter Wildklee, blaue Glockenblumen, Vergißmeinnichte, Löwenzahnstämme, hohe Germenrispen, vielarmige Hahnenfüße, Muttergottesschleier — nein, man soll nicht anfangen aufzuzählen, an dem einzelnen liegt es ja auch nicht, das ganze ist es. Doppelt und dreifach sind die Blütenschleier: die hochstengeligen Blumen, die in der Luft wiegenden, dann die niedrigstengeligen Blüten, und endlich die in ihren grünen Nestern gleichsam eingebetteten Blümlein — alle, alle haben ihre Kelche und Mäulchen offen, daß der hohe Himmel seinen süßen Sonnenschein hineingieße.

Die hochstehenden Rispen und das unendliche Halm- und Blättergespinne, Gras genannt, als grüner Untergrund zu der wilden, mächtigen Farbensymphonie, die da ins staunende, berauschte Menschenauge klingt. Man meint, kein von Gott erschaffenes Wesen sei stumpfsinnig genug, diese unbeschreibliche Herrlichkeit auszutilgen. Morgen kommt der Mähder, fährt mit der Sense drein, und seine Spur ist eine fahle Schichte von Blumenleichen. Die Sonne, die diese Blumen entfaltet, soll nun Heu daraus machen, sie tut eins so gleichgültig wie das andere, aber der Kuh ist das Heu lieber als die Blumen, und dem Menschen ist Milch und Butter lieber, als Heu und Blumen. Außer er sitzt am Steinhaufen unter dem Wildkirschbaum und hat ein erkleckliches Frühstück im Magen. In diesem Falle schwärmt er für die Blumen. Die Wiese hat aber außer dem dreifachen Blumenschleier noch einen vierten, lebendigen, wirbelnden, kreisenden, summenden. Die Legion von Hummeln, Bienen, Fliegen, Mücken und Faltern, die nimmer und nimmer müde über der blühenden Matte schweben.

In dieser Wildnis war ein solches Behagen über mich gekommen, daß ich mich sachte hinlegte auf den kühlduftigen Rasen. Rings um mich wiegten auf hohen Stengeln die weißblätterigen Margariten, und gerade über meinem Angesicht schwebte das scharlachrote Häubchen einer Mohnblume. Würziger Blumenhonigduft wehte gelinde heran, und manch fleißiges Bienlein läutete über meinem Haupte hin und her, umkreiste die sonnengebräunte Nase, um endlich aber doch eine nahe Wildkleeblüte zur Ernte zu wählen. Vom Walde her klang manchmal das Stimmlein eines Finken, und vom Bergforste nieder meldete sich ein Kuckuck. Je höher die Sonne stieg, je stiller wurde es in der Runde. Alle Wipfel standen bewegungslos in den hohen blauen Himmel hinein, auch über der Waldwiese war die milde Ruh', aber die Rispen und Blüten wiegten sich lautlos fort und fort. Manchmal kam aus den Schluchten herauf ein kühler Hauch und brachte ein Wasserrauschen mit — aber nur für den Augenblick, dann wieder Stille.

Nur die Fliegen und Mücken stellen ihr dünnes Summen nimmer ein. Die schwarzen Fliegen sind die redlichsten, sie sitzen ohne weiteres auf die Hand und tun nicht viel. Oder sie tanzen und kreuzen um Kopf und Hände und sitzen gar nicht auf, lassen sich's genügen an dem Dunsthauche, der vom Menschen ausgeht. Hingegen jene mistgrauen ungefügen Dinger — eine leise Berührung macht sie tot, aber man hat das Gift schon im Leibe. Am schlimmsten noch sind jene Gelsen mit den dünnen langen Beinen und den kaum sichtbaren Flügeln; unvermerkt sitzen sie überall an, saugen das Blut aus, legen ihr Serum hinein, und die Geschwülste mit den wachsweißen Scheibchen wuchern und jucken noch, wenn das Tier schon längst aus Altersschwäche oder durch einen Unglücksfall sein Leben eingebüßt hat. Da wird der Rockkragen zusammengezogen, um die Hand das Sacktuch gewunden, und auch diese Feinde sind ohnmächtig und ergötzen nur noch durch ihr zartes Singen und Schwirren.

In solcher Stunde fühlt man sich vertraut mit aller Kreatur. Das Bienlein hatte auch so gemeint und meine Nase für eine üppige Wildkleeblüte gehalten. An ihr plötzlich ein heftiger Schmerz. Über den Stich bin ich aufgesprungen und sah nun, daß die Feindin kein rundliches Bienlein war, sondern eine Wespe mit schrecklich dünngeschnürtem Leibe, und daß es viele Wespen waren, die mit ihrem surrenden und schellenden Zickzackfluge mich umgaukelten, und daß ich auf einem Wespenkruge gelegen war, der mit seiner grauen schuppigen Schale sich tief im Grase angebaut fand.

Es schien an der Zeit, weiterzugehen. Man sagt, daß das Tier mit dem Stachel sein Leben lassen müsse. Solches hinderte aber nicht, daß seine Tat fortwirkte noch über seinen Tod hinaus. Es hatte nicht umsonst gelebt, war nicht für nichts gestorben — mitten im meinem Gesichte stand stattlich das Denkmal. Wasser suchend, um kalte Umschläge zu machen, strich ich hin durch den hohen Graswuchs. Da war unter meinen Füßen plötzlich ein winziges Menschlein. Es war so klein, daß die Halme und Blumen um das Blondköpfel zusammenschlugen, es war wohl ein Mädchen in ein blaues Röckl gehüllt, nicht älter, als etwa vier Jahre. Es war darauf aus, alle Blumen der weiten Wiese in sein Fäustlein zu sammeln, und als es den Strauß nicht mehr umspannen konnte, warf es ihn weg, um neuerdings mit dem

Pflücken zu beginnen. Wie dieses Kind, sammelt der Mensch so lange er lebt. Er pflückt die blühenden Wiesen ab und wähnt, die tote Blume in seiner Hand sei schöner, als die lebendige auf der Matte. Er pflückt die Früchte der Wälder und Gärten, mit krampfhaften Fingern umklammert er die Güter, sie sind ihm unbequem, sie belasten ihn, aber er kann sich nicht entschließen, sich ihrer zu entledigen, und erleichtert ihn ein Zufall, so beginnt er neuerdings zu sammeln. Es ist ihm nicht genug, daß die Dinge sind, ihm sollen sie gehören. Nicht an gemeinsamer Schönheit will er sein Auge weiden, nicht an gemeinsamem Tische zehren — nein, für sich besonders will er's haben, und mehr als er fassen kann. Das ist ja ein wahres Ungeheuer im Vergleiche zu den Mücken und Wespen, die nicht mehr nehmen, als was sie für den Augenblick brauchen.

Mit dem kleinen Menschenwesen hub ich ein Gespräch an, das etwas schiefkantig ausfiel.

„Kind, wem gehörst du zu?"

Die zwei Rundäuglein leuchteten ruhig zu mir auf und die Antwort war: „Blümel brocken tu' ich."

„Wie kommst du allein auf diesen Berg her?"

„Ich tu' mich nit fürchten. Klein' Mädeln tut der Mann-Mann nix, hat die Zadel g'sagt."

„Wer ist die Zadel?"

„Ein weißes Zickerl haben wir kriagt, heut bei der Nacht."

„Wem gehörst du zu?"

„Ich hab' schöne Schucherln," zirpte das Kind mit seinem dünnen Stimmlein, dabei hob es ein wenig den Fuß, und wahrnehmend, daß es barfuß war, erschrak es, und huschte im langen Grase davon.

Noch ein Weilchen sah ich darüber die Halme schaukeln,

dann nichts mehr. Wie ein Gespenstlein war es gekommen und vergangen. Ich habe im Weiterschreiten meine Beine unsicher und befangen auf den Boden gesetzt, in der Angst, unter der wuchernden, blühenden Wildnis auf eine Schlange oder eine Kröte, oder ein Menschenkindlein zu treten.

Über dem Waldrande nieder schimmerten weiße Felswände, ich stieg zwischen dem Gestämm bergwärts, aber die Wände waren höher oben, als sie sich gezeigt, es war immer noch Wald.

Auf dem kahlen Boden, zwischen Baumwurzeln und grauen Schwämmchen, die wie Wachs glänzten, war ein braun und gelb gefleckter Molch. Mit seinen fleischigen Armen und Beinen holte er langsam aber weit aus, manchmal hob er seinen dreieckigen Kopf und schaute mit hervorquellenden Augen nach dem Ziele aus, dem er so mühsam zustrebte. Wenn ich wüßte, mein liebes Waldkrokodil, wohin du willst, wir wäre es ein leichtes, dich ein paar hundert Schritte dahin zu tragen. Einen alten Teichgräber kenne ich, der ist der Meinung, daß man alle Salamander totschlagen soll, denn wer sie angreift, der bekommt Warzen an den Fingern, und wen sie anglotzen, dessen Kinder bekommen einen schielenden Blick. Was denkst du darüber, du schöner scheckiger Waldwurm? — Ich habe es nicht erfahren, habe das schweigsame Tier nicht angefaßt und auch nicht totgeschlagen. Wer weiß, ob's ihm recht gewesen wäre.

Allmählich wurden die Bäume schütterer und sie wurden verknorrter und verkrüppelter, und dazwischen standen bleiche Baumgerippe. Über eine Schuttlehne noch hinan, und als die Felswand erreicht war, ging es da nicht weiter. An den Steinen klebten graue Schneckenhäuschen, an deren Rande hie und da etwas vom Hausherrn hervorstand. Als ich eines berührte, zogen sich die Läppchen schnell in die zierliche Kalkhütte zurück. — Ich kletterte am Hange dahin und kam in eine Mulde. Ein modernder Brunnentrog war in den Moorboden gewachsen, das Wasser sickerte daneben planlos dahin, und in den Tümpelchen zappelten erbsenrunde Tierchen mit langen Schweifen. Zwischen den ruppigen Steinbergen, die stellenweise mit Knieholz bewachsen waren, tat sich ein Tal auf, schwarze zerrissene Erde mit kurzem Grasfilz und langen Binsenschöpfen, und wenn man auftrat, sank der Fuß in den Sumpf. Aber es lagen Steine da, die eigens hergelegt schienen, um von einem zum andern springen zu können. Daraus schloß ich, daß hier der Weg war. Ich befand mich in der verrufenen Gegend, genannt das „Nasse Gschwend". Es war das Tor in die Felswüsten hinauf. Aber querüber lagen Baumstämme, die der Sturm gestürzt hatte, und es lagen Steinblöcke, die von den Wänden niedergestürzt waren. Und es lagen Gerippe von einem Tiere da, das im strengen Winter umgekommen sein mochte. Und es tauchte hinter Schuttwällen ein schwarzes Menschenwesen auf, das sich überaus mühesam auf dem unwirtlichen Grund vorwärts arbeitete, bis es endlich in meiner Nähe war. Ein Weib, dessen Gewand auf dieser Wanderschaft Schaden genommen hatte, das erschöpft und vergrämt war, vor mir stehenblieb, sich auf seinen Aststummel stützte, den es als Stock trug, und mich fragte, wohin ich denn wolle?

„Wohin ich will, fragt ihr? Wohin ich komme."

„Aber da kommt ihr in die Steinkare. Da hat wohl niemand was zu suchen!" sagte sie mit herbem Ton.

„Wie kommt aber ihr herauf?"

„Ich hab' freilich was zu suchen," antwortete sie. „Habt Ihr denn kein Unband gesehen unterwegs?"

„Was ist das, ein Unband?"

„Der Fratz ist mir davon. Seit aller Morgenhuid lauf ich umeinand. Ist gar nit mein. Meiner Schwester Kind. Zum Aufheben hat sie mir's gebracht, dieweil sie auf Arbeitsuchen aus ist. Wie soll ich's denn aufheben, wenn's davonlauft, das Unziefer! Wenn's mein wär', dem wollt' ich's schon austreiben, das trutzige Davonlaufen! Ein helles Kreuz mit den Kindern! Weiß Gott, wo's der Teuxel hintragen hat!"

Dieweilen sie also greinen tat, wackelte sie mit dem Kopf, um den die schwarzen Haare nachlässig gewunden waren. Schon arg mußte sie hängen geblieben sein an Strauch und Stein mit diesen Haaren, so waren sie zerfetzt. In ihren Augen zuckten Zorn und Angst.

„Frau," sage ich. „Wenn ihr das Kind nicht strafet fürs Davonlaufen, so will ich sagen, wo es ist. Unten auf der wilden Wiese tut es Blumen brocken."

Sie warf auf solchen Bescheid vor Überraschung die Arme auseinander und schlug die Hände zusammen. „Auf der wilden Wiesen? Blumen brocken? Wenns Kind Blumen brocken tut, so ist's nit aus Trutz davon."

„Will lieber mitgehen und suchen helfen," hab' ich gesagt. Und bin mit dem Weibe talwärts gestiegen. Eines Kohlenbrenners Weib war sie, und hatte sich's schon ausgedacht, was geschehen würde, wenn das Kind zugrunde gegangen sein sollte. „Dann geht sie durch. Ganz durch, daß sie kein Mensch mehr findet. Denn die Schwester, wenn sie so um ihr Kind kommt, geht ins Wasser."

„Einstweilen," sagte ich, „gehen wir in die Blumen."

Als wir durch den Wald hinabkamen auf die Wildwiese, war es hoher Mittag, und manches der Blumenhäupter senkte sich müde und welk erdwärts. Selbst das Gezücht der Insekten war müde geworden. Kein Halm regte sich über die weite Wiese hin und kein verlaufenes Kind war zu sehen. Da ging ich an jene Stelle, wo es am Vormittag gewesen war und verfolgte die Spur. Die ging in kreuz und krumm, verlor sich und fand sich wieder, und verwirrte sich endlich ganz mit den zerfahrenen Pfaden, die der Hirsch und der Bock durch das hohe Gras gezogen hatten.

„Die Kleine wird einstweilen schon heimgekommen sein," rief ich zum Weibe hinüber, das am Waldrand im Schatten saß, auf den Schoß die Finger aneinanderklammernd, als ob es betete. In demselben Augenblick stieß meine Fußspitze an den Körper. Da — tief unter Schlüsselblumen und hochstämmigen Vergißmeinnichten lag das Kind, ein Ärmchen unter dem Kopf, eines über der Brust, den Blumenstrauß noch umklammernd. Es schlummerte.

Wie mein halber Leib noch über den Hochwuchs emporragte, so habe ich mit der Hand hinübergewinkt zu den Bäumen — sie möge kommen. Da sei es! —

Das ist alles, was ich von jenem Ausflug ins Gebirge zu erzählen weiß. Keine Felsenkletterung, keine Gletscherwanderung, keine Fernsicht über die Hochgipfel der Alpen — nichts als Bäume und Strüppe, Mücken, Wespen und Blumen — und darunter verborgen ein Menschenblümlein, dem fürder die himmlische Sonne ein frohes Reisen bescheren möge.

Kreuzsäulen und Hauskapellen.

Den Fremden, die in unsere Alpenländer kommen, fallen die vielen Kreuzsäulen, Heiligenbilder und Kapellen auf, die an Straßen, Dorfgassen, Feldwegen und Waldsteigen stehen. Nicht die eigentlichen Votivsäulen und Martertafeln, Pest- und Türkenkreuze, auch nicht die Kirchlein und Meßkapellen habe ich heute im Sinn, sondern die Bildnisse, Kreuze und Hauskapellen, die nicht so sehr aus äußeren Anlässen, als vielmehr aus inneren Beweggründen oder infolge alten Herkommens entstanden und erhalten sind.

In den Flächen des protestantischen Deutschland gibt es auf freiem Felde kein Lied und kein Kreuz. In den Alpen wandelt man wenig Straßen, wo nicht ein heller Jodler oder Juchschrei in unser Ohr, nicht das ernste Bild des Erlösers oder eines anderen der Himmlichen in unser Auge fällt. Denn der Sinn des Älplers verlangt künstlerischen Ausdruck seiner Stimmungen. Das Jauchzen ist wohl auch in unseren Bergen seltener geworden. Kreuze aber gibt es in mancher Gemeinde mehr als Menschen. Stehen deren doch schon auf dem Friedhofe einige hundert, ungezählt derer, die an Kreuzwegen, Feldrainen, Waldrändern, Brunnen, Grenzpunkten, Brücken, Pässen und an den Gehöften ragen. Es gibt Gegenden, in welchen fast jeder Bauernhof seine Kreuzsäule, sein Hauskapellchen hat. Nur bei den Kleinhäuslern, besonders Ausgedinghäuslern, sind sie kaum zu finden, als ob es ein Vorrecht der Großhöfe wäre, solch religiöse Zeichen öffentlich aufzustellen. Vielleicht hat's ein solches Vorrecht tatsächlich einmal gegeben, denn auffallend war mir oft, daß die Kleinhäusler ihre Bildnisse stets innerhalb ihres Daches, fast nie im Freien aufrichten.

Der Bauer stellt seine Kreuzsäule auf an der Wegzweigung, etwa damit der Gang gesegnet sei, am Feldraine, damit die Früchte vor argen Wettern geschützt bleiben; an Waldrändern, damit die bösen Geister der Schatten nicht herrschend werden; an Brunnen, damit kein schlimmer Trunk die Gesundheit des Durstigen schädige; an Grenzpunkten, damit ein Siegel sei des Rechtes zwischen mein und dein; an Brücken, damit die Wasser nicht zerstören sollen; an Bergpässen als Zeichen, daß jegliche Höhe dem Herrn geweiht ist; an seinem Gehöfte endlich als Schutz und Schirm gegen alle Feinde. Der vorwiegendste Grund ist, daß der Mensch überall an Gott und die Heiligen erinnert werden soll.

Die Formen und Bauarten der Kreuze sind höchst verschieden. Es gibt Steinsäulen, gemauerte Säulen mit Nischen und Holzdach, es gibt hölzerne Kreuze, manchmal bis zu zwölf Schuh Höhe, mit breitem Holzdache und einem Brettermantel rückwärts, der nicht bis zur Erde geht, sondern die Form eines „Meßrockes" hat. Es gibt kahle Kreuze ohne Dach und ohne Rückwand und ohne Bild; es gibt solche mit zwei und drei Querbalken und den Marterwerkzeugen des Heilands; diese Kreuze sind oft sehr hoch, man sieht in ihnen einen Schutz gegen Ungewitter. Es gibt Kreuze und Bildkästchen, die an Baumstämme genagelt sind, oder an Wände der Häuser. Es gibt Bildnisse, die mit roten Strichen ungefüg an die weißen Außenwände der Häuser gemalt sind! Es gibt gemauerte Kapellchen mit Altären, vor denen sogar einige Kniebänke angebracht sind. Es gibt Kapellchen aus

Brettern gezimmert; die zumeist geschlossene Tür ist mit einem Gitter aus Holzlatten versehen, so daß man zwischen solchen Latten hineinblicken kann. Die Kreuze und Kapellen sind zumeist mit möglichst vielen Gemälden, Statuen, kleinen Papierbildern und auch frommen Inschriften geziert. Ich werde weiterhin ein solches Bauernhofkapellchen näher beschreiben.

Als Bildnisse der Kreuze und Kapellen sind in Steiermark vorwiegend: Der Gekreuzigte, die heilige Dreifaltigkeit, die Maria mit dem Kinde oder mit dem Leichname des Heilandes, ferner der heilige Josef, der heilige Johannes von Nepomuk, der heilige Sebastian, der heilige Leonhard usw.

Manches der Kreuze gehört der ganzen Gemeinde, wird von dieser gebaut und erhalten; weitaus die größte Mehrzahl gehört einzelnen Bauern; selbstverständlich genießen auch diese von allen und jedem die gleiche Verehrung. Der Bauer geht an keinem öffentlichen Kreuze, Heiligenbilde vorüber, ohne seinen Hut zu rücken oder sich mit dem rechten Daumen zu bekreuzigen. Aber die Allerfrömmsten tun noch mehr, sie küssen den Stamm des Kreuzes, oder wenn diese erreichbar sind, die Füße des Gekreuzigten. An manchem Kreuzstamm hängt an Kettlein ein großer eiserner Nagel, der als Werkzeug der Erlösung besonders innig geküßt zu werden pflegt. Aber auch jedes andere Heiligenbild wird andächtig geküßt. Und das war's ja, weshalb mir als Knabe einmal die Ohren gedreht worden sind. Ich hatte auf ein Blatt Papier mit Kohlenruß und Heidelbeersaft eine „Mutter-Gottes" gemalt und das Bild dann am Waldwege an einen Baum geklebt. Nun kam der fromme Grabelbauer, dachte: das ist brav, daß sie dahier ein heiliges Frauenbild angeschlagen haben, und küßte es. Als er es nachher erfahren, daß das Bild aller heiligen Weihe entbehre, daß es vielleicht nur so aus Übermut entstanden und demnach gleichsam ein Götzenbild sei, rieb er sich die Lippen, suchte den Erzeuger auf und brachte es mir zum ewigen Gedächtnisse bei, daß es nicht angehe, ein Heiligenbild ohne kirchliche Weihe zu stiften.

Hieraus ersieht man, daß alle öffentlichen Kreuze und Heiligenbilder die priesterliche Weihe haben müssen. Ist irgendwo ein neues Kreuz, eine Kapelle errichtet, so beeilt sich der Errichter, es sofort seinem Pfarrherrn anzuzeigen und um die Einweihung zu bitten. Die wird gewöhnlich für den Nachmittag eines Sonntags anberaumt. Zu solcher Zeit findet sich der Priester bei dem neuen Kreuze ein, wo viele Leute, oft die halbe Gemeinde, sich versammelt haben. Sie stehen oder sitzen oder liegen auf dem Rasen umher, plaudern, schäkern oder rauchen Tabak. Wenn der Geistliche kommt, wird die Stimmung eine kirchliche, man nimmt den Hut vom Kopf, die Pfeife aus dem Munde und horcht der Christenlehre, die der Geistliche hält. Nach derselben wird mit brennenden Lichtern, Weihwasser und lateinischem Gebete die Weihe der bekränzten Bildsäule vorgenommen und von dieser Stunde an ist sie des frommen Grußes und Kusses würdig. Bisweilen entwickelt sich bei so einer Kreuzweihe ein förmliches Volksfest, das einen recht weltlichen Verlauf nimmt und bei welchem mancher Bursche ein Bildstöckel küßt, das noch nicht geweiht ist und herzlich wenig Aussicht hat, geweiht zu werden.

Manche Kapellen sind mit bedeutendem Kostenaufwande hergestellt worden; die Leute haben Geld draufgehen lassen und daraus mag man am besten ersehen, wie ernst es ihnen mit der Religion gewesen ist. Es gibt wohl auch eine andere Auslegung. Das Hauskreuz, die Kapelle galt als ein Prunkstück, dabei wollte keiner zurückstehen und mancher mag aus Eitelkeit seine Kapelle „wunderschön" haben herrichten lassen. Dann ist sie das Schatzkämmerlein, das Reliquienkästlein für Kunst und religiöse Kleinodien geworden. Alles, was sich im Hause an Heiligenbildern, Statuen, Kreuzlein, Amuletten und dergleichen fand, kam in die Kapelle.

In meiner Gegend hatte der Stinbauernhof, der an der Straße stand, die schönste Kapelle. Sie war nur aus aufrechtstehenden Brettern gebaut, mit einem spitzförmigen Schindeldache eingedeckt, hatte eine hölzerne Tür mit Spangen, durch die jedermann hineinschauen konnte; denn hineingehen konnte man nur an hohen Festtagen, da sie aufgesperrt war. Es waren rechts und links ein paar Sitzstühle drinnen wie in der Kirche. Es war ein Altar mit Stufen und zierlichen griechischen Säulchen, die oben ihre Kapitäler und gebrochenen Rundbogen hatten. In der Mitte stand ein sehr altes, aus Holz geschnitztes Bild der Mutter Gottes mit der vergoldeten Kaiserkrone und dem Christkinde. An beiden Seiten zwei nackte Englein mit goldenen Flügeln, welche die vergoldeten Kerzenleuchter in die Luft hinaushielten. Daneben die Bilder: das Herz Jesu und das Herz Mariä. Dann waren auf mit Spitzentuche bedecktem Altartische noch sechs weitere, rot und blau angestrichene Leuchter, dann waren Blumentöpfe mit Rosenbäumchen; diese blühten in bunten Papier- und Leinwandblättern, waren schon verblaßt und sehr staubig. Solche künstliche Rosen mit Bändern waren auch neben und über der „Mutter Gottes" und weiterhin an den Bildern zu sehen. Von der Decke hing ein „Heiliger Geist" herab, eine papierene Taube, ebenfalls mit einem Kranze aus Leinwandblumen umgeben. An den Wänden herum standen die geschnitzten Figürlein vieler Heiligen: der heilige Erhard mit dem Ochsen, der heilige Nikolaus mit den drei Äpfeln, die heilige Katharina mit dem Rade, der heilige Laurentius mit dem Roste, der heilige Georg mit dem Drachen, der heilige Simon mit der Säge und die heilige Magdalena mit dem krausen Goldhaar und dem Totenkopf. Wer es wissen will, was solche Zeichen der Heiligen bedeuten, der frage einen Bauern aus der alten Schule. Zwischen diesen Statuen, wo an der Wand noch Platz war, klebten papierne Bilder der Gnadenkirche zu Maria-Zell, des gekreuzigten Erlösers, der heiligen Apostel Petrus und Paulus und des Vaters Radetzky. Diesen dürfte ein Knecht des Stinbauers heiliggesprochen und hierhergeopfert haben; der hatte unter Radetzky den italienischen Krieg mitgemacht. Ferner hingen an der Wand kleine, viereckige und runde Bildchen mit Rauschgold ausgestattet und in Glas gefaßt; daneben Rosenkranzschnüre. Dann hing an der Wand am roten Bändchen ein verschrumpftes Lebkuchenherz; dasselbe, das der Hiesbauer der Stinbauertochter geschenkt, als er ihr seine Liebe gestanden. Daneben ein vergilbter weißer Kranz aus Leinwand; der war auf dem Blondköpflein der Stinbauertochter gelegen, als sie neben dem Hiesbauer vor dem Altare stand. Und nahe an diesem Kranz war ein bleifarbiges Seidenband in eine Schleife gewunden; dieses Band war auf der Stinbauer-Tochter Sarg gelegen, nachdem der Hiesbauer sie zu Tode gepeinigt hatte. Und am Altare auf einem Leistchen lag auch der Donnerkeil, der einst in des Stinbauers Almstadl eingeschlagen hatte. Und in einer Ecke lehnte ganz verrostet die Pflugschar, die einem Vorfahren des Stinbauers beim Ackern in den Leib gegangen war.

Also gab es der Erinnerungen aus der Geschichte des Hauses gar manche in der Kapelle und ich erlebte es gerade, als eine neue dazukam.

Ging ich als zwanzigjähriger Knabe an einem Samstag-abende hin zur Stinbauerkapelle, um zu beten. Denn daß die Jungmagd Johanna zu dieser Zeit kam, um die Kapelle auszustauben, das wußte ich. Sie war auch schon drin, nahm aus den Blumentöpfen eben die leinwandenen Rosen und stellte wirkliche Pfingstrosen hinein, die mir überhaupt immer sehr gefielen, weil sie gar so schön rot sind. Weil jetzt just der alte Stinbauer daherkam, so tat ich, als ginge ich ganz zufällig und ganz unschuldig an der Kapelle vorüber, denn das war ja die Straße, und die Straße gehört jedermann. Der Alte schnauzte die Junge sofort an, was sie da mache? Was ihr die Rosenbäume in den Töpfen im Wege wären?

„Mein Gott," antwortete die gescheite Johanna, „im Wege sind sie mir nicht. Wie sollten mir denn diese Rosenbäume im Wege sein! Aber schön sind sie nicht mehr, und die wirklichen Rosen sind ja viel schöner!"

„So!" sagte der Alte, „warum machen sie denn nachher Rosen aus Leinwand und Seiden, wenn die wirklichen, die auf dem Miste wachsen, schöner sind? Und warum kauft man denn die Leinwand- und Seidenrosen um teures Geld, wenn die wirklichen, die umsonst wachsen, schöner sind? He, Urschel, dumme, was sagst denn dazu?"

„Mein Gott," antwortete sie, „was kann ich denn dazu sagen. Ich kann nichts sagen, als daß die wirklichen Rosen halt schöner sind, wie die anderen. Ich kann ja nichts dafür!"

„Du kannst nichts dafür!" schrie der Alte, „abfahren sollst mit diesem Zeug!" schleuderte ihr die Pfingstrosen vor die Füße und wackelte davon.

Dieses Davonwackeln des Alten mit den Säbelbeinen war an und für sich nicht schön, allein mir sehr angenehm.

Ich ging in die Kapelle, hob die roten Rosen vom Boden auf und sagte ganz manierlich zur Jungmagd: „Ich bin zwar noch kein Heiliger; ganz ein kleines Stückel fehlt noch dazu, aber wenn du diese schönen Rosen mir verehren wolltest! Ich wüßte einen noch besseren Platz für sie, als in diesen Töpfen.“

„Ja, das möcht' ich schon wissen!“ spottete sie. Dieweilen stellte ich mich nahe vor die Jungmagd hin und steckte ihr die großen, brennenden Pfingstrosen an den Busen. Sie ließ es zu meiner Überraschung ganz ruhig geschehen. Fast erschrocken war ich darüber, denn gewöhnlich kostet es fürs erstemal keinen geringen Kampf, wenn man so ein Altärlein schmücken will. — Es ist eigentlich nicht zu verstehen, warum ein Bursche von zwanzig Jahren aufwärts so sehr darauf losgeht, einen Mädchenmund zu küssen. Es ist ja nichts. So auch damals. Als ich soweit war mit den Pfingstrosen, wollte ich der Jungmagd einen Kuß geben.

„Mein Gott,“ sagte sie und wandte sich sehr entschieden ab, „ich bin ja nicht geweiht! Wenn du was küssen willst, da sind die Heiligenbilder, die sind wohl geweiht!“ Und fort war sie.

Solche Dirndln gab's damals im Stinbauernhofe — man kennt sich frei nicht aus.

Endlich, daß ich mit der Schilderung der Kapelle zu Rande komme, hing vor dem Altare von der Decke an drei Kettlein ein blechernes Herz herab, das hatte zwei ausgebreitete Flügel wie ein Vogel, und es stak in ihm ein rotes Gläslein mit Öl, denn das war die Ampel. Und wenn ein Gedächtnistag kam, der Jahrestag einer Hochzeit, eines Sterbens im Stinbauerhofe, da zündete die Stinbäuerin diese Ampel an und ließ sie brennen den ganzen Tag.

Am Sonntagvormittage, während die Kirchengänger im

fernen Pfarrdorfe sind, versammeln die Haushüter sich in der Kapelle und beten bei brennenden Kerzen laut ihre Sonntagsandacht.

Es gibt Gegenden, wo man die Leichbretter, die Läden, auf welchen Tote aufgebahrt gelegen, an den Kreuzen und Kapellen aufbewahrt. An vielen Kreuzen ist unterhalb am Sockel in einer Nische das Bild der armen Seelen im Fegefeuer angebracht: Mitten in einem flammenden Feuerofen sitzen nackt und bloß, mit aufgehobenen Händen, Männlein und Weiblein; an manchem Kreuzbilde ist dargestellt, wie das Blut Christi niedertropft, um die Feuersqual zu dämpfen.

Häufig sind an Kreuzsäulen und Kapellen fromme Sprüche angebracht, zum Beispiel: „Jesus, durch die Wunden dein, laß uns nicht verloren sein.“ — „Heilige Maria, Himmelskönigin, bitte für uns und für die armen Seelen im Fegefeuer.“ — „Mensch, stehe still und denke nach, wirst du Erbarmen finden?“ — „O armer Sünder mein, du willst in Lüsten sein, und hier am Kreuzesstamm stirbt das Gotteslamm!“ — „O Herr Jesu Christ, der du am Kreuz gestorben bist, durch deine Todespein laß uns nicht verloren sein. Wer dieses Gebet mit Andacht betet, gewinnt hundert Tage Ablaß.“ — „18 Liebe Engel und 49 Heilige Gottes, bittet für uns!“ (Hier ist die Jahreszahl der Erbauung mit dem frommen Spruche vermengt, Ungeschicklichkeiten, die häufig vorkommen.) — „Gelobt sei die heilige Dreifaltigkeit, renoviert 1854.“ — „Der Himmel ist dein Hut, die Erden ist dein Schuh, Maria ist dein Gut, und Jesu deine Ruh!“ — „O gekreuzigter Heiland, ich opfere dir auf meine guten Werke und meine Sünden, mein Leben und mein Sterben, tu' mich nicht verderben. Gelobt sei Jesus Christus.“ — „Gelobt und gebenedeit sei das allerheiligste

Sakrament des Altars und die unbefleckte Empfängnis der allerseligsten Jungfrau Maria in alle Ewigkeit, Amen.“ — „O heiliger Schutzengel mein, laß mich dir empfohlen sein, führe mich auf dunkelm Pfade durch das enge Tor der Gnade einst zu Gott in Himmel ein.“ — „Wenn schon der am Kreuze rief: Warum hast du mich verlassen? Wie wird auf dem Totenbett erst der Sünder Hoffnung fassen?“ — „Ich bin und weiß nicht wer, ich komm' und weiß nicht woher, ich geh' und weiß nicht wohin, mich wundert's, daß ich so fröhlich bin.“ — „Steh auf vom Erdenstaub, der Herr rufet dich!“ — „Heiliger Sebastian, du bist der starke Wassermann, in Wassergefahr und Not bitt' für uns bei Gott.“ — „Wie schön ist's auf Erden bei Sonnen- und Sternenschein, o Christ gedenke, wie schön wird's erst im Himmel sein!“ — „O Herr, erhöre uns! o Herr, erlöse uns! Vor deinem Gericht verdamm uns nicht!“ — „Auf Weiden und auf Heiden sollst du die Sünden meiden. Auf Gassen und auf Straßen sollst du die Sünden lassen. Dann wirst auf allen Wegen finden Gottes Segen.“ — „O Mensch, knie nieder an diesem Kreuzesstamm und bete ein Vaterunser für deinen größten Feind!“ — „O Jungfrau rein, ich liebe dich! O Jungfrau rein, ich küsse dich! O heilige, süße Jungfrau rein, ich möchte immer bei dir sein!“ — Manches Sprüchlein ist, wie man sieht, gar sinnig und innig und wohl imstande, das Weltkind einen Augenblick stutzig zu machen in seiner Sucht nach irdischem Gewinn.

So zahlreich die Kreuze und Hauskapellen sind, auch mit ihnen wird es aus werden. Gar manche derselben, die in meiner Jugend in schöner Zier geprangt haben und verehrt worden sind, stehen jetzt tief eingesunken da, halb vermorscht und vermoost, und an ihrem Fuße wächst grünes

Gras, das nicht mehr zertreten wird. Nicht jede Kreuzsäule, die umfällt, wird wieder aufgerichtet, und mehr als ein Plätzchen kenne ich, wo einst eine fromme Kapelle gestanden, und heute eine Kugelbahn, ein „Lusthaus", ein „Salettel" steht, dessen Wände mit Bildern aus illustrierten Zeitungen tapeziert sind. An Wegen und Stegen stehen anstatt Kreuzsäulen Wegweiser, Touristentafeln oder eine Säule mit der weithinschreienden Inschrift: „Das Betteln bei Strafe verboten!"

So ändern sich die Zeiten. Immer seltener werden die Emporzeiger und Aufblicke zu dem Ewigen. Trotz aller Brillen, welche die Wissenschaft ihm aufzusetzen vorgibt, wird der moderne Mensch immer kurzsichtiger; er hat nur ein Auge für seine nächste Umgebung; ins Jenseits hinüber bringt weder sein Blick, noch seine Sehnsucht.

Religionsfrevel im Landvolke.

Man braucht wohl nicht erst daran zu erinnern, daß die Landbevölkerung unserer Alpen von großer und vielfach auch von echt christlicher Religiosität ist. Das müßte schon ein seltenes, von fremden Einflüssen mißleitetes Ungetüm sein, dem es einfiele, eine absichtliche Gotteslästerung zu vollführen. Und doch gibt es, wie wir in den Gerichtssälen sehen können, jahraus jahrein viele Religionsfrevel; und solcher, die nicht in den Gerichtssaal kommen, sind noch mehr.

Es wird hier nicht die Rede sein von jenen Freveln, die eine wirkliche Gotteslästerung bedeuten, weil sie an den Allgütigen und Allgerechten oft Zumutungen stellen, die nichts weniger als einen göttlichen Charakter an ihm voraussetzen. Das sind jene Arten von Aberglauben, durch die man Gott zu eigennützigen Zwecken, zum Schaden anderer Personen, zu schlechten Handlungen mißbrauchen will. Jener Mann, der eine große Kerze nach Maria-Zell opferte, in der guten Meinung, beim nächsten Diebstahl nicht erwischt zu werden; jenes Weib, das den Arsenik in die Kirche trug, in der Absicht, das Gift weihen zu lassen, mit dem es den Ehegatten töten wollte; jener Mann, der während seines falschen Eides eine Hostie an der linken Brustseite am Herzen trug, damit der Meineid nicht Sünde sein sollte: das sind die wahren Gotteslästerer. In geringerem, aber nie zu rechtfertigendem Grade sind es auch solche Personen, die z. B. durch Lippengebete, Geldopfer, durch landesübliche Verehrung von Heiligtümern, durch äußere religiöse Übungen sich entsündigen wollen. Zum mindesten kommt ihr Tun manchmal Bestechungsversuchen gleich, durch die unsere reine Vorstellung von Gott beleidigt wird. Ich habe bei meinen Volksschilderungen mehrmals Anlaß genommen, solche unchristliche Sitten zu rügen, zu verspotten, was mir aber von gewissen Seiten selbst als — Religionsfrevel ausgelegt worden ist. Ein derber Jugendübermut, der solche Dinge manchmal vielleicht etwas unmittelbarer dargestellt hat, als gerade nötig gewesen, mag hie und da bei befangenen Lesern wohl Ursache von Mißverständnissen geworden sein; eines Sakrilegiums bin ich mir nicht bewußt. Bei genauerer Darstellung des Volkslebens lassen sich so bezeichnende Merkmale der Volksseele nicht umgehen.

Ich gedenke hier einige Beispiele volkstümlicher Religionsfrevel zu erzählen, die nach meiner Meinung gar keine Religionsfrevel sind, erstens, weil die Absicht zu freveln fehlt, und zweitens, weil in den meisten Fällen das „Ärgernis" nicht Ärgernis erregt.

Der Mensch besitzt, wie wir alle wissen, einen großen Nachahmungstrieb und man könnte sagen, je tiefer seine Kulturstufe, je größer der Nachahmungstrieb. Dazu kommt bei unseren Alplern noch der Hang nach dramatischen Schaustellungen. Welche Vorbilder aber haben sie hierin? Kein anderes, als die Kirche und ihren Kultus. Wenn sie nun bei irgendwelchen festlichen Anlässen, guten Gelegenheiten und bummelwitzigen Stimmungen angeregt sind, etwas zu treiben, darzustellen, an was werden sie sich lehnen, als an kirchliche Zeremonien, was werden sie nachahmen, als das, was sie in ihrer Dorfkirche sehen?

Der Fremde wird betroffen, vielleicht empört sein, wenn er sieht, wie die sonst so religiösen und gut katholischen Bauern bei ihren weltlichen Lustbarkeiten, auf der Hirtenmatte oder im Wirtshause Dinge treiben, die einer krassen Verhöhnung der kirchlichen Gebräuche und Heiligtümer ähnlich sind wie ein Ei dem anderen! In meiner Jugend, lange vor Einführung der Neuschule, habe ich sogenannte Brechlerabende mitgemacht. Das sind Abendfeste, wie sie ein Bauer seiner Nachbarschaft gibt, die ihm den eingeheimten Flachs brechen halfen. Heute sind solche Versammlungen, um zu essen und tolle Streiche zu vollführen, in der Bauernschaft fast abgekommen. In jenen Zeiten ging es hoch her! Da gab's eine große Mahlzeit, der allerhand Spiele und Schaustellungen folgten. Kam zum Beispiel ein Kapuziner, den irgendein mit komischem Talente begabter Bauernknecht darstellte, dieser stieg in seiner braunen Kutte auf den Tisch, las das Evangelium „von den drei Jungfrauen, die durch den Wald spazieren gingen und drei Jägerburschen begegneten". Dann hielt er in dem bekannten Predigertone und mit den dazugehörigen Gesten eine Predigt, die an Drastik und Drolligkeit nichts zu wünschen übrig ließ, aber auch fortwährend Anklänge an die kirchlichen Worte und Anspielungen von manchmal ziemlich dreister Art enthielt. Dann verkündete er ein Ehepaar mit Bezugnahme auf Anwesende. Die Leute lachten und nichts weiter. Nach der Predigt folgte zumeist die Trauung, bei welcher der Kapuziner irgendein Paar ganz nach kirchlicher Art kopulierte. Zum „Segen" wurde dem arglosen Pärchen gewöhnlich ein Topf mit kaltem Wasser über die Köpfe gegossen.

Bei derlei Brechlerfesten hatte man auch gerne die „Allerheiligenlitanei" gebetet, in der bekannte Personen der

Gemeinde angerufen und nach ihren komischen Eigenschaften oder körperlichen Gebrechen bezeichnet wurden. Einen solchen Brechlerabend habe ich in meinem „Volksleben in Steiermark“ genauer zu beschreiben versucht.

Beliebte Volksspiele waren und sind in manchen Gegenden heute noch das „Bischofeinweihen“ und das „Lazarusbegraben“, wobei man immer wieder kirchliche Zeremonien nachahmt, die schließlich aber stets in einen Schabernack ausgehen. So werden beim Bischofeinweihen die weißen (Werg-)Haare des arglosen „Bischofs“ mit einem Lichte angebrannt, was unter dem Scheine des Zufalls zu geschehen hat. Mit dem Werge läuft zumeist auch das natürliche Haar des „geweihten Bischofs“ Gefahr, in Flammen aufzugehen. Beim „Lazarusbegraben“ erhebt sich der Tote plötzlich, um dem nächsten ahnungslosen Leidtragenden in die Nase zu beißen. Manchmal kommt es vor, daß jemand sagt: „Aber Leut', tut's doch nit so Fravel treiben mit heiligen Sachen!“ Darauf stellen sie entweder ihr Treiben ruhig ein, oder haben eine bauernwitzige Bemerkung gegen den Mahner und fahren fort oder überhören die Mahnung ganz. Wenn's nachher zum wirklichen Gottesdienste in der Kirche kommt, ist alle Mummerei vergessen und sie geben sich wieder aller Gläubigkeit und Frömmigkeit hin, deren sie von Natur aus fähig sind.

Weitum bekannt ist das sogenannte „Faschingbegraben“ am Aschermittwoch, wobei eine Puppe oder ein Faß in einem Trauerzuge gegen den Kirchhof getragen und in der Nähe desselben unter förmlichen Begräbniszeremonien bestattet wird. Prozessionartige Aufzüge sind überhaupt Lieblingsbelustigungen ausgelassener Gesellschaften. Mit Trommeln und Fahnen ziehen sie singend umher, einer oder der andere ist priesterartig angezogen; vor Maibäumen oder Steinhaufen oder hübschen Weibsleuten, an denen sie vorbeikommen, machen sie ihre Kniebeugungen, klopfen auf die Brust und murmeln im Gebettone Worte, die freilich nichts weniger sind als christliche Gebete.

Vor etlichen Jahren am Faschingdienstage hat sich in einem steirischen Orte folgendes ereignet. Eine lustige Magd hatte zuviel getrunken und mußte sich ins Bett legen. Davon hörten die im Wirtshause versammelten Burschen und ein Spaßvogel machte den Vorschlag, die „schwerkranke Dirn zu versehen". Da waren alle gleich dabei. Einer zog über seinen Kleidern ein weißes Hemd an, hing eine rote Bandschleife als „Stola" um, flocht einen Krapfen in Stroh ein, den er wie das Sakrament vor sich an der Brust einher trug. Vor diesem „Pfarrer" ging ein Bursche mit der Laterne. So schritten sie am hellen Tage durch den Ort gegen das Haus, wo die Magd lag. Unter den Bewohnern entstand Ärgernis und hier war die Grenze, wo der Scherz zum Frevel wird. Als der falsche „Pfarrer" den Krapfen der „auf den Tod kranken Magd zur letzten Wegzehrung" reichen wollte, erhob sich diese Magd und versetzte dem Burschen eine gellende Ohrfeige. Das war der richtige Abschluß einer solchen Feierlichkeit. Später hat sich auch das Gericht um den Fall gekümmert. Dieses pflegt solche Delikte mehr in pädagogischem Sinne zu schlichten. Die Absicht zur Gotteslästerung war nicht vorhanden, also konnte es eine Gotteslästerung nicht sein; Gott in seiner unendlichen Überlegenheit ist auch nicht empfindlich. Aber ein Beispiel des Ungeziemenden war es und das religiöse Gefühl der Leute wurde verletzt, nicht sowohl Gott, als vielmehr die Menschen wurden beleidigt oder konnten verführt werden, an solchen Ungebührlichkeiten Gefallen zu finden. Darum die Strafe.

Aber auch jener Bauer wurde dem Gerichte eingeliefert, der mit seinem Nachbar Prozeß wegen eines Grenzbaumes führte. Nachdem alle Beteuerungen, daß der Baum ihm gehöre und schon seinem Vater und Großvater gehört habe, nichts geholfen, rief er erregt aus: „Und wenn dieser Baum nicht mein ist, so soll unser Herrgott ein —.“ Also hat er das Sprichwort gesteigert, das im Volke sehr oft gebraucht wird: Wenn dies oder das nicht ist, so will ich ein Spitzbub sein! — Diese Rede war hier wohl eher das Gegenteil einer Gotteslästerung, sie war eine eidartige Bekräftigung seiner Aussage, von der er überzeugt und durchdrungen war, sie hatte den Sinn des „so wahr Gott lebt!“ Das Gericht hat deshalb den Mann ruhig nach Hause gehen lassen.

Reich an Gottesentwürdigung wären dem Unverständigen die alten Krippenlieder, in denen Gott ein „alter Tatel“, ein „armes Hascherl“, ein „guter Lapp“ und dergleichen genannt wird. Nie ist es im Volke jemandem eingefallen, an solch einfältigen, herzwarmen Bezeichnungen einen Religionsfrevel zu finden. Hingegen ist jener Schriftsteller beanstandet worden, der in einer Volksszene das Sprichwort anwendete: „Iß den Sterz, er ist mit einem Geseg'ndir'sgott geschmalzen!“ Der übermütige Bauernbursche ferner, der sein Mädchen mit den Worten grüßte: „Gegrüßet seist du, Maria, du bist voll der Gnaden!“ benützte das kirchliche Gebet zu einem bequemen Ausdruck seiner Empfindung, ohne auch nur den Schein eines beabsichtigten Frevels auf sich geladen zu haben.

Unser Landvolk ist mit seiner ganzen Wesenheit so tief eingesponnen in religiöse Gegenstände und Sitten, daß manche Stube eher einer Kapelle ähnlich sieht, als einem Wohnraume. Kruzifixe, Heiligenbilder, Rosenkränze, Weihwasserkessel, geweihte Wachskerzen, Gebet- und Erbauungsbücher und dergleichen Dinge zieren Wand und Winkel. Wenn also die alte Grabenschusterin ihr Kaffeetöpflein mit dem aus Pappe verfertigten Bild der heiligen Elisabeth zuzudecken pflegt, damit es nicht zu schnell ausdampfe; wenn die „Grallen“ einer unvollständig gewordenen und nicht mehr gebrauchten Betschnur als Spielmarken beim Kartenspiel benützt werden; wenn das Dirndl in verschwiegener Nacht den Liebesbrief schreibt bei dem Scheine einer geweihten Wachskerze — so sind das gewiß keine absichtlichen Frevel, es ist bloß ein gedankenloses Benützen des Nächstliegenden. Freilich muß gesagt werden, daß in solchen Fällen eine Verehrung für die religiösen Gegenstände nicht sehr groß sein kann, sonst müßte den Leuten der Herzenstakt in die Hand fallen mit der Mahnung: Das schickt sich nicht!

Nicht immer ist es Frömmigkeit, wenn der Bauer gegen den Himmel blickt. Dem Bauer ist, so hörte ich einmal jemanden sagen, der Himmel das, was dem Geschäftsmanne der Kurszettel ist. Dieser Ausspruch wäre gleich für sich ein Religionsdelikt, wenn er nicht seinen wahren weltlichen Sinn hätte. Wenn der Bauer gegen Himmel blickt, um zu sehen, wie es mit dem Wetter steht, so ist das tatsächlich ein Blick in seinen Kurszettel. Daß er über den Wolken und über den Sternen noch etwas anderes weiß und sieht, dadurch unterscheidet sich der Bauer himmelhoch von jenen Leuten, die ihre Seligkeit und Verdammnis nur im Kurszettel finden. —

Wer in meinen Volksbeschreibungen erfundene, absichtliche Religionsfrevel wittert, der möge nur einmal ein Jährchen als Bauer unter Bauern leben. Er wird seine Wunder sehen und hören. Doch selten oder nie wird es eine gewollte Gotteslästerung sein, was er da erfährt, als vielmehr Roheit, Übermut, leere Witzelei, Freude an ungewöhnlichen, packenden Szenen und Schaustellungen. In der einen Absicht, witzig zu sein, sündigen die Menschen überhaupt viel.

Ich war einmal in der Lage, einen Hauptspaß zu vereiteln. Dieser „Hauptspaß" sollte darin bestehen, daß etliche halbbesoffene Burschen dem Wirte ein eben geschlachtetes Schaf stahlen und es ans Missionskreuz nageln wollten. Weil ich mit meinen theoretischen Abmahnungen nicht durchzudringen vermochte, für Ausübung des Zwangsrechtes aber zu schwach war, so griff ich zur List und schlug vor, den Hammel im Walde zu braten und zu verzehren. Das war zwar ein Mithalten beim Diebstahl, doch lieber wußte ich das Schaf in den unrechtmäßigen Mägen als auf dem Kreuze. Da der Braten im Walde ebenfalls ein „Hauptspaß" war, so gingen sie darauf ein, und obzwar die Bratekunst viel zu wünschen übrig ließ, haben wir doch am nächsten Sonntag zusammengetan, um den Wirt zu entschädigen.

Bei den zwangsweisen Schulbeichten kommt es vor, daß einer für den anderen Kollegen gegen kleines Entgelt zur Beichte geht. Ähnlich trieben es die Bauern Michel und Toni. Da der Michel ohnehin gerade zur Beichte ging, so ward er vom Toni ersucht, auch gleich seine Sünden mitzunehmen und dafür den Beichtzettel in Empfang zu nehmen; er bedingte sich für diese Gefälligkeit eine Maß Bier. Die auferlegte Buße ist nachher aber so ausgefallen, daß der Michel den Handel gerne wieder rückgängig gemacht hätte.

Soviel ich von dieser Sorte noch zu erzählen wüßte, es wird doch am besten sein, zu schließen. Wenn, wie gesagt, solchen Vorkommnissen auch nicht die Tragik bewußten Religionsfrevels beigemessen werden kann, so ist es immerhin unbehaglich, allzuviel davon zu hören. Diese Darstellungen möchten nur darauf hinweisen, daß die „Religionsfrevel“ im Volke nicht in Glaubenslosigkeit oder bösartiger Spottsucht ihren Grund haben und daß, wenn die Gefahr des Ärgernisses ausgeschlossen wäre, sie lediglich in die Fälle von Roheit, Dummheit oder Bummelwitzigkeit eingereiht werden müßten.

Schwere Gewitter.

An einem lieblichen Sommertage war's, da gingen zwei junge Leute spazieren. Ein hübscher, schlanker Bursche und ein frisches, munteres Dirnlein. Es war wonnesam. Die Wiesen prangten in üppigem Grün und waren bunt gesprenkelt von den Blumen aller Farben. Das Korn stand in Ähren und zwischen den Halmen leuchteten die Rade und die Kornblume und die Mohnblüte. Auf den weiten Gärten grünten die Kartoffeln und der junge Kohl, zu dem emsige Weiber noch die letzten Pflanzen setzten. Die Leute waren fröhlich allerwegen, denn schon lange war kein so hoffnungsvolles Jahr gewesen, wie dieses. Die Obstbäume prangten in Blättergrüne und hatten die Köpflein der Kirschen, Äpfel und Pflaumen; die Fichten und Lärchen hatten lange schon nicht mehr so schlanke Zweige geschossen, als in diesem Sommer. Und über allem der Sonnenhimmel mit seinen silberschimmernden Wolken in unermeßlicher Höhe.

„Gottlob!“ sagte der Bursche und legte seinen Arm um den Nacken des Dirndels. „Endlich ist die Zeit gekommen.“

„Ist es dir erlaubt, Franz, daß du mir ein solches Joch um den Hals legst?“ fragte das Dirnl.

„Und wenn ich dir zwei Jöcher um den Hals lege, so mußt du es auch leiden,“ sagte er und schlang auch den zweiten Arm um ihren Nacken. „Mein Vater hat mir's erlaubt. Wenn wir ein glückliches Jahr haben, hat er gesagt, daß wir Brot bauen und Futter fürs Vieh, dann ja!"

Der Bursche war nämlich der Sohn eines Kleinhäuslers, bei dem es auf den Ackerbau ankam, um seine Liebste, die ebenfalls arm war, heimzuführen, und weil der Halm noch nie so gut gestanden auf dem kleinen Gütel, als diesmal, so war er dem Dirndl auch nie noch so nahe gekommen, als diesmal.

„Bis zum großen Frauentag haben wir die Ernte unter Dach," fuhr der junge Mann fort, „und ein paar Wochen später, verhoff' ich, habe ich auch dich unter Dach. Dir ist es ja recht, Zanderl?"

„Wesweg fragst, Franz?" entgegnete die Zanderl, „willst denn, daß ich nein sagen soll? Ein rechter Bub fragt nicht."

„Gut ist's," sagte er und drückte ihr das Siegel auf den Mund. Es war wie Magnetstahl und Eisen, so fest hielten die Lippen jetzt zusammen und so gar nicht wollten sie einander loslassen. Dann kamen die beiden zu einem Feldkreuze, an dem ein hölzerner Christus hing; diesen Christus umarmte jetzt der Bursche und rief: „Du bist wohl brav, daß du uns ein so gutes Jahr schenkst, du bist wohl brav!"

So schritt das junge Paar berganwärts, denn der Bursche wollte auch sehen, wie sich das Korn auf dem von ihm gepachteten Hochfeld mache; sie begleitete ihn. Wo ein Baumschatten war, da blieben sie stehen und trockneten sich den Schweiß, denn die Luft war schwül und drückend. In den Wipfeln sang kein Vogel, dafür schwirrten langfüßige Gelsen umher und stachen die Zanderl am Arm und am Nacken, daß sie weiße Scheibchen bekam mit roten Rändern.

Als die beiden rasten wollten, wunderte sich der Bursche darüber, daß trotz der großen Hitze der Stein feucht war, auf den sie sich niedersetzen wollten. Vom Gebirge her war ein leises Grollen, und als sie hinsahen, stand dort eine graublaue Wolkenschicht, die mit dem dunkeln Blau der Berge zusammenschwamm. Weiter herwärts standen hoch die milchigen Wolken mit den scharfen bauchigen Rändern voll Sonnenschein, viel tiefer schwammen braune, wässerige Wolkenfetzen, die von keinem Sonnenstrahl getroffen wurden.

Das Grollen kam näher und mehrmals sprangen dort über den dunkeln Bergen Blitzstrahlen senkrecht zwischen Erd und Himmel auf und nieder. Zur selben Zeit stiegen auch in anderen Himmelsgegenden finstere Wetter auf. Das Donnern war dumpf und hohl. In lichten Schleiern ging der Regen nieder und verdeckte zuerst die fernsten Berge, bald auch die näheren, so daß die Schluchten und Gräben durch die Farbenabstufungen plastisch wurden. In allen Wolken war der Sonnenschein vergangen und die finsteren Nebelschichten sanken herab auf die Spitzen der näheren Berge und gingen lawinenartig nieder an den Mulden und Schluchten. Die Wipfel der Bäume standen starr und rührten keinen Zweig. Am Himmel von der Wetterseite her kam ein seltsames Sausen, als ob Wildbäche rauschten. Nun faßte der Bursche das Dirndl am Arm und sagte: „Lauf eilends, Zanderl, daß wir den Stadl erreichen, es kommt etwas!"

Sie liefen bergabwärts, es war so dunkel, daß sie an die Bäume rannten, und nur die matten Blitze warfen manchmal einen Schimmer durch den brauenden Nebel, der jetzt zwischen den Bäumen dahinwogte, gepeitscht von den Wipfeln und Ästen, die plötzlich vom Sturme erfaßt, rasend geworden waren. Dichter Wasserstaub gischtete nieder, Hagelkörner sausten, schlugen in den Boden, an die Baumstämme, sprangen in hohen Bogen auf, daß die weißen Schloßen rauschend in Kreuz und Krumm durcheinanderfuhren.

Von mehreren zackigen Eisstücken getroffen, hatten die jungen Leute den Stadl endlich gefunden; in ihm war es finster, fast wie um Mitternacht, und am Bretterdache knatterte der Hagel, wie die wildeste Feuersbrunst. Als die beiden, einander umklammernd, sich mit schreiender Stimme bei ihren Namen riefen, hörten sie sich kaum. Ein paar Schläge hörten sie vom Blitz, der in nächster Nähe in Bäume eingeschlagen hatte; zwischen den Dachfugen durch, woran jetzt Wasserstrahlen niedergossen, flackerte der rote Schein der brennenden Bäume. Mehrmals war ein Hagelbrocken, das Dach durchschlagend, in den Stadl niedergesaust, und mit ihm Splitter der zerschlagenen Bretter. Jetzt begann unter den Zimmerbäumen der Wand das Wasser hereinzurinnen, daß der Boden des Stadls bald wie ein See war.

Als nach einer Weile das Ungetüm zu wüten aufgehört hatte und nur noch der Regen rieselte, traten die zwei Leute aus ihrem zweifelhaften Obdach und sahen die Zerstörung. Der Waldboden war mit einer Schicht von Eiskörnern überzogen, so daß die Schuhe der Wandelnden an denselben knirschten und ausrutschten. Kleine runde Körnlein, große scheibenartige Schloßen, wildgezackte Eisstücke, schneeig weiß die einen, glasig grau die anderen. Hier und da hatten die Wassergüsse den Hagel in Haufen zusammengeschwemmt, dazwischen überall die von den Bäumen herabgeschlagenen Zweige, Äste, Zapfen und Wipfel, auch tote Vögel und Eichkätzchen. Ein frostiger Lufthauch zog, und im Lufthauch der Harzduft des zerrissenen Waldes.

Der Bursche und das Dirndl schritten mühsam dahin und sagten kein Wort. Sie stiegen nicht mehr hinauf gegen das Hochfeld, zu sehen, wie dort oben das Korn stehe, sie gingen niederwärts in das Tal. —

Das Gewitter hatte sich endlich verzogen, am Himmel hing zerfetztes Gewölke in düsterem Licht, und manche Wolke schwamm herab und verdeckte die Berge. Die Felder waren weiß, auf einzelnen Matten lagen dünne Nebelstreifen, als wollten sie Wasser und Eis aufsaugen. Auf den Wiesen stand kein Gras, keine Blume. Das Korn auf den Feldern hatte keine aufstehende Ähre mehr, jeder Halm reckte sein Knie, oder deren mehrere hervor aus der Hagelschicht. Es war ein zerzaustes Gefilze über die weiten Flächen hin. Auf den Gärten, in denen wochenlang die Leute fleißig und mit Mühe und Schweiß gearbeitet hatten, stand kein Pflänzlein. Alles in den Boden geschlagen und einzelne Schloßen hatten sich eingebohrt in das zarte Erdreich. Streckenweise war die Erde weggeschwemmt, über die Wiesen hingeschüttet, und an ihrer Stelle in den Gärten lag Eis und Schutt.

Als unser Paar zu dem Häuschen des Franz kam, sahen sie noch etwas Neues. Die Niederung der Wiese war ein trüber See, vom Hang herab war eine schwere Lawine gegangen, hatte ihren Schutt an das Häuschen geworfen, die Wand stellenweise verschoben und eingedrückt.

„Meine liebe Zanderl," sagte nun der Franz, „mit dem Heiraten wäre es vorbei."

Die Zanderl hielt ihre Schürze vor das Gesicht.

An der äußeren Wand des Hauses war ein Kruzifix. Der Franz riß ein Holzscheit her, um damit dem Christus einen Schlag zu versetzen.

„Was tust du?" rief die Zanderl und fiel ihm in den Arm.

Der Bursche ließ das Scheit sinken und murmelte: „Es ist wahr, der ist nur von Holz und kann nichts dafür."

„Unchrist, was sind das für Reden!" rief das Dirndl.

„Die Leut' sind halt so sündig, daß sie der Herrgott strafen muß.“

„Sündig!“ rief er, „freilich sind sie sündig. Alle sind sie sündig, auch der Kornhändler, der Jud, dem es da nichts zusammengeschlagen hat und der jetzt ein gutes Geschäft machen wird.“

„Gott wird schon wissen, warum er's getan hat,“ belehrte das Dirndl.

„Er macht sich selber ungleich,“ sagte der Franz in seiner gottlosen Verzweiflung. „Nicht drei Wochen ist es her, seit die Gemeinde beim Pfarrer ein Amt gezahlt hat auf die gute Meinung, daß uns Gott in diesem Sommer vor Blitz und Ungewitter schützen sollt. Jetzt sieht man's! Erst am vorigen Sonntag hat unser Pfarrer über die Sünde der Trägheit gepredigt. Heute hat Gott die fleißigen Leute gestraft und die trägen, die auf der faulen Haut sind gelegen anstatt das Korn anzubauen, lachen uns aus. Wenn ich nur wüßte, was der Herrgott mit seinem Hagelschlag ausrichten will? Will er die gottlosen Leute bekehren? Ha!“

„Du mußt nicht vergessen, warum Gott das Unglück in die Welt wirft,“ sagte die Zanderl.

„Nun warum?“ fragte der Franz.

„Damit den Leuten die Welt zuwider wird und sie dem Himmel zutrachten.“

„Willst warten mit dem Heiraten, bis du im Himmel bist?“ fragte er. „Hast jemals gehört, daß im Himmel Leute zusammenheiraten?“

„Nein Franz, das ist nicht schön von dir, daß du dich wegen ein bissel Hagelschlag vom Heiraten abhalten lassen magst. Glaubst du, daß ich mich nur füttern lassen will, daß ich nicht arbeiten und mir das Brot nicht selber verdienen kann?“

„Arbeiten! Verdienen! Wenn dir's das Eis niederschlägt!"

„Franz, du hast kein Vertrauen. Ist dir schon Gott nichts, so denke an die Menschen. Wer brav und fleißig ist, den verlassen die Leute nicht. Wir gehören alle zusammen!"

Als sie noch so sprach, kam ein Mann des Weges, der den Franz ansprach, ob hier das Franz-Häusel wäre?"

„Das ist es," gab der Bursche Bescheid, „was wollt Ihr denn?"

„Den Steuerbogen bringe ich."

Den Steuerbogen! Da mußten beide lachen, der Bursch' und das Dirndl. Das war ein guter Spaß von Dem da oben . . .

Im nächsten Jahre um dieselbe Zeit machte er einen noch besseren. Wieder herrlich standen die Feldfrüchte und — das junge Ehepaar schärfte die Sicheln.

Der Mann in Gefahr.

Was doch das zu bedeuten hat!

Die Nacht ist ruhesam, die Stube friedlich, Frau Johanna müde von der Tagesarbeit, der Abendsegen schon das drittemal gebetet — und doch nicht schlafen können! Ihr ist angst und bange, und sie weiß nicht warum. Nun steht sie auf und geht nachsehen, ob die Tür gut verschlossen ist. Dreifach, mit doppeltem Riegel und mit dem Drudenkreuz. Dann geht sie zu den Betten ihrer Kinder. Das Marielein schläft süß, und das Franzelein schläft süß. Sie fühlt ordentlich die weichen Fittiche des Schutzengels, der über den Kleinen wacht. Und dennoch ist ihr ach und weh. — Wird doch nicht ihr Mann in Gefahr sein? Ihr Mann ist Jäger, ist gestern ins Hochgebirge gegangen und nicht zurückgekehrt. Das ist nun nichts Neues, Jäger treiben sich oft tagelang in den Bergen umher. Aber warum ist ihr heute so bang? Vor kurzem ist auf dem Schroffenstein ein Hirtenknabe von Lämmergeiern angefallen worden. Aus den hinteren Karschluchten hat man gehört, daß ein Kräutermann mit einem Steinbock gerungen haben soll und beide in die Tiefe gestürzt sind. Einem Jäger, der Stutzen und Hirschfänger bei sich hat, kann derlei doch nicht passieren. Aber die einfallenden Nebel und groben Wetter! Die Abgründe! Die Wildschützen! Es vergeht kein Jahr, daß sie nicht einen Jäger kalt machen. Der Toni ist ein gewissenhafter Jäger und hat viele Feinde. Heilige Jungfrau, bleib' bei ihm! Gute Nacht!

Das war ihr Denken. Noch faltete Frau Johanna die Hände zwischen den Kissen und ihren glühenden Wangen. So schlief sie ein. Es war aber kein freundlicher Schlaf. Sie träumte, ihr Mann läge auf einer Schaukel von Spinnengewebe und schaukle hin und her über einer grauenhaften Schlucht . . .

Und ihr Mann war zur selben Stunde wirklich in Gefahr.

Von den Gemsgehägen des Schroffenstein war er glücklich herabgekommen, aber auf den weiten, schluchtenreichen Almen überraschten ihn Nebel und Nacht. Da begegnet er dem Halter Hasel. Das war ein krüppelhafter Zwerg. Er war weit älter als der Toni — denn dieser kannte ihn schon seit Kindheit in der gleichen Gestalt, an der keine Jugend und kein Alter zu erkennen war. Dem Hasel wuchs kein Bart; seine Stimme war fein, wie die eines dreijährigen Kindes, und sein Mund war zahnlos, wie der eines siebzigjährigen Greises.

Diesen Hasel fragte der Jäger nach einer Herberge für die Nacht.

„Geh zum Miadele, dorten in der Tale," gigste der Halter, „die ist allein in ihrer Hütten."

Der Jäger pfiff seinem Hund und ging gegen die bezeichnete Hütte.

Die Sennerin war eben beim Buttern. Und als sie den Toni dahergehen sah, rief sie aus: „Uih! Da kommt ein sauberes Mannsbild!"

Der Toni sah es jetzt, das Miadele war eine gute Bekannte von ihm, noch aus der Zeit seiner Junggesellenschaft.

Das Miadele könnte lange schon verheiratet sein, denn sie ist ein leckeres Ding, aber sie hat kein Glück. Zwei Bräutigame hatte sie schon gehabt, aber zufällig zu gleicher

Zeit, und das soll ihr jeder von ihnen übel genommen haben. Weil sie so viel wunderlich sind, die Mannsleute.

„Das ist ja gar ein Seltsamer!“ sagte sie jetzt, als der Toni daherging.

„Grüß' dich der Obere!“ sagte der Jäger, „hast was zu essen für uns?“ Er deutete auch ein wenig auf seinen Hund.

„Das ist gewiß, daß ich was hab!“

„Und wo kann ich nachher liegen?“

„Doch leicht auf der untenaufern Seiten,“ war ihre Antwort. Schalkhaft ist sie. Und fein sauber. Daß Bauern solche Dirndle auf die kalte Alm stellen! Es ist unbesinnt. Der Übermut ist ihr noch nicht vergangen, der Feinen, gerade im Frühsommer des Lebens ist sie, wann die Himbeeren reifen. Ein Rösl auf der Alm, man steckt es gern auf den Hut.

Das Miadele denkt ihrerseits: Was er doch noch alleweil für ein prächtiger Mensch ist! Man schaut ihn grad' gern an.

Beim Nachtmahl — die Sennerin tut ihr Bestes — wird ein wenig geschmollt und ein wenig gescherzt, eins ist so gut wie's andere. Ja, das Schmollen ist oftmals besser, der Versöhnung wegen. — Aber der Toni ist so viel langweilig worden, er sagt zu allem: Ja, oder: Hast eh recht, oder: Laß dir's gelten — und sonst nichts.

Jetzt werden ihr die Haare zufällig locker; das Dirndl will sie wieder hinaufbinden. Schwer geht's, wenn niemand hilft. Aber wie sie heute ungeschickt ist, jetzt hat sie sich einen Splitter in den Fuß gestoßen. Ob er nicht so gut sein wollt', der Toni, und ihn herausziehen! Er macht nicht lang' Umstände. Mit dem Taschenmesser. Schreien kunnt sie!

Nun meinte der Toni, es wäre Zeit zum Schlafengehen. Er hat's bequem. Von der Sennerin Kammer führt eine

Leiter in das Dachgeschoß. Im Dachgeschoß ist Heu, duftendes Almheu. Auf dem mag er liegen. Zwang ist aber keiner dabei.

Als er die Leiter hinansteigt, atmet er auf. Sie schaut ihm mit Beklemmung nach. Wenn die Leiter bricht! Aber so eine Leiter ist ein Holzklotz, sie ist nicht gebrochen. Die Sennerin will sie wegziehen, unterläßt es aber; man kann nicht wissen, was in der Nacht geschieht. Es kann Feuer auskommen, und jetzt, wenn dieser schöne Mensch verbrennen müßte!

Wenn man so ans Feuer denkt, mein liebes Miadele, da kann man freilich nicht einschlafen. — Ich glaub's, daß ihr heiß wird. Die Hütte kam ihr heute so niedrig vor, so drückend, als ob das Obergeschoß niedersinken wollte. Ein sakrisches Gewicht muß er haben, dieser Jäger.

„Jager!" rief sie plötzlich hinauf, „ich muß dich was fragen."

„Frag' zu," antwortete er.

„Daß du doch nicht etwan rauchen tust, da oben!" Als er darauf nichts entgegnete, setzte sie bei: „Wenn du etwan des Abends gewohnt bist, ein Pfeifel zu rauchen, so kunnt's da herunten geschehen. Oben nit, Jager, im Heu."

Er rührte sich nicht mehr.

Nun stand sie auf, stieß unversehens an die Leiter und legte sich wieder hin. Da dachte er oben im Dachgelaß — denn er schlief nicht — das ist doch eine fleißige Person, dachte er, noch in der Nacht arbeitet sie herum und gönnt sich keine Ruh'. Wer die zur Magd hat . . . Aber warm ist's im Heu, Durst kriegt man. Es waren auch die Nocken, die sie ihm vorgesetzt, wolter fett gewesen. Draußen rauscht der Brunnen. Ja, wenn die Ohren trinken könnten, die hören ihn wohl; aber je schärfer sie auf das Rieseln horchen, je trockener wird der Gaumen. Er wird hinaus müssen, der Toni. Gefährlich ist das Hinabsteigen jetzt im Finstern. Was da lehnt, es ist die Jakobsleiter, aber die umgekehrte, weil man hier niedersteigen muß, wenn man in den Himmel kommen will. Und ein frischer Brunnen ist wie der Himmel, wenn man Durst hat.

Weil er sich in seinem Schmachten hin und her zu wälzen begann, daß die Trambäume des Bodens ächzten, so fragte sie hierauf: „Fehlt dir was, Jager?"

Da war er mäuschenstill, und nach einer Weile schien es, als wäre er in den Schlaf gesunken.

„Oh mein Gott," seufzte das Miadele, „ist das heut' eine Nacht! Nichts ist unausstehlicher, als wenn ein Mannsbild schnarcht!"

Draußen in der Futterkammer war der Jagdhund unruhig, er kratzte an der Wand und heulte.

„Daß du schlafen kannst bei dem Gewinsel!" rief die Sennerin nun in das Dachgelaß hinauf. „Geh, sei so gut und heiß das Vieh still sein. Ich bin in der Pfaid und kann nicht hinausgehen."

Da dachte sich der Jäger: es ist wahr. Der arme Sultel hat gewiß auch Durst und bei einem Hund ist das kein Spaß. Er kann die Wasserscheu kriegen, wenn er das Nasse zu lang entbehren muß. Der Toni stieg vorsichtig die Leiter hinab und ging hinaus. Den Hund ließ er aus der Kammer und der Sultel sprang vor Freuden den Jäger heftig an, so daß dieser meinte, heute werde das Tier sein Herr. Hierauf umarmte der Toni den Brunnenständer und trank aus dem Rohr. Bei den ersten Zügen war ihm: ewig wird getrunken! Aber nach und nach stellte es sich heraus, daß ein rechter Brunnen länger rinnt, als der durstigste Jägersmann trinken mag.

Nun ging er wieder zurück in die Hütte und verschloß hinter sich sorgfältig die Tür. Jetzt tat ihm die warme Stube wohl, er tastete sich am Milchkasten vorbei, am Herd vorbei, an der Gewandtruhe vorbei. Wo ist denn die Leiter? Da ist eine Bettstufe — da ist der Zipf eines Kissens, eine Haarlocke . . . In diesem Augenblick fällt ihm das erste Fensterln ein, mit dem er vor wenigen Jahren seine Braut begrüßt hatte. — Er schleicht am Bett der Sennerin vorüber . . .

Mit Mühe fand er die Leiter, die er nun still hinanstieg.

Das Miadele zerkrallte ihr Kissen. Der Jäger schlief.

Er schlief nun wirklich. — Und am Morgen, als er herabstieg, bekam er kein Frühstück. Es sei das Feuer ausgegangen, sagte sie, und jetzt sei keine Zeit mehr zum Anheizen.

Der Toni schmunzelte und machte sich nichts daraus. „Behüt' dich der Obere, Sennin, der Untere ist dir eh' gewiß.“ Mit diesem Bauernspruch, der den also Begrüßten nachgerade dem „Unteren“, dem Teufel, zuspricht, verabschiedete er sich von dem gefährlichen Miadele. Das schaute ihm gar nicht nach.

Draußen lag die weite Gotteswelt im Sonnenschein. Es wäre doch schade um einen solchen Morgen . . . Dem Jäger war leicht und wohl zum Jauchzen. Und jetzt fiel ihm ein, was er einmal im Wirtshaus gehört hatte, als ein Stadtherr die Abwesenheit seiner Gemahlin dazu benutzen wollte, die hübsche Wirtin zu küssen. Die hatte dem Herrn ein Nasenstieberlein versetzt, da war der Herr schier unwirsch geworden und hatte die Treue einen „Aberglauben“ genannt. Auf solche Lästerung hatte sich damals im Wirtshaus der Schullehrer erhoben, ein schneidiger Mann. Dem leuchtete das Auge, als er nun ausrief: „Die Äpfel in seinem Hausgarten verderben lassen und Nachbarsbäume plündern, das ist welscher Spitzbubenbrauch, der dem deutschen Manne nicht ansteht. Einer, der sein Weib betrügt, ist auch sonst nicht viel nutz. Wenn der Mann der Mutter seiner Kinder das Ehrenwort bricht, dann ist alles aus, dann ist er auch dem Freund nicht treu, dem Vaterland nicht, seinem eigenen Kind nicht.“ —

An jenen kleinen Vorfall erinnerte sich jetzt der Jäger, auch er hatte daheim ein Weib, und doch war ihm plötzlich zumute, er müsse wieder zur Hütte zurück und ohne Frühstück könne er heute nicht davongehen. — Der Hunger überschreit alle guten Vorsätze, hatte der Toni einmal gelesen. Soll denn das wahr sein? Just nicht soll es wahr sein. Das wollen wir doch sehen, wer da der Stärkere ist. Just nicht! — Das Griesbeil stieß er in den Boden, pfiff dem Sultel und schritt rasch niederwärts gegen die Waldungen.

Sein Weib, das Franzelein auf dem Arm, lachte ihm schon von weitem entgegen und rief: „Weil du endlich nur kommst! Hunger wirst haben!“ Er sah ihre weißen Zähnlein, er sah ihre hellen Augen. Der herzige Knabe packte ihn am Halse und lallte fortwährend: „Ata! Ata!“ Das Marielein, das tief unten herbeigekommen war, packte ihn an den Beinen. In dieser glückseligen Gefangenschaft nahm er, gab er seiner Johanna den Kuß — es war einer der süßesten des ganzen Lebens.

Noch lieber hatte er sie jetzt, seit er ihr zu Lieb' eine große Gefahr besiegt und in Wahrheit ein Mann geworden war.

Und was macht das Miadele auf der Alm? Dank der Nachfrage! Muß schon gut sein, wenn's nicht besser ist.

Das Fremdenbuch in den Alpen.

Eine wunderliche Erscheinung des Schrifttums ist das Fremdenbuch. Nicht jenes Fremdenbuch, das in Hotels kleinerer Städte die Polizei auflegt, um von den Fremden bisweilen hintergangen und gefoppt zu werden, sondern jenes Fremdenbuch, das in Gasthäusern und Schutzhütten, bei vielbesuchten Seen und auf hohen Bergen, an Wasserfällen und sonstigen Touristenzielen bereit liegt, um die werten Namen, Gemüt, Geist, Witz und die liebe Eitelkeit der Gäste in sich aufzunehmen. Der Sohn der Zeit hat den Drang, überall, wo er wirkt und wandert, eine Spur von sich zu hinterlassen; er ist stets bemüht, seinen Mit- und Nachmenschen zu zeigen, daß er da ist oder da war; und wie er für sich selbst den Mittelpunkt der Welt bildet, wie er unter allen Wesen der Erde sich selbst das innerndste ist, so hofft er, daß seine Spur, und wäre es auch nur der Namenszug mit „manu propria“ auch bei anderen Wert haben werde. Der eine schreibt sich auf die Felswand und geht dann stillbeglückt heim in seine Stadt; dort lebt er, einer der Unbedeutendsten, aber er denkt an das Monument, das er sich im Gebirge gesetzt hat und das seinen Namen in die nächsten Jahrhunderte tragen wird. Ein anderer gräbt die Anfangsbuchstaben seines Namens in den Stamm der Buche ein und schneidet ein Herz dazu — das ist ein Liebesbrief und ein Gedicht zugleich; aber allmählich rinnt Pech (Harz) heraus, denn „Pech" hat er mit seiner Liebe immer, er mag sich in das Herz des Mädchens graben oder in den Baumstamm. Wieder ein anderer zeichnet seinen Namen gern auf Kapellenmauern, Kruzifixe, Votivtafeln. Wer hat nicht schon auf der Brust eines schön geschnitzten Christus oder am Mantelsaum der heiligen Maria Magdalena den Namen Johann Harstapfel gelesen? Er mag auch anders heißen, es ist gleich. Rührender an Bescheidenheit sind Namen auf Sitzbänken, an Wänden von Heustadeln oder in stillen Zellen, die man ohne Not nicht aufsucht. Kurz, das menschliche Bedürfnis, sich auszuschreiben, ist nicht allein in den Buchläden, sondern auch auf allen Wegen und Stegen der Berge zu finden.

Wenn ich nun die Frage aufwerfe: Was haben die Fremdenbücher im Gebirge für einen Zweck? Sollen sie dem Gastwirt Namen und Stand seiner Gäste offenbaren, damit er wisse, welche Sorte von Höflichkeit und Rechnung er anzuwenden habe? Sollen sie den späteren Touristen zeigen, wer vor ihnen schon da war, oder mit klingendem Namen für die Naturschönheit Reklame machen? Sollen sie den vom Unwetter im Berghause überfallenen Wanderer durch ihre Lektüre Ergötzung und Zeitvertreib verschaffen? Oder sollen sie solchen eingeregneten Touristen durch die leeren Blätter Gelegenheit geben, sich mit sich selbst zu unterhalten, ihrer Touristenlaune auf dem Papier freien Lauf zu lassen? — Alles zusammen. Aber das erstere wird für den Wirt, das letztere für den Touristen das wünschenswerteste sein. Das Fremdenbuch ist ein natürliches Kind unserer schreibseligen Zeit, und zwar — ein Mädchen für alle und für alles. Wie wohl muß es ihm tun, dem Sonntagsbummler, der die Woche hindurch kein willig Ohr findet für seine rhetorischen Ergüsse, vor dem jedes Blatt Papier zittert, daß er es nicht etwa mit seiner Weisheit belege — wie wohl muß ihm sein, wenn hier auf den Bergen, wo es keine Sünde gibt, das Fremdenbuch seine Arme auftut: Hierher schreibe was du willst, ich bin auf alles gefaßt! Und wenn er dann sein Mütchen kühlen kann.

Ich meine baß, das Fremdenbuch habe außer den oben angeführten Zielen auch noch eine andere Bedeutung. Wenn einst einer kommen wird, um die Geschichte der Touristik zu schreiben (es wird geschehen, es muß über alles „Geschichte" geschrieben werden), aus welchen Quellen soll er schöpfen? Natürlich aus den Fremdenbüchern. Das mögen mitunter unlautere Quellen sein, und doch die verläßlichsten, die charakteristischsten — sie werden zeigen, weswegen der heutige Tourist auf die Berge ging, die „Naturschönheiten" suchte und was er dabei dachte oder empfand.

Ich habe auf meinen Ferienreisen, bisweilen im Gebirge „eingeregnet", manches Fremdenbuch durchblättert.

Die Durchschnittsnotizen der Fremdenbücher sind folgende:

„Abends * Uhr hier angekommen, bei den liebenswürdigen * Wirtsleuten gut zu Abend gegessen, hierauf ein prächtiges Bett bekommen und den Sonnenaufgang verschlafen."

„Am * Juli 187* vom *berg Gottes herrliche Natur gesehen. Gegen Süden war die Aussicht etwas getrübt."

„Der empfehlenswerte Führer * hat uns in 4½ Stunden auf die Spitze des Berges geführt; dort bei Sonnenaufgang das Frühstück eingenommen. Dann eine liebenswürdige Gesellschaft aus Wien getroffen."

„Erlaube mir zu berichtigen, daß die *spitze nicht, wie es in der Generalstabskarte angegeben ist, 8693 Fuß, sondern

8689 Fuß hoch ist. Derlei Unrichtigkeiten sollten in Zukunft vermieden werden."

„Am * August * bei herrlichstem Wetter über den See gefahren, hierauf delikate Forellen gespeist. Sehr empfehlenswert ist der Vöslauer Rotwein."

„Am * Juli im * Wirtshaus eingeregnet, von der fidelen Frau Wirtin fein bedient, mit dem Wirte Karten gespielt, die Zeit prächtig vergangen. Der Abschied von der feschen Resi wird mir schwer, auf der Alm gibt's ka Sünd'!"

Ich glaube, daß solche Beispiele genug sind, um einen Einblick in unsere Touristenseelen zu gewinnen. Das sind die Durchschnittsurkunden der Durchschnittsmenschen, die eben auch auf den Bergen, diese mögen noch so hoch, und an den Seen, diese mögen noch so tief sein, Durchschnittsmenschen bleiben.

Wie anders wirkt die Natur auf feiner geartete Geister! Diese erhöhen sich mit den Bergen, vertiefen sich mit den Abgründen. Und so gewinnt das Fremdenbuch manchmal ein paar goldene Zeilen reinster Poesie. Freilich macht sich nicht selten eine arge Nachbarschaft dran und beginnt ein „Sauglockenläuten", wie der Volksausdruck sagt. Der Wirt sieht ratlos die Bescherung; er weiß, daß morgen Damengesellschaft kommen wird, aber er darf die Zeilen nicht vertilgen, aus dem Fremdenbuch wird kein Blatt gerissen und es ist verboten, eine Zeile zu streichen!

Ein nächster Naturfreund fühlt sich durch das begonnene „Läuten" angeregt und er läutet weiter und läutet mit noch mehr Glocken und illustriert den Gesang gar mit Federzeichnungen. — Das sind die gelesensten Blätter, man spürt die Leser an den schmutzigen, abgegriffenen Stellen.

Solchem alpinen Tingl-Tangl folgt dann das trost- und

endlose Klingl-Klangl der Versifexen, eine Naturbesingerei, nicht warm und nicht kalt, ein Gereimel und Gebeimel, als wären die Nebel den Papierkörben aller Redaktionsstuben entstiegen und hätten sich auf hoher Alpe entleert. — Und wie breit sich daneben die Namen der Verfasser machen, wie grauenhaft deutlich sie geschrieben sind! Und genau das Datum dabei, wann die Welt um den Gedanken reicher geworden, daß „die Natur Gottes Spur ist", oder daß „die Berge bestehen und die Menschen vergehen."

Derlei Blätter bleiben die unbegriffensten im Buche; ganz zu überschlagen sind sie aber nicht, weil zwischen den Nebeln doch bisweilen ein Bösewicht sein Raketlein losläßt, das man nicht übersehen darf.

Im ganzen kommt es so weit, daß der seltene Tourist, der doch einen Gedanken zu vergeben hätte, ihn gar nicht mehr ins Fremdenbuch schreibt, außer er will dem Vormann einen ausgiebigen Rippenstoß versetzen, worüber die Nachmänner dann häufig eine Polemik fortspinnen, die an und für sich mitunter ganz ergötzlich sein kann, sachlich aber zumeist nicht in das Fremdenbuch paßt.

Wenn „Gottes freie Natur" des Touristen Kirche ist, so ist das Fremdenbuch sein Beichtstuhl. Vor diesem legt er seinen Menschen dar, erleichtert sein volles Herz, bekennt, wenn auch ungewollt, seine Schwächen. Leider werden hier die Sünden nicht verziehen, sondern bleiben aufgeschrieben und ungetilgt.

Mitunter weisen Fremdenbücher, wie gesagt, Lesenswertes, sogar Wertvolles, das aber immer wieder durch Trivialitäten oder auch witzigen Spott unterbrochen wird.

Hier einige Proben aus einem Ausseer Fremdenbuche: Dessen erster Inskribent vom 13. Mai 1830 ist der

Erzherzog Maximilian. Er reiste, wie er pflichtschuldigst angibt, von Linz über Ischl, Aussee, Radstadt, Salzburg nach Linz. Dem folgen große und kleine Herrschaften, wovon die Mehrzahl gemäß der behördlichen Verordnung bloß Namen, Stand und die Reiseroute eintrug. Viele loben die Gegend und die gute Bewirtung, indem sie im Fremdenbuche jedem Reisenden raten, doch ja in diesem Gasthause einzukehren. Daß man schon drinnen sein muß, um den guten Rat im Buche lesen zu können, ist eben — Sache der Reisenden.

Freiherr E. v. Feuchtersleben:

„Steiermark!

Beglücktes Land! — Entzückt schau ich dich wieder,
Ob auch der Mann nicht, wie der Jüngling weich:
Ich lieb', wie einst, dein Volk, so treu und bieder,
Und deine See'n und Berge, schön und reich."

Eine Dame schrieb:

„Natur führt unsern Geist zur Tugend,
Und Tugend führt ihn zur Natur."

Unter den Namen dreier Herren, welche sich am 18. September 1840 in welscher Sprache eingetragen hatten, steht folgendes Denkmal: „Fuhren auf dem Grundelsee zwei Stunden lang, ohne die Schiffleute zu bezahlen, indem sie schändlich davonliefen."

An einem nebeldüsteren Sommerabende des Jahres 1845 schrieb eine Dame ins Fremdenbuch:

„O zarte Sehnsucht, süßes Hoffen!
Heut' kommt er nicht, er ist besoffen."

Ein begeisterter Tourist erzählt in einem längeren Gedichte, wie er viele Länder der Erde gesehen, aber ein besseres und ein schöneres Land nicht gefunden habe als die Steiermark. Und motiviert das am Schlusse:

„Ans Vaterland knüpft uns ein heiliges Band,
's bleibt ewig das schönste, das herrlichste Land.“

Worauf ein anderer unterschrieb:

„Wohr ist's eh'!“

1853 wurde in Aussee verordnet, daß fürder jede Seite des Fremdenbuches mit schwarzen Strichen in Rubriken eingeteilt werde, damit die Leute nicht so allerlei Zeug schreiben, sondern ordnungsgemäß Name, Stand usw. angeben könnten.

Somit war die Poesie verbannt und die Blätter wurden von dieser Zeit an meist nur gefüllt von den polizeilichen Angaben ehrsamer Brauer-, Sattler-, Schuster-, Schneider- und anderer Gesellen. In die Rubrik „Mit oder ohne Begleitung“ schrieb ein Nagelschmied: „Gestern in Steinach auf dem Bettlerheu geschlafen; seither reise ich mit Begleitung.“

Am 19. September 1868 kam L. A. Frankl und schrieb den Spruch:

„Was dich treu bewahre
Vor der Menschen Neid?
Altersgraue Haare,
Und ein Bettelkleid.“

Damit haben die Einzeichnungen in dieses Fremdenbuch ihr Ende. —

Die Poesien in solchen Büchern sind selbstverständlich nicht immer original und auch nicht immer kurzweilig, so daß wir jenen Dichter begreifen, welcher ins Fremdenbuch auf dem Lindkogel (Baden) schrieb:

„Es kehrt kein Ritter wieder,
Von denen, die vertrieben,
Aus Furcht, er müßte lesen,
Was alles hier geschrieben."

Und einer ins Fremdenbuch am Grundelsee:

„Hier sitz' ich am See,
Und vergeß auf alles Weh,
Ergötz' mich am herrlichsten
Punkte der Welt.
Doch kostet er Geld!"

Dann wieder einer:

„O Gott, wie schön hast du die Welt gemacht,
Wenn sie dein Licht umfließt;
An Engeln fehlt's, und nicht an Pracht,
Daß sie kein Himmel ist."

Dieser Einseitigkeit in der Weltanschauung tritt ein Erfahrener entgegen:

„Das holde Angesicht
Der Mirz hat mir gefallen!
An Engeln fehlt es nicht,
Doch mancher ist gefallen."

Etwas trübseligerer Natur sind die Wahrheiten im Grundelseebuche:

„Geboren, um zu sterben,
Gelebt, um zu erwerben,
Geliebt, um zu leiden,
Geseh'n, um zu scheiden."

Oder:

„Man sieht sich — man lernt sich kennen —
Man liebt sich — man muß sich trennen."

Nicht weniger sentimental besingt im Fremdenbuche zu Weichselboden Josefine Gallmeyer die Vergänglichkeit alles Irdischen:

„Nichts dauert ewig.
Auch der schönste Jud' wird schäbig."

Im Buche am Leopoldsteiner See finden sich folgende tiefsinnige Verse:

„Ich bin scho gonz vazogt. Mein Herz
Däs trogt a großes Weh';
Derawegn bin i her auf Eisenerz,
Und aussa do zum See.

Ih möcht holt gern a Dirndl hobn,
Kreuzsauba bis zan Kopf;
Hon gsuacht auf der Olm, hon gsuacht in Grobn,
A jeds hot ghobt an Kropf.

Grod do ban See, do find i oans,
Hot die Kröpfler auf da Brust.
Auf n Hols dagegn, do siacht ma koans,
Is däs a Freud und Lust!

Und schauts, auf d Letzt is s' füra gruckt,
Zwe, daß s' koan Kropf nit hot:
Van holsn hobn s' ihrn einidruckt,
Nacht obends spot."

Das Fremdenbuch auf der Gleinalpe erzählt vom Heinrich Martens:

„— der zittert nicht
Am schaurigsten Gesenke;
Und wenn er wackelt, g'schieht es nur
Am Heimweg von der Schenke."

Hymnen auf die Naturschönheiten sind nichts Seltenes; manche Touristenseelen tun ihre Gefühle ziemlich einfach ab. So schrieb auf einem herrlichen Aussichtspunkte (Bürgeralpe bei Maria-Zell) inmitten der großartigen Alpennatur, einer das inspektionsmäßige Wort: „Recht zufrieden!" Wonach ein anderer beisetzte: „Na, das freut mich!"

In demselben Fremdenbuche stehen auch folgende Zeilen:

„Die Bäume haben Gipfel,
Die Berge haben Höh'n,
Und alle bleiben einsam,
Die hohen Sinnes steh'n."

Alsogleich ist der Parodist bei der Hand:

„Die Bäume haben Wurzeln,
Die Berge haben Grund;
Und wer nicht auf den Berg steigt,
Ich glaub': der bleibt herunt'."

Ein paar Seiten weiter hin schrieb eine adelige Dame die kräftigen Zeilen:

„Ich will! Das Wort ist mächtig;
Spricht's einer ernst und still,
So reißt's die Stern' vom Himmel,
Das eine Wort: ich will!"

Ein anderer setzte bei:

„Du mußt! Das Wort ist mächtiger;
Spricht's einer pflichtbewußt,
So reißt's die Berg' zum Himmel,
Das eine Wort: Du mußt!"

Die verschiedenen Ansichten verschiedener Menschen über Wollen und Müssen werden hierauf weitergeführt, bis die so poetischen Verse in den Schmutz gezogen sind.

Hieronymus Lorm erzählt von einem Wiener Millionär, der nach einem köstlichen Diner in einer reich und weich austapezierten Tragbahre von zwei seiner gallonierten Diener sich auf den Lindkogel bei Baden tragen ließ, und dort ins Fremdenbuch schrieb: „Wie wenig braucht der Mensch, um glücklich zu sein!“

Im Fremdenbuche beim Baumgartner auf dem Schneeberge löst einer mit kurzem Worte das Geheimnis manches kritzelnden „Touristen.“ Dieses Wort heißt: „Ich bin auch dagewesen.“

Einem rührenden Ausdrucke des Gefühles begegnen wir in dem Fremdenbuche auf Stuhleck. Dort schreibt Herr Samuel Veigelstock aus Wien: „Ach, stünden meine Aktien so hoch als ich!“

Auf dem Bös-Tauring.

Endlich waren die Tage des Urlaubs da. Die lange, o wie lange und heißersehnten! Unschuldig zu sein und in der Gefangenschaft einer großen Stadt schmachten zu müssen Jahr für Jahr; nur wenige Tage der Gnaden! Wie angelegen man den Barometer fragt! Wie zagend, hoffend und wieder zagend man nach den Wolken blickt! Wenn jener Zigeuner schon gutes Wetter haben wollte zum Sterben, um wieviel mehr verlangt sich der Sonntagswanderer einen heiteren Tag zum Leben, zu seiner kurzen, doch so glückseligen Freiheit!

Die Südbahn führt den Wiener ohne Umstände ins Hochgebirge von vier Kronländern. Wir wählten das weniger bekannte. In unserem Herzen jauchzte das Gefühl wiedergefundener Jugend. Um so mehr wunderte es mich, daß mein Wandergenosse, mit dem ich das Hochtal durchschritt, heute nicht so heiter war, als das sonst in seiner frischen jugendlichen Natur lag. War es doch Freund Ludwig, der diese Partie auf den Bös-Tauring veranstaltet und sich schon so lange darauf gefreut hatte. Er war eine urgesunde Natur, ein vortrefflicher Bergsteiger, er war vermöge seines gutmütigen Charakters und seiner Stellung im Bureau des Kultusministeriums von allen, die ihn kannten, wohlgelitten, dazu war er erst seit kurzem im Besitze einer schönen, geliebten Frau — lauter Dinge, die doch eher zur klingenden Lust Anlaß geben als zu dem stillen Ernste, in dem Ludwig neben mir dahinwandelte.

Mehrmals begann ich ein Liedchen anzustimmen, er hielt dazu mit den Füßen den Takt ein, sang aber nicht mit. So fragte ich ihn endlich nach der Ursache seiner Schweigsamkeit.

Es war heiß geworden, wir setzten uns unter eine Tanne und schauten die Felshänge an, die greifbar nahe vor uns zu stehen schienen und doch in dem bläulichen Dufte dämmerten.

„Ich habe mir," sagte nun Ludwig, „diese Bergfahrt ein klein bißchen anders gedacht." — Auf meinen fragenden Blick fuhr er, mir rasch die Hand auf die Achsel legend, fort: „Du bist bei mir, das ist freilich schön. Aber ich hätte auch gerne mein Weib bei mir. Es ist alles noch viel schöner, wenn ich's in Gemeinsamkeit mit ihr genieße."

„Und warum hast du sie nicht mitgenommen?"

Auf diese meine Frage blickte er mir mit seinem großen Auge ins Gesicht und lächelte ein wenig.

„Meine Frau," sagte er dann leise und ruhig, „ist ein ganz besonderes Wesen. Ihr kennt sie alle als eine liebenswürdige Dame. Wie gut sie aber ist, wie unbeschreiblich gut, das wißt ihr nicht. Und wie tief, wie unbeschreiblich tief sie mich manchmal kränken kann, das wißt ihr auch nicht."

Er schwieg und ich sagte: „Es ist die Liebe. Mit wenigen Worten hast du mir es ganz genau gesagt, Freund: Was da in Glück und Leid zwischen euch spielt, es ist die Liebe!"

„Meine Frau," fuhr Ludwig fort, „gehört zu jenen Wesen, denen der Himmel unrecht tut. Er macht sie würdig, glücklich zu sein, und versagt ihnen dazu das Talent. Das Leben mag ihnen alles bieten, die sie liebenden und von ihnen geliebten Menschen mögen ihnen alles zu Füßen legen, sie werden unbefriedigt sein. Aus der Unzufriedenheit entwickelt sich allmählich ein Trotz, gerade das zurückzuweisen, was ihnen noch das Liebste ist, sich selbst in eine Art Askese zu vergraben, um dann in der Vorstellung, daß sie alles entbehren müssen und Märtyrer seien, noch eine gewisse Genugtuung zu empfinden."

„Das verstehe ich nicht," war mein Einwand.

„Vom Verstehen kann auch keine Rede sein, wo es sich um Frauen handelt," sagte Ludwig traurig lächelnd. „O Freund, das sind Rätsel, die Gott uns aufgegeben hat und endlich, wenn wir ein Leben lang darüber unseren Kopf zerbrochen haben, doch nur er selbst lösen kann. — In unserer Ehe," fuhr er fort, „war bisher recht viel Sonnenschein, nur selten ein trüber Tag und kaum zwei Gewitter. Es kam nicht so schlimm, als du es mir einmal vorausgesagt hattest. Gestern jedoch spielte der Teufel seine Karte aus. Ich hatte ihr für unsere Partie einen breitkrämpigen Strohhut nach Hause gebracht, weil ich nicht will, daß die Sonne mir ihr Angesicht verbrenne. Sie legte den Hut beiseite und sprach: ein solches Strohdach aufs Haupt zu setzen, dazu gehöre mehr Geschmacklosigkeit, als sie aufzutreiben wisse. Ich redete ihr zu, daß sie nicht töricht sein möge und kam schließlich zum Ausspruch, daß der aufgedonnerte Stadthut auf den Bergen nicht bloß unbequem, sondern auch lächerlich sei. Das war schlimm. Lächerlich! rief sie, wenn du besorgst, daß man dich mit mir verlachen werde, so verzichte ich auf diese Alpenpartie. Sie weinte in der Nacht, sprach aber auf mein gütiges Zureden nichts als: sie sehe wohl, ich hätte es darauf angelegt, ihr auch noch die einzige und letzte Freude, die sie auf dieser Welt habe, zu verleiden. Sie gehe nicht mit, denn das wolle sie mir nicht antun, daß ich mich mit ihr schämen müsse. Und dabei blieb sie. Du kannst mir glauben, daß auch ich am liebsten zu Hause geblieben wäre, wenn ich die Partie nicht mit dir schon so fest verabredet gehabt hätte. Die Freude ist mir nun einmal verdorben."

Ich war innerlich empört über diese vertrackte Weiberlaune, die dem Jungen so bösartig den kleinen Urlaub verderben konnte. Wie gering muß doch ihre Liebe zu ihm sein, wenn sie sein Herzleid nicht ahnt, und wie unendlich geringer noch, wenn sie es ahnt und doch heraufbeschwören konnte. Fast ärgerte mich die Innigkeit, mit welcher Ludwig an diesem Weibe hing.

Nach zweistündigem Steigen durch Wald und Matten saßen wir in der Almhütte am Fuße des Bös-Tauring. Die dralle Almerin bewirtete uns mit Milch, Butter und Kaffee und ich flüsterte meinem Kameraden die Frage zu, ob sie nicht hübsch sei?

Er schmunzelte, und bei der Gelegenheit, als sie die leeren Schalen vom Tische räumte, faßte er sie mit zwei Fingern leicht am Kinn und fragte, ob sie schon einen Herzliebsten hätte? — Ihre Meinung war, sie brauche keinen, was Ludwig sofort bestritt, so daß sich zwischen beiden eine kleine Neckerei entwickelte. — Ich hätte etwas gegeben, wenn sein böses Weib daheim diese liebliche Szene im Geiste gesehen haben würde, ohne sie verhindern zu können. Diese Evastöchter lassen sich durch nichts anfechten, was den Mann betrifft, aber weh tut ihnen die Eifersucht.

Als wir uns wieder aufmachten und mit der Almerin verabredet hatten, auf der Rückkehr vom Bös-Tauring in ihrer Hütte Nachtherberge zu nehmen, nickte sie uns mit schalkhaftem Lächeln zu und steckte dem Ludwig ein Sträußchen von Thymian und Kohlröschen an die Brust.

Mein Genosse war munter geworden, er trällerte jetzt Vierzeilige und versuchte sich im Jodeln. Ich dachte, am Ende wird er noch recht froh sein, daß sein liebes Weibchen zu Hause geblieben ist — sagte es aber nicht.

Die grünen Almmatten hatten wir endlich hinter uns, es begann der steile Anstieg über Steinschutt, zwischen Gewirr von Felsblöcken und Knieholz. Wir waren gut alpin ausgerüstet, nur die nackten Knie brannten uns, weil die zarte Haut von der Sonne geschmort wurde.

„Es ist ja gut," bemerkte Ludwig, „heute büßen wir unsere Torheit und morgen sind wir klüger."

Wir kamen an eine Einsattelung des Gebirges, genannt die Scharten, durch die ein kaum erkennbarer Fußsteig ging, von Hirten und Gemsjägern getreten. Dort stand ein stark verwittertes Kreuz, dessen Dachbretter vom Winde zerrissen waren. Ludwig blickte auf den wohlgeschnitzten Christus hin, als ob er sich wundere darüber, daß da heroben in der starren Einsamkeit noch das Bild des Erlösers sei. Es war kein Strauch und kein Blümchen mehr ringsum.

Plötzlich sagte Ludwig: „Ich weiß, was ich tue." Damit löste er sein Sträußl und steckte Thymian und Kohlröschen an das Haupt des Heilandes.

Dann rasteten wir auf den Klötzen und schauten hinaus in das schründige Gefelse, das uns in nah und fern umgab. Uns gegenüber stand eine fast senkrechte Wand, wohl an Hundert von Klaftern hoch.

„An der ist sicher noch keine Gemse gegangen seit Erschaffung der Welt," bemerkte Ludwig.

„Sie ist nicht so glatt, als sie von der Ferne aussieht,“ sagte ich. „Jedes Knörzchen ist dort eine Felskante, auf welcher die größten Häuser stehen könnten; jedes Rünslein ist eine Schlucht, in der ganze Sand- und Schneekare versteckt sein werden. Nicht Gemsen allein, auch Menschen wagen sich heute schon an dieses Gewände, weil manchem Bergsteiger der schlechteste Weg zum Gipfel als der beste dünkt.“

„Ich begreife es,“ sagte nun Ludwig. „Ich billige es, wenn man des Bergfexen spottet, der aus Prahlsucht sich in Gefahren begibt; dem geschieht recht, wenn ihm schlecht geschieht. Aber ich ehre die Begierde des Mannes, seinen Mut an den Gewalten des Hochgebirges zu messen, es steht ihm besser an, als damit die Leute zu berempeln; ich kann mir die tiefe und nachhaltige Befriedigung denken, die der mutige Bergsteiger nach überwundener Gefahr empfinden muß. Die menschliche Natur will nicht verkümmern, und je mehr nach einer Seite hin ihr heute Verweichlichung und Erschlaffung droht, je lebhafter spornt sie den Hang an, nach der anderen Seite hin die körperliche Kraft, Geschicklichkeit, Ausdauer und die Keckheit des Herzens zu üben. Zudem ist dieses Aufsuchen von Gefahren ein uneigennütziges Preisgeben seiner selbst, wodurch weder sachliche Güter erworben, noch grobe sinnliche Gelüste befriedigt werden können. Es ist ein selbstloses Opfer, das der Mensch seiner Liebe zu Gottes Natur bringt, es ist ein frisches Aufraffen aus dem Kulturlande unserer Städte in das reine, göttliche Bereich der Ursprünglichkeit. Wie unvergleichlich heldenhafter als das Verenden im Zweikampfe ist der Untergang im Hochgebirge, bei dem der letzte Gedanke nicht Rache ist, sondern glühender Drang, die Herrlichkeit der Schöpfung zu schauen.“

So sprach Ludwig. Ich staunte ihn wortlos an. Ich kannte ihn von jeher als eine sinnige und sinnende Natur, aber so pathetisch wie zu dieser Stunde hatte er sich noch kaum jemals gezeigt.

Endlich mußte ich zum Aufbruch erinnern, denn es war drei Uhr nachmittags geworden. In der Luft war es ganz still und regungslos. Die Sonne brannte so heftig, daß man die bloße Hand kaum an das heiße Gestein legen konnte. Wie auf Erden das krause Gebirge von Felsen lag, so stand im Himmel ein krauses, blendend weißes Gebirge von Wolken, in tiefer Region als dunklere Massen, in fernster Höhe wie Gletscherzinnen leuchtend. Die Sonne riß durch ihre Strahlenspeere sich freie Bahn zu uns nieder und sog uns aus allen Poren den Schweiß, daß wir bereits anhuben, vor Durst zu lechzen.

Wir stiegen voran und kamen bald an die Moränen, die überklettert werden mußten, diesseits mühsam hinauf, jenseits mühsam hinab, so daß wir viel mehr bergan steigen mußten, als der Berg hoch ist. Im wirren Steingeblöcke, jetzt in flacher, jetzt in steiler, jetzt in überhängender Richtung — spaltig, klüftig, zackig, kantig in unendlichen Formen, jede Form dem Menschen feindselig — gab es kein Gehen mehr nach menschlicher Art, sondern nur ein Klettern auf sechs Füßen, wenn man Hände und Knie dazu rechnet, welche hier zum Weiterkommen oft weit besser zu gebrauchen sind, als die Füße selbst. Jetzt lag ein Eisfeld vor uns. Es war mäßig geneigt und hatte zahllose Striemen, aber es war wie durch einen tiefen Festungsgraben von uns getrennt. Wir stiegen in die Kluft hinab, da war es kühl, wir schnallten unsere Fußeisen an und banden uns durch ein Seil zusammen, das zwischen uns etwa zehn Fuß lang war. Hernach kletterten wir den

Gletscher an. Die Striemen, die wir nur für leichte Erhöhungen gehalten hatten, wie sie uns vor dem Ausrutschen schützen konnten, erwiesen sich bald als oft mannshohe Riffe, denen wieder ebenso tiefe Schründe und Spalten folgten. Da wir aber hoch über dem Eisfelde den dunkeln Kegel ragen sahen, der die höchste Spitze des Bös-Tauring war, so ging es zwar schwierig, aber wohlgemut hinan.

Nach einer Stunde hatten wir den etwa fünfhundert Schritte breiten Gletscher überwunden. Am Fuße des Kegels entledigten wir uns des Seiles, rasteten und genossen Fleisch und Wein. Dann kletterten wir die letzten Felsen empor. Manchmal war es fast bequem wie auf einer Treppe, dann war über schiefliegende Steinplatten hinanzurutschen, oder manch senkrechte Wand zu erklimmen, wobei einer auf die Achsel des anderen stieg, sich hinaufschwang und den Kameraden hernach mit dem Seile nachzog.

Endlich waren wir oben. Die Spitze war lange nicht so schroff, als sie von unten aussah, wir setzten uns auf das Steingetrümmer, an dem man überall die sprengende Macht des Eises sah, und andere Spuren geheimnisvoller Natur, die auf diesen aller Vegetation baren, scheinbar ewig starren, leblosen Höhen tätig sind. Wir hatten unten am Gletscher den Imbiß eingenommen, weil wir auf der Spitze heftigen Wind vermuteten, dem wir etwa nicht lange würden standhalten können. Es strich aber kein Lüftchen, die Sonne war in ein stahlgraues Dunstmeer gesunken, das im Westen lag. Die Luft war lau, dünn und angenehm. Wir schauten mit freudigem Staunen hinaus über das Bergland. Das grauenhafte Gewände, die Zacken und Häupter, die, vom Tale aus gesehen, so massig und hoch in den Himmel hineinragten, sie lagen tief zu unseren Füßen, wir sahen über sir hinaus andere Berge, sie hatten die Herrlichkeit verloren von dem Augenblicke an, da ihre Linien nicht mehr den Himmel schnitten. Um so erhabener, alles weit überragend und beherrschend, erschien uns das Haupt des Bös-Tauring, auf dem wir standen. Dieser Berg zeigte uns nun nicht allein ein fast unbegrenztes Gebirgsland, das freilich gegen Westen hin im Dunstmeer des Himmels verschwamm, sondern auch die ungeheuren Glieder seines eigenen Leibes. Da waren stundenlange Felsriffe und Ausläufer, die wieder ihre eigenen Hochspitzen hatten, und schattenfinstere Engschluchten dazwischen, in denen nichts als Schutt und Schnee lag. Das einzig Glatte und scheinbar Sanfte in dieser versteinerten Welt war ein Gletscher, der sich tief unten sachte und weich wie ein weißes, leicht gestreiftes Tuch über eine Mulde legte und an dem das Eisfeld, über das wir gekommen, nur einen kleinen Seitenarm bildete. Wir wußten nun freilich aus Erfahrung, daß es mit der Glätte und Weichheit dieses Gletschers sein besonderes Abkommen habe. Den Berg von allen Seiten betrachtend, sahen wir, daß auf dem Rückwege genau die Richtung des Aufstieges einzuhalten war. Südlich unten, in schwindelerregender Tiefe, fast wie in der Talsohle, lagen die grünen Matten mit der Almhütte.

Ludwig hatte träumend hinausgeblickt. „Wie doch die Welt schön ist!" sagte er nun für sich. „Und der Mensch, der sie beherrscht, wie er doch groß ist, sobald es ihm gelingt, alle kleinlichen Gefühle, Rücksichten und Wünsche wie Kehricht von sich zu fegen. — Glaubst du nicht, Freund," so wandte er sich an mich, „daß trotz unserer atheistischen Zeit manchen Menschen die Gottessehnsucht auf hohe Berge zieht?"

„Und daß Lebenslust ihn wieder in das Tal führt,"

war meine Antwort, denn mir kam die Sorge, daß wir vor eintretender Dunkelheit noch bis zum Kreuz in der Scharten zu gelangen hatten. Von dort ginge es dann durch die Zirmregion leicht auch bei Sternenlicht bis zur Hütte, wo uns ein Sennermahl und eine gute Lagerstätte für die Mühsal des Tages entschädigen sollte.

„Einstweilen möchte ich nichts als trinken," sagte mein Freund, „und das werde ich."

Unter dem nördlichen Hange des Kegels, zwischen Felsblöcken, lag ein schwarzer Tümpel. An einer Seite begrenzte ihn eine Eiszunge des Gletschers, die überschritten werden mußte, um zum Gebirgsauge zu gelangen. Der Gletscher war steil und ohne jene rauhen Striemen. Ludwig sprang rasch über das Gestein hinab auf den Gletscher und in langen Sätzen über ihn quer hin. Noch etwa zehn Klafter vom Tümpel entfernt, glitt er aus und, auf dem Rücken liegend, mit den Füßen voran, gleitete er nicht allzurasch nieder, gegen die Moränen. Er tat keinen Laut, schien bestrebt zu sein, sich mit Füßen und Ellbogen festzustemmen, aber das Gleiten wurde rascher und, am Rande des Eises angelangt, schleuderte es ihn hoch hinaus, kopfüber in den Schrund.

Ich muß einige Augenblicke erstarrt gewesen sein, denn es ist mir nicht erinnerlich, daß ich in jenem Momente etwas dachte oder empfand. Später kam mir zu Sinn, ob ich auf dem Berge denn allein wäre? und ich horchte, ob nicht jemand nach mir rufe. Es war nichts zu hören. Dann rief ich laut den Namen Ludwig. Still war's, selbst die Felsen in der Tiefe versagten ihren Widerhall.

Jetzt begann ich rasch den Kegel hinabzukollern. Das Eisfeld, auf dem er in die Tiefe gefahren, mußte umgangen werden; ich tat es wohl, weiß aber nicht mehr, wie ich herabkam. Auf einmal war ich im Schrunde und vor mir lag zusammengeknickt, das Haupt in den Schutt gebohrt, mein Freund. Ich riß ihn empor, sein offenes Auge starrte ins Leere, aus seinem Munde war ein Blutquell gebrochen. Ein lebloser Klumpen in Menschengestalt, in menschlichem Gewande, ein starres Bild dessen, der vor kurzem noch mit mir geplaudert, gelacht hatte ... Lange währte es, bis ich fassen konnte, was hier geschehen war.

Die Schatten, die jetzt allmählich emporstiegen aus den Tälern und Schluchten, mahnten mich an die Nähe der Nacht. Es gab kein Säumen mehr, allein den Riff und den Gletscher mit der Last zu übersteigen, um an der entgegengesetzten Seite zur Almhütte niederzugelangen, dazu fühlte ich nicht mehr die Kraft. Ich kniete nieder, hob den Toten auf meine Achsel und suchte mit ihm in ein Kar zu klettern, das aus der Tiefe emporgähnte. Wohin das auch führte, es war mir eins, nur fort von diesem Berge! Als es steiler und steiler wurde und ich mit Händen und Füßen zugreifen mußte, band ich den Freund mit dem Seile an meinem Rücken fest, faßte den Alpstock und fuhr ab. Das rauschte und rieselte im Geröll, und hinter wie über mir sausten die Steine.

Nachdem ich ein paar hundert Klafter lang so niedergesaust war, stand ich vor einer Wand, an der ich mich nur mit Anspannung aller Kraft vor einem ähnlichen Schicksale, wie das meines Freundes war, bewahrte. Ich umging sie und geriet in ein Felsblockgewirre, dem ich nach harter Not entkam. Es war nun das Gezirm da und ich fand zwischen demselben eine Sandrinse, die schnurgerade in die Tiefe ging. Meine Glieder zitterten vor Anstrengung und Aufregung; ich löste den Toten von mir, legte ihn auf einen Zirmast und zog ihn so zu Tale.

Endlich war ich eingeschlossen in einen Felsenkessel, aus dem zu allen Seiten die Wände im finsteren Blau des Abends gegen Himmel ragten. Aus einer Tiefe drang das Rauschen von Wasser. Ich stand auf einer kleinen Wiese, die überragt war von mehreren dürren Fichten. Und unter einer dieser Fichten, auf kleiner Erhöhung, war ein Hüttlein aus Baumästen geflochten und mit Baumrinden gedeckt. Das konnte ein Hirten- oder Jägerunterstand sein, zum Schutz bei rasch einfallendem Unwetter.

So war ein Obdach gefunden für die Nacht. Ich trug meinen Freund unter das Dach, mit dem Zirmast deckte ich ihn zu und setzte mich neben ihn auf einen Holzblock.

So bin ich dagesessen in der Felseneinöde zur nächtlichen Stunde, und da ist eine Traurigkeit über mich gekommen, so tief, so schwer, daß ich Gott mit gefalteten Händen bat, er möchte mich neben meinem stillen Kameraden sterben lassen. Endlich muß ich vor Erschöpfung hingesunken und eingeschlafen sein.

Dumpfe Töne, ähnlich, als ob man auf eine mit Tuch umhüllte Pauke schlüge, weckten mich auf. Es war ganz finster, ich wußte nicht, wo ich mich befand und tastete mit den Händen umher, bis ich das kalte Haupt meines Freundes fühlte. Ein grünlich weißer Blitz zeigte mir meine Lage genauer. Lauter und lauter rollte der Donner. So unheimlich hatte ich noch kein Unwetter nahen gehört als dieses. Als ob alle Gewalten des Himmels mit unabwendbarem Verderben niedersänken in die Gebirgsschlucht, als ob alle Felsen schauerten vor den Blitzen, als ob die Wände stöhnten vor diesem Rollen und Grollen des Himmels. Wie brandete das hohl und dumpf und doch durchdringend, daß der Boden bebte und daß die Holzpfähle ächzten, die mich und meinen ewig schlafenden Freund beherbergen sollten. Die Schlucht stand in zuckendem Feuer, aber kein schmetternder Schlag löste den Bann des Grauens, den das Getön in den Lüften hervorgerufen. Propheten sagen von unerhörten Schrecken des Jüngsten Gerichts; ich glaube nicht, daß ein Mensch imstande ist, je eine größere Bangnis zu empfinden, als ich sie in jener Nacht empfunden habe. — Die Hände auf den Knien gefaltet, so saß ich da. Wenn uns, so konnte ich noch denken, die stürzenden Berge nicht begraben, so wird man vielleicht die Gebeine finden, und es wird in der Zeitung von zwei Verunglückten die Rede sein, und die Angehörigen werden klagen und weinen, wie sie um jeden, der ihnen gestorben ist, geklagt und geweint haben, aber niemand wird ahnen die Todesangst, diese unsägliche Pein des Herzens, gegen die alles körperliche Leiden und Sterben fast eine Labnis ist. Wie selig, o Freund, bist du, der dich dein Engel jäh hinübergetragen hat! Vielleicht aber, daß auch dir der Augenblick, als du über das Eis glittest, wie eine Ewigkeit der Angst und der Schrecken erschienen ist! Vielleicht, daß du in dem einen Momente ein langes, peinvolles Leben gelitten hast in deiner vergehenden Seele — ganz im Vordergrunde den Schmerz deines Weibes, dem du nicht mehr sagen konntest, daß in deinem brechenden Herzen kein Groll war . . . Nun brachen die Wässer der Lüfte los. War es das betäubende Brausen der Fluten, oder war es, daß ich meine Bangigkeit gleichsam in das rasche Sterben und in den ewigen Frieden des Freundes geborgen hatte — mir wurde leichter. Ich tat den Zirmast hinweg, ich nahm den toten Kameraden auf meinen Schoß und preßte sein Haupt an meine Brust. So wollte ich das Verderben nun erwarten. Ich hörte von draußen das Rinnen des Sandes, das Klappern der heranwogenden Steine, das erdbebenartige Rollen der Lawinen. Ich hörte auch das dröhnende Auffallen eines Felsblockes, der, hoch im Gewände losgebrochen, in mehreren Sätzen herabkam. Jeder Riesenschritt, den der niederspringende Block auf dem Boden tat, pochte lauter und erschütternder, bis er, eine Fichte knickend, hoch über unserem Obdache dahinsetzte.

Allmählich legte sich der Aufruhr. Allmählich graute der Morgen, und nun sah ich, daß es um das Hüttlein anders war als am Abende zuvor. Es war keine Wiese mehr, es war ein ungeheures Schuttfeld, aus welchem von den dürren Bäumen nur wenige Äste hervorragten. Der Baum über unserem Dache war auch gebrochen, fortgeschleudert, das Hüttlein selbst stand noch, und wohl nur aus dem einen Grunde, weil es so klein und so widerstandslos gewesen. Und — was mir gar merkwürdig vorkam — die wilden Wände standen auch noch, alle standen sie, ganz wie gestern, und auf den höchsten Zinnen leuchtete der Morgensonnenschein.

Meinen Freund mußte ich nun verlassen. Ich legte ihn an die Wand der Hütte, umfriedete ihn mit Steinen, hüllte ihn mit dem Zirmast zu und ließ ihn allein. Zum Wasser stieg ich hinab, das trübrot war, Erdreich, Wurzelgeflechte und Gestein mit sich wälzte. Diesem Wasser wanderte ich nun entlang, so gut es ging. Stundenlange Schluchten ohne Weg und Steg waren zu überwinden, bis ich endlich in den waldigen Kessel kam, wo ein Jagdhaus stand. Ohnmächtig an die Brust sank ich dem alten Förster, denn die Zeit, seit ich keinen lebendigen Menschen mehr gesehen, schien mir unermeßlich lang gewesen zu sein.

Der Förster schickte Holzleute hinauf in das Felsental, und gegen Abend war es, als sie mir meinen unglücklichen Genossen brachten. Wir schliefen nun noch einmal, das letztemal, gemeinsam unter einem Dache. Erst am nächsten Morgen fühlte ich mich kräftig genug, um die Rückreise anzutreten und daheim die Unglücksbotschaft zu verkünden.

Zwei Tage später wurde Ludwig auf dem Kirchhofe zu Nieder-Tauring begraben. Sein Weib war dabei nicht gegenwärtig, es lag, von der Botschaft zutiefst getroffen, darnieder auf dem Krankenbette. Erst viele Wochen später kam die junge Witwe nach Nieder-Tauring, wo sie sich eine kleine Wohnung mietete, um dort zu leben und zu sterben. Von ihrem Fenster aus sieht sie den kleinen Kirchhof. Und dort, hinter Waldbergen, ragt — manchmal von grauen Nebeln umbraut, manchmal im hellen Sonnenscheine glühend — die Spitze des Bös-Tauring empor.

Diese Erzählung ist aufgeschrieben nach den Mitteilungen dessen, der sie erlebt. Ein Memento mori allen gar zu lustigen Bergsteigern.

Touristentod im Hochgebirge.

Vor vielen Jahren, als der erste Tourist in unsere Alpen trat, war das erste, was ihn an Straßen und Wegen begegnete — eine Unzahl Martertafeln. Das hätte ihm eine Warnung sein müssen: Nimm dich in acht, wenn du dem Hochgebirge nahest! Es hat Gefahren, die nicht einmal der kundige und abgehärtete Eingeborene zu überwinden vermag, wie erst du, der fremde, unerfahrene, ungeübte Mensch!

Aber der Wanderer hat sich nicht zurückschrecken lassen. Zwar weniger des Sportes, des Naturgenusses wegen ist er zuerst vorgedrungen, vielmehr als Pionier der Wissenschaft. Und als solcher bedachtsam, mit großer Vorsicht und allmählich. Wer die Touristengeschichte unserer wilden, hohen Berge durchgeht, der ist erstaunt zu sehen, seit wie kurzer Zeit wir einen Großglockner, eine Jungfrau haben, oder einen Ortler. Früher blieb man ihnen in schaudernder Ehrfurcht fern, und in Tausenden von Jahren hatte es kein Mensch gewagt, seinen Fuß auf ihr Haupt zu setzen. Die ersten Mutigen, die es taten — welche fast unüberwindlichen Hindernisse hatten sie zu bewältigen, welche Mühsal hatten sie auszustehen, welche Gefahren zu besiegen, um einzudringen in die unbekannten Wüsteneien, um emporzukommen in die mit unheimlichen Sagen umwobene Eiswelt! Und verunglückt waren sie nicht. Mit zweckmäßigen Mitteln — was sie auch kosteten — mit ruhiger Ausdauer, mit strengster Vorsicht, vor allem aber mit der entsprechenden Körperkraft und Gesundheit ausgerüstet, so eroberten sie das Reich. Zum grenzenlosen Erstaunen der Eingeborenen haben diese Männer die Standarte aufgepflanzt auf den höchsten Alpengipfeln, ohne die Martertafeln auch nur um wenige zu vermehren.

Aber das wurde anders. Den Besonnenen folgten die Tollkühnen. Die Überwindung größter Gefahr pflegt so zuversichtlich, ja übermütig zu machen, daß man dann oft an einer weit geringeren Gefahr zugrunde geht. Wohl wurden die Menschen vertraut mit den Beschwerden und Tücken des Hochgebirges und wurden erfinderisch, bis sie sogar glatte, senkrechte, ja überhängende Hochwände überwanden. Jeder hat Gelegenheit, manchmal Abbildungen von Touristenaufstiegen zu sehen, die ihn schaudern machen, die unglaublich erscheinen. Wenn uns nun schon das kleine Bild Entsetzen einflößt, wie erst, wenn wir einen solchen Aufstieg an Ort und Stelle betrachten! Wie sie in Kaminen sich mit gestemmten Gliedern hinanzwängen, turmhoch; wie sie über senkrechten, Hunderte von Metern messenden Abgründen wie Fliegen an der Wand kleben, sich mit Händen und Füßen weitergreifen, wo wir weder Vorsprung noch Spalte zum Festhalten erblicken können; wie sie sich gleich Spinnen an dünnen Seilen hinanarbeiten, in freien Lüften hängen — unerträglich für den Zuschauer. Doch der in der Gefahr Schwebende empfindet keine Angst, er ist ganz erfüllt von der Sicherheit des Gelingens. Und in der Tat, das Wagnis gelingt.

An gefährlichsten Stellen geht selten jemand zugrunde, da ist die Vorsicht zu groß. Wenn aber solche Stellen öfters passiert werden, ohne daß etwas „geschieht“, dann werden sie eben als nicht gefährlich bezeichnet; und nicht gefährliche Stellen geht man mit weniger Vorsicht an. Und der Draht trägt die Nachricht des Unglücks heim zu den verwaisten Familien.

Den Tollkühnen folgen die Nervösen. Das sind die, so mit Hast und Aufregung den Berg erstürmen wollen. Zumeist Städter, fühlen sie in sich so viel unverbrauchte Kraft zum Steigen, Klettern, Schwingen und Springen, daß ihnen ist, als gäbe es keine Not, kein unbesiegbares Hindernis. Aber es geht in Ungeschicklichkeit und Übertreibung, bald läßt die ungeübte Kraft aus, Erschöpfung ist da, Zittern und Mutlosigkeit. Und verunglücken schließlich an ungefährlichen Stellen. Die richtigsten Martertafelngründer aber sind jene eiteln Gesellen, die sich im Klub schlechterdings einen Namen machen wollen. Sie möchten einen Bergsteig, einen Schrund, einen Gipfel haben, der ihren Namen führt. So müssen sie natürlich einen bisher nicht bekannten Anstieg suchen, einen unbegangenen Hang oder Schrund traversieren, eine jungfräuliche Spitze besteigen. Oder sie wollen mit kühnen Wagestücken die Leistungen anderer übertrumpfen — haben es auf verblüffende Bravour abgesehen. Derer liegen viele in den Alpen begraben.

Dann aber die unzähligen Bergsteiger, die mit allerbestem Vorsatz, vorsichtig zu sein, ihr Heim verlassen, allerlei Sicherheitsmaßregeln beobachten, sich aber auf dem Wege verirren, in Nebel, in Nacht, in Unwetter geraten, nach aufgeregtem Eilen, Klettern, Suchen erschöpft liegen bleiben. Oder die sich bei kleinem Sturz, oder auch nur einem Fehltritte, verletzen, nicht weiter können, keine Hilfe zu erschreien vermögen und an Ort und Stelle erfrieren oder verhungern. Solche Zufälligkeiten sind oft so unvermeidlich, als sie unvoraussichtlich sind. Und besonders wenn einer allein geht — er mag sich die kräftigsten Vorsätze machen, gewissenhaft acht zu geben, er mag glauben, für allerlei denkbare Fälle ausgerüstet zu sein; der Weg an sich mag noch so unbedenklich daliegen: plötzlich gibt eine Scholle nach, und er rutscht, oder er macht einen schiefen Tritt und verstaucht sich den Fuß, oder es kommt von oben ein Stein geflogen, verwundet oder erschlägt ihn. Zu Zeiten des reichen Schnees, der Lawinen, lauert der Tod in allen Hängen. Wanderungen über leichtverschneite Gletscher, Kletterungen über verwittertes Gestein sind nichts anders als Tänze über dem offenen Grab. Und dann, was in Gewittern die Stürme, die Wildwässer, die Blitze vermögen! Kurz, der Gefahren gibt es unzählige in allen Formen. Gehen die Wanderer in Gruppen, mit Führern, so ist es oft nur, daß anstatt einer mehrere umkommen. Die Geschichte der Touristik, so jung sie noch ist, weist schon zahlreiche Beispiele auf, wie der „weiße Tod" seine Hand auch gegen musterhaft ausgerüstete Expeditionen ausstreckt. Der weiße Tod? Wir sahen ja eben, daß er nicht bloß auf Schnee und Gletschern, im blassen Nebel haust, daß er auch im Grauen und Grünen, in allen Farben vorkommen kann. Seit dem Roman von R. Stratz „Der weiße Tod" pflegt man aber unter dieser Bezeichnung den Touristentod im Hochgebirge zu verstehen.

Es läge nahe, hier eine Reihe drastischer Unglücksfälle, wenigstens die typischen, zu beschreiben. Aber das tun die Zeitungen mit großer Passion. Das Abstürzen über Gewände, das Einbrechen in Gletscherspalten, das Erschlagenwerden durch springende Steine, das Begrabenwerden unter Lawinen, das an einen Felsen Geschleudertwerden beim Abrutschen oder Abfahren über Gletscher, das Erfrieren an Stellen, wo kein Weiterkommen mehr möglich ist — das sind so die gewöhnlichen Todesarten. Andere finden den Tod durch versuchsweises Überspringen von Spalten oder durch verzweifeltes Abspringen; oder es kommt bei übermäßiger Anstrengung und Anspannung der Herzschlag. Und dann die unzähligen Vermißten, die in unzugänglichen Schründen und Abgründen liegen, nimmer gefunden und bestattet werden können. Und noch eine besondere Ursache von Touristenunfällen wäre zu nennen: Jene Jäger, die im Hochgebirge Markierungen auslöschen oder gar fälschen, was auch schon geschehen ist. Wenn man, denkt sich so einer, diese Hahnenscheuchen, diese Hirschen- und Gamsenschrecker schon nicht hängen kann, leider Gottes! — so sollt' man ihnen wenigstens die Wege aufheben. Ich weiß mehr als einen, der sich auf solche Weise verirrt hat und in Gefahren gekommen ist. Las man doch erst vor kurzem, daß im Tännengebirge, von gefälschten Wegmarkierungen irregeführt, eine Person verunglückt ist.

Von Hochpartien ohne Führer will ich nicht ein Wort reden. Daß die allermeisten Unglücksfälle bei führerlosen Bergbesteigungen sich ereignen, liegt klar zutage. Doch „auch beim Führer ischt der Tod im Rucksack", wie jener alte Tiroler Kempe sagte, der mich einmal übers Glocknereis geführt hat.

Wie bei allem, was uns umgibt, so kann man auch in der Hochtouristik, wenigstens für Vernünftige, die Gefahren mindern, aber nie und nimmer aufheben. Ich beabsichtige mit dieser Betrachtung nicht, die Bergwanderer ängstlich zu machen, doch aber sie an immer wache Vorsicht zu mahnen. Und noch viel weniger sollen und werden sie sich durch die Schilderung der Gefahren abschrecken lassen, diesen herrlichsten aller Sporte zu pflegen. Ja, die Touristik ist mehr als Sport, sie ist eine höchste Weihe des Daseins. Und die Sache ist so groß, daß man die Leute für Touristik mit besonderer Sorgfalt erziehen sollte. Erziehen für die Heiligkeit der Alpenwildnis, und daß man nicht in die Berge geht, um sich auszulaufen, Bravourstücke zu machen oder Ulk zu treiben. Man müßte sie lehren, das zarteste wie das gewaltigste Weben der Natur zu beobachten und dieses hohe Lied von ewigen Dingen zu verstehen, wenigstens zu ahnen.

Manchmal steht der Hochtourist vor einem viele hundert Meter tiefen Abgrund, und es fällt ihm ein: Wer sich da auch nur ein paar Spannen Länge vorbeugt, der ist von allem erlöst. Er zerschellt in der Tiefe, ohne sich im geringsten weh getan zu haben. — Sollten die gute Gelegenheit sich nicht bisweilen Lebensüberdrüssige zunutze machen? Es mag schon geschehen, aber ich denke, nicht allzuhäufig. Mancher mag mit der finsteren Absicht hinaufsteigen; aber in den Herrlichkeiten des Hochgebirges herrscht ein Hauch, waltet ein Geist, der einer Selbstmordstimmung nicht günstig ist. Und diese in solchen Regionen sich steigernde Lebensenergie ist es ja, die alle Touristengier, selbst vielleicht die übermütigste, fast entschuldigt, den Touristentod aber um so tragischer macht. Einen Fall indes weiß ich, daß ein überseliger Tourist mit Gewalt zurückgehalten wurde, um nicht in den Abgrund zu springen. Die Natur hatte ihn in eine so göttliche Wollust versetzt, daß er auf der Stelle jauchzend sterben wollte. Er zürnte heftig, als man ihn daran hinderte, und rief aus, wie es denn nach solcher Himmelslust möglich sein werde, das Alltagsleben zu ertragen! — Man kann den Mann fast verstehen. Im grünen Tale angekommen, dankte er aber doch seinen Lebensrettern, die ihn für neue Weltschönheiten und Hochbergfreuden aufgespart hatten.

Ähnliches erzählte mir vor einiger Zeit ein Wiener. Der sei einmal sieben Stunden lang an einer „Latschen" gehangen. Aus Verdruß über geschäftliche Mißerfolge und anderes sei er eines Tages auf die Rax gestiegen, absichtlich an gefährlichen Stellen. „Das Leben is ja so nix." Dann sei er über Riedgras abgerutscht, über eine Wand gestürzt und im Gezirm hängen geblieben. Unter ihm ein wenigstens neunzig Meter tiefer Abgrund. Und in diesen allerschlechtesten Stunden seines Lebens hat er das Leben erst schätzen gelernt, viel höher als in glücklichen Zeiten. Er sei sehr froh gewesen, als aus Hirschwang Leute gekommen, die ihn mit einem langen Seil gerettet hätten.

Der plötzliche Sturz in die Tiefe ist ein Glücksfall. „Das Fallen tut nicht weh," sagte mir einmal ein alter Bergsteiger, „am Ausrutschen stirbt man nicht, und das Aufschlagen erlebt man nicht." Es herrscht der Glaube, daß schon der Luftdruck betäuben, ja töten könne. Was aber in solchen vorgeht, die schwer verletzt liegen bleiben und mit klaren Sinnen den Tod vor Augen sehen! Sind vielleicht reich an Liebe, an mächtigen Freunden, an Gütern und Ehren und müssen unerreichbar in der Wildnis wie ein Tier verenden.

Einer, der es erfahren, hat mir einmal erzählt von dem Seelenzustande in den Augenblicken, da er im Vorhofe des Todes stand. Er hatte mit seinem Führer eine Felswand durchquert. An einem Abgrund, wo ein Weiterkommen unmöglich war, kehrten sie um und kletterten mit aller Vorsicht an einem kaum fußbreiten Felsbande dahin, bis sie sahen, daß eine Lawine ihnen den Rückweg abgeschnitten hatte. Nun waren sie gefangen. Sie schritten wieder gegen die andere Seite. Unter ihnen steilste Wand, auch über ihnen eine mehrere Meter hohe, senkrechte Platte. Na, habe der Tourist sich anfangs gedacht, jetzt heißt's gescheit sein, daß wir auf gute Art hinwegkommen. Erst einmal rasten, was essen und überlegen. Sagte der Führer — und ganz ruhig sagte er es —: „Da wird's halt nit viel zu überlegen geben. Mir scheint, wir müssen einrucken." — Wieso? Standen wir doch auf festem Boden, war doch Steinwerk da, um sich festzuhalten, stehen dort unten auf den Almen doch die Sennhütten mit den Haltern und Jägern, steht über allem doch der liebe, warme Sonnenschein — wo soll denn da die Gefahr liegen? Der Führer hatte mit seinem Eisenstecken versucht, ob das Gestein etwa morsch sei und sich ein Weg ausmeißeln ließe. Es war stahlhart. Da wurde er tiefrot im Gesicht. Mir huben an, die Beine zu zittern, aber zum Niedersitzen war kein Platz. Nur an die Wand lehnen konnte ich mich. Kalter Schweiß. Und das Augenlicht verging mir. Da dachte ich noch: Es ist gut, es ist schon soviel als vorbei. — Als ich wach wurde, war Dämmerung. Ich lehnte noch immer an der Felswand. „Stehn's nur fest!" sagte mein Führer, der neben mir eng zusammengekauert hockte auf einer Kante, mich stützend, und mit dem Stecken ein Seil heranhakte, das pendelnd von oben herabhing. „Ich hab's schon. Jetzt heißt's schauen, daß wir oben sind, eh's finster wird." Während ich ohnmächtig gewesen, hatte der Mann um Hilfe gerufen; auf der Felszinne waren Hirten zusammengekommen und hatten das Rettungsseil herabgelassen. Nun band mich der Führer an, und wie ein lebloses Ding wurde ich hinaufgezogen. Als auf demselben Wege endlich auch er selbst nachkam, brummte er: „Der Teuxel, das wär mir bald zu dumm worden jetzt, da unten!" Tapfer war er gewesen, nur das

Wort vom „Einrucken" sollte ein Führer nicht aussprechen.

Hingegen mag der Tourist, wenn er des Morgens hochgemut in die Wildnisse ansteigt, manchmal an solche Möglichkeiten denken.

Nicht so sehr die wildesten und gefährlichsten Berge fordern die meisten Opfer, als vielmehr solche, die in der Nähe einer großen Stadt stehen. Da läuft alles hinauf. Greis und Knabe, Mann und Weib, der Schwächling wie der Kraftprotz, der Dümmling wie der Überkluge. Die meisten Großstadtleute sind ja überhaupt wie Kinder nach der Schule, wenn sie aufs Land kommen. Da fühlen sie sich uneingeschränkt, frei, werden vor lauter Freiheit übermütig und sind anderseits den Unbilden schlechter Wege, schlechter Wetter, schlechter Wirtshäuser nicht gewachsen. Da dampft des Morgens der unerfahrene Bursche von Wien ab, mit dem Vorhaben, auf den Semmering zu fahren. Unterwegs sieht er die Rax, wie sie bei wunderschönem Wetter so klar, so nahe vor ihm aufragt. Er entschließt sich rasch, und ohne alle Ausrüstung, ohne Mundvorrat geht er auf die Rax. Oder der Münchner wollte ursprünglich einen Ausflug nach Innsbruck machen, unterwegs entschließt er sich für das Kaisergebirge. Ein geringer Umstand genügt, um eine solche obendrein meist führerlose Bergpartie mißlingen, ja verhängnisvoll werden zu lassen. Wir wissen, daß für Wien die Rax, für München das Kaisergebirge zu einem berüchtigten Touristenfriedhof geworden ist. Je entlegener und schwieriger ein Berg, je weniger Unglücksfälle wird er aufzuweisen haben. Natürlich, mit Erschließung neuer Hochalpengebiete durch die Eisenbahn, mit dem noch größeren Aufblühen der Touristik mehren sich auch die Unglücksfälle. Die Wege, die Schutzhäuser, die im Hochgebirge gebaut werden, vermindern zwar einerseits die Gefahr, locken anderseits auch wieder um so mehr Leute herbei, wovon viele mit gutem Weg und Unterkunftshaus sich selbstverständlich nicht zufrieden geben, sondern immer nach neuen Bereichen ausgreifen in der unerschöpflichen Alpenwelt.

Die Touristensaison des letztvergangenen Jahres 1906 hat an Unglücksfällen alle vorhergegangenen Jahre weit übertroffen. Vom Mai bis in den Herbst hinein brachte jeder und jeder Tag die Nachricht von einem, oft auch mehr toten oder mindestens schwerverletzten Touristen. Wenn schlechtes Wetter einerseits Touristen von geplanten Partien abhielt, so ist dasselbe schlechte Wetter manch Mutigem zum Verderben geworden. Mit der völligen Eröffnung aller unserer neuen Alpenbahnen, fürchte ich, wird die Zahl der Unglücksfälle noch immer zunehmen. Wimmelte es schon im vergangenen Sommer trotz des vielfach so ungünstigen Wetters im Gebirge von Menschen, was wird erst ein günstiges Jahr leisten an Hochtouren und Unglücksfällen!

Wir erinnern uns noch, wie zu Beginn der Volkstouristik ein Unglücksfall mit Entrüstung oder gar mit Spott glossiert wurde. „Die Narren! Warum steigen sie hinauf? Was haben sie denn zu suchen in den Bergen? Dumme Jungen! Bravourjäger! Verbieten sollte man die Fexerei!“ — In unserer Zeit verstummen solche Anschauungen mehr und mehr. Die Unfälle machen ihrer Häufigkeit wegen nicht mehr so großes Aufsehen, man liest sie, bedauert sie und geht an ihnen vorüber, wie an einem Unabänderlichen. Und es wird wohl auch unabänderlich sein, solange die Hochtouristik blüht und das Schicksal dem einzelnen in die Hand gegeben bleibt. Und solange unsere Städte noch immer wachsen, wird als notwendiges Gegengewicht die Wildheit der Natur, die touristische und sportliche Körperbetätigung aufgesucht werden. Insofern die Touristik der Mode unterworfen — und zum Teile ist das gewiß der Fall — wird sie sich ändern. So kann es im Hochgebirge wieder einsamer werden. Verloren gehen wird das Höhenglück, das der modernen Menschheit gleichwie eine neue Religion geschenkt worden ist, wohl nimmer. Und so werden auch die Unglückssäulen, die statt der alten, frommen Martertafeln erstanden, immerfort Zeugnis geben davon, daß der erhabene Hochaltar der Natur auf Menschenopfer nicht verzichtet.

Tönende Natur.

Da sind zwei Freunde gewesen. In der Stadt, in der Studierstube, bei der Arbeit und bei den Belustigungen waren sie einig und eins gewesen. Aber als sie einmal eine Wanderung haben gemacht über Land, da haben sie sich entzweit. Da haben sie erst entdeckt, wie verschieden sie waren. So verschieden, daß einer den anderen ausschloß und sie unmöglich beisammen bleiben konnten. Wenn sie trotzdem beisammengeblieben wären, so hätte es sich vielleicht gezeigt, daß sie einander nicht ausschlossen, vielmehr ersetzten, weil der eine hatte, was dem andern abging, daß die beiden zusammen erst einen ganzen Menschen ausmachten. Aber soweit kommen die Leute selten. Sie meinen, die Freundschaft müsse in der Gleichartigkeit bestehen. Sie erfahren es, aber sie merken sich's nicht, wie schal und hohl solche Freundschaften bald werden, und sie sind zu ungeduldig, um die schöne Wirkung abzuwarten, die aus zwei redlichen Gegensätzen hervorgehen kann.

Auf dieser Wanderung durchs Land also, da war es so gewesen. Der Peter sah nur ragende Berge und grüne Wälder; der Paul aber sah den Gemskogel und die Donnerspitze und das Nutzholz, berechnete von den ersteren die Höhen und Gemsen, von dem letzteren den Nutzen. Peter sah nur rauschende Wässer; Paul beschaute die Bäche auf ihren Fischreichtum, auf ihre Triebkraft. Peter sah nur schöne Tiere, ohne zu fragen wie sie heißen mochten; Paul sah den Hirsch, den man jagen, die Ringelnatter, die man für ein Museum fangen, den Goldfalter, den man mit Äther töten und mit der Stecknadel an den Pappendeckel heften kann. Peter sah lauter Blumen; Paul sah Eriken und Margariten, Steinnelken und Arnika, bedenkend, wie man sie in der Medizin verwenden könne. Das leuchtende Gestein, das Peter so sehr entzückte, betrachtete Paul darauf hin, ob es Kalk enthielte oder Ocker, oder gar Eisen. Selbst die segelnden Wolkengestalten, in denen Peter seine fahrigen Gedanken und süßen Stimmungen dahingleiten ließ über den großen Ozean des Himmels, prüfte Paul darauf hin, ob es regnen würde oder nicht.

Nun war aber Paul einer von denen, die laut denken. Alles, was ihm durch den Kopf ging, lag auch schon auf der Zunge. Peter wollte still seinen schönen, krausen Träumen nachhängen, doch der Kamerad berechnete plaudernd neben ihm her, wieviel dieses Kornfeld tragen, jene Kuh wiegen oder das und jenes Gehöfte wert sein könne. An feuchten Stellen wollte er eine Quelle fassen, an dunkelschieferigen Berghängen nach Steinkohlen schürfen. Dann wieder pflückte er seltene Pflanzenexemplare, sammelte Mineralien und jagte nach Kohlweißlingen, um solche Kulturschädlinge zu töten. Und mit dieser beständigen Unruhe brachte er den still beschaulichen Peter zur Verzweiflung. „Unglücklicher Mensch,“ rief dieser einmal aus, „der du nur Sachen willst!“

„Und du nur Schein,“ antwortete Paul.

„Ich will nicht Schein, ich will *sein*,“ sagte Peter.

„Sein ist mir zu wenig, ich will auch *haben*,“ entgegnete Paul.

„Mich wirst du nicht mehr lange haben. Heb' dich weg!"

Im Zorne rief es Peter und wendete sich ab. Paul ging einer Eisenbahnstation zu und so haben sie sich getrennt.

Wonnig atmete Peter auf. Nun endlich war er allein. Die Welt sehen, das hätte er ja auch in Gesellschaft können, aber sie schauen! Das hätte er nicht können. Sich mit allen Sinnen und mit ganzem Herzen versenken in die Schöpfung, das war unmöglich, wenn ein Ziffern- und Zahlenmensch neben ihm schwatzte. Vor allem war ihm Sinn und Verständnis für das Hören aufgegangen. Das Licht, die Farbe war ihm traut, das Auge ist ja die erste und weiteste Pforte, durch die alle Welt in die Seele strömt. Aber das Ohr! Das hatte er gleichsam erst entdeckt. Welch ungeahnte Herrlichkeiten taten sich ihm auf in der tönenden Natur. Nun konnte er das Auge schließen, die Welt kam zu ihm in anderer Gestalt. Und weitaus intimer als durch das Gesicht. Darum wollte er Einsamkeit.

Jetzt, wenn er über Feld ging, fiel ihm erst auf — das Säuseln der Heimchen, das überall die Luft erfüllte und dessen Ursprung doch nirgends zu entdecken ist. Es war zu hören wie ein Rieseln der Luft, wie man das Rieseln eines seichten Wassers hört über den ebenen Sand hin. Und wenn er so recht hinhorchte auf das zarte Zirpen, da wußte er auf einmal nicht mehr, höre er es noch oder war es verstummt. Es war nicht verstummt. Das Ohr war dieses leise liebliche Säuseln nur schon gewohnt worden. Sobald er seine Aufmerksamkeit unterbrach und dann neuerdings hinhorchte, hörte er es wieder.

Mit dem schallenden Chor der Vögel war es anders. Da war die Verschiedenartigkeit der Stimmen, der Töne, vom feinsten Zwitschern bis zu den hellsten Pfiffen. Kleine und große Sänger, talentierte und untalentierte, liebende und feindselige geben ohne jegliche Verabredung und Probe gemeinsam ein Konzert. Und siehe, es ist alles wohlgestimmt und harmonisch. Menschenkonzerte geraten nicht immer so gut. Da fällt Peter jäh die Frage ein: Woher hat der Mensch seinen Maßstab für das Schöne? Aus eigenen Leistungen? Kaum. Sein ihm unbewußtes Vorbild oder Kunstideal ist die Natur. Uns ist die Farbenzusammenstellung von gelb und rot unangenehm, weil wir diese Farben in unseren Landschaften kaum beisammen sehen. In Ländern, wo diese Farbenzusammenstellung häufig vorkommt, wird sie auch in der Kunst beliebt und ist schön. Ähnlich dürfte unser Ohr sich nach den ewigen Naturlauten ausgebildet haben. Was die Menschheit seit ihrem eigenen Urzustande immer hörte in der tönenden äußeren Natur, das wurde ihr schön und bildet die Grundstimmung ihrer Musik. So daß am Ende der schneidigste und boshafteste Musikkritiker verstummen muß, wenn er ein Vogelkonzert hört. Da gibt's einfach nichts zu sagen. Es ist in seiner Art vollkommen. Oder doch anders? Ist das nervenzerreißende schrille Geschrei des Hahnes, das hohle und traurige Gekreisch des Raben vollkommen? Dürfte eine von Menschen gemachte Musik dem widerlichen Gekrächze der Truthühner ähnlich sein? Dürfte in der Oper der Verliebte wie der brünstige Hirsch röhren? Das dürfte er nicht, weil der Mensch kein Truthahn und der Operntenor kein Hirsch ist. Am Truthahn aber ist's gut und das gewaltige Liebeslied des Hirsches ist ein so elementarer Naturschrei, daß alle Kreatur davor zu erbeben scheint. Peter kennt die schönsten Liebeslieder aller Völker, aber so dämonisch wahr scheint ihm keines, wie im Wald der brünstige Schrei eines Hirsches.

Ebensowenig weiß Peter einen Menschensang, der an Ausdruck von Leidenschaft oder zornigverzweifelter Daseinsklage den brausenden Stürmen der Lüfte gleichgestellt werden könnte. Das Strömen und Stürzen der Lüfte hört man nicht, so lange es von keinem Widerstande gehemmt wird. Erst wenn die fliegende Luft an einen Baumstamm streicht oder an den Felsen, oder sich durch eine Schlucht zwängt, stöhnt sie, schreit sie, wütet sie und spielt uns zagenden Zuhörern auf der Riesenorgel der Dinge ein Lied, das wir in wonnigem Schauer nachempfinden, weil es wie Auslösung, wie ein großer Ausdruck unseres lastenden Gemütes ist. Peter hat in seinem Leben Leidenstage gehabt, da nichts imstande war, ihn zu trösten. Der Sturm der Heide, des Hochgebirges allein hat ihn beruhigt. Die heftigen unsichtbaren Schwingen, die an seinen Körper schlugen, haben ihm wohlgetan, wie dem büßenden Aszeten die Geißelstreiche. Wie ein urheiliges Gebet gegen Himmel gehoben hat ihn das Sausen und Brausen, die Musik des Sturmes. Es hebt sich zu vollen Hymnen, es senkt sich zur müden Klage. Es schwillt neuerdings an zu mächtigem Dröhnen, zu wuchtigem Tosen, dessen Wut Himmel und Erde zu zerreißen droht, um dann wieder herabzusinken zu einem weinenden Säuseln. Und dramatisch ist das hohe Lied, wenn die Äste der Bäume heftig aneinanderschlagen, wenn die Stämme sich biegen und dahinstreben, als wollten sie losspringen von ihren Wurzeln, und wenn die schmetternd brechenden Wipfel hinsausen und niederstürzen. Warum fliehen die Menschen vor dem Sturm in ihre dumpfen Hütten? Es ist nichts auf Erden, das der halblahmen Seele einen solchen Schwung zu geben vermöchte, als der Sturm mit seinem erhabenen Gebrause. Peter stellt sich auf die freie Höhe, unbeweglich steht er da und schaut in den Aufruhr. Sein Gesicht hat einen halb trotzigen, halb verzückten Ausdruck. Seit Tagen vielleicht hat er sich abgemüht, einen Stein zu heben, der ihm auf dem Gemüte lag. Er fand das rechte Wort nicht und keine Gestaltung, und das drängende Lied erstickte in der Dumpfheit. Und nun plötzlich ist er erlöst davon — der Sturm singt's hinaus im entfesselten Klange.

Die dramatische Höhe erreicht der Schall im Donner des Blitzes. Der erzielt an dem Menschen die größte Wirkung. Und doch ist Blitz und Donner etwas Kleines, Begrenztes im Vergleich zum länderdurchflutenden Sturm, zu dem Hinklingen des Vogelgesanges ins Ungemessene. Der Donner liegt dem Menschen am nächsten. Das Heimchengezirpe und den Sturm in die Ferne hin kann er nicht machen; den Donner kann er machen. Ist der Donner in den Wolken auch nicht so bösartig wie der Kanonenknall, der Mensch zittert doch vor ihm; aber ist das Donnerwetter vorüber, so bleibt unserem Gemüte nicht viel davon zurück. Der Donner ist ein Schalleffekt, der bald verpufft. Peter steht aber doch auf seiner Anhöhe und horcht, wie der die Menge erschreckende Schlag noch lange dahinhallt von Wolke zu Wolke, jetzt fast ersterbend, dann wieder sich erhebend zu einem schwerdumpfigen Rollen, vor dem der Boden bebt. Der heftigste Donnerschlag ist nach einem kurzen Nachhall dahin; während ein anderer Donner gleichsam eine Reise durch den Himmel macht, in Hebungen und Senkungen, einmal wie das Schlegelrollen auf einer Trommel, einmal wie das rauhe Geräusch einer Sandschütte, einmal wie das Widerhallen im Walde. Je nach der Beschaffenheit der Wolken, durch die der Donnerschall zieht, kommt er wie Rollen auf hartem Boden oder wie Brausen eines Wasserfalls, wie das Niederschütten einer Lawine an unser Ohr, bis er endlich entweder jäh abzuckt oder in der Ferne allmählich erstirbt. Da wird Peter ein Kind und hört in solchem Grollen das „Greinen des Himmelvaters" und freut sich. Na, wenn er nur wieder greint! So wissen wir doch, daß er noch da ist und sich nach uns umschaut.

Nach Sturm und Donner kommt das Rauschen der Gewässer. Um dieses Rauschen, das oft die Luft erfüllt, ohne daß man irgendwo eine Bewegung wahrnimmt, hat Peter sich eine ganze Wasserpoesie zurechtgemacht. Der tief in den Schluchten versteckt grabende Wildstrom gibt eine geheimnisvolle Offenbarung von sich. Den einen regt diese Musik an zu Ewigkeitsgedanken, den andern wiegt sie in Betäubung, Traum und Schlummer. Da meldet sich in den Lüften zitternd eine Naturkraft, die nicht aufgezogen, nicht angerichtet werden muß und nicht abgestellt werden kann. An dem Problem des Perpetuum mobile sind manche Denker wahnsinnig geworden. Hier, der rauschende Bergbach ist ein Perpetuum mobile, sowie die Natur an sich eins ist, das nicht wahnsinnig macht, das uns beruhigend vom ewigen Spiel und Streben nach kaum erreichbarem Gleichgewicht singt, und vom ewigen Leben. Und wer nicht sinnen mag, der lege seine Seele in die Sänfte des Wasserrauschens, so wie man ein Kind in die Wiege legt, sie wird zu einer süßen Ruhe kommen. — Daß die Schöngeistler noch keine Ästhetik der Naturtöne, besonders des Wasserrauschens, geschrieben haben, ist ein wahres Wunder und — ein wahres Glück. Peter wollte es einmal versuchen; er spitzte schon den Griffel, da besann er sich und warf ihn in den Bergstrom. Und nahm die Leier, um dem ewigen Rauschen ein Lied zu singen. Aber die Wasser haben das Lied überrauscht. — Höher ins Gebirge gedrungen, begegnet er erst den großen Musikanten. Die niederfahrenden Erd- und Schneelawinen schlagen ihre hohldröhnenden Pauken, und in den Felsriffen, Spalten und Löchern bläst der Föhn sein klagendes Lied. Dieses schauerliche Klagen der Luft in den geklüfteten Felswänden wird vielfach noch so gedeutet, als prophezeiten ruhelose Geister ein nahendes Schicksal. In manchen Gegenden trifft es zu, daß, wenn hoch oben die Wände weinen, über kurz schwere Wetter und Wildwässer kommen und Bergstürze die Ansiedlungen der Menschen zerstören.

Aber Peter sucht nun die Stille.

Noch tiefer in die Einsamkeiten wandernd, ist es endlich ganz ruhig geworden um ihn, und da hat er einen anderen Ton gehört: das Klingen der Stille. Wie es so ganz urwelteinsam und urfriedensstill um ihn geworden war, da vernahm er ein Klingen — zart, leise, wie aus den Fernen der Ewigkeit her. In weher Stille klang es so fort. Und als es unterbrochen wurde von dem Geläute einer herankreisenden Hummel, da war dieses dagegen, wie das Glockendröhnen auf dem Dome. Als die Hummel über Gebüsche und Gestein davongeschwommen war, und als Peter plangend nach trautsamen Tönen aushorchte, da war wieder nichts als das ewige Klingen der Stille. — — Nun ist in dem Naturwanderer die Sehnsucht wach geworden. Er sehnte sich und wußte nicht recht nach was; es kam sachte eine Betrübnis über ihn, er wußte nicht recht warum. Er hatte ja alles, was er je gewünscht — das köstliche Empfinden des Seins. Plötzlich scholl von der Höhe herab ein gellender Schrei. Ein Menschenschrei. Kein Hilferuf, dafür war er zu fröhlich, kein Gesang, dafür war er zu gellend. Es war ein Naturlaut, wie der des Wasserfalles und der des Hirsches. Es war das Jauchzen eines Hirten, der zu seiner Maid ging.

Da hat sich Peter erhoben. Dieser Laut hat ihn aufgeweckt und jetzt hat er gewußt, was ihm fehlt. Das Sein war nicht genug, er mußte auch etwas haben. Er hatte nichts, und was noch schlimmer war, er hatte — niemand. Jetzt fiel ihm ein, das er manchmal geträumt hatte von etwas Liebem. Genau besehen, war es ein holdes Menschenmädel gewesen. Er hatte es früher öfter gesehen und nun dünkte ihn, zum rechten Dasein gehörten ihrer zwei. Aber wo ein Nest? Allein konnte er in verfallenden Hütten wohnen, unter alten Bäumen schlafen. Aber nicht zu zweien.

Jetzt ging er mißmutig umher, es freute ihn kein Blumenblühen, kein Vogelsingen, kein Wasserrauschen. Nur des Hirsches wilder Schrei regte ihn auf.

Da begegnete ihm eines Tages sein Freund Paul. Peter wollte seitabducken, denn jetzt in seiner Liebesnot konnte er das Rechnen und Wägen schon gar nicht brauchen.

„Wohin?“ rief ihm Paul zu. „Du kommst mir gerade zurecht. Wisse, ich habe ein Haus gebaut, das will ich morgen einweihen und du sollst dabei sein.“

„Ziehe ein und lebe glücklich!“ rief Peter und winkte mit der Hand ab.

„Ich ziehe ja gar nicht ein,“ lachte Paul. „Ich wohne schon lange im eigenen Haus. Während du in den Wildnissen herumgeträumt hast, und ausgehorcht, was die Mücken sagen, habe ich fleißig Häuser gebaut. Eines davon ist dein. Bin ich gleichwohl ein nüchterner Patron, soviel von deiner Naturschwärmerei ist doch an mir hängen geblieben, daß ich bisweilen, wenn die Feierstunde ist, mich nicht bloß am Werte des Holzes, sondern auch an der Schönheit des Waldes freuen kann. Das ist ein guter Gewinn für mich, der an Wert steigt, je satter ich an der Materie werde. Und dafür bekommst du das Haus.“

Und seither erfreut sich Peter erst des wahren, schönen Seins, denn er ist nicht bloß, er hat auch etwas, und er hat jemand. Einen wackeren Freund und ein liebes Weib. Jetzt zirpen die Heimchen noch lieblicher als früher, der Sturm ist noch herrlicher, seit er ihn auch fürchten muß. Er ist nicht mehr bloß Poet, er ist auch Mensch geworden. Und lange kann's nicht mehr dauern, so wird er einen Naturklang vernehmen, der — wenn auch nicht gerade als musikalisch anerkannt — an Lieblichkeit alles andere übertrifft.

Der Kirschbaum.

Wer hätte nicht die Bäume lieb? Aber ich trage zu einem besonderen Baume eine heimliche Liebe. Er steht nicht im Walde, er gehört nicht zum Walde, er ist ein Hausbaum. So wie es wilde Tiere und Haustiere gibt, so ist's auch mit den Bäumen. Es gibt Bäume, die zahm und freundlich zum Menschen stehen und ohne Menschen nicht leben können. Auch wenn sie von diesem nicht gerade Hege und Pflege finden, sie bleiben bei ihm. Wo der Mensch in die Wildnis dringt, da folgen sie ihm gleichsam von selber nach. Wo er den Urwald rodet, da sind sie schon am Zeuge, um mit neuem Gepflanze des Menschen Heim zu bekränzen. Kaum steht das neue Haus, so sproßt am Rande auch schon die Hagebutte und am Gemäuer der Holunder. Am Bächlein wuchert die Weide, am Gartenrand der Vogelbeerstrauch und am Wiesenhage die Esche. Die Obstbäume lassen sich laden und Ehre erweisen, bis sie kommen und erstehen. Aber sie kommen doch oder — auch nicht. In unseren nördlichen Alpen wollen sie über sieben- und achthundert Meter nicht hinan. Der Apfelbaum, der von einem Hochberghof etwa geladen ist, läßt sich entschuldigen, er könne die scharfe Luft nicht vertragen, und schickt dafür den Holzapfelbaum. Der Birnbaum macht's ähnlich und sendet den Holzbirnbaum hinauf. Aber „an ihren Früchten werdet ihr sie erkennen". Es kümmert sich niemand um sie, als etwa einmal ein kluger Bauer, der guten Essig haben will. Von den edeln Apfel-, Birn-, Zwetschken- oder gar Pfirsichbäumen besucht keiner ein Menschenhaus, das tausend Meter hoch auf dem Berge steht.

Nur der Kirschbaum.

Diesen geht es an, wenn ich sage, er ist meine heimliche Liebe.

Am Hause dort oben stehen Eschen, ihre Blätter fressen die Rinder gerne. Es stehen die Ahorne, deren Laub ist für die Schafe gut. Es stehen die Lärchen, deren Zweige benagen die Ziegen. Es stehen die Fichten und die Tannen und die Kiefern, deren bitteres Genadel will niemand kauen und die leckerigen Knaben gehen leer aus. Und siehe, dort hinter dem Stall am Wiesenhang steht ein Kirschbaum. Er ist rot besprenkelt über und über, durch alles Geäste hindurch, im dunkelgrünen Blätterwerk Millionen von roten Punkten, die — näher besehen, glänzen, als wären es feurige Sternlein. Das sind die kleinen, süßen, würzigen Wildkirschen. Der Baum hat weitum im Lande vornehme Vettern; die sind in den Adelsstand erhoben und tragen Kirschen so groß wie die Pflaumen, und sie sind die Freude der Jungen und der Gewinn der Alten. Aber ihr Fleisch ist wässerig und hat nicht das glühende Blut; so süß und so würzig sind sie nicht wie die kleinen Wildkirschen, die hier der Baum auf der Hauswiese den armen Bergknaben beschert. Ganz umsonst beschert, ohne daß jahraus jahrein eine Hand sich rührt, um den Baum zu hegen. Also ist es, daß in dem ungeheueren Früchtegarten des flachen und hügeligen Landes ein einziger Baum daran gedacht hat, die oben im kalten Gebirge würden auch einmal etwas Süßes haben mögen; und er ist hinaufgestiegen und gibt, wenn der Spätsommer kommt, mit hundert Händen seine köstliche Frucht.

Und wenn der Alpenknabe später in die weite Welt geht, von allen Früchten genießt und an allen Süßigkeiten nascht — den Wildkirschbaum daheim am Vaterhause vergißt er nimmer, dem bewahrt er die heimliche Liebe. Nur im Frühherbste war damals dem Baume auf der Wiese das Herz zugewendet worden, die übrige Jahreszeit hatte man nicht viel nach ihm ausgesehen — war er doch wie andere Bäume auch: im Winter kahl, im Sommer grün. Aber nun, in späten Tagen, da der alte Knabe den Kirschbaum einsam und verlassen stehen weiß hinten in den Bergen an der Ruine des Hauses, nicht mehr auf sonniger Wiese prangend, sondern mitten unter Erlengebüschen und jungen Lärchen, in aufwuchernder Wildnis erstickend — nun denkt der in die Fremde verschlagene Alpensohn wieder einmal an jenen Baum, wie er still und anspruchslos hat dahingelebt und wie viele Freude er hat ausgeteilt. So gedenkt man manches Freundes, wenn es schon zu spät ist.

Zur Winterszeit, ja, da war er kahl gewesen. Auf den Ästen die Wulsten des Schnees, an den Zweigen die feinen Nadeln des Reifes, als wollte er im Wintertraume einmal ein wenig Nadelholz spielen. Die Krähen und die Dohlen flatterten darüber, setzten sich ins Gezweige und stäubten den Schnee herab. Der Knecht sucht wohl einmal seinen alten Kugelstutzen hervor, um so ein krächzendes Getier zu erlegen, aber die alte Ahne ruft: „So warte nur, bis der Vogel auf den Fichtenbaum hinüberfliegt; du weißt doch, daß man nicht auf den Kirschbaum schießen darf.“ Das ist für junge Leute die einzige Kunde davon, daß die Alten den Hauskirschbaum heilig gehalten haben. So heilig, daß er selbst den Raubvögeln ein Gottesfrieden gewesen ist. Im Frühjahre blühten auf der Wiese schon die Dotterblumen und die Maßliebchen und die goldigen Krönlein des Löwenzahns, als der Kirschbaum noch immer kahl dastand, als wäre er im langen Winter über gestorben. Wer aber nur näher zusehen wollte, wie die Spitzen der Zweige zu schwellen beginnen — und eines Tages steht der Baum in einem weißen Schleier, wie die Braut, die zum Altare will. So dicht sind alle Äste und Wipfel eingehüllt von den weißen Röselein, daß man kaum das dazwischen und dahinter treibende grüne Laub sieht. Gott schütze uns jetzt vor dem Sturmwind! Wenn über die Almen der Föhn gefahren kommt, daß es vom Baume die Blüten dahinjagt über die Wiese, wie ein Schneetreiben einst im Winter, dann stehen zwischen dünnem Laube bald alle Knospen entblößt und der Knabe mag übers Jahr einmal anfragen, ob er Kirschen bekommen wird. Oft, gottlob, kommt der Föhn zu früh, da die Blüten noch nicht entfaltet sind, oder zu spät, da das Fruchtknötlein schon anhebt zu schwellen. Fällt auch kein Reif in der Frühlingsnacht, dann, lieber Kirschbaum, gehab' dich wohl über den Frühsommer hinaus. Dein dichtes Geblätter schütze die zarte Frucht vor Hagel und lasse doch recht viel Sonne drauffallen, bis die Kirschlein — reif werdend — anfangen zu erröten. Sie wiegen sich auf langen Stengeln und werden glänzend rot „wie Karfunkel". In Träubchen zu zweien, dreien, vieren und fünfen, so schaukeln sie sachte im lauen Sommerwinde. Die Jungmagd, sie mäht auf der Wiese Gras, bemerkt die ersten reifen. Sie streckt den Rechen aus und zieht den Ast herab und erhascht den Zweig, und wie sie schon das Träubchen pflücken will, steht der Jungknecht da und hält gerade den Mund so auf, daß die Kirschen wundersleicht hineinkommen. Er schmatzt mit der Zunge und lacht, sie schimpft ihn einen Raben und lacht auch. Denn sie weiß, der Jungknecht ist einer, der Gestohlenes reichlich gutmacht. So klettert er denn jetzt, mit Armen und Knien sich festklemmend, den Stamm empor, steigt am Ast hinaus, der sich biegt unter solcher Last, pflückt Träubchen um Träubchen und läßt sie niederfallen. Die Jungdmagd steht unter dem Baum im Schatten und hält ihr Schürzlein auf. — Von jetzt an hat der Baum keinen Mangel an Besuchen. So oft ein Knecht sein Viertelstündchen freie Zeit findet, steigt er auf den Kirschbaum und unten hagelt es von Kernen, wenn sie der Knecht nicht etwa samt und sonders verschluckt. Der Hausvater bindet die Schürze zu einem Sack, steigt auf den Baum und pflückt die Kirschen handvollweise hinein, damit sie dann die Hausmutter am Herde zu einer schmackhaften Suppe verkochen kann für den Leutetisch. Aber der Baum hilft sparen; damit seine Frucht nicht in wenigen Tagen verzehrt werde, läßt er sie nicht auf einmal, vielmehr nach und nach reif werden, zuerst die sonnseitigen, später die im Innern des Laubes verborgenen, so daß er wochenlang in der Lage ist, die Gäste zu bewirten. Wer nicht innerhalb im Gestämme und Astwerk hinaufsteigt, der legt eine lange Leiter an, nimmt einen Hakenstock mit und erreicht die entlegensten Zweige. Und sollten immerhin an dem stattlichen Baum etliche Gegenden übrig bleiben, deren Frucht dem Menschen nicht erreichbar ist, so kommen die Vögel und picken Kirschen. Sie halten nicht reinen Tisch, picken die Früchte nur zur Hälfte auf, die andere Hälfte mit dem halb bloßgelegten Kern lassen sie am Stengel hängen zum Ärger der nachkommenden Gäste.

Endlich kommt der Herbstreif. Der frißt nicht bloß Kirschen, sondern auch Laub; die Blätter beginnen sich abzulösen und tänzeln auf die feuchte Wiese hin und die noch oben bleiben, werden gelb und leuchten rötlich wie Goldmünzen, gleichsam: Einen Dukaten für eine Kirsche! Aber es ist keine mehr oben, oder hier und da noch eine eingerunzelte, verdorrte. Der erste Schnee findet den Kirschbaum bereits kahl und die moosigen Äste und dünnen vielgekreuzten Zweige stehen nackt und leblos in den Nebel hinein.

Wenige Wochen steht er so; aber mitten im Winter kommt den Menschen schon wieder die Sehnsucht nach blühenden Bäumen. Am Barbaratag im Dezember ist es, daß die Jungmagd über den hohen Schnee hinausgeht, vom Kirschbaum einen Zweig bricht, ihn in ein Wasserglas steckt und in der Stube über den Ofen stellt. Ihre Freundin, die Augustina, hat ihr das so geraten. Vielleicht wird etwas! Nach drei Wochen ist das liebe Christfest und siehe, der Kirschbaumzweig blüht. Er blüht in weißen Röslein, wie einst im Mai und es ist, als ob von diesen Röslein ein sanftes Licht ausginge über die dunkle winterliche Stube. — Der Jungmagd ist still wonniglich. Nicht jedem Mägdlein gelingt es, daß solcherweise der Kirschbaumzweig blüht. Der es geschieht, von der sagen die Hausgenossen in Scherzen und Ernsten, im nächsten Jahr werde ihr der Brautkranz geflochten. Der Jungknecht scherzt nicht so, er schweigt. Aber schon nach Heiligdreikönig, wenn der Fasching angeht, macht er die Weissagung wahr. In großen Bauernhöfen paaren sich nicht bloß Herr und Frau, sondern auch Knecht und Magd und sie bilden in der alten Familie eine junge — einen Abzweiger am Stamme. Allen gemeinsam ist die Gesindestube und der große Leutetisch und — der Kirschbaum.

Nach wenigen Jahren, während die Magd auf der Hauswiese den Klee mäht für ihre Kühe und der Knecht zur Feierabendzeit auf dem Kirschbaum herumklettert, hockt unten auf dem Rasen schon ein blondlockiges Bübel. Manch rotes

Träublein fällt nieder ins grüne duftende Gras. Der Kleine hascht danach und jubelt. Der Knecht sieht hoch in den Zweigen große glänzende Kirschen, auch die will er noch für sein Knäblein. Er steigt den langen Ast hinaus — dieser kracht, bricht, der Knecht stürzt herab und schlägt in wuchtigem Falle sein Haupt in die Erde. — Da wird der Rasen rot, aber nicht von den Kirschen. Die Leute kommen und tragen ihn schweigend ins Haus.

Auch die Magd ist schweigend. Nur in den Nächten, wenn sie ihren Arm um das süß schlafende Kind schlingt, da muß sie bitterlich weinen. Aber sie will's verdrücken, daß man's nicht sollte hören in der Nebenkammer. — Wohl freilich hart sind die Jahre, die nun kommen, sie sagt es niemandem, wie hart. Mit einundzwanzig Jahren wird der blonde Bursche Soldat. Er schreibt der Mutter drei- oder viermal des Jahres und sie antwortet ihm, daß sie frisch und gesund sei, bis plötzlich ihre Antworten ausbleiben. Sie war beinahe unversehens alt geworden. Was die herbe Arbeit von ihr übrig gelassen, das hat eine kurze Krankheit verzehrt. Der alte Bauernhof auf der Höhe wird an einen Baron verkauft, dieser will dort nicht hausen und bauen, das durchaus nicht, sondern Rehe und Hirsche schießen. Der Wald rückt zusammen um die Ruine, auf dem Herde wächst Holler, in der Stube die junge Lärche. Und dort am Wiesenrain zwischen Erlsträuchern und aufwuchernden Jungfichten halb erstickt steht der Kirschbaum. Er hat nur mehr wenig Laub. Seine Äste bleiben kahl auch im Sommer; statt des Blätterschmuckes hängen graue Flechten nieder. Die wenigen grünen Zweige wollen nicht mehr blühen. Seit die Menschen fort sind, will den Baum nichts mehr freuen. Aber ganz sein lassen mag er alte Gewohnheiten doch nicht und auch der Kirschbaum hat seinen Johannistrieb noch in später Zeit mitten in der Wildnis. Die Krone ist ja ein wenig grün und trägt im Frühjahre noch manch weißes Blütensternchen. Und wenn das Jahr gnädig ist, so wiegen sich hoch über dürrem Astwerk etliche leuchtende Kirschlein. Der Soldat ist nicht mehr zurückgekommen ins arme, schöne Land seiner Kindheit; in einer Kanzlei ist er Schreiber geworden, hat die Zufriedenheit des Waldlandes für sich in die Stadt verpflanzt und ein leidliches Leben geführt.

Zu diesem Menschen kommt eines Tages ein altes Weiblein und bringt ihm ein Körbchen voll roter Wildkirschen. Auf dem Kirschbaume des Hochberghofes seien sie gewachsen. Sie wäre die alte Augustina, eine Jugendfreundin seiner seligen Mutter. Sie habe erfahren, daß er in der Stadt ein Herr Schreiber geworden sei und habe sich gedacht, vielleicht freue es ihn, wenn er von jenem alten Kirschbaum noch einmal einen Gruß bekäme.

Mit wahrer Andacht hat der Mann die Kirschen gegessen. Sie waren so wundersam süß, wie seit seiner Kindheit ihm nichts mehr so süß gewesen. Aber der Tropfen, der dabei über seine Wange rann! — Du lieber, treuer Kirschbaum im wilden Walde!

Das Waldspinnlein.

Ich war damals so einer, der mitunter, wenn ihm just langweilig zumute war, ein wenig mit dem „Schicksal" haderte. Ja, so weit war es mit mir gekommen. Für mein Leben wollte mir demnach nichts lieber sein, als ein grünes Angerlein, ringsum Fichtenbäume, in deren Geäste die Nachmittagssonne hineinschaut, und in weiter Runde Wald und Wald.

Von diesem einsamen Standpunkte aus betrachtet, ist die Welt nahezu schön, sind die Leute nahezu gut. So gut, daß es sich verlohnt, fernab von ihnen im Walde zu liegen und ihrer zu gedenken.

So kam mir bisweilen ein Stündlein absoluten Glückes zustande; man empfindet alles so still und mild und heilig — nur mit den Augen des Herzens muß man ausschauen und nicht mit denen der Vernunft. Sobald *diese* mitspielt, erwächst selbst im kleinen Leben des Waldes dasselbe Reich der Ichsucht, der Falschheit, des Verbrechens, wie anderswo. Aber das ging mich weiter nichts an. Ja, es war für mich bisweilen sogar unterhaltsam, zu beobachten, wenn ich unter den Tierchen im Gezweige und im Grase dieselbe Niedertracht wiederfand, der ich anderswo entfloh. Und doppelt spaßhaft ist es, wenn man unter dem kleinen Gezücht jene Tücke und Schlauheit entdeckt, die man unter dem großen erfahren kann.

Doch der Trieb zur Selbsterhaltung ist ja etwas sehr

Schönes, darum hat meine Waldspinne in ihrem Gebaren ganz recht getan; der Spitzbub war eigentlich ich.

Als ich im sommerlichen Walde auf dem ausgebreiteten Wollentuche dalag und meinem lieben Gott Artigkeiten sagte von wegen seiner vortrefflichen Schöpfung, da lief plötzlich etwas sehr rasch über mein Bein herauf. Meine Hand schnellte hin, war aber nichts mehr da und auf dem Wollentuche lag ein graubraunes Kügelchen. Ich mußte sehr scharf und genau darauf hinblicken, bis ich sah, daß es ein Tier war, welches sich fest zusammenkauerte und seine Beine so nahe an den Leib zog, daß sie von diesem kaum zu unterscheiden waren. Ich rührte es an, es bewegte sich nicht, ich suchte es in Bewegung zu bringen, es kollerte ein wenig über das Tuch hin und blieb liegen, unbeweglich und starr wie ein dürres Baumkörnchen.

Ich glaubte endlich auch, es sei nicht jenes Tier, welches über das Bein gelaufen war, sondern wirklich ein Stückchen Baumrinde oder dergleichen. Anderseits war es doch wieder so etwas Tierhaftes. Da kam mir der Gedanke: Halt, kleines Ding, vielleicht bist du etwas Abgefeimtes, stellst dich nur so, damit ich mich wieder von dir wende und du deinen Angriff auf mich im günstigen Augenblick neuerdings machen kannst! Warte, necken wir dich ein wenig. —

Ich stupfte es mit einem Grashalm, es blieb leblos und starr. Nun ließ ich es vom Tuche auf ein grünes Blatt rollen, da ging es in die Falle. Das Blatt mochte es für seinen freien Boden halten, allsogleich sprangen die Beinchen auseinander und das Wesen — eine Waldspinne war's — lief. Als ich es hierauf mit dem Finger berührte, war es wieder das regungslose Kügelchen. Kein Glied, kein Kopf, kein Auge war zu sehen, keine Ähnlichkeit mit einem lebendigen Wesen. Hexe du kleine.

Da denkt sie sich: Au, hier ist ein Ungeheuer, das den Spinnen nachstellt. Ich stelle mich tot, sonst macht es mich tot. Nur ruhig, es ist noch immer da — ein schreckliches Ungetüm.

So will ich doch sehen, dachte ich mir wieder, ob deine Verstellungskunst größer ist, als deine Raubgier. Was meinst du zu einem Mücklein? Sieh, da treib' ich dir eins zu. Mich dünkt, ein appetitlich Ding. Bedien' dich!

Aha! denkt die Spinne, jetzt will er mich ködern. Wenn du glaubst, daß ich so dumm bin und jetzt aufspringe und die Mücke fresse, so ist es traurig für dich. Ich weiß mir besseren Fang, ist nur erst wieder meine Zeit. Jetzt bleibe ich liegen und bin mausetot.

Wohlan, meine liebe Spinne, wenn du mausetot bist, so muß man dich in einen Sarg legen. Da habe ich ein leeres Streichholzbüchschen bei mir, darin will ich dich mit mir tragen und sehen, wer es länger treibt, du oder ich.

Denkt sich die Spinne: Auch gut. Und kollert in das Büchschen und ist tot.

Ich liege noch eine Weile da und sinne nach, wie es wäre, wenn jetzt ein Riese gegangen käme, der mit seinen Füßen den Wald in den Erdboden hineinträte, als wäre er sprödes Gras, und da — ganz unten im Grund ein Insekt kauern sähe mit zwei Beinchen und zwei Pfötlein und ein rundes Köpfchen obenan, und er dächte sich: Halt, mit dir will ich mich ein wenig unterhalten — und läse mich auf und steckte mich in den Sack —?

Es gibt solche Riesen, nur nennen wir sie anders.

Ich stand auf, ging nach Hause und war begierig zu erfahren, was daheim auf dem Tisch mein Spinnlein machen würde. Vielleicht wird es sich immer noch tot stellen. Vielleicht wird es wirklich tot sein, obwohl ich achtete, daß es in seinem Verließ nicht ersticken konnte. Die Lunge von einem solchen Tierchen möchte ich einmal sehen! — Vielleicht läuft es, befreit, auch allsogleich davon.

Die Spinne aber dachte in ihrem Streichholzschächtelchen: Das ist sehr finster. Ich habe acht Augen, und keines sieht was. Und ein Schaukeln, daß einem übel werden könnte, wenn man's von wackelnden Halmen und Ästen her nicht gewohnt wäre. Ich will mir aber eilig Fäden spinnen, man kann nicht wissen, in welche Lage man gerät. Das Ungeheuer scheint mir spinnefeind zu sein; stärker ist es, als ich; wenn ich nicht gescheiter bin!

Ich komme heim, versammle meine Kinder um den Tisch, erzähle ihnen die Geschichte von der schlauen Spinne und fordere sie auf, zu beobachten, was nun geschehen würde, wenn ich das Schächtelchen öffne.

Und was geschah?

Kaum daß das Büchschen geöffnet war, flog die Spinne heraus — flog. Es war — ich wußte nicht wie, auf einmal ein Faden durch die Luft gespannt, und auf dem lief sie hin, wie eine, die nicht allein das Komödiespielen, sondern auch das Seiltanzen gelernt hat. — Oho! Spinne, so haben wir nicht gewettet. Ich zerstörte den Faden, da fiel sie auf den Tisch und lief rat- und planlos hin und her. Jetzt sprang sie auf ein Buch, gleichsam, als wollte sie von dem erhöhten Gegenstande eine Aussicht gewinnen. Aber die Aussicht auf die nahen Ungetüme und auf die fernen Fenster schien ihr trostlos gewesen zu sein — augenblicklich lag wieder ein Kügelchen da, leblos und erstarrt.

So lag sie über eine Stunde und wir hielten Rat, was nun mit ihr zu machen sei. Meine Stimme war die einzige, die vor Ärgerem schützte, aber diese Stimme ist so, daß sie manchmal respektiert wird.

Nach zwei und drei Stunden lag noch immer das regungslose Kügelchen da, so daß die Mutmaßung aufstieg, nun wäre sie wirklich tot, vielleicht vor Schreck gestorben. Andere Obliegenheiten winkten, wir vergaßen einen Augenblick auf das Tierchen und als wir wieder hinsahen — war es nicht mehr da.

Bot ich das Haus auf, um die Flüchtige zu verfolgen? Nein, ich freute mich, daß sie glücklich entkommen war.

Ameisen als Mörder.

Im stillen Walde kann man eben allerhand sehen, natürlich, wenn man die Augen aufmacht.

So sah ich's denn, sah's anfangs zufällig und hernach mit Bedacht.

Was nur der Auflauf bedeutete! Der ganze Platz war voll von Hinzueilenden und Davonspringenden. Sie drängten und wogten hin und her, sie stießen in der Hast aneinander; die nicht schnell weiter konnten, wurden niedergedrückt, ja, hie und da lief sogar eins über den Leib des andern hinweg. Ich ragte über der erregten Menge, und zwar so hoch, daß die kleinen Augen selbst mittelst eines Ameisen-Fernglases kaum imstande gewesen sein würden, mein Haupt zu erblicken.

So bückte ich mich, um zu sehen, was denn dieser Auftritt der Tierchen auf dem sandigen Waldweg bedeute. Und sah es bald. Es war der Kampf der Ameisen mit einer Kieferraupe. Diese mochte träge ihres Weges gekrochen sein, vielleicht durchdämmert von religiöser Ahnung eines zukünftigen Schmetterlingslebens, vielleicht auch nur in Hunger nach Materiellem, saftige Föhrenzweige heischend. Da mochten die Straßenräuber hervorgebrochen sein aus dem Laubgehölze des Heidelbeerkrautes und die Wallerin überfallen haben. Den ersten Anfall hatte sie mit geschickten Wendungen und scharfen Bissen pariert, ihre braune Behaarung steifte sie zu einem Panzerhemde und eine und die andere der Angreifenden trat sie sogar mit ihren Pfoten zugrunde. Aber immer mehr der Ameisen sprangen herbei und packten die Raupe von hinten und vorn. Sie richtete sich in der Mitte zu einem Bogen auf, da liefen einige unter den Bauch, andere stiegen rasch auf den emporstrebenden Rücken und drückten ihn nieder und sie setzten ihre Zähne ins Fleisch des hilflosen Tieres. Der Hinterleib der Raupe war bereits ganz umklammert, da bäumte sie sich noch mit dem Vorderkörper zur Höhe, wie ein unstetes Pferd und schlug mit dem Haupte wild um sich. Allsogleich schossen ein paar Ameisen unter ihre Brust und versetzten ihr mit den Fühlern wütende Stiche, wobei die Raupe noch einmal mit dem ganzen Körper emporschnellte und ihre Angreifer über den Haufen warf. Nun griffen diese noch hitziger an, ihrer zwanzig rangen mit dem Wurme, stachen, bissen und schlugen ihn und spritzten unter den verzweifeltsten Zuckungen des Tieres ihr heißes Gift in die Wunden.

Mein Ergötzen an dem Kampfe ging nun in Mitleid über, für die arme Raupe, die von aller Welt verlassen gegen eine Unzahl von Feinden sich mit unerhörter Tapferkeit ihres Lebens wehrte.

Rasch riß ich einen steifen Rispenhalm ab und versuchte mit demselben die kleinen Würger von der in Todesangst sich windenden Raupe wegzuschieben und wegzustechen; nun wollten die erbitterten Ameisen aber auch mit mir den Kampf beginnen; hastig kletterten sie den Halm empor bis zu meinen Fingern, die bald das Prickeln ihres scharfen Saftes zu spüren bekamen. Die andern aber klammerten sich so fest an das unterliegende Tier, daß ich den schwachen Halm gegen einen dürren Baumzweig vertauschen mußte, um die Raupe mit Gewalt von den Räubern zu befreien. Es war jedoch zu spät. Als die Ameisen fortgescheucht waren, brach die Raupe zusammen und regte sich nicht mehr. Rote Tröpfchen standen auf ihrem braunen, stellenweise stahlblau schillernden Körper. Nun tat es mir leid um das Tier, das in einem rechtlosen Streite, nur weil es der Schwächere war, sein Leben lassen mußte, und mir kam zu Sinne, die strafende Vergeltung zu spielen und die hin und wieder schwärmenden Ameisen, ja ihr ganzes, nur wenige Schritte entferntes Raubnest mit einigen Fußtritten zu zerstören. — Da trat mir, ich weiß nicht wie, der Kalbsbraten ins Gedächtnis, der mir mittags zuvor so trefflich gemundet hatte; zwei Tage früher hatte ich gesehen, wie der Fleischhauer das Kälbchen von seiner Mutter weggerissen und zur Schlachtbank geführt . . .

Ich ließ nun die Ameisen gewähren. Sie nahten sich sogleich wieder der hingestreckten Raupe; diese, von neuem angefaßt, hob noch einmal ihr Haupt, es knickte aber wieder ein und war tot.

Die Menge hatte sich verlaufen. Die wenigen Zurückbleibenden befaßten sich mit dem Fortschaffen der erlegten Beute. Aber sie vermochten den Körper, der eine Ameise wohl dreißigmal überwog, nicht von der Stelle zu bringen. Da lief eine davon und brachte bald Gefährten zur Hilfeleistung. Nun faßten sie die tote Raupe an beiden Seiten an, einige krochen unter den Körper hinein, als wollten sie diesen heben und tragen und jetzt bewegte sich die Last weiter. Es ging recht rasch über den glatten Boden hin. Jetzt erwachte in mir noch einmal die Bosheit, oder wenn es besser klingt, der Gerechtigkeitssinn. So ohne jegliches Hindernis sollte die Untat doch nicht abgehen. Ich legte ein flaches Steinchen auf die Raupe. Für den ersten Moment allerdings einige Verwirrung und Verlegenheit unter den

Ameisen. Aus der Wucht, unter welche sie zum Teile selbst gekommen, hatten sie sich bald wieder und unversehrt hervorgearbeitet. Nun umkreisten sie den Stein, stiegen auch darüber hin, prüften die Last und schienen dann Rat zu halten, wie ihre Beute unter dem Steine herauszukriegen wäre. Der Versuch, den Stein wegzuwälzen, erwies sich als vergeblich. Das etwa ein Achtel Pfund schwere Stückchen regte sich trotz aller Anstrengung nicht von der Stelle. Was taten sie nun? Sie fingen an, den Boden zu unterminieren, gruben einen kleinen Kanal unter dem Stein, höhlten um die Raupe und unter derselben das Erdreich aus, was ich für den Augenblick zwar nicht beobachten konnte, jedoch später sah, und nach einer Viertelstunde zogen sie den Leichnam unter dem Steine hervor.

Die Tat erfüllte mich mit Respekt und ich legte den kleinen Wesen nichts mehr in den Weg; ungesäumt schleppten sie die Raupe dem Ameisenhaufen zu, wo sie dieselbe in eine der Vorratskammern transportiert haben mögen.

In wenigen Wochen, so dachte ich, werden Kiefernspinner aus dem Geschlechte der ermordeten Raupe den Ameisenhaufen umgaukeln und in ihrem Fluge höhnend niederblicken auf die krabbelnden Wesen.

Liebestragik der Vögel.

Ein fröhliches Schwalbenpaar und ich hatten jahrelang dieselbe Sommerwohnung. Es war ein Landhäuschen in einem Tale der oberen Steiermark. Wir flogen fast zu gleicher Zeit an und zu gleicher Zeit ab. Wir arbeiteten und jubilierten und der Unterschied war nur, daß sie zu Paaren lebten und ich allein. Das hatte zur Folge, daß ich mich jedenfalls mit ihnen mehr beschäftigte als sie sich mit mir; ich hatte meine Freude daran, sie in ihrem heiteren und fleißigen Vogelleben, in ihrer Häuslichkeit und Kinderzucht zu beobachten und wenn sie im Herbste anfingen, mit ihren Jungen lebhaft zwitschernd in der Luft zu kreisen, so schnürte ich mein Bündel und im nächsten Frühjahre bezog ich allemal wieder mein Dachzimmer und die Schwalben nahmen das alte Nest unter dem Dachfirst ein.

Da war es einmal, daß bei einem Ausbessern des Schindeldaches das Nest beschädigt wurde, bevor noch die Jungen flügge waren. Das alte Paar baute sofort am Mauergesimse ein Nothäuschen, in das es die Jungen übertrug, und im nächsten Frühjahre — kam das Paar nicht mehr.

Hingegen waren eines Tages andere da, von denen ich nicht wußte, ob sie von meinen alten Freunden abstammten, oder ob sie Fremde waren. Sie taten fremd, oder wenigstens sehr unerfahren. Sie flogen immer ums Haus herum und waren tagelang unschlüssig, in welchem Winkel sie ihr Heim gründen sollten. Und eines Morgens, als ich in mein Arbeitszimmer trat, flogen sie geschäftig zum offenen Fenster aus und ein und begannen gerade über meinem Schreibpult ein Nest zu bauen. Sie schleppten Halme, dürres Blattwerk, Lehm usw. herbei und woben und bauten und ich wußte, daß sie die Dinge mit Speichel befestigten, und ich sah, wie das Ding an der Zimmerdecke rasch gedieh. — Ja, ihr Närrchen, das geht nicht! Ich bedauere, daß ich euch diesen Bauplatz nicht abtreten kann. Somit scheuchte ich die Schwalben mit Mühe zum Fenster hinaus und ließ die Magd darüber, um die Grundfesten des Vogelnestes wieder zu vertilgen.

Doch mußte das eine sehr ungeschickte Schwalbenfamilie sein, die sich an keine Traditionen zu halten und selber noch blutwenig Praxis zu haben schien. Bald sah ich, wie sie gerade vor dem Fenster meines Dachzimmers ihr Nest bauten, und zwar an einem hervorstehenden Holzbalken, der weder vor Wind noch vor Regen Schutz hatte.

Das körbchenförmige Nest war in wenigen Tagen fertig, obzwar nur in den Morgenstunden daran gearbeitet wurde. Es war fest gebaut und gekittet und gegen die gewöhnliche Art solcher Nester darüber mit einem Dächelchen versehen, ähnlich den Vorsprüngen über Kanzeln. Also doch praktisch! Während des Baues war unausgesetzt schönes Wetter gewesen; woher wußten die Tiere, daß hier ein Schutzdach nötig sei?

Tagsüber war das Schwalbenpaar selten zu Hause, sondern stets auf offenem Markt um den Kirchturm herum bei Genossen oder auf Bäumen und Sträuchern bei der Mahlzeit. Gegen Abend kamen sie heim und hockten ins Nest und flatterten mit den stahlblauen Flügeln. Bisweilen flog abends das Männchen noch einmal aus, wenn es der Frau gerade nach Leckerbissen gelüstete, und brachte ein Würmlein oder ein Käferchen heim.

Nach einiger Zeit lagen im Neste fünf Eierchen. Nun blieb die Frau freilich die meiste Zeit zu Hause, doch ihr Mann versorgte sie reichlich mit Nahrung, und wenn er von seinen Ausflügen zurückkam, wußte er allemal eine Menge zu zwitschern, was es draußen Neues gebe, und warnte vielleicht das Weibchen mitunter, es möge die Fliegen nur nicht in einem verschlucken, sondern stets ein wenig kauen, sonst könnten die Dinger einer Frau in ihren Verhältnissen unmöglich gesund sein. Und in der Tat, das Männchen kaute ihr oftmals die Nahrung vor, ehe es sie ihr in den Schnabel steckte. Mitunter setzte es sich selbst auf die Eier und gönnte der Frau einen Ausflug.

Ich konnte durch das Glasfenster alles recht gut beobachten und hatte mein Vergnügen an den beiden Wesen.

Da ereignete sich auf einmal eine seltsame Geschichte.

Das Nest war eines Tages verlassen. Das Weibchen hatte einen kurzen Ausgang gehabt und als es zurückkam, saß im Neste ein fremder Gast. Ich sah, wie es am Fenstergesimse zitternd kauerte und mit angstvollem Blick nach dem Eindringling schaute, der auf den Eiern saß und wie es dann wieder das Auge in die Luft hinauswandte, nach dem Ehegatten. Der Eindringling war ein struppiger, schmutzig grauer Geselle, und zwar von einer Größe, daß er das ganze Nest ausfüllte. Mit einer geradezu zynischen Unverfrorenheit blieb er sitzen und glotzte mit seinen runden Augen die Schwalbin an. Endlich kam eine Schwalbe auf Sehweite geflogen — es war sicherlich das Männchen — eilig schwenkte es sich und flog zwitschernd wieder davon. Auch die Schwalbin flog ab und wenige Augenblicke hernach schossen Dutzende von Schwalben herbei gegen das Nest an meinem Fenster.

Nun schien der Eindringling einzusehen, es wäre Zeit, sich davonzumachen, da war er aber schon von mehreren Seiten überfallen und alsogleich derart eingehüllt von den schlagenden Schwalbenflügeln, daß ich gar nicht beobachten konnte, ob sie ihn mit den Klauen oder Schnäbeln, oder beiden bearbeiteten. Der Angefallene versuchte noch fortzufliegen, wobei er die Angreifer ein Streckchen mitriß, bald jedoch fuhr der ganze Knäuel bodenwärts, umschwirrt von zahllosen Gabelschwänzlern, die teils zur Hilfe, teils aus Neugierde herbeigekommen sein mochten.

Und im Schwalbenneste lag nun neben den fünf Eiern noch ein sechstes, grau- und grüngefleckte. Die Schwalbin saß ein wenig auf dem Rande des Nestes, schaute die Bescherung an und setzte sich hernach gelassen auf die sechs Eier. — Nach einiger Zeit krochen die Jungen hervor, und darunter ein kleiner Kuckuck. Dieser war — obgleich seine Mutter der Lynche zum Opfer gefallen und unten auf grünem Rasen verbluten mußte — vom Schwalbenpaar längst adoptiert und mit derselben Liebe und Sorgfalt gehegt und gepflegt, wie die eigenen Kinder. Gleich, als ob sie's gewußt hätten, es wäre nicht aus Lüsternheit und Bosheit geschehen und Frau Kuckuckin könne nichts dafür, daß sie alle Wochen ein neues Ei zu legen hat und daher nicht jedes brüten kann. — 's ist eben auch wieder einmal eine Bosheit oder Dummheit der Natur, wie es deren genug gibt und die hernach allemal das Individuum so oder so zu büßen hat.

Was die Schwalbinnen selbst anbelangt, so sollen es die Sperlinge auf sie stark abgesehen haben und sich bei Abwesenheit des Mannes ins Nest schleichen. So erzählte mir ein Schullehrer im Salzatale, daß er unter dem Dachvorsprunge seines Hauses beobachtet habe, wie ein solcher Hausfreund einmal im Schwalbenneste überrascht und mitsamt der Ehebrecherin auf der Stelle eingemauert worden sei. Während vom herbeigeströmten Schwalbenvolk etliche Wache hielten, daß die Malefizvögel nicht entkommen konnten, trugen die anderen mit unglaublicher Eile Gras, Halme, Kot, Erde und derlei herbei und wölbten das Nest zu, ungeachtet des Jammergeschreies der Lebendigbegrabenen. In wenigen Stunden war die Arbeit vollbracht; die Schwalben schwirrten davon und kehrten zu diesem Hause nicht mehr zurück. Der Schulmeister hat das Nest wieder aufgetan, es war hart und zähe und kaum zu zerreißen. Darinnen fand er den Sperling und die Schwalbin tot.

Wie Bienen Hochzeit halten, und wie sie entarten können.

Das Volk der Bienen besteht aus Männchen (Drohnen), Weibchen und Geschlechtslosen. Diese sind zwar auch Weiber, aber unfruchtbare, doch machen sie sich anderseits nützlich genug, sie sind die Arbeiter, während die Drohnen nur das Geschäft der Fortpflanzung zu besorgen haben; ist dieser Pflicht Genüge getan, so verkommen sie, oder werden von dem Volke der Arbeiter ermordet.

Ein Bienenstaat hat nur ein Weibchen — die Königin, die einen männlichen Harem von sechs- bis achthundert Männchen besitzt.

Hat sich ein Schwarm mit seiner jungen Königin vom Mutterstamme losgelöst und sich auf seiner neuen Ansiedlung niedergelassen, so ist nun das erste und wichtigste Geschäft die Hochzeit der Königin. Dabei geht's lustig zu und alles ist auf den Beinen und Flügeln; selbst der Arbeit wird vergessen, und das will bei den Bienen schon viel sagen, es wäre denn, daß die Gemächer der Braut noch ordentlich gereinigt, mit Wachs tapeziert, mit Nahrung und Dienerschaft versorgt werden müßten. Ein helles Summen und Singen ist das im Reiche, und ein Balgen und Schwelgen und alles schart sich um die Königin, die Holde und Hehre, die schöne, minnevolle Frau. Aber nicht, weil sie Königin ist, wird sie so hoch verehrt, sondern weil sie die Mutter der Nachkommenschaft werden soll.

Da fliegen ein paar Bienen ins Freie, sehen nach, wie es mit dem Wetter steht. Warm und windstill, kein Wölklein am Himmel und die Sonne leuchtet nieder über die weite, grünende, blühende Welt. Diese Nachricht bringen sie in die Stadt. Das ist ein Tag zur Hochzeitsreise. Der Ehemänner etliche haben sich vielleicht an der Festtafel etwas zu gütlich getan, den Honigopfern, welche die Arbeiter aus der Mutterkolonie noch haben mitschleppen müssen, vielleicht in zu reichem Maße zugesprochen und möchten nun am liebsten ein bißchen Siesta halten. Aber die Königin ist höchst aufgeregt — ihr verlangt sehr nach einem Ausflug und das Volk drängt auch danach und getraut sich's wohl zu sagen, daß ihm sehr um einen Thronerben und überhaupt um jungen Nachwuchs zu tun ist. Die faulen Ehegatten werden förmlich aufgetrieben und aus dem Hause gejagt — und endlich erhebt sich der Hochzeitszug in die Lüfte.

Die Arbeiterbienen bleiben taktvollerweise zurück, umtanzen aber den Stock oder Korb und sind in großer Erregung. Mit Ängstlichkeit bewachen sie ihren neuen Heimatsort und weder Menschen noch Tieren wäre zu raten, sich in dieser Zeit dem Stocke zu nahen. Dann wieder beobachten sie den Himmel, ob wohl keine gefahrdrohende Wolke auftaucht, die dem Brautzug gefährlich werden könnte. Und wenn sich ein Wind erhebt, welch' eine Verwirrung, welch' Schreck und Jammer in der Menge, welch' wildes Summen und Umherschießen! Boten werden ausgesandt, um nach der Richtung zu spähen, in der sich der Hochzeitszug erhoben hatte, und um, wenn er einzuholen ist, ihn zu warnen und zum Rückzuge zu bewegen — denn die Hochzeiter selber kommen kaum dazu, erst eine Weile nach dem Wetter zu lugen. Aber sie sind nicht zu finden.

Die Königin ist mit ihrem Harem davon und hat sich

gefreut darüber, daß der Plebs zurückgeblieben. Die Ehemänner schlugen zuerst das grüne Geäste einer Linde zum Ruheplatz vor.

„Nein," sagte die Königin (und die Bienen haben ihre Sprache), „nein," sagte sie, „da sind die Mücken und die Hummeln, und die Käfer und die Ameisen steigen den Stamm herauf — wir wollen höher fliegen."

Und als sie um die Wipfel und Kronen des Waldes tanzten, wollten die Herren sich dort niederlassen.

„Nein," sagte die Königin, „hier flattern noch die Schmetterlinge, schwirren die Häher und die Meisen und anderes Volk. Wir wollen höher fliegen."

Und als sie so hoch in den Lüften waren, daß der Zug von unten wie ein winziges Rauchwölklein zu sehen, und als sie sich überzeugt hatten, daß kein Habicht und keine Lerche und kein anderes Wesen mehr in der Nähe war — und als die Gatten hier wieder angefragt hatten — schwieg die Königin still. — In diesem Brautgemache des hohen Himmels konnte kein unberufenes Auge ihre Fraulichkeit mehr verletzen. — Ruhig schwebt das Häuflein in einem Punkte und die Jünglinge bringen der Braut ihre Huldigungen. —

Erst nach zwei Stunden denken sie wieder an die Heimkehr — aber wer weiß jetzt den Weg? Da unten der weite Wald mit seinen tausend Wipfeln, dort die Wiesen, dort wieder der Wald — wo ist ihr Heim? — Über den Bergen steigen Wolken auf, durch die Luft geht mancher Stoß und schiebt unsere bangenden Hochzeiter vor sich hin. Sie sind ratlos, hilflos. Sollen sie sich niederlassen auf fremdes Gebiet? Wie sich ernähren? Das Arbeiten haben sie nicht gelernt, den Genuß und den Luxus sind sie gewohnt und Nachkommenschaft ist zu erwarten. Sich eine fremde Kolonie, ein Hummel-, ein Wespenreich erkämpfen, den Honigvorrat rauben?

Die Königin wirft die Frage auf; die Ehemänner zittern. — „Feiglinge!“ ruft sie ihnen zu, „nur im Genuß und in der Eifersucht seid ihr stark, im Hetzen und Lästern, und im Übermut ersticht ihr euch selber; — wo's was Rechtes gilt, da seid ihr Memmen. Ach, wäre ich bei meinem Volke daheim!“

Mittlerweile sieht sie ein Bienlein heranfliegen, es ist eine aus den Arbeiterscharen ihres Reiches. Die Königin eilt dem Sendling zu, er will sie auf seinen Rücken nehmen und nach Hause tragen, er hat den Weg gut gemerkt, den er hergekommen und findet leicht zurück.

Mit Jubel wird sie daheim empfangen. Ein kleiner Teil der Ehemänner ist ihr gefolgt, aber keiner im Staate kümmert sich jetzt mehr um die männlichen Gatten. Hingegen wird die Königin mit um so größeren Aufmerksamkeiten überhäuft, und einige aus dem Volke treten vor und verbeugen sich tief und sprechen von der hohen Ehre, die ihnen zuteil werde, indem sie erwählt wären, dem Volke die Überzeugung zu verschaffen, daß die Hochzeitsreise von allgemeinem Nutzen geworden wäre.

Die Königin hat keine Ursache, die Folgen geheim zu halten, kann obendrein den Begriffsstützigeren noch mit einem handgreiflichen Beweis erfüllter Pflicht dienen, indem sie wohl imstande ist, irgendein Härchen vom männlichen Barte vorzuweisen.

Die Zukunft ist gesichert, der Jubel ist grenzenlos. Alles Volk streckt die Hinterbeine aus und fächelt mit den Flügeln und jauchzt und singt und drängt sich herbei, die Königin mit Lecken und Bestreicheln zu liebkosen. Und sofort bestimmt es ihr einen Hofstaat von zehn oder auch zwanzig Bienen, die sie überallhin zu begleiten und für alle Bedürfnisse zu sorgen haben.

Und schon nach wenigen Tagen muß die Wiege her. Die Königin legt Eier, je eines in eine besondere Zelle, jeden Tag über hundert bis tausend Stück — vermag im Laufe des Sommers 30—40000 Eier zur Welt zu bringen. — Glücklicherweise hat sie für die Familie selbst nicht zu sorgen, das tut das Volk. Nur zu bald aber ist eine junge Königin da, oder es sind deren gar mehrere, und die Königin-Mutter muß das Feld räumen, will sie nicht von ihren Untertanen erstochen werden.

Die Bienen sind seltsame Leute, sie kennen kein Mitleid, keine Dankbarkeit und keine Pension; sie halten jeden aufrecht, solange er dem allgemeinen Wohle nötig ist — dann aber schaffen sie ihn rasch aus dem Felde. —

Nun will ich aus dem Leben der Bienen in menschlicher Sprache aber noch eine Tatsache erzählen, die uns nicht mehr Vorbild des Fleißes, sondern Spiegel des Verkommens ist.

Es geschah im deutschen Norden zu Grünewald, in der Nähe eines Hafens, daß sich im Bienenkorbe eines Landwirtes das Volk verdoppelte. Der junge Schwarm wanderte aus; wegen einer neuen Heimat ist keine Sorge, jeder Nachbar hält einen leeren, feingebauten Korb bereit, um den jungen Stamm in Empfang zu nehmen. So die Hoffnung. Aber auch Tiere haben Schicksale.

Der Bienenschwarm flog aus seinem Mutterkorbe über die Büsche hin, über die blumige Wiese hin, über das Kiefernwäldchen hin, dem Strande, dem Hafen zu, wohin der Lärm und das Geklirre der Matrosen ihn lockte, wo der Mastenwald der Schiffe ragte — auf dessen höchstem Stamme er sich niederließ. Wie eine große Traube hing er im obersten Takelwerk und ergötzte sich an dem Glitzern und Schrillen da unten, dergleichen er bisher noch nicht gehört und gesehen. Und wie war das erst ein Spaß, als das ganze Ding anhub sich zu bewegen, zu schaukeln und der hohe Baum, auf dem der Schwarm saß, sich mählich hinauswand zwischen dem wunderlichen Gestämme, bis er endlich mit seinem Schiffe auf dem Spiegel des Gewässers dahinglitt.

So fuhren die guten Bienlein stundenlang mit; nun aber, da sie ringsum keinen Baum und keinen Boden mehr sahen, wollte es ihnen unheimlich werden. Rasch entschlossen, flogen sie ab, irrten eine Weile auf dem Meere umher und da sie nirgends einen Ruhepunkt fanden, mußten sie wieder zurückkehren auf das Schiff, das ihnen nun doch so trostlos war, weil auf ihm kein Blatt und keine Blume wuchs. Aus schrecklichen schwarzen Röhren stob Rauch hervor und wollte das kleine Völklein im Takelwerk ersticken. Sie wechselten mehrmals ihren Platz, aber von Stunde zu Stunde wurde es ungemütlicher. Da drängten sie sich um ihre junge Königin und hielten Rat.

Eines der Männchen brachte seine Ansicht vor. „Ich halte mich insofern berechtigt, das Wort zu ergreifen," sagte das Bienlein, „als ich mir schmeicheln darf, unsere Lage, obgleich dieselbe sehr sonderbar ist, zu begreifen. Bei meinem vielen Schwärmen um die Blumenhecken des Dorfschulhauses in Grünewald habe ich unter andern auch von der Geographie etwelches profitiert. Es obliegt keinem Zweifel, daß wir uns auf der Nordsee befinden. Wenn sich's noch bloß um eine Fahrt nach England handelte; aber ich fürchte nur zu sehr, daß wir uns auf einem Auswandererschiffe befinden, denn alles was uns auf dieser schwimmenden Stadt umgibt, läßt eine weite Fahrt voraussetzen. Königin, ich ahne, daß wir unsere grüne Heimat niemals wiedersehen werden!"

Darauf entgegnete eine andere: „Mein geehrter Herr Vorredner hat unsere Lage sehr trostlos geschildert. Ich teile nicht ganz seine Ansicht. Soeben bin ich von einem Einzelausflug durch die Lüfte zurückgekehrt. Allerdings muß ich gestehen, daß mir das ungeheure Wasser, das uns umgibt, einen sehr unangenehmen Eindruck verursachte; allein ich glaube in jener Richtung, der wir zusteuern, ein Streifchen grünen Landes entdeckt zu haben. Wir können also, wenn wir ihm in der Nähe sind, sehr leicht anfliegen. Und sollte uns dort eine beständige Niederlassung nicht gefallen, so wird sich gewiß, etwa auf Umwegen zu Lande oder durch ein Schiff, Gelegenheit finden, in unsere Heimat zurückzukehren. Ich beantrage demnach, daß wir auf jenen grünen Streifen, der uns immer näher kommt, unser Augenmerk richten mögen."

Der Vorschlag wurde einstimmig angenommen.

Aber, die Biene denkt und der Steuermann lenkt. Weit ab bog der Dampfer vom grünen Eiland.

Schon früher hatte ein Schiffsjunge auf dem Maste den Bienenschwarm bemerkt. Als nun der Kapitän darauf aufmerksam wurde, klatschte er in die Hände, wie das sonst Kapitäns selten zu tun pflegen, und sagte: „Ein Bienenschwarm! Das ist trefflich. Ich ging schon lange mit der Idee um, in Astralien die europäische Biene einzubürgern; nun kommen die Tierchen selbst mit uns; so werden wir auf unserer Kolonie in Australien auch an Honig keinen Mangel leiden. Möge der Schwarm nur sofort zweckmäßig verwahrt und verpflegt werden."

Das geschah, und die armen Tierchen aus Grünewald waren nun Gefangene auf dem Dampfer, der mit seinem Stückchen europäischer Kultur nach Australien ging.

Wer sollte hier die Reiseeindrücke der auswandernden Bienen wiedergeben? Nichts als Meer und Meer, wochenlang. Da und dort einmal eine heiße, gelbe, kahle, steinige Küste, dann wieder Landstriche, anzuschauen wie das Eden, wo Milch und Honig fließt. Die Bienen mußten an allem vorüber. Die Arbeiter waren in solch' schrecklicher Tatlosigkeit schier krank geworden. Die Männchen unterhielten sich zeitweilig mit der Königin und eine zahlreiche Nachkommenschaft, die zu erwarten war, erfüllte die Herzen der Gefangenen mit besonderer Sorge. Unter herben Stürmen heute, unter sengender Glut der Äquatorsonne morgen, zog das Schiff dahin, bis es endlich im Westen von Australien landete.

Alsogleich wurde den Bienen in der Nähe eines Akazienwäldchens ein Korb angewiesen. Das Völklein war glücklich, als es hinaussummte durch die milde, süße Luft in das tropische Gelände. Die Arbeiter machten sich alsogleich ans Sammeln, damit die Speicher des neuen Hauses sich füllten mit Vorräten für den Winter. Aber mit gar manchem Gewächse, das hier so prunkhaft und vielversprechend aufwucherte, war nichts anzufangen; z. B. mit den lederhäutigen Gummibäumen rangen sich die Bienlein vergebens ab, um Wachs und Honig zu gewinnen. Manch fleißige Arbeiterin flog aus und kehrte nicht mehr zurück; manche schwirrte zerfahren und verwundet ihren Genossen zu; einen Kampf mit Stechfliegen hatte es gegeben. Wieder andere waren in ihrem Sammelfleiße sogar von Heuschreckenschwärmen belästigt worden. Es schien ein so fruchtbares Land, aber es war ein gefährliches Land, und die Bienen sehnten sich den kalten, kurzen Tagen und der Winterruhe entgegen. Der Korb war längst voll des feinsten Wachses, des köstlichsten Honigs, die Wohnung mit allem versehen, was zur Winterbehaglichkeit nur immer wünschenswert ist — aber der Winter wollte nicht kommen.

Die Tage wollten nicht abnehmen, die Sonne blieb heiß, neben den Früchten der Bäume setzten sich neue Blüten an, neben dem abfallenden Laube wucherte junges hervor.

Eines Tages war den Bienen der Korb ausgeraubt.

Nicht einen etwaigen Überfluß hatten sie weggenommen, wie man es fern in der kühlen Heimat wohl erlebte und verwand, sondern aller Vorrat an Honig und Wachs war fort und der Korb harrte auf neue Frucht. — Es ist doch gut, daß die schöne Jahreszeit noch anhält, dachten die Bienen und machten sich mit neuem Mut und Fleiß wieder an das Sammeln.

Wieder füllte sich allmählich die Vorratskammer, während sich die Tierchen das Nötige fast von ihrem eigenen Mund absparten und immer noch wollte der Winter nicht erscheinen.

Da trat eines Abends ein Mitglied der arbeitenden Klasse auf, rief alles Volk aus den Zellen hervor und begann folgendes zu sprechen:

„Mich dünkt, Kameraden, hierlands geht's nach einem anderen Takt. Seit vielen Wochen habe ich geforscht und berechnet und bin zu einer Überzeugung gekommen, die ich nicht mehr länger verschweigen kann. Zuvörderst frage ich euch, meine Brüder, wofür arbeiten, sammeln und sparen wir eigentlich? Für den Winter, antwortet ihr. Ich aber sage euch, in diesem Lande gibt es keinen Winter!"

Große Aufregung in der Versammlung.

„Wozu also sammeln wir?" fuhr der Redner fort, „damit Fremde unsere Vorratskammern leeren können? nimmermehr! Die Arbeit wird eingestellt!"

Ein unheimliches Surren ging durch die Menge; der Revolutionär blickte selbstbewußt um sich.

Ein Polizeibeamter erklärte die Versammlung für aufgelöst. Der Redner rief, er lasse sich nicht einschüchtern, wo es gelte, das allgemeine Beste zu fördern. Der Polizeibeamte drohte, dem in wildem Aufruhr hin und wider wogenden Volke mit Belagerungszustand, in demselben Augenblicke wurde er niedergestochen. Über seiner Leiche proklamierten die Arbeiter den Streik auf ewige Zeiten. — Ein Abgesandter der Königin erschien mit einem Manifest. Dem gegenüber machten sie insofern Zugeständnisse, als man sich bereit erklärt hatte, für die Bedürfnisse der Königin auch in Zukunft zu sorgen und durch deren Männer sorgen zu lassen.

„Nicht mehr arbeiten!" rief der Abgesandte einen Satz aus dem Manifeste, „ihr Bienen nicht mehr arbeiten! Wollt ihr denn die Weltordnung stürzen!"

Da sagte einer aus dem Volke: „Herr, unsere Königin sei gepriesen! — Wir sind Bienen, aber wir leben nicht, um zu arbeiten. Im Gegenteile, meine Herren und Genossen, wir arbeiten, um zu leben. Wir und unsere Urahnen — heilig sei ihr Andenken! — waren gezwungen und gewohnt, im Sommer für den Winter zu sorgen. Nachdem nun aber ein gütiges Geschick den Winter von uns genommen hat und die Früchte unserer Arbeit voll und ganz dem Geschlechte der Ungeheuer zufallen würden, so sehe ich im Grunde genommen keine schädliche Idee in dem Bestreben, die Arbeit einzustellen. Sorglos fliegen wir aus, denn der Tag gibt, was wir für den Tag bedürfen. Hier sind die Himmelsstriche Salomons, unter welchem jener Gott, der die Vögel des Himmels ernährt und die Blumen des Feldes bekleidet, auch der Bienen nicht vergißt. Ich habe gesprochen."

Nun wußte der königliche Gesandte kein Wort der Entgegnung mehr, und die neue Verfassung, daß es keine Arbeiter mehr gebe im Bienenstaat, war angenommen.

In neuer Jugend flogen sie aus und schwärmten durch die ewigen Blumengärten des wiedergefundenen Paradieses.

Die Ungeheuer, wie jener Redner in der Versammlung

die Menschen genannt hatte, heimten aus dem Korbe wieder Wachs und Honig ein, und ahnten nicht, daß es das letztemal war. Es wollte sich nun nichts mehr vermehren und immer weniger und immer seltener kehrten die Bienen zum Korbe zurück.

Nun erst merkte die Königin, daß und weshalb es schief ging. Durch die Einstellung der gemeinsamen Arbeit verlor der einzelne das Interesse an dem Korb; auf eigene Faust schwirrte er in den Weiten umher, genoß die Frucht, wo sie wuchs, nahm das Nachtlager, wo er es fand. Der Sinn für die Zusammengehörigkeit und für das Gemeinsame war dahin. Aufrufe über Aufrufe schickte die Königin ins Land, aber nur die wenigsten der Bienen wurden noch gefunden, alle anderen kehrten nicht wieder — sie hatten sich zerstreut, verloren, waren teils in der Üppigkeit, teils im Kampfe mit unbekannten Feinden zugrunde gegangen.

So elend war der brave Schwarm aus dem deutschen Grünewald verkommen. Die Zeitungen verschwiegen mehr, als sie sagten, da sie vor einiger Zeit folgende Notiz zur Kenntnis brachten: „Der Versuch, die europäische Biene in Australien einzuführen, ist gelungen, aber — nach wenigen Jahren sammeln die Bienen dort keinen Honig mehr; sie machen einfach die Erfahrung, daß in jenen Teilen Australiens, wohin man sie zu bringen pflegt, fortdauernder Sommer herrscht, daß also für sie die Notwendigkeit, Honigvorräte anzulegen, nicht mehr existiert. So niederschlagend diese Wahrnehmung für die Kolonisten sein mag, so interessant ist sie für den Naturforscher.“

Und wenn der Winter kommt.

So ist der Alpensommer nun vorbei mit seinen Bergwanderungen, Naturbeobachtungen und mit seinen Spaziergängen durch Dorf und Volkstum. Und im Herbst, wenn die Touristen und Sommerfrischler nach und nach sich alle verzogen haben, wenn der Landmann seine Früchte eingeheimt hat, sitze ich noch gerne am Waldrand in der stillen, blassen Sonne, schaue hin über die kahlen Felder, auf die gilbenden Wälder, auf die Berge, die ihre Ätherschleier abgeworfen haben und schier kristallklar dastehen. Ich schaue den Geheimnissen des schlafengehenden Sommers zu.

Andere Leute werden zu solcher Jahreszeit von Todesahnen befallen. Ich nicht. Ich empfinde es wie einen stillfrohen Feierabend vor einem hohen Festtag. Die Bäume legen ihren Schmuck ab, ihre Kleider; alles schickt sich nach einem monatelangen Streit gegeneinander an zu einem behaglichen Ausruhen. Und hat der Wind das letzte Blatt von den Zweigen gerissen, dann ist ja wohl der Weg wieder frei für den Frühling, der morgen die Knospen schwellt. Auch das Fest der Toten sollte man nicht begehen, wenn die Natur so in sachter, behaglicher Vorbereitung ist, sondern warten, bis in wenigen Monaten alles wieder wach wird und aufersteht. Da grüßen uns aus der Erde hervor die Toten, da lachen sie uns an in den hellen Augen der Blumen, und da empfinden wir sie wieder als traute Ankömmlinge und als neue Lebensgenossen.

Aber nein. Das ist die Stimmung des rührseligen Stadtmenschen. Das Landvolk, das lebensfrische, weiß von keinem Schlafengehen der Natur, von keiner Ruhe seiner selbst. Im Winter wird's auf dem Lande erst recht lebendig. Die Natur ist nie so übermütig als im Winter, wenn sie, anstatt in Halmen aufwärts zu wachsen, in langen dicken Eiszapfen niederwärts wächst; sie ist nie so ungestüm als im Winter, wenn der Wind in den trotzigen Bäumen tost, sie ist nie so blendend hell als im Winter, wenn die Schneefelder funkeln wie ungeheure Silberschilder, wenn die Feuchtigkeit der Luft uns umgaukelt in wunderbaren Schneeflockengebilden, die an Schönheit keiner Frühlingsblume nachstehen. Und die Landleute? Nie sind sie so frisch und ebenmäßig geruhigt in sich, als im Winter. Nie arbeiten sie munterer als unter dem Scheunendach oder im Walde unter schneebelasteten Bäumen, wenn der Frost an den Wangen prickelt. Nie spinnen sie behaglicher am Phantasierocken ihrer Seele als an langen Winterabenden beim Herdfeuer oder am warmen Ofen. Und nie ruhen sie so gottesfriedlich als unter der Wollendecke, wenn draußen der Uhu kreischt und der Schneestaub um die Dachgiebel tanzt. Ja, noch mehr. Ich glaube sogar, die Menschen sind nie so gut als im Winter, wenn nebeltrübe Tage und lange Nächte sie veranlassen, in sich selbst einzukehren, wenn der enge gezogene Weltkreis sie in ein gemütliches Gleichgewicht bringt. Das Weihnachtsfest könnte ich mir in keiner anderen Jahreszeit denken als mitten in dem hohen Winter. Und nichts bittet so eindringlich für die Armen, als das Gestöber, das an den Toren der Wohlhabenden rüttelt, als der Frost, der geheimnisvolle Zeichen meißelt aufs Fensterglas. Im Sommer weist man manchen Bettler ab, der um Nachtherberge bittet, er solle im Freien schlafen oder in einer verfallenden Hütte. Wer wagt das im Winter zu tun? Der Winter führt die Leute näher zusammen und was er an äußerer Wärme nimmt, das gibt er an innerer.

Ein Winterabend im entlegenen Bauernhause! Wenn einmal ein übersatter Weltling als Jäger oder Tourist verirrt oder durch Unwetter gezwungen in einem alten Bauernhause des steirischen Gebirges Nachtherberge suchen müßte, er würde vor sich in natura das deutsche Märchenbuch aufgeschlagen finden. Die wohlgewärmte Stube ist durch eine Kienspanlunte in mattem Rot beleuchtet. Das einfache, aber reichliche Mahl ist eingenommen, der große Eichentisch abgedeckt. Daran sitzt noch der Hausvater und raucht seine Pfeife. Vor ihm liegt die alte Hauspostille, aber er liest nicht, er schaut zufrieden in die Stube hin. Die Hausmutter wiegt das jüngste Kind in den Schlaf — eijo popeijo! Das größere Töchterchen strählt dem Brüderlein das blonde Haar. Die Magd flickt das Hemd des Knechtes und der Knecht beschlägt über einem Eisenleisten die Schuhe der Magd mit Nägeln. Auf dem Lehnstuhl sitzt die Großmutter beim Spinnrade und summt ein uraltes Lied. Im Ofenbankwinkel hockt ein weißlockiges Greislein und schmunzelt. Denn die Kleinen bestürmen ihn, daß er ein Märchen erzähle. Er sagt, er wisse keins mehr, dabei ist seine alte Hirnschale voll der köstlichsten Mären und Schwänke. Die Stube ist bald erfüllt von schalkhaften Geisterlein, und durch der Hausmutter und der Magd angestimmten Doppelgesang weht die Weihe des altheiligen Volksliedes in dem niederen Raum. Was da in diesem kleinen Bergwaldhause gesagt und gesungen wird — es raunt herüber aus uralten Zeiten, es ist noch das Wort und die Seele derer, die vor tausend Jahren auf diesen Schollen gewandelt sind in Lust und Leid. So führt der Winter auch die Gegenwart mit der Vergangenheit zusammen.

Ja selbst das Verhältnis der Menschen zu den Tieren wird vertrauter im Winter. Im Bauernhofe werden die Haustiere oft nahezu wie Familienmitglieder behandelt. Das Gesinde rückt mit seinen Lagerstätten in die Stallwärme zu den Rindern und Schafen, und selbst in der Stube das Ehebett ist nächtlich umgeben von Tieren. Unter dem Bette schläft der Hund, der in grimmen Kältenächten von der Kette befreit ist; auf der Ofenbank schläft die Katz' und auf den Wäschestangen hocken die Hühner. Die Ammern und Gimpel, von Nahrungssorgen getrieben, kommen in die Scheunen, ja — wie es schon in der Kinderfibel steht — sogar an die Fenster und picken ans Glas, ein Almosen heischend. Und das Reh, das sich sonst ängstlich scheu von aller Menschheit ferne hält, im Winter naht es sich den menschlichen Wohnungen im Vertrauen, daß das gleiche Schicksal vielleicht doch den Erbfeind versöhne. Und der zweibeinige Feind zieht statt der Flinte das Mitleid hervor und streut dem Tiere Nahrung in den Schnee. Und dieselben schreckigen hochbeinigen Wesen, die zu anderen Jahreszeiten mit Lust und Gier totgeschossen werden, um die Winterszeit sind sie die gerngesehenen Gäste der Menschen.

Der Jäger hat schon im Herbst vorgesorgt und in tiefergelegenen Waldmulden hölzerne Hütten gebaut, sie mit Krippen versehen und mit Heu gefüllt, damit — wenn alles sonst im hohen Schnee begraben liegt — Reh und Hirsch gedeckten Tisch finden. Da kommen aus den Wäldern, aus Schluchten und Strüppen ganze Rudel von hochgeweihigen Hirschen herbei, mit schrillem Geröhre die Luft erschütternd. An größeren Fütterungsstellen versammeln sich auch

Leute wie zu einem Volksfest, aber die hungernden Tiere fürchten sich nicht, mit Gier fressen sie an dem ausgeworfenen Heu. Nach der Sättigung werden sie munter, beginnen miteinander zu scherzen, erproben einander die Gestämme, aber vorsichtig, daß sie sich nichts zuleide tun, belecken einander am Halse und mancher der kühnsten reckt sein Haupt über den hohen Zaun hinaus, betrachtet sich die Leute und fühlt sich sicher seines Lebens. Freilich ahnen sie nicht, weshalb sie so freundlich betraut, wozu sie so fürsorglich gefüttert werden. Es kommt der Tag, da der Jäger, der die Tiere heute so liebreich zählt, auf seinem Kerbholz anmerkt, wie viele „zur Strecke gebracht" worden sind.

Wie der Winter in dieser Art das Zusammenkommen der Wesen begünstigt, so fördert er auch den Verkehr in anderem Sinne. Wenn der Städter glaubt, daß der Winter die einzelnen Höfe und Dörfer voneinander abschließe und einmauere, so irrt er freilich auch wieder einmal. Es kommt ja bei besonderem Unwetter vor, daß Menschenbehausungen durch Schnee voneinander auf mehrere Tage abgeschnitten werden. Im allgemeinen aber ist der Schnee ein Verkehrsmittel. Er glättet die Wege, wie die See sie glättet. Der Sommer hat kaum etwas, das sich mit der Lust einer gemeinsamen Schlittenfahrt vergleichen ließe, und seit das Skilaufen aufgekommen ist und die Rodelschlitten wieder in ihre Rechte gesetzt sind, ist manche Gegend mit Berg und Tal ein einziger meilenweiter Festplatz geworden.

Aber wichtiger als das Spiel ist die Arbeit, und für den Fleißigen auch ergötzlicher. Monatelang hat der Baumeister Steine gebrochen, der Förster Holz geschlagen, der Hirte Heu gemacht, und dann warteten sie mit Verlangen auf den Winterschnee, der ihnen über Stock und Schründe für ihre Fracht die Bahn bereite. Was im Sommer oft nur mit ungeheuren Anstrengungen befördert werden kann, das geht im Winter spielend, und lustig gleiten die wuchtigsten Urwaldstämme auf glatter Runse dahin an ihr Ziel, ohne daß der Holzknecht dabei etwas anderes zu tun braucht, als dem Block mit der Hacke den ersten Ruck zu geben.

Aber in den Sturmtagen, wenn feiner unendlicher Schnee quer vom Himmel niederweht, wenn er vom Boden wieder auffliegt, wenn er von den Dächern, den Bäumen, den Wänden herabsprüht, wenn er durch die Wandfugen in die Kammern dringt, daß ganze Schneeberge drin entstehen, wenn er die Fenster vermauert und die Tür, so daß ununterbrochen geschaufelt werden muß, um den Zugang zu den Ställen aufrecht zu halten, und wenn dieses Wirbeln und Brausen dauert tage- und tagelang, während die Morgendämmerung und die Abenddämmerung sich die Hände reichen zu einem Bunde ewiger Nacht — da wird es den Leuten wohl bange und sie sagen: „Was soll da werden?" Wer geboren wird, der kann nicht in die Kirche zur Taufe, wer stirbt, der kann nicht zum Grabe. Aber siehe, eines Morgens leuchtet aus blauem Himmel die Sonne nieder auf eine stille, blendend weiße Schneelandschaft. Trockene Kälte ist da und über alle Flächen hin fliegen lustig die Schlitten. Auf einem sitzen musizierende Spielleute — dem Dorfwirtshause geht es zu.

Lasset sie pfeifen und tanzen. Wir genießen den Winter nach unserer Weise. Die Luft ist stahlhart und glattgefroren der Schnee. Wir gehen über die weite Heide hin, es ist alles so wundersam neu. Wo sonst die buschigen Fichten gestanden, ragen jetzt reglose Schneekegel auf; wo sonst Strupp und Strauch gewuchert, liegen weiße Riesenkissen; wo sonst der schimmernde Teich geruht, starrt jetzt das verglaste Auge des Eises. Dort und da fliegen Raben, suchen vergeblich nach Nahrung und krächzen. Dann rudern sie mit müden Flügelschlägen durch die Lüfte davon, und es ist ganz still. War da nicht der rieselnde Bach? Ja, der ist eingewölbt mit Eis und zugedeckt mit Schnee, wir gehen darüber hin und suchen ihn.

Und mitten in der Schneewüste da läutet plötzlich — aber ganz von ferne, das Glöcklein der Sehnsucht. Wie eine Lerche, so schwebt es einen Augenblick über uns, das Märchen vom Frühling. Nach wenigen Vollmonden und hier an dieser Stelle am murmelnden Bach wachsen die Primeln, die Veilchen, die Maßliebchen und die Vergißmeinnichte. Die Kirschbäume blühen in weichem, lieblichem Weiß. Wie ein kreiselnder See, so wogt das Kornfeld, und die Schmetterlinge zucken darüber hin wie schaukelnde Blumen. Zarte Wölklein mit sonnigen Rändern ziehen selig durch das milde Blau. Eine unendliche Lust lebt und webt am Himmel und auf der Erde.

Wer wüßte, empfände etwas von dieser wonnigen Lust, wenn der ernste Winter nicht wäre! Alljährlich einmal muß uns der Sommer genommen werden, damit wir seinen Wert empfinden. Und alljährlich muß eine herbe Zeit den Menschen weisen zur Heimkehr in sein Selbst, damit er sich nicht verflüchtige und verliere in der weichen Üppigkeit des Sommers.

Inhalt.

www.ingramcontent.com/pod-product-compliance
Lightning Source LLC
Chambersburg PA
CBHW060816310726
48980CB00002B/312
* 9 7 8 3 8 4 6 0 9 8 0 9 7 *